Dizem por aí...

Aline Lacerda
(março-2013)

JILL MANSELL

Dizem por aí...

... que algumas pessoas são melhores do que outras para guardar segredos

Tradução

Sayuri Arakawa

Editora Novo Conceito

Publicado originalmente por Headline Review
Um selo de Headline Publishing Group

Esta é uma obra de ficção. Nomes, personagens, lugares e acontecimentos descritos são produtos da imaginação do autor. Qualquer semelhança com nomes, datas e acontecimentos reais é mera coincidência.

1ª Impressão — 2012

Edição: Edgar Costa Silva
Preparação de Texto: Mila Fernandes
Revisão de Texto: Helô Beraldo, Lívia Fernandes
Diagramação: Crayon Editorial Ltda.
Capa: Hey Bro

Este livro segue as regras da Nova Ortografia da Língua Portuguesa.

Dedicatória: "Ao meu pai, com amor"

Dados Internacionais de Catalogação na Publicação (CIP)
(Câmara Brasileira do Livro, SP, Brasil)

Mansell, Jill
Dizem por aí...: – que algumas pessoas são melhores do que outras para guardar segredos / Jill Mansell ; tradução Sayuri Arakawa. – Ribeirão Preto, SP : Novo Conceito Editora, 2012.

Título original: Rumour has it.
ISBN 978-85-8163-013-7

1. Ficção inglesa I. Título.

12-03389 CDD-823

Índice para catálogo sistemático:
1. Ficção : Literatura inglesa 823

Rua Dr. Hugo Fortes, 1885 – Parque Industrial Lagoinha
14095-260 – Ribeirão Preto – SP
www.editoranovoconceito.com.br

CAPÍTULO 1

ESTRANHO IMAGINAR QUE ALGUÉM possa abrir a porta de casa e, no mesmo instante, saber que algo está errado.

Tilly parou na soleira da porta, tateando a parede em busca do interruptor. De volta do trabalho, às seis horas de uma quinta-feira fria de fevereiro, ela não tinha motivos para acreditar que algo estava diferente.

Mas havia algo diferente, ela podia sentir. Ela *sabia*.

Com o estalo do interruptor, *flick*, a luz se acendeu. O misterioso sexto sentido era desnecessário: a razão pela qual a porta se abrira de forma diferente era que o tapete do hall havia sumido.

O *tapete* do hall? Será que Gavin havia derrubado algo nele? Intrigada, Tilly caminhou em direção à sala de estar, os saltos batendo no assoalho descoberto.

O que estava acontecendo? Ela olhou ao redor da sala, tentando entender aquilo tudo, ou melhor, a falta de tudo aquilo. Tudo bem: ou eles haviam sido alvo de ladrões extremamente seletivos, ou...

Ele havia deixado a carta sobre a lareira. Gavin era totalmente previsível. Com certeza, ele havia consultado alguma especialista em etiqueta: "Cara Srta. Boas Maneiras, estou planejando abandonar minha namorada. Qual a melhor forma de explicar isso a ela?".

Ao que a Srta. Boas Maneiras teria respondido: "Querido Gavin, meu Deus, coitadinho! Em uma situação como essa, o procedimento correto é transmitir toda a informação necessária em uma carta escrita à mão — não em um e-mail e, *por favor*, nunca em uma mensagem de texto! — e deixá-la bem em cima da lareira, onde não poderá ser ignorada".

Porque, com toda a sinceridade, que outro motivo poderia haver? Tilly conduziu um rápido inventário. Por que razão o aparelho de DVD (dela) ainda estaria lá, enquanto a TV (dele) havia desaparecido? Por que motivo mais de três quartos dos DVDs teriam sumido (filmes de guerra, ficção científica etc.), restando somente comédias românticas e filmes sentimentais melosos? Por que razão a mesa de café dada pela mãe de Gavin não estaria mais lá, enquanto...

— Tilly? Oi! Sou eu!

Droga, ela não havia fechado a porta direito. E agora, Babs, sua vizinha, estava fazendo toda aquela encenação para entrar, como se isso pudesse tornar aceitável a invasão ao apartamento de alguém.

— Oi, Babs. — Tilly se virou; talvez Babs tivesse uma mensagem de Gavin para ela. Ou talvez ele tivesse pedido para Babs aparecer e verificar se ela estava *bem*. — Você veio para pegar alguns saquinhos de chá emprestado?

— Não, querida, obrigada, tenho saquinhos de chá para dar e vender. Queria mesmo saber como você está. Coitadinha, e eu pensando que vocês dois eram tão felizes juntos... Mal podia imaginar! — Brincos verde-claros balançaram com o movimento de cabeça de Babs, tomada pela emoção. — O sonho jovem do amor, era como Desmond e eu costumávamos chamar vocês. Deus abençoe seu coração e todo esse tempo em que você esteve sofrendo calada. Gostaria que você tivesse me contado, você sabe que sempre ouço com prazer.

Com prazer? A *vida* de Babs era ouvir as lamentações dos outros. Fofoca era seu segundo nome, seu passatempo número um. Mesmo assim, era impossível não gostar dela. Ela era uma alma bondosa e bem-intencionada, de um modo um tanto ávido e intrometido.

— Eu teria contado para você — respondeu Tilly —, se eu soubesse.

— Oh, meu bom Deus! — Babs deixou escapar um grito agudo, como se não acreditasse. — Você quer dizer que...?

— O Gavin se mandou. Bem — disse Tilly alcançando a carta sobre a lareira —, ou isso, ou ele foi sequestrado.

— Se bem que, quando eu o vi hoje à tarde colocando as coisas dele na van, ele não estava com sequestradores — observou Babs, com uma expressão solidária. — Só com a mãe e o pai dele.

O TREM DE PADDINGTON, lotado de pessoas que trabalhavam na cidade, parou na estação de Roxborough na noite seguinte. Era sexta-feira, sete e quinze, e todos estavam voltando para casa.

"A não ser eu, fugindo da minha."

E lá estava Erin, esperando sobre a plataforma, protegida do frio por um casaco rosa vibrante e acenando como louca assim que avistou Tilly pela janela.

Tilly se sentiu melhor só de vê-la. Ela não poderia imaginar não ter Erin como sua melhor amiga. Há dez anos, quando precisara se decidir sobre fazer o curso de graduação em Liverpool ou Exeter, ela poderia ter escolhido Liverpool e elas nunca teriam se conhecido. Mas acabou indo para Exeter, pelo sentimento de estar perto do mar e talvez pelo fato da amiga de uma amiga ter mencionado, um dia, por acaso, que Exeter estava repleta de garotos musculosos, e acabou conhecendo Erin, que morava no quarto ao lado, na república da faculdade. As duas se deram bem desde o primeiro dia, no equivalente platônico do amor à primeira vista. Era estranho pensar que, se ela tivesse escolhido Liverpool, onde, com certeza, também haveria um bando bem parecido de garotos musculosos, teria uma melhor amiga completamente diferente, uma triatleta alta e magra chamada Monica, por exemplo. Imagine *isso*, meu Deus!

— Uh! — O abraço apertado de Tilly deixou Erin sem fôlego. — O que foi isso?

— Estou feliz por você não ser uma triatleta chamada Monica.

— Nossa, nós duas estamos. — Erin, estremecida pela ideia, deu o braço à Tilly. — Então, venha. Vamos para casa. Fiz pudim de caramelo.

— Viu? — Tilly sorriu. — A Monica nunca diria isso. Ela diria: "Por que não damos uma corridinha de quinze quilômetros? Isso vai nos animar!".

O apartamento de Erin, tão peculiar e desordenado quanto as propriedades ao longo da rua principal de Roxborough, era uma residência de um quarto sobre a loja que ela gerenciava havia sete anos, com roupas de grife usadas. Trabalhar em uma loja não fazia parte dos sonhos de Erin quando ela concluíra com notas brilhantes a graduação em Francês em Exeter, mas os planos de trabalhar em Paris como tradutora haviam sido frustrados um mês após seu aniversário de 21 anos, quando a mãe sofrera um derrame. Da noite para o dia, de uma vendedora de antiguidades alegre e animada, Maggie Morrison havia se transformado em uma sombra frágil e esquecida do seu antigo eu. Devastada, Erin desistira do emprego dos sonhos em Paris e voltara a Roxborough para cuidar da mãe. Sendo uma completa ignorante em relação a antiguidades, ela transformara o antiquário em uma loja de roupas de grife usadas e trabalhava duro para conseguir cuidar da mãe e manter os negócios.

Três anos após o primeiro, um segundo derrame tirou a vida de Maggie. O luto se uniu ao sentimento de alívio, que, por sua vez, causou mais dor e culpa. Mas foi então que os habitantes de Roxborough mostraram seu valor. Erin, cujos planos sempre foram voltar para Paris quando o inevitável ocorresse, percebeu que não queria mais se mudar. Roxborough, uma antiga e pequena cidade no centro das colinas Cotswolds[1], era um lugar maravilhoso para viver. As pessoas eram atenciosas e prestativas, havia um espírito coletivo de verdade e os negócios estavam indo bem. Lá, ela era feliz e amada. Por que se mudar?

[1] As Cotswolds são uma cadeia de pequenas colinas no centro da Inglaterra, classificadas como *Area of Outstanding Natural Beauty* (Área de Destacada Beleza Natural). (N. T.)

E agora, quase quatro anos depois, Erin tinha ainda mais razões para estar feliz com sua decisão de ficar. Mas ela não queria contar nada para Tilly naquele momento. Não enquanto ainda estava digerindo o rompimento com Gavin. Seria totalmente insensível.

Embora seja necessário dizer que Tilly não parecia estar sofrendo tanto assim. Havia sido um choque, claro, mas descobrir que o namorado tinha saído de casa parecia tê-la deixado mais surpresa que perturbada.

— Liguei para ele hoje à tarde — disse Tilly entre colheradas de pudim de caramelo. — Sinceramente, você não vai acreditar. Ele não aguentaria me contar pessoalmente caso eu chorasse, então se mandar foi a única coisa em que ele conseguiu pensar. Voltou para a casa dos pais e disse que está triste, mas sentia que não estávamos indo a lugar nenhum. Então, foi embora! — Ela balançou a cabeça, incrédula. — E me deixou emperrada com um apartamento que eu não posso de jeito nenhum pagar sozinha e nem ao menos dividir com alguém, porque só tem um quarto. Que egoísta!

— Você teria chorado? Se ele tivesse contado pessoalmente?

— O quê? Nossa, não sei. Talvez.

— *Talvez*? Se você está desesperadamente apaixonada por alguém e leva um fora, você tem que chorar. — Erin lambeu a colher e a apontou para Tilly. — Você tem que chorar dia e noite.

— Não necessariamente. — Tilly ficou na defensiva. — Posso estar triste por dentro.

— Dia e noite — repetiu Erin. — O que me faz pensar que, na verdade, você não está tão triste assim. Pode até ser que você esteja aliviada com a partida do Gavin. Porque secretamente, lá no fundo, você *queria* que ele terminasse com você, pois você mesma não conseguiria fazer isso.

Tilly enrubesceu e não disse nada.

— A-há! Está vendo? Estou certa, não é? — Erin soltou um grito de satisfação. — É a história do Mickey Nolan mais uma vez. No começo, você gostava muito dele. Depois, as coisas ficaram um pouco sem graça e você não sabia como terminar o namoro sem magoá-lo. Então, você foi se distanciando até ele perceber que a relação tinha esfriado. E o Darren Shaw — ela se lembrou de repente —, você fez a mesma coisa com ele. Você se sente culpada por terminar com seus namorados, então os força a terminar com você. Não acredito que nunca percebi isso antes.

Foi um momento de revelação.

— Talvez você esteja certa — admitiu Tilly.

— Eu *estou* certa!

— Já te contei sobre o Jamie Dalston?

— Não. Por que, você fez isso com ele também?

— Não, nós saímos por algumas semanas quando eu tinha 15 anos. Percebi que ele era meio esquisito e terminei tudo. — Tilly fez uma pausa, observando o fogo, enquanto relembrava memórias havia muito tempo esquecidas. — Foi aí que a situação começou a ficar desagradável, porque o Jamie não queria ser dispensado. Ele ligava em casa o tempo todo e rondava nossa rua. Se eu saía, ele me seguia. Então, no meu aniversário, ele me enviou uma joia bem cara. Minha mãe devolveu a joia para a mãe dele e a polícia entrou no caso. Não sei exatamente o que aconteceu, mas acho que ele tinha roubado dinheiro para comprar a joia. Enfim, a família dele se mudou algumas semanas depois e nunca mais o vi, mas isso me deixou morta de medo. E ler no jornal sobre ex-namorados que viram perseguidores sempre me dá arrepios. Suponho que seja por isso que prefiro que a outra pessoa termine comigo. Assim, é menos provável que ela me persiga depois.

— Então, na verdade, você está contente pelo Gavin ter ido embora — concluiu Erin.

— Bem, a coisa não estava funcionando. Ele tinha as manias dele. Eu me sentia meio presa — confessou Tilly. — Mas a mãe dele ficava repetindo que ele era um partidão, e eu não tinha coragem de dizer: "Tá, mas ele não poderia ser um pouco menos chato?".

— Mas você se mudou para o apartamento com ele — argumentou Erin. — Ele era chato desde o começo?

— Esse é o problema! Eu não sei! Acho que provavelmente ele era, mas escondeu bem. Ele com certeza não me contou que fazia parte de um clube de aeromodelismo antes de eu me mudar — respondeu Tilly. — E ele esqueceu completamente de mencionar os sinos. Oh, meu Deus, que vergonha! Como pude sair com alguém por seis meses e não saber que ele era um tocador de sino enrustido?

— Pare com isso — Erin consolou a amiga, enquanto colocava as tigelas de pudim vazias na mesa de café, e levantou. — Parou de chover. Vamos ao *pub*.

CAPÍTULO 2

A ALEGRIA DE MORAR no fim da rua principal de Roxborough era que o Lazy Fox ficava na outra ponta da rua, distante o suficiente para a gente não precisar de tampões de ouvido em casa durante as noites de karaokê, mas perto o bastante para cambalear de volta depois de uma boa noite. Tilly gostava da atmosfera do *pub*, da confusão de clientes e do atendimento animado. Ela adorou o jeito como Declan, o proprietário, após ter ouvido Erin contar como a amiga tinha sido abandonada, disse sem hesitar:

— O cara deve estar doido. Venha morar em Roxborough. Ar fresco do campo e bastante sidra, isso vai levantar você.

Tilly sorriu.

— Obrigada, mas prefiro morar na cidade.

— Muito engraçado. Aqui é uma cidade!

— Ela quer dizer Londres — interrompeu Erin.

— Um péssimo lugar para viver. — Declan balançou a cabeça. — Aqui é muito melhor.

— Tenho um emprego lá — explicou Tilly.

Ele fingiu estar impressionado.

— Ah, um emprego! Primeira-ministra? Diretora-geral da BBC?

Erin deu um tapa na mão dele.

— Declan, deixe-a em paz.

— Nossos jornais têm notícias de verdade — devolveu Tilly, entretida com o tom sarcástico de Declan e apontando para um exemplar da *Gazeta de Roxborough* que ele lia quando não havia clientes para atender. — O que é isso na primeira página? Vaca cai no mata-burro? Na primeira página!

— Ah, mas não é ótimo não estarmos entupidos de notícias de terroristas e assassinos? — Declan piscou para ela. — É disso que gosto aqui. E morei em Londres por trinta anos.

— O que aconteceu com a vaca, afinal? — Tilly se debruçou para ler, mas Declan afastou o jornal.

— Ah, não, quem ri das nossas manchetes não tem o direito de descobrir o fim da história. Será que a vaca foi resgatada com segurança pelos bombeiros, suspensa do mata-burro como um paraquedista? Ou ela foi deixada balançando no ar, para morrer uma morte horrível? Isso é que chamo de história co-*muu*-vente...

Duas horas mais tarde, enquanto elas deixavam o *pub*, Declan se arrependeu e dobrou a *Gazeta*, colocando-a na bolsa de couro verde e dourada de Tilly.

— Aí está, agora você pode ler o resto. Pode não ser o *Evening Standard*[2], mas o nosso jornal tem seu próprio charme, sabe. Na verdade, de certa forma é *vacamente* atraente.

O terrível era que, depois de um litro e meio de sidra, Tilly achava aquilo engraçado. De alguma forma ela conseguiu manter uma expressão séria.

— Então, foi por isso que te expulsaram de Londres. Por fazer trocadilhos ruins.

[2] O *London Evening Standard*, antigo *Evening Standard*, é um dos mais importantes jornais diários de Londres, com ênfase no mercado financeiro, notícias nacionais e internacionais, e artes. É gratuito e publicado de segunda à sexta-feira. (N. T.)

— Na mosca, garota. E fico feliz por isso. Na verdade — confessou Declan —, serei para sempre *gado*.

Ao sair na rua, a fome da madrugada atacou e elas foram obrigadas a subir em direção à loja de *fish and chips*. Enquanto esperavam ser atendidas, Tilly desdobrou o jornal e leu que a vaca, uma linda holandesa preta e branca chamada Mabel, havia sido mesmo resgatada com segurança pelo corpo de bombeiros de Roxborough e levada de volta à companhia de seu bezerro, Ralph. Ah, era muito bom saber disso. Melhor que uma morte demorada, com as patas balançando pelo mata-burro e o pobre bebê Ralph mugindo de forma comovente...

— Ah, desculpe, um hadoque com fritas e um bacalhau com fritas, por favor.

De volta à calçada, Tilly desembrulhou com voracidade o pacote quente e arrancou o primeiro pedaço de massa.

— Hum, hummm.

— Vou guardar o meu para comer em casa — disse Erin.

— Você não pode fazer isso! É o que gente velha faz. *Fish and chips* é um milhão de vezes mais gostoso ao ar livre!

— Tenho 28 anos — observou Erin alegremente. — Estou ficando velha. E você também.

— Que desrespeito! — Ofendida, Tilly jogou uma batata frita na amiga. — Não sou velha, ainda sou uma franguinha!

Dois garotos, atravessando a rua, abafaram o riso e se cutucaram. Tilly ouviu um dos dois murmurar:

— Só nos sonhos dela.

— Pelo amor de Deus! — Tilly abriu os braços, indignada. — Por que todo mundo está implicando comigo hoje? Ter 28 anos não é ser idoso! Estou no meu auge!

O outro garoto brincou:

— Em dois anos você vai ter trinta. *Aí* você vai ser idosa.

— Posso fazer tudo o que você fizer, pirralho — provocou Tilly, nervosa.

— Tudo bem, então tente mijar naquela parede.

Droga, ela odiava moleques espertos.

— Ou faça *isso* — gritou o primeiro garoto, dando um impulso e saltando sem nenhum esforço sobre a lata de lixo fixa com topo arredondado que ficava na descida depois da loja de *fish and chips*.

Agora, sim, isso era melhor. Fazer xixi na parede poderia ser problemático, mas saltar era praticamente sua especialidade. A desvantagem é que ela estava vestindo uma saia bem curta, mas que, em compensação, era bonita e bem elástica. Tilly jogou o pacote de *fish and chips* nos braços da Erin, tomou impulso e se atirou em direção à lata.

Saltar não foi difícil; ela planou graciosamente sobre o topo da lata, feito a ginasta Olga Korbut. Foi na aterrissagem que deu tudo errado. Mas, honestamente, quais as chances do seu pé esquerdo aterrissar justamente sobre a batata frita que você acabou de atirar sobre sua melhor amiga depois de ela ter chamado você de velha?

— Aaaaiii! — Tilly berrou assim que sua perna esquerda escorregou, com os braços girando no ar.

— Cuidado com o...

Ela ouviu Erin gritando, horrorizada, um milissegundo antes de se chocar contra a lateral de um carro estacionado, o que amenizou a queda, mas, *ai*, doeu mesmo assim..

Esparramada no chão feito um personagem de desenho animado, Tilly reparava em como o carro era incrivelmente limpo e brilhante.

— Ei! — reagiu uma voz masculina, não muito contente, descendo a rua.

Bem, o carro era incrivelmente limpo e brilhante até alguns segundos atrás. Desencostando da lataria, Tilly viu as marcas deixadas por seus dedos gordurosos de *fish and chips* na porta do passageiro, no para-lama dianteiro e no outrora imaculado vidro lateral. Com a manga da jaqueta, ela tentou dar um jeito nas manchas. A voz masculina, parecendo ainda mais irritada, ameaçou atrás dela:

— Você riscou minha pintura?

— Não, não risquei e, de qualquer forma, você não deveria estacionar aqui. É proibido.

Tilly espiou sobre o ombro e, verificando que ele estava muito longe para alcançá-la, pegou de volta o pacote de *fish and chips* das mãos da Erin e fez o que qualquer adulto de 28 anos que se preze faria: correu rua abaixo.

— Tudo bem, ele não está nos seguindo — disse Erin, ofegante.

Elas diminuíram o passo e Tilly voltou a comer suas batatas fritas. De volta ao caminho sobre a calçada molhada de chuva, ela comentou:

— Ainda bem que não tinha ninguém por perto para fotografar. Em um lugar como esse, marcas engorduradas de dedos dariam a primeira página da *Gazeta* da próxima semana.

— Sabe, o Declan tem razão. Você adoraria viver aqui. — Com o seu próprio pacote intacto, Erin pegou uma das batatas da Tilly. — Se você quiser tentar, pode ficar comigo pelo tempo necessário.

Tilly se comoveu com a oferta, mas sabia que não poderia aceitar. Durante os anos em que cuidara da mãe, Erin dormira no sofá, enquanto Maggie ocupava o único quarto. Não tinha sido nada fácil. Ela sabia como Erin achava aquilo claustrofóbico. Visitá-la no fim de semana e ficar algumas noites não era um problema, mas o apartamento era pequeno e, mais que isso, seria injusto.

Elas haviam chegado à parte mais baixa da rua principal. Agora, era só atravessar a rua e estariam em casa. Ainda empanturrando-se de batatinhas, Tilly parou ao lado da amiga para esperar um ônibus passar devagar, seguido de um carro preto cintilante...

— Seu idiota! — esbravejou Tilly assim que o carro passou sobre a poça na sarjeta e jogou água gelada na saia e nas pernas dela. Ao recuar, *tarde demais*, ela avistou um lampejo de dentes brancos quando o vulto no banco do motorista sorriu e acenou uma desculpa irônica antes de voltar a acelerar.

— Era ele, não era? — Com a meia-calça opaca ensopada pela água gelada, Tilly abraçou seu pacote quente de *fish and chips*, tremendo de frio. — O cara que gritou comigo?

— É o mesmo carro — confirmou Erin. — Acho que era um Jaguar.

— Babaca, ele fez de propósito. — Por dentro, porém, ela estava impressionada. — Mas até que foi inteligente.

Erin olhou para ela, achando aquilo estranho:

— O que foi inteligente?

Tilly apontou para o casaco creme de Erin, sem um respingo, e depois para sua saia e meia-calça, ensopadas.

— O modo como ele conseguiu me acertar e não te acertou.

✣

NA MANHÃ SEGUINTE, Tilly acordou no sofá com a boca seca, as pernas geladas e o cobertor no chão. Eram dez da manhã e, uma hora antes, Erin havia passado por ela nas pontas dos pés para descer e abrir a loja. Mais tarde, Tilly se juntaria à amiga por algum tempo antes de sair para um passeio por Roxborough, mas agora ela queria ficar curtindo uma preguiça e pensar no que fazer com o resto da sua vida.

Tilly preparou uma caneca de chá e torradas antes de puxar o cobertor de volta e se acomodar no sofá. Em seguida, ligou a televisão e revistou a bolsa em busca do celular, para ver se havia alguma mensagem. Não, nenhuma, nem de Gavin. O que era realmente ótimo, porque a última coisa de que ela precisava naquele momento era que ele começasse a pensar melhor e se arrependesse de sua decisão.

Depois de ajeitar as almofadas e tomar um gole de chá, Tilly tirou a *Gazeta de Roxborough* da bolsa e alisou o papel amassado. A história da vaca ainda a fazia sorrir.

Folheando o jornal, ela ficou sabendo que haviam nascido dois pares de gêmeos de mães que moravam na mesma rua. Como não era essa a notícia de primeira página? Havia uma nota sobre o leilão de um trator (que emocionante!) e uma página inteira dedicada a um bazar beneficente na Escola Secundária de Roxborough. Tilly viu fotos de casais de noivos, um artigo sobre um galho de árvore suspenso, que poderia ser muito perigoso se caísse sobre a cabeça de alguém, e outro sobre um ônibus que havia quebrado na Alameda Scarratt, bloqueando a via por (oh!) três horas e meia. Havia até uma imagem do ônibus quebrado ao lado dos passageiros, que pareciam bastante chateados, exceto por um garotinho de cerca de cinco anos, sorrindo de orelha a orelha.

Na verdade, era bem legal. Aparentemente, a pior notícia da última semana em Roxborough era a de um homem que havia desmaiado e morrido enquanto colhia batatas em seu terreno, mas ele já tinha 93 anos. O que se poderia esperar? Bebendo o chá, Tilly virou a página e encontrou os classificados de empregos. Oficina precisa de mecânico, restaurante contrata lavador de pratos experiente, Hotel Castle procura pessoal para bar, precisa-se de auxiliar de travessia para a rua em frente à Escola Infantil. Ela passou os olhos no resto da lista: trabalho de escritório, taxista, faxineiro, jardineiro... Hum, essa poderia ser a viúva do homem de 93 anos procurando alguém para colher o resto das batatas.

Um pequeno anúncio no fim da página chamou a atenção de Tilly.

Garota faz-tudo, emprego divertido em casa de campo, 200£/semana.

Era só isso, curto e direto. Tilly imaginava o que eles queriam dizer com a expressão "emprego divertido". Afinal, algumas pessoas podem classificar Ministro da Fazenda como um emprego divertido. E John McCririck[3] pode achar que um emprego divertido seja trabalhar como seu escravo pessoal. Ou poderia ser algo escuso, como entreter executivos babões.

Deu uma mordida na torrada, virou a página e iniciou a leitura dos produtos à venda: vestido de noiva tamanho 44 da marca Pronuptia, nunca usado; guitarra acústica em ótimo estado, exceto marcas de dentes na parte de baixo; aparelho de jantar de cinquenta e nove peças (um prato faltante, atirado em ex-marido adúltero e mentiroso); coleção completa de DVDs da série *Jornada nas Estrelas*; razão para venda: falta de interesse do futuro cônjuge.

Tilly sorriu novamente; até mesmo os classificados tinham um charme peculiar. Terminando a torrada, passou os olhos sobre a coluna de encontros

[3] O inglês John McCririck, nascido em 1940, é um comentarista de corrida de cavalos muito conhecido por suas participações polêmicas em *reality shows* da TV britânica. Possui um comportamento muitas vezes interpretado como depreciativo e ofensivo, principalmente com relação às mulheres. (N. T.)

e relacionamentos (homem, 63, procura mulher mais jovem que adore couve-de-bruxelas), verificou os imóveis à venda, todos fora de cogitação para ela, e, por fim, as chatas páginas de esporte.

Depois de ler todo o jornal, ela se pegou voltando à página *daquele* anúncio. Era quase como se ele estivesse acenando para ela, chamando seu nome. O que era ridículo, já que ela nem sabia do que se tratava e o pagamento era uma piada. Mas um simples telefonema para descobrir não faria mal, faria?

Tilly apanhou o celular, discou o número e ouviu o telefone chamar do outro lado.

— Por favor — emitiu uma voz automática —, deixe a sua mensagem após o...

— Sinal — terminou Tilly, prestativa, mas a voz não completou a ordem. Tudo o que ela ouviu foi o silêncio, sem voz, sem sinal, nada. A secretária eletrônica estava cheia.

Tudo bem, então era isso. O responsável pelo anúncio havia recebido uma avalanche de respostas e estava agora selecionando as potenciais funcionárias. De qualquer forma, provavelmente era um emprego de garçonete seminua.

Era melhor levantar de uma vez.

CAPÍTULO 3

NO DOMINGO DE MANHÃ, Erin levou Tilly à estação.

— E aí, você já sabe o que vai fazer?

Tilly fez cara de dúvida e balançou a cabeça:

— Ainda não. Encontrar um lugar mais barato para morar, só isso. O que mais posso fazer? Bem, além de convencer meu chefe a dobrar o meu salário. Ou talvez escrever para o George Clooney perguntando se ele se importaria se eu me mudasse para a mansão de férias dele às margens do Lago Como. Essa é sempre uma possibilidade.

Estava frio no estacionamento; ela deu um beijo em Erin e agradeceu:

— Obrigada pelo fim de semana. Mantenho você informada.

— Você poderia perguntar se ele não gostaria que você fosse a nova namorada dele. — Erin a abraçou. — Tem certeza de que não quer que eu espere com você?

— Não se preocupe, estou bem. O trem vai chegar em dez minutos. Pode ir para casa.

Tilly estava redondamente enganada. Depois de dois minutos tentando encontrar um lugar para sentar na plataforma, os alto-falantes anunciaram que o trem com destino a Londres Paddington estava quarenta minutos atrasado.

As pessoas na plataforma soltaram um resmungo coletivo. Ainda com esperanças, Tilly perguntou para a mulher mais velha ao seu lado:

— Quatorze ou quarenta?

A mulher estalou a língua no céu da boca, aborrecida, e respondeu:

— Quarenta.

O marido de uma mulher mais jovem, tentando acalmar seu bebê, que chorava sem parar, balançou a cabeça e completou, rabugento:

— Isso vai ser divertido.

Divertido.

Emprego divertido em casa de campo. Imaginando o exemplar da *Gazeta de Roxborough* que ela havia jogado na caixa de reciclagem de Erin, Tilly se arrependeu de não ter tentado ligar mais uma vez para aquele número.

De repente, ela lembrou que ainda tinha o número memorizado no celular. Tudo o que precisava fazer era chamar o último número discado.

— Oi? Sou eu. O maldito trem está atrasado, então não vamos chegar antes das seis, no mínimo. Essa merda é sempre assim...

Tilly se levantou e ficou a uma distância discreta do Sr. Rabugento, agora reclamando em voz alta pelo telefone que o bebê estava dando nos nervos. Ela pressionou o celular contra a orelha e ouviu o número chamando. Dessa vez, não havia secretária eletrônica. Pelo jeito, também não havia ninguém para atender. Oito toques, nove, dez...

— Alô? — A voz era jovem, feminina e ofegante.

— Ah, oi... Eu estou ligando sobre o anúncio no jornal — começou Tilly. — Será que eu poderia só perguntar...

— Peraí, vou chamar meu pai. PAAAAI! — berrou a voz.

— Ai — estremeceu Tilly, com o tímpano esquerdo ensurdecido pelo barulho.

— Ops, desculpa! Eu tenho muito fôlego. Olha, ele já está aqui. Pai, mais uma sobre o emprego.

— Ah, que saco, já não temos o bastante para escolher? — A voz era monótona, enfastiada e com sotaque típico de Liverpool. — Diga que é tarde demais, que já contratamos outra.

O espírito competitivo de Tilly aflorou; dois minutos antes, ela nem ao menos queria o emprego. Mas, agora, se ele queria colocá-la à prova e fazê-la desistir...

— Na verdade — ela limpou a garganta —, pode dizer a ele que ouvi o que ele disse. Ele não pode ao menos ter a decência de falar comigo?

— Espere aí — pediu a menina, bem-humorada. — Ah, pai, agora ela está zangada com você.

Tilly ouviu o telefone passando de mãos e algumas palavras de repreensão sussurradas.

— Tudo bem, desculpe. — Era a voz do pai, ainda com aquele som nasal típico de Liverpool, embora levemente mais amigável que antes. — Se você quer saber a verdade, isso tudo foi uma grande estupidez. Acabamos de voltar de férias e encontramos a secretária eletrônica cheia de mensagens. O anúncio deveria ter sido publicado na edição da próxima semana, não da última. Tudo o que eu queria agora era uma xícara de chá e um sanduíche de bacon, e não tenho nenhum dos dois, porque o maldito telefone toca sem parar com mais garotas faz-tudo do que eu posso lidar. Mas, vamos lá — prosseguiu ele com um tom cansado. — Pode falar. Dê seu nome e número, e eu ligo de volta durante a semana para marcar uma entrevista.

— Um momento — interrompeu Tilly —, ainda não sei se quero ser entrevistada. Qual é exatamente o *trabalho* de uma garota faz-tudo?

— Tudo.

— E você escreveu que era um emprego divertido. O que *isso* significa?

— Significa que há uma chance mínima de você se divertir durante cerca de dois por cento do tempo. Os outros noventa e oito por cento serão puro trabalho pesado.

— Entendi. Agora você está tentando me desanimar para não precisar me ver — suspeitou Tilly. — Esse tal emprego tem alguma coisa a ver com pornô?

— Bongô?

— Pornô. Pornografia. Sexo. — Um nítido suspiro coletivo informou Tilly de que todos na plataforma estavam prestando atenção agora.

— Não. Lamento. — Ele pareceu achar engraçado. — Por que, era o que você estava esperando?

— Não, não era. — Tilly tentou ao máximo soar refinada, sem parecer puritana demais. — E por que está pagando só duzentos por semana?

Dessa vez ele riu de verdade:

— A funcionária vai morar conosco. É tudo pago, inclusive um carro.

Certo, essa era uma razão boa o bastante.

— Sabe de uma coisa? Eu seria ideal para essa vaga — disse Tilly de imediato.

— Tá bom, tá bom. Deixa eu ver minha agenda. — Ela ouviu páginas sendo viradas. — Certo, vamos começar a marcar as entrevistas. Venha na quinta-feira à tarde e vamos nos conhecer. Às quatro está bom para você?

— Na verdade, não. — Tilly enrugou a testa.

— Às cinco, então? Seis?

— Escute, vocês estão em Roxborough?

— Não, estamos em Mumbai, por isso coloquei o anúncio na *Gazeta de Roxborough*.

Lá estava ele de novo, o senso de humor lacônico e inexpressivo de Liverpool.

— Bem, eu moro em Londres. Mas neste exato momento estou na plataforma da estação de Roxborough, esperando o trem para voltar. — Apostando todas as suas fichas, Tilly respirou fundo e lançou a proposta: — Então, seria ótimo mesmo se eu pudesse ir vê-los agora.

Silêncio.

Seguido de mais silêncio.

Finalmente, ela ouviu um suspiro.

— Não cheguei a mencionar que estou exausto?

— Enquanto me entrevista — sugeriu Tilly, inocentemente —, eu poderia preparar um sanduíche de bacon fantástico para você.

Ele expirou pela boca, achando graça:

— Você é esperta, hein?

— Estou aqui agora. — Tilly colocou em jogo sua minúscula vantagem. — Se você não puder me ver agora, voltarei para Londres e você terá perdido a chance da sua vida.

— E modesta, também.

— Pense bem. Se eu for perfeita para o emprego, você não vai precisar entrevistar mais ninguém.

Outra pausa. Finalmente, ele disse:

— Tudo bem, então venha para cá. Estamos na Beech House, Rua Brockley. É só passar pela ponte e seguir à direita, saindo da cidade. Você conhece?

— Não, mas eu encontro. Não se preocupe. — Essa frase soou boa e eficiente, hein? — Estarei aí em dez minutos.

✧

BEM, ELA ESTARIA LÁ em dez minutos se houvesse algum táxi do lado de fora da estação. Mas esse foi um pensamento otimista, porque ela estava na estação de Roxborough em uma tarde de inverno de fevereiro, e qualquer taxista que se preze estava em casa dormindo após o almoço de domingo. Tilly não queria ligar para Erin de novo. De qualquer forma, a Beech House não devia estar muito longe. Não mais que a um quilômetro e meio. Em quinze minutos de caminhada ela estaria lá...

Choveu. E era mais que um quilômetro e meio. Choveu mais forte ainda e o céu escureceu junto com o moletom cinza e as calças jeans de Tilly, porque é óbvio que ela não era sensata o suficiente para carregar um guarda-chuva. A mala com rodinhas balançava e pulava pela calçada enquanto ela a arrastava atrás de si. Após vinte e cinco minutos, ela viu uma casa acima, à direita, e apertou o passo. Lá, graças a Deus, estava uma placa com a inscrição Beech House. Ela passou pela entrada de pilares de pedra e continuou pelo caminho de cascalho. A propriedade em estilo Regency era grandiosa, imponente e iluminada de modo tão acolhedor naquela escuridão como a Harrods[4] no Natal.

Ofegante e encharcada, Tilly alcançou a porta principal e tocou a campainha. O que ela estava fazendo ali? O homem era provavelmente um maluco; ela só precisava olhar para ele para saber que não aceitaria aquele emprego por todo o...

— Que diabo, garota! Olhe o seu estado. — Com a porta aberta, o provável maluco puxou-a para dentro. — Pensei que você fosse nos deixar esperando. Ficamos curiosos depois da sua ligação. Não me diga que você veio andando da estação.

Tilly fez que sim com a cabeça e seus dentes começaram a bater freneticamente, acordados pelo calor:

— Não t-tinha nenhum t-táxi.

— Ah, isso é porque os taxistas aqui são todos uns vagabundos preguiçosos. E você nem está de casaco! — Ele olhou de modo desaprovador para a blusa encharcada. — Se tivesse me ligado de novo, eu teria ido buscar você. Se você pegar uma pneumonia e morrer, vou ficar com a minha consciência pesada, não vou?

— Assino uma declaração de renúncia de direitos. — Tilly esticou sua mão e o cumprimentou. — Sou Tilly Cole, prazer em conhecê-lo.

— Muito prazer, Tilly Cole. Meu nome é Max Dineen.

Ele era alto e esbelto como um galgo, cerca de quarenta anos, com cabelo loiro ondulado, cortado rente à cabeça, e amistosos olhos cinzentos atrás de óculos com armação de aço.

— Entre e vou providenciar toalhas para você se secar. É o que sempre digo para a Betty — disse ele enquanto a levava para a cozinha.

— Sua filha?

Ele apontou para a cadela terrier marrom e branca enrolada sobre uma almofada em um dos bancos sob a janela.

[4] A Harrods, em Londres, é a mais luxuosa e exclusiva loja de departamentos do mundo. (N. T.)

— Nossa cadela, mas é um erro fácil de cometer. Eu mesmo as confundo. Betty é a de nariz gelado — ele continuou, quando um estardalhaço de passos anunciou a chegada da filha dele na cozinha —, e a barulhenta de meia-calça listrada é a Lou.

— Oi! — Lou era uma garota pré-adolescente com cabelos ruivos que serpenteavam ao redor da cabeça e um sorriso contagiante. — Na verdade, meu nome é Louisa. Eca, você tá toda molhada!

— Eu sabia que o investimento em educação seria útil algum dia. Lou, esta é a Tilly. Suba e pegue para ela o roupão no quarto de hóspedes. — Max se dirigiu a Tilly. — Vamos colocar as suas roupas na secadora. Que tal? — ele piscou. — Quantas entrevistas você já fez de roupão, hein?

A realidade é que ele não estava sendo grosseiro ou sugestivo. Estava apenas fazendo uma observação, porque fazia sentido. Ainda assim, a situação seria surreal...

— Tudo bem, eu posso trocar de roupa. — Tilly apontou para a mala.

— Estraga prazeres — disse Max.

CAPÍTULO 4

A CASA ERA MARAVILHOSA, decorada por alguém realmente talentoso e hábil com cores. Sendo Max Dineen casado ou divorciado, Tilly apostava que tinha sido o trabalho de uma mulher. No guarda-volume verde-garrafa e branco-mármore embaixo da escada, ela tirou as roupas molhadas e vestiu o pulôver vermelho de lã de angorá e a calça preta que havia usado na noite anterior.

De volta à cozinha, Max levou as calças jeans e o moletom dela para a área de serviço e os colocou na secadora. Então, estendeu a ela uma xícara de café e puxou uma das cadeiras da cozinha.

— Certo, vamos começar, então? A situação é esta: a mãe de Lou e eu nos separamos há três anos. A mãe dela mora e trabalha na Califórnia. Durante os primeiros anos, Lou ficou morando lá com a mãe, mas ela sentiu falta de tudo isso... — Ele mostrou ironicamente a janela molhada de chuva. — De todo esse glorioso clima britânico. Então, no ano passado, ela resolveu voltar de vez. Tentei mudar meu nome e me esconder, mas ela conseguiu me localizar.

— Pai, não diga isso. — Lou o encarou. — As pessoas vão achar que é verdade.

— É verdade. Estava me escondendo nos vãos das portas... Usando um bigode falso... Tudo inútil. Foi como ser perseguido por um cão de caça.

— Ninguém vai querer trabalhar aqui se você disser essas coisas. Olha, o negócio é o seguinte — assumiu Lou. — Tenho 13 anos. Meu pai parou de trabalhar quando cheguei, mas agora ele está voltando aos poucos.

— É uma questão de necessidade — disse Max —, você custa uma fortuna.

— Enfim — Louisa o ignorou —, decidimos que precisávamos de uma faz-tudo para nos ajudar, alguém para me buscar na escola e coisas do tipo, cozinhar alguma coisa de vez em quando, ajudar meu pai com os negócios, qualquer coisa que precise ser feita. Fomos um pouco vagos porque...

— Fomos um pouco vagos — interrompeu Max —, porque se colocássemos um anúncio procurando alguém para cuidar de um velho mal-humorado e uma adolescente reclamona, todo mundo correria mais de um quilômetro.

— Continue ignorando-o. — Os olhos de Louisa brilhavam enquanto ela abria a lata de Pepsi com um estalo. — Então. Será que esse trabalho seria algo que você poderia gostar de fazer?

Tilly encolheu os ombros.

— Isso depende dos negócios do seu pai. Se ele for o caçador de ratos da cidade, não vou ficar muito entusiasmada em ajudá-lo.

— Que tal ser ajudante do coveiro? — perguntou Max.

— Papai, quer deixar isso comigo? Ele não é coveiro — explicou Louisa —, ele tem uma empresa de *design* de interiores. É muito divertido. E ele é bastante procurado. — Louisa balançou a cabeça, orgulhosa. — Então, é isso. É isso que você vai fazer. Agora, é sua vez de nos contar sobre você.

Tilly escondeu um sorriso, porque Louisa era tão determinada, viva, imperativa e jovem, e ela, Tilly, estava sendo entrevistada por uma garota ruiva e sardenta de 13 anos, com brincos de argola gigantes, vestido de malha verde-limão e meia-calça listrada de várias cores. Ela também estava errada sobre a ex-mulher ser responsável pelo visual da casa.

E nada de ratos, o que era um bônus.

— OK, a verdade? Moro em Londres, meu trabalho é superchato e meu namorado deu no pé. O que não me aborrece, mas significa que não tenho condições de ficar no apartamento que dividíamos e *isso*, sim, me aborrece. Então, vim para cá passar o fim de semana com a minha amiga Erin e...

— Erin? Da loja Roupas Lindas da Erin? — perguntou Louisa com um tom empertigado. — Eu a conheço. Costumava ir lá com a mamãe e a Erin me dava balas de goma com formato de morango. Ela é legal!

— É sim, eu sei. E ela vai adorar saber que você acha isso também — disse Tilly. — Erin é minha melhor amiga desde a faculdade. Enfim, vi o anúncio de vocês no jornal e tentei ligar ontem, mas a secretária eletrônica estava lotada. Quando meu trem atrasou hoje à tarde, resolvi acreditar na sorte e tentar mais uma vez. Erin diz que este é um lugar excelente para viver. Ela adoraria que eu me mudasse para cá. Então, estou aqui.

— Você sabe cozinhar? — perguntou Max.

— Hum, não sou a Nigella[5].

— Não se preocupe, não queremos uma Nigella. — Max fez uma careta. — Toda aquela coisa de enfiar o dedo na boca e suspirar em êxtase me desanima a jantar, isso sim.

Ufa, que alívio!

— Sou a rainha do sanduíche de bacon.

— Grandioso. O alimento dos deuses. Ficha criminal?

— Não! — gritou Tilly, chocada.

— Alguma vez já furtou algo dos empregadores anteriores?

— Clipes de papel. — Ela se concentrou para lembrar; honestidade era importante. — Envelopes. Canetas. As mais baratas — acrescentou Tilly, caso ele pensasse que estava se referindo a Mont Blancs. — Ah, e um rolo de papel higiênico, uma vez. Mas só porque estávamos sem papel em casa e eu não tive tempo de passar no mercado. E *isso* foi vergonhoso, porque estava escondendo o rolo debaixo do meu casaco para sair do prédio e o porteiro me perguntou se eu estava grávida.

[5] Nigella Lucy Lawson é uma *chef* de cozinha, apresentadora de televisão e jornalista britânica.

Max concordou com a cabeça, gravemente.

— Odeio quando isso acontece comigo. Carteira de motorista limpa?

— Totalmente.

Dessa vez, Tilly pôde responder com segurança, principalmente porque ela não tinha um carro e apenas ocasionalmente pegava emprestado dos pais o Ford Focus, que, sendo adquirido e dirigido por eles desde o dia em que saíra da fábrica, nunca havia *aprendido* a andar mais rápido que a cinquenta quilômetros por hora.

— Gosta de amarelo?

— Como?

— Você gosta de amarelo? É a cor do quarto em que você vai dormir se vier morar aqui.

— Depende do tipo de amarelo. Não gosto muito do tom mostarda.

— Agora ela está ficando exigente — riu Max.

— Vocês dois. Por favor... — Louisa balançou a cabeça.

Eles subiram as escadas e Max mostrou a Tilly o quarto, decorado fabulosamente em tons de ouro pálido, com nuances de prata e branco. A vista das janelas de caixilhos alongados era de tirar o fôlego, mesmo que as colinas, elevando-se a distância, estivessem envoltas em névoa cinza naquele momento. As cortinas eram suntuosas, glamurosamente drapeadas. E a cama...

— Então? — Max queria saber.

Tilly engoliu em seco. Seria errado aceitar um emprego só porque havia se apaixonado por uma cama?

Mas aquela era muito mais que uma simples cama. Era uma cama de quatro colunas, decorada em tecido de linho adamascado marfim e prata, o colchão tão alto que, para subir, era preciso praticamente correr e saltar sobre ele, os travesseiros arrumados no verdadeiro estilo de *design* de interiores. Aquilo era pura Hollywood, a cama dos sonhos, e Tilly queria rolar sobre ela como um cachorrinho.

— Ela está odiando — opinou Max.

Tilly balançou a cabeça.

CAPÍTULO 6

— **AQUI ESTÁ ELA** — anunciou Max assim que Tilly, de volta da visita a Erin, entrou na cozinha de meias. — Esta é a garota de quem estava falando.

Tilly se virou para cumprimentar o visitante e parou, imobilizada. Porque ali, encostado no fogão Aga, com os braços cruzados na frente do corpo de forma despreocupada e um sorriso devastador espalhado pelo rosto, estava um dos homens mais desconcertantemente bonitos que ela já havia visto na vida real. Emoldurados por grossos cílios, olhos verdes a observavam, curiosos, e um pouco de cabelo preto e brilhante caía sobre a testa. O rosto dele era bronzeado, enfatizando os dentes brancos, e os dentes em si eram imperfeitos o bastante para não serem a obra de um dentista.

Caramba! E ele estava vestindo um jeans desbotado com respingos de tinta, Timberlands e uma camisa polo marrom-clara sob um colete cinza-escuro bem surrado. O corpo também era espetacular.

Max apresentou os dois.

— Tilly, esse é meu... *amigo*, Jack Lucas. Jack, essa é Tilly Cole.

— Certo, vamos esclarecer uma coisa? Desde o princípio? Não sou o *amigo* do Max — reforçou Jack —, sou só *um* amigo. Sem hesitação, sem ênfase nenhuma. Max gosta de dizer essas coisas para me deixar sem graça e fazer as pessoas imaginarem o que ele está insinuando. Ele acha isso muito engraçado. Não dê atenção a ele. — Ele endireitou o corpo, inclinando-se para a frente para estender a mão. — Oi, Tilly. Muito prazer.

— Igualmente.

Tilly se esforçou ao máximo para parecer que era uma rotina ser apresentada a homens atraentes o suficiente para fazer os joelhos tremerem. O aperto de mão dele era quente e determinado, e, quando ele respirava, cheirava a uma mistura de tinta, deliciosa loção pós-barba e pó de tijolo.

— Sabe, acho que você me lembra alguém... — Soltando a mão dela, Jack apontou o dedo indicador para o ar, como se a conexão lhe fugisse da memória.

— Ah, meu Deus, lá vai! — Max balançou a cabeça, aborrecido. — Você não perde tempo mesmo, não é? E que originalidade. Cuidado, garota — avisou Max para Tilly. — Ele vai dizer agora que tem certeza que já conhecia você antes, e você vai acreditar e tentar se lembrar de onde.

— Max, fique quieto. Não estou passando uma cantada, é verdade.

Mas Jack Lucas disse isso rindo, o que tornou impossível para Tilly saber se ele estava ou não dizendo a verdade.

— Sou de Londres. Não nos conhecemos antes.

Se Tilly o tivesse conhecido, ela com certeza se lembraria.

— Bem, você está aqui agora. E Max e eu trabalhamos juntos às vezes, então tenho certeza de que vamos nos ver em outras circunstâncias.

O lampejo brincalhão nos olhos dele era prova de que ele estava totalmente ciente do duplo sentido daquela frase. Mas Tilly descobriu que algo mais impressionante estava acontecendo ao mesmo tempo. Quando olhava para ela, parecia que toda a atenção dele estava focada nela; quando ele dizia alguma coisa, era como se apenas se preocupasse com o que ela responderia.

Ótimo truque.

Também era, claro, a marca de um sedutor profissional. Tilly estava imaginando o rastro de corações partidos que um homem como Jack Lucas devia deixar, chorando e acenando.

Nesse momento, eles ouviram a porta de entrada abrir e fechar, e Louisa entrou correndo na cozinha, de uniforme escolar azul-marinho.

— Você está aqui! — Os olhos dela se iluminaram e, por um momento, ela ficou parada na soleira da porta, sem saber o que fazer. Mas logo correu em direção à Tilly e a abraçou. — Estou tão feliz!

— Ei, e eu? — protestou Jack. — Você também está contente em me ver?

— Claro que sim. Sempre fico contente quando você vem. — Louisa o abraçou também. — Mesmo cheirando a tinta.

— Desculpe. — Ele deu uma puxadinha carinhosa em um dos cachos acobreados dela. — Tivemos que acelerar o trabalho hoje e dois não vieram. Se eu soubesse que você iria reclamar, teria sentado e deixado os outros trabalharem sozinhos. E olhe só quem fala — adicionou Jack —, você está cheirando a... groselha, eca!

— A mãe da Nesh trouxe a gente para casa e nos deu balas. É o que bons pais fazem. Oi, papai. — Louisa deu um beijo em Max, depois sorriu para Tilly. — E boas garotas faz-tudo também, quando é a vez delas de pegar a gente na escola.

— E aí você perde a fome e não quer tomar seu chá — reclamou Max.

— Pai, isso não é verdade. Estou com fome! O que vamos comer? Jack, você vai ficar para comer com a gente?

Ops, Tilly esperava que não. Se preparar o jantar era tarefa dela, ela não precisava de um Jack Lucas por perto, distraindo-a em seu primeiro dia de trabalho.

— Hoje, não. Vou sair para jantar. — Jack olhou o relógio. — Na verdade, preciso ir. Ainda tenho que ver uns locatários em Cheltenham. — Ele se virou para Tilly e lançou aquele olhar penetrante mais uma vez. — O que vou perder?

Tilly não fazia a menor ideia; ela nem ao menos havia aberto a geladeira para ver o que tinha.

— Algo fabuloso.

— Tenho certeza. — Jack sorriu. — Não tem problema, fica para a próxima. — Levantando a mão e indo em direção à porta, ele se despediu: — Estou indo, tchau.

Assim que ele saiu, Tilly disse:

— Bem, *ele* se acha irresistível, né?

Max parecia estar se divertindo.

— Jack é ótimo. Ele é um cara legal. E, para ser sincero, a maioria das mulheres aqui também acha que ele é irresistível.

— Conheço esse tipo — desdenhou Tilly.

— Ele vai dar em cima de você, não se preocupe. A escolha é sua, mas, se quiser entrar no jogo, não tenha muitas expectativas — avisou Max. — Sem compromissos, esse é o Jack. Ele tem tantos troféus na prateleira que já não tem mais espaço.

— Eca, pai! Podemos não falar sobre isso?

Max mexeu no cabelo da filha.

— Desculpe, querida. Só estou prevenindo a Tilly, avisando como são as coisas por aqui.

Como se ela fosse se sentir atraída por Jack Lucas por um segundo sequer. Mas que ideia absurda! Tilly disse, com franqueza:

— Não se preocupe, não planejo ser o troféu de ninguém, especialmente de alguém que usa cantadas como...

A porta da cozinha se abriu e a cabeça de Jack apareceu.

— Diabos, era para você ter ido embora — disse Max. — Como vamos falar de você pelas costas com você rastejando por aí e ouvindo escondido?

— Desculpem. — Pelo modo como Jack estava sorrindo, era óbvio que havia ouvido cada palavra. — Eu *estava* de saída, mas vi algo interessante no corredor lá fora. — Ele ergueu uma sobrancelha para Tilly. — Duas coisas interessantes, para ser mais exato.

Tilly ficou surpresa quando ele reapareceu na cozinha com as botas que ela havia tirado e deixado na entrada há cinco minutos. Por acaso botas de couro verde-esmeralda estilo *cowboy* com saltos personalizados de *glitter* eram proibidas em Roxborough? Eram contra a lei, talvez? Um risco à saúde e à segurança? Será que o brilho do *glitter* assustava rebanhos de vacas e as fazia debandar pelo campo?

— Adoro as botas da Tilly — adiantou-se Louisa em sua defesa, lealmente. — Elas são legais.

— Não disse que não gosto delas — explicou Jack. — Acho que elas são bastante... únicas. O tipo de botas que você pode usar para saltar sobre latas de lixo, por exemplo. — Ele fez uma pausa. — Bem, para *tentar* saltar sobre uma lata de lixo.

Tilly já estava com uma das mãos sobre a boca.

— Você me viu?

— Ah, fiz mais do que apenas ver você. — A boca dele se contraiu. — Eu gritei com você.

Ela soltou uma exclamação aguda de assombro.

— Aquele era o seu carro?

— Meu carro novo em folha — enfatizou Jack. — Apenas dois dias fora da concessionária. Você deixou marcas de gordura por todo o vidro.

— Eu me desculpei. Não fiz de propósito. Ao contrário de você — lembrou Tilly —, que passou por aquela poça para me molhar. Aquilo foi proposital.

— Mais ou menos proposital — confessou Jack. — Era para ter sido só alguns respingos. Também peço desculpas. Mas veja pelo lado positivo: pelo menos agora você sabe que eu não estava te enganando. — Os olhos dele brilharam com bom humor. — Sabia que já tinha visto você em algum lugar. Só não sabia que havia sido na noite em que você se espatifou no meu carro novo.

— Entre, pode entrar. Desculpe, meu quarto é uma bagunça. Meu pai costumava reclamar e me pedir para colocar as coisas no lugar, mas agora ele desistiu. Eu disse para ele que tem coisas muito mais importantes para a gente discutir e que ser desorganizado não importa. Enfim, é mais aconchegante assim.

Louisa estava sentada em sua cama dupla, de pijama roxo e lendo um livro sobre a história da Revolução Industrial. Ela cheirava a sabonete e pasta de dentes.

— Como fazer sua lição de casa — disse Tilly. — Isso é mais importante.

— Estou fazendo agora. — Louisa sorriu para ela e sacudiu o livro da escola. — Revisão. É realmente muito chato e... Ah, não! Meu pai *contou* para você!

— Sinto muito. Ele é o chefe. — Ao levantar o travesseiro arrumado ao lado do que estava atrás de Louisa, Tilly localizou um exemplar da revista *Heat* e a tirou de alcance. — Ele disse que se eu olhasse aqui embaixo poderia encontrar uma dessas.

Louisa fez cara de quem fora pega em flagrante.

— Eu só ia dar uma olhadinha por cinco minutos. A prova de história é só na próxima semana mesmo. — Louisa se reclinou, os olhos vivos. — E então, você acha que vai gostar daqui?

— Espero que sim. — Tilly sentou na ponta da cama, vendo os porta--retratos sobre a estante e intencionalmente não pensando em Jack Lucas. — Gostei daquela com você e sua mãe.

— Essa foi na praia, no Havaí. Fomos para lá nas férias do ano passado. Todo mundo estava bronzeado e chique. — Louisa fez uma careta. — E lá estava eu, com os meus cabelos ruivos estúpidos e minhas pernas brancas e magrelas, parecendo uma sem noção total.

— Você não é sem noção. — Pegando a foto, Tilly olhou para as duas, rindo juntas para a câmera. — E olhe só, sua mãe é ruiva também.

— Ela está coberta de bronzeamento artificial. E protetor solar fator 50. Não sei como ela suporta Los Angeles. Prefiro o frio. Gosto de morar aqui.

— Você deve sentir falta dela — comentou Tilly com tato.

Louisa deu de ombros.

— É, mas quando eu estava morando lá, com a minha mãe, também sentia muitas saudades do meu pai. E falo com ela o tempo todo. Ela está feliz e o trabalho está indo bem. Ela adora o trabalho.

E quem não adoraria? Tilly havia descoberto durante o jantar que Kaye Dineen, mãe de Louisa, ex-mulher de Max e atriz de teatro britânica sem sucesso, era na verdade bastante conhecida nos Estados Unidos, e em grande parte do resto do mundo desenvolvido, como Kaye McKenna, uma das estrelas da série dramática de TV coroada pelo Emmy, *Over the Rainbow*, vista por milhões de espectadores todas as semanas. Só foi necessária uma audição de sorte, o sonho de qualquer aspirante a ator. Após oito meses de rejeição e com a autoestima no chão, o pneu do carro de Kaye furou no caminho para o escritório do diretor de elenco. Quando ela conseguiu chegar, uma hora e meia depois, estava com o vestido branco coberto de graxa e sem maquiagem. O diretor, aproveitando-se do ar de fragilidade e quase desespero da atriz, perguntou com brutalidade intencional: "Por que diabos eu deveria ver você agora?", motivando Kaye, com os olhos brilhando de lágrimas, a responder: "Porque eu amava meu ex-marido, meu ex-marido agora é *gay*, nossa filha ama nós dois e, se eu não mereço uma colher de chá, não sei quem pode merecer".

Sua ferocidade, acompanhada do sotaque inglês cristalino, ganhou o jogo. Todos os requisitos foram cumpridos e ela garantiu o emprego imediatamente. Kaye creditou publicamente àquele pneu furado a responsabilidade por lançar sua carreira nos Estados Unidos.

— Esta é legal. — Louisa pegou outra foto com moldura turquesa, de um grupo de adolescentes fazendo bagunça em uma piscina em Los Angeles. — Somos eu e algumas amigas depois de uma festa de casamento. Você conhece a atriz Macy Ventura? Ela é a atriz principal da série da minha mãe. Bem, ela estava se casando pela quinta vez, com algum produtor velho de cinema, e ela nem me conhecia, mas perguntou para minha mãe se eu gostaria de ser uma das damas de honra. Mamãe disse que seria legal e nós fomos encontrar a Macy, o pessoal dela e o coordenador do casamento.

— E? — Tilly franzia as sobrancelhas, pensando no que aqueles cogumelos cor-de-rosa gigantes estavam fazendo na piscina.

— Ah, foi um barato! Como quando você abre um presente achando que é um bracelete de diamante e descobre que é um dicionário. Macy e o cara do casamento olharam para mim e começaram a inventar várias desculpas. Eles estavam horrorizados! Eu era muito ruiva, muito pálida, muito sardenta, muito alta... Basicamente, arruinaria todo o casamento, sem contar o acordo com a revista. Todas as damas de honra deveriam vestir rosa bebê. Bem, você pode imaginar como eu ficaria de rosa-bebê. Eles acabaram me oferecendo 500 dólares para não ser dama de honra.

— Só pode ser brincadeira! Essa é a história mais horrível que eu já ouvi! — Tilly balançou a cabeça, sem acreditar. — Você ficou com o dinheiro?

Louisa riu alto.

— Claro que sim! Eu não queria mesmo ser dama de honra desde o começo. Especialmente depois de saber que teria que vestir algo daquela cor. Enfim, mais tarde, durante a festa, conversei com as outras damas de honra e elas eram ótimas. Assim que contei o que a Macy tinha feito, todas elas tiraram os vestidos e os jogaram na piscina. Achei muito legal da parte delas. — Com um sotaque californiano, acrescentou: — *Tipo*, me senti totalmente apoiada.

— Então, esses são os vestidos. — Tilly apontou para os cogumelos boiando.

— Eram vestidos assinados. Vera Wang. Custam milhares de dólares — Louisa deu uma risadinha. — Macy ficou furiosa.

— Mas que diabo, *você* é que deveria ficar furiosa. — Tilly estava indignada por Louisa. — Não acredito que você foi ao casamento depois do que ela fez com você.

— Ah, não ligo. É tudo encenação. Só arruinei o ensaio. — Louisa parecia mesmo não se importar. — Afinal, esse foi um casamento de Hollywood, não um casamento de verdade. Eles só ficaram juntos por seis meses.

— Bem, se eu me casar algum dia — disse Tilly —, você pode com certeza ser minha dama de honra.

— Oh, obrigada! E, quando eu me casar, você pode ser a minha — Louisa riu. — Se você não estiver velha demais.

Tilly a empurrou, fingindo estar brava.

— Nunca fui dama de honra. Ninguém nunca me convidou.

— Eu quase fui uma vez, quando tinha nove anos. — Louisa bocejou, o cansaço a estava vencendo. — No casamento do Jack e da Rose.

Jack?

— O mesmo Jack que estava aqui hoje? — Pronta para a fofoca, Tilly se empertigou. — O que aconteceu? Eles cancelaram no último minuto?

— Bem, eles foram obrigados.

Ah, que maravilha! Impaciente, Tilly perguntou:

— Quem terminou com quem?

— Ninguém. Não foi nada disso. Eles teriam se casado — explicou Louisa —, mas não puderam. Porque a Rose morreu.

CAPÍTULO 7

LÁ EMBAIXO, na sala de estar, Max estava abrindo uma garrafa de vinho tinto.

— Um brinde ao fim do seu primeiro dia. — Ele bateu a taça dele na de Tilly. — Você ainda não saiu correndo e gritando de volta para Londres. Viva! Não foi insuportável demais, então?

— Quase não fiz nada até agora. Estou me sentindo uma fraude.

— Ah, isso é porque ainda não comecei a estalar meu chicote. Até o fim da semana, você vai odiar minha imagem. Bem, fiz uma lista das coisas que você precisa fazer amanhã. Em primeiro lugar, estarei em Oxford, mas, caso haja qualquer problema, você pode me ligar.

Max mostrou a folha de papel, em que estava escrito:

8 horas — Levar Lou para a escola.

De manhã — Devolver os mostruários de papel de parede na Derwin's em Cirencester.

Comprar comida, preparar o jantar, passear com Betty, buscar seis impressões emolduradas na Welch & Co. em Roxborough.

Buscar Lou e Nesh na escola às 16h10.

— Parece tranquilo. — Tilly estava com dificuldades para se concentrar; a revelação sobre Jack estava explodindo dentro de sua cabeça e ela queria fazer milhões de perguntas. — Hum, o que você quer que eu prepare para o jantar?

— Ah, só Deus sabe! Pensar sobre o que cozinhar me deixa doido. O bom de ter você aqui é que agora esse é o seu trabalho. Mas não somos exigentes, então você não precisa arrancar os cabelos por causa disso. Estarei em casa às seis — informou Max. — E, no dia seguinte, você pode vir comigo para me ajudar a medir o próximo trabalho.

— Fantástico. — Tilly só imaginava o momento em que ela poderia deslocar a conversa para o assunto do Jack.

— Nada muito sofisticado, é só um trabalho do Jack.

Bingo!

— Sabe que Lou e eu estávamos...

— Aqui, posso mostrar os detalhes para você, ele me deixou a brochura mais cedo. — Max alcançou uma pasta sobre a mesa. — O Jack reforma imóveis para alugar depois, sabia? Durante esses anos, ele construiu um belo portfólio. Ele compra propriedades em leilões, faz a reforma, depois eu as deixo bonitas para que ele as coloque para alugar. Este aqui, por exemplo, é um apartamento no segundo andar de uma residência em estilo vitoriano em Cheltenham com uma sala de estar voltada para o Sul e...

— Lou me contou sobre a namorada dele que morreu — Tilly deixou escapar, sem conseguir mais se controlar. — Uma semana antes do casamento. Lou disse que ela se afogou.

Max parou, deu um leve sorriso, bebeu um pouco de vinho. Finalmente, voltou a olhar para ela.

— Está certo. Querida, agora você entrou para o clube. Posso ver nos seus olhos.

— O quê? Não sei do que você está falando. — Mas Tilly podia sentir que estava enrubescendo, porque, no fundo, ela sabia.

— O lado romântico disso tudo. O viúvo trágico, exceto pelo fato de que ele nem ao menos conseguiu se casar. Desculpe. — Max balançou a cabeça, seu tom se alterou. — Jack é um dos meus melhores amigos e o que aconteceu *foi* terrível, mas é engraçado ver o efeito disso no sexo oposto. Como se, para começo de conversa, ele não fosse atraente o bastante, além de inteligente e bem-sucedido. Assim que as mulheres ouvem essa história, pronto, elas perdem o controle. Faz com que elas queiram conquistá-lo ainda mais. E isso acabou de acontecer com você.

— Não aconteceu — protestou Tilly, ainda mais vermelha.

— Não me venha com essa. — Observando resignado, Max disse: — Sabe de uma coisa? Se o Jack seduzir e depois abandonar e magoar você, e você ficar tão deprimida a ponto de perceber que não suportaria mais viver aqui, pedir demissão e ir embora, deixando Lou e eu desamparados, juro por Deus, sendo ou não meu melhor amigo, eu mesmo vou quebrar o pescoço do viúvo trágico.

Tilly ainda queria ouvir todos os detalhes; depois de contar o básico, Louisa fora vencida pelo sono.

— Já disse que não sou troféu de ninguém.

— Ah, mas isso foi antes de você saber da história toda.

A frustração veio à tona.

— Eu ainda não sei qual é a história toda!

— Tudo bem. Pronta para mais uma rodada? — Max preencheu a taça dela e em seguida colocou os pés sobre a mesa de café na frente do sofá. — Prepare os lenços, garota. Jack e Rose ficaram juntos por três anos. Ela era muito bonita, um ano mais nova que ele, a coisa mais linda que você já viu. Todo mundo a adorava. Eles noivaram na noite de Natal, cinco anos atrás. O casamento foi marcado para dezembro do ano seguinte e aconteceria na igreja da vila em Pembrockeshire, onde Rose cresceu. Estava tudo arranjado. Então, eles descobriram que Rose estava grávida, o que era a cereja do bolo. Eles mal podiam esperar para serem pais. Rose adorava andar a cavalo, mas Jack a convenceu de desistir, para não prejudicar o bebê. Enfim, na semana anterior ao casamento, Rose foi para o País de Gales para ficar com os pais dela e cuidar de todos os preparativos de última hora. Jack permaneceu aqui, resolvendo problemas de trabalho. Na manhã de domingo, Rose levou o cachorro dos pais para passear à beira do mar. Ventava naquele dia e o mar estava violento. Para resumir, o cachorro estava perseguindo uma gaivota na rebentação e entrou em perigo. Rose tinha praticamente crescido junto com o animal, toda a família o amava. Bem, as pessoas viram Rose tentando chamar o cachorro, mas ele não conseguia voltar para a praia. Então, ela pulou das pedras, dentro do mar.

Tilly estava estupefata. Como ouvir uma história como essa, sabendo que o final era insuportável?

— E, sabe de uma coisa? — continuou Max. — Ela *conseguiu* salvar o cachorro. Só Deus sabe como, mas ela conseguiu alcançá-lo e colocá-lo perto o bastante das pedras para que ele pudesse subir para um lugar seguro. Mas ela não conseguiu se salvar. Uma onda gigante quebrou sobre ela, o peso da água a puxou para o fundo e a correnteza a levou. Quando o bote salva-vidas a encontrou, era tarde demais. Ela estava morta.

— Não sei o que dizer. — Tilly balançou a cabeça, sem conseguir imaginar a proporção do horror. — Coitada da família dela.

— Foi difícil — concordou Max, tomando outro gole de vinho. — Os pais ficaram devastados. Eles tinham perdido a filha e o neto, todo o futuro deles. E é claro que Jack se sentiu culpado. Ele se convenceu de que, se tivesse ido para Pembrockeshire em vez de ter ficado aqui, isso nunca teria acontecido. — Depois de uma pausa, Max respirou fundo. — O problema é que Jack tinha um bom argumento. Enfim, foi isso. Não houve mais casamento; em vez disso, tivemos um funeral. A família da Rose estava em cacos. Jack passou por tudo isso no piloto automático. Depois, ele mergulhou no trabalho. Seis meses depois, ele voltou a... se socializar. — Mordaz, Max completou: — E ele vem se socializando desde então, de forma épica. Estamos pensando em entrar em contato com o *Livro Guinness dos Recordes*. Mas eles mandariam alguma pobre garota inocente para examiná-lo e todos nós sabemos o que aconteceria. Imagine abrir a próxima edição e ler: “O recorde mundial de sedução de mulheres pertence a Jack Lucas, 33 anos, de Roxborough, em

Cotswolds, que *prometeu* fielmente me ligar e voltar a me ver, mas, não, ele é apenas um babaca, estúpido e mentiroso que pensa que pode continuar tratando a nós, mulheres, como lixo... Quem ele pensa que é?".

Havia em algum lugar aí uma mensagem não tão sutil. Tilly supôs que deveria ser grata a Max por ele não usar um megafone para escancarar a mensagem na cara dela.

— Todo mundo quer consolá-lo — Max continuou. — Todas pensam que vão ser a mulher que fará a diferença, que quebrará as barreiras e fará Jack se apaixonar novamente. Mas já se passaram quatro anos. Confie em mim, ele não está interessado nessa coisa de amor sentimental. Ele prefere se manter afastado de relações sérias e continuar solteiro, para não se machucar de novo. E isso — concluiu Max — é o que torna Jack irresistível. É o desafio.

Ele parou e olhou de lado para Tilly, medindo a reação dela.

— O que aconteceu com o cachorro? — lembrou Tilly.

— Ele morreu um ano depois. Nada dramático, foi de velhice. Foi dormir e nunca mais acordou. Um ótimo jeito de morrer. — Max segurou seus óculos no ar e confessou, inexpressivo: — Mas, se eu tivesse escolha, preferiria uma noite com o Johnny Depp.

CAPÍTULO 8

ATÉ ENTÃO, TUDO CERTO. Tilly estava se deliciando com seu primeiro dia de trabalho de verdade. Ela havia deixado Louisa na escola no horário marcado, dirigido até Cirencester para devolver os mostruários de papel de parede para a Derwin's e ido até o açougue para comprar três pacotes de bife com massa folheada. As batatas estavam prontas para serem assadas, as cenouras estavam fatiadas em tiras, obviamente, e não nas rodelas de sempre, e Betty já havia passeado no bosque de Roxborough, felizmente sem conseguir pegar nenhum dos coelhos que vieram incomodá-la.

Tilly verificou o relógio. Eram duas horas e tudo o que ela precisava fazer era buscar as impressões emolduradas. Depois, teria tempo de falar com a Erin antes de voltar a Harleston para pegar Lou e sua amiga Nesh na escola.

A-há! Havia até uma vaga do lado de fora da Welch & Co., a loja com um arco azul e branco na frente e loureiros em vasos igualmente azuis e brancos, ladeando a porta.

Por dentro, a Welch & Co. era o tipo de lugar ao qual você vai quando quer comprar alguma coisa bonita para sua casa e está se sentindo rico. As paredes eram cobertas com quadros e espelhos variados. Havia lâmpadas ornamentais por toda parte, lustres, vasos elegantes, potes de cerâmica, esculturas, flores artificiais que pareciam reais. Era uma dessas lojas em que por toda parte há algo que faz você dizer "Oh, como isso é lindo!", mas que dá vontade de desmaiar ao saber o preço.

Até a mulher sentada no fundo da loja, na frente de uma mesa branca e envernizada com um candelabro de vitral, parecia cara. Conversando ao telefone, ela era atraente e bem-arrumada, com cabelos longos e dourados, que poderiam ser apenas apliques. Estava vestindo uma blusa rosa, uma saia-lápis branca e bastante maquiagem.

— Tudo bem, mas não fique esperançosa. Ele sempre diz que vai te ligar, mas nunca liga.

Tilly notou que os sapatos pareciam ser de algum estilista. Uma pulseira Riviera com diamantes brilhava no pulso esquerdo.

— Que bom, fico feliz em saber que você se divertiu. Sim, eu sei, ele é, não é mesmo?

Meias lustrosas e bem finas. Sem aliança. Perfume almiscarado e forte.

— Um momento, Amy. Cliente. — Cobrindo o fone com as unhas feitas à moda francesa, a mulher olhou para Tilly e perguntou encantadoramente: — Posso ajudá-la? Está procurando algo especial?

Procurando algo especial. Tilly achava a expressão engraçada; quando era criança, imaginava as pessoas muito concentradas dentro das lojas, apertando os olhos e franzindo as sobrancelhas, em busca de algum tesouro especial.

Mas agora ela era adulta e sabia que não era nada daquilo. Tilly respondeu em voz alta:

— Na verdade, estou aqui para buscar umas impressões. Para Max Dineen.

Isso chamou a atenção da mulher. Ela arregalou os olhos e se ajeitou na cadeira. Levantando o dedo indicador, encerrou a ligação:

— Amy, preciso ir, alguém muito interessante acabou de entrar na loja. — Pausa. — Não, *ele*, não. Meu Deus, você está obcecada.

— Puxa — disse Tilly. — Não sabia que eu era tão interessante. Espero que você não esteja contando com um espetáculo de sapateado.

— Não, se você não quiser sapatear. Mas você é interessante. — Com o telefone desligado, a mulher estava agora a examinando de cima a baixo, sem pudor; o olhar confiante tomava nota dos cabelos bagunçados pelo vento, a falta de maquiagem, os *jeans* gastos e as galochas de bolinhas cor-de-rosa. Tendo decidido que a visitante não apresentava nenhuma ameaça (Tilly teve vontade de dizer que lavara bem as mãos), ela disse: — Você deve ser a nova garota do Max. Ele me disse que você começaria essa semana. Ele também disse seu nome, mas eu esqueci.

— Tilly Cole.

— Isso mesmo. Que nome engraçado! Sou Stella, Stella Welch. Prazer em conhecê-la. Então você é a sortuda que trabalha para o Max. Estou com ciúmes.

— Bom, até agora estou gostando. — Tilly sorriu, interessada em deixar uma boa primeira impressão, mesmo que os cabelos e as galochas a desapontassem. — E Lou é ótima.

— O que você acha dele? — Stella se inclinou para frente, em tom conspirador. — Uma delícia, não é?

Desconcertada, Tilly gaguejou:

— Ãhn...

— E *tão* engraçado. Adoro aquele senso de humor típico de Liverpool. Ele me faz morrer de rir. Aposto que você está atraída por ele, não é?

OK, aquilo estava ficando muito estranho. A sexualidade de Max não era assim tão conhecida como ela pensava? Tilly hesitou, e então respondeu:

— Não, eu não estou atraída por ele.

— Ah, vamos! Você deve estar, sim! Eu o acho *muito* atraente.

Não, eles haviam conversado sobre aquilo na noite anterior; Max havia dito a ela que todos sabiam.

— Mas ele é... *gay* — disse Tilly.

— Ah, tá! — Stella encerrou o protesto encolhendo os ombros. — Mas não completamente. Só meio *gay*. Ele foi casado com a Kaye por bastante tempo e eles tiveram uma filha. Então, está claro que ele não gosta só de homens. — Girando uma caneta esferográfica entre os dedos, ela acrescentou de forma displicente: — Definitivamente, há espaço para manobra.

— Certo. Hum, não havia percebido. — Apressada, Tilly concluiu: — Mesmo assim, não sinto atração por ele.

— Por que não? Você é *gay*?

Caramba!

— Não, ele não faz o meu tipo. E acabei de terminar com meu namorado, então resolvi que vou ficar um pouco longe disso tudo por um tempo.

— Hummm, mas para você não tem problema. Você é mais jovem que eu. Quantos anos você tem? — Stella era dona de uma franqueza assustadora.

— Vinte e oito.

— E quantos anos você acha que eu tenho?

Tilly hesitou.

— Hum...

— Trinta e sete. Eu sei, não parece, mas é a minha idade. — A modéstia dela também era assustadora. — E meu marido e eu nos separamos há seis meses. Ele me deixou desamparada. Com 37 anos! Não tenho tempo, como você. Quero ter filhos antes que seja tarde. Durante todos esses anos de casamento, adiamos as crianças para que pudéssemos nos divertir. Sempre dizíamos que iríamos esperar mais um pouco, curtir a vida enquanto era possível. O plano era começar a tentar este ano. *Este* ano. — ela apontou com ênfase para a mesa em frente. — Então, de repente, ele me diz que está indo embora, que nosso casamento acabou e que quer o divórcio. *Pá!* Bem assim. Que egoísmo! Quero dizer, é minha *vida* que ele está arruinando. Todo o meu futuro!

— Puxa, coitadinha. — A mulher era assustadora, mas, dadas as circunstâncias, a queixa era válida. — E ele está... — Tilly vacilou, como dizer aquilo de maneira delicada? — ... saindo com outra pessoa?

— Não, não. Não mesmo. — Stella sacudiu a cabeça vigorosamente. — De jeito nenhum. Sabe, suponho que ele teve uma dessas crises psicológicas, um tipo de ataque do pânico frente a tantas responsabilidades. Quero dizer, caso não dê certo, já tenho outro na mira, mas não posso deixar de pensar que uma hora ou outra ele vai recuperar o bom-senso e me implorar para voltar.

— E você gostaria mesmo que isso acontecesse?

— Oh, Deus, claro que gostaria! Ele é meu marido. Quero bebês. E ele será um ótimo pai.

A campainha da porta tocou e um casal de meia-idade entrou na loja.

— Ele vai voltar. Ele tem que voltar. — Com um aceno de cabeça determinado, Stella mudou de assunto. — Bem, vamos ao que trouxe você aqui.

— Obrigada — Tilly agradeceu a ajuda de Stella para colocar as impressões emolduradas no porta-malas do carro.

— Não é nada. Mande lembranças ao Max. E prazer em conhecê-la. — Stella se endireitou. — Poderíamos sair um dia desses, se você quiser. Vou apresentá-la às minhas amigas. Na verdade, acho que isso não vai dar muito certo. Você é muito nova. Tudo bem, não tem importância. Tenho certeza de que vamos nos encontrar de novo. É melhor eu entrar antes que aquele casal comece a usar o caixa.

— QUEM? A STELLA? Oh, meu Deus — disse Erin.

Viu? Esse é o problema em não saber o passado das pessoas; você nunca as conhece realmente até conhecê-las para valer.

— Por quê? O que tem de errado com ela? — perguntou Tilly. — Ela foi bem agradável. Bem simpática. Mas direta demais. E muito confiante. Ela me contou tudo sobre o marido que a abandonou. Está convencida de que ele vai voltar rastejando.

— Meu *Deus*.

Tilly ficou aliviada por não ter combinado nada com Stella.

— O que tem de errado? Ela é o pesadelo em pessoa?

Com cuidado, Erin colocou o vestido de festa vermelho bordado com contas que ela estava inspecionando sobre a mesa.

— Estou saindo com o Fergus.

— Quem? — Aquilo estava parecendo um jogo de perguntas e repostas.

— O marido da Stella. — Erin apertou os lábios. — Eu ia te contar.

Tilly recuou.

— Ai, meu Deus. Foi por isso que ele a deixou?

— Não! Não foi por isso. Eles se separaram há seis meses. Só começamos a nos ver algumas semanas atrás. — Mexendo nas alças do vestido de festa vermelho, Erin completou: — Mas é óbvio que ninguém mais está sabendo. Especialmente a Stella. Acho que ela não vai aceitar muito bem se descobrir.

— Acabei de conhecê-la e já sei que esse é o eufemismo do ano.

— Bom, é por isso que não vamos contar a ela.

— Que medo — comentou Tilly. — Ele vale a pena?

Uma expressão sonhadora invadiu o rosto de Erin.

— Ele é o homem mais amável do mundo.

— Ele sabe que ela está esperando ele voltar?

— Claro que sabe. Ela disse isso a todo mundo em Roxborough! — Erin desafiou: — Mas não vai acontecer. Cedo ou tarde ela vai precisar aceitar.

— Caramba! — Tilly estava admirada. — Você gosta dele de verdade.

— Esperei muito tempo até algo assim acontecer. E agora, aconteceu. — Erin estava em estado de excitação. — Fergus vale a pena.

A propósito...

— Ah! Sabe quem eu conheci ontem? O dono do carro em que me espatifei quando saltei aquela lata de lixo na outra semana!

— Que diabo! Ele reconheceu você? Estava bravo?

— Ele estava bem tranquilo quanto a isso, considerando a situação. Era um carro novo em folha. — Tilly não conseguia reprimir um traço de excitação ao pensar que o veria de novo no dia seguinte. — Ele pareceu bem simpático, também. O nome dele é Jack.

Será que, no fundo, ela queria que a amiga batesse palmas e gritasse:

"Claro! Meu Deus, vocês dois seriam *perfeitos* um para o outro!"?

Bem, lá no fundo, talvez ela quisesse.

Em vez disso, Erin olhou para ela como se estivesse confirmando uma piada.

— Jack? Quer dizer, o Jack Lucas? — Ela ficou petrificada. — Ah, não, nem *pense* em ir por esse caminho! Esse é um homem com quem você não gostaria de se envolver.

— Por que todo mundo fica repetindo isso para mim?

É como quando você era criança e sua mãe avisava que, se você fosse mais fundo no lago, a água entraria nas suas galochas.

— Acredite em mim, já vi isso acontecer um milhão de vezes. — Erin estava agora com sua cara de "preste atenção que eu estou falando sério". — Estou dizendo porque é verdade.

Tilly fingiu estar examinando um longo casaco preto de veludo com forro de seda turquesa.

— Tilly, você está me ouvindo?

— Estou. Que lindo esse casaco!

Vamos encarar os fatos, ela nunca conseguiu resistir à possibilidade de molhar os pés.

CAPÍTULO 9

— **ESTÁ VENDO COMO** o meu carro brilha? Isso é porque eu o levei ontem à noite ao lava-rápido — comentou Jack. — Então, tente não se jogar no capô.

— Vou tentar ao máximo me controlar.

Tilly saiu da BMW de Max, estacionada atrás do Jaguar. Jack, esperando por eles na calçada congelada em frente à nova aquisição na Rua Marlow, estava com um moletom azul-claro e *jeans*. Se ela estava tentada a se jogar em qualquer coisa, era nele.

— Ei. Pare de flertar com minha assistente. E você — Max apontou para Tilly —, pare de encorajá-lo.

Tilly estendeu os braços.

— Mas o que eu fiz?

— Você não precisa fazer nada, esse é o problema. — Balançando a cabeça, Max sugeriu: — Talvez uma burca resolva.

— Tudo bem, vou me comportar. — Jack os conduziu até a entrada. — Vamos lá, vou mostrar o apartamento para vocês.

Tilly engolia em seco enquanto subia a escada atrás dele; fazia apenas um minuto que eles haviam chegado e ela já estava palpitante. Pernas longas, ombros largos, uma linha solta na parte de trás do jeans dele... Tilly cerrou os punhos, resistindo ao desejo provocante de puxar a linha, já que tocar o traseiro de Jack era algo claramente insensato naquele momento.

Oh, mas ela apostava que a sensação seria fantástica...

— Você está olhando para o meu traseiro?

— Jesus, vai começar de novo! — exclamou Max. — Você pode dar um tempo, por favor? Deixe a pobre garota em paz.

Tilly parecia bastante grata.

— Mas tenho certeza de que ela estava — insistiu Jack. — Podia sentir os olhos dela em mim. Dava para sentir.

"Por favor, que isso não seja verdade."

O apartamento do segundo andar cheirava a gesso fresco e serragem. A sala de estar, voltada para o Sul, ostentava uma linda vista do parque.

— Terminamos o gesso ontem — explicou Jack a Tilly, enquanto Max avançava de quarto em quarto, observando cada detalhe e tomando notas no seu caderno Filofax. — Agora é a vez de o Max fazer a parte dele.

— Pensava que os imóveis para aluguel fossem pintados sempre de pêssego.

— A maioria é. Mas as primeiras impressões são as que ficam, e Max sabe dessas coisas. Faça o lugar se tornar um pouco especial e você atrairá um tipo melhor de locatário.

— Pagando um tipo melhor de aluguel — adicionou Max. — Ele não me contrata porque tem um coração bondoso. É tudo pelo lucro.

— O dinheiro faz o mundo girar.

Tilly abriu a boca para argumentar que não, que era o *amor* que fazia o mundo girar, mas a fechou em seguida. Sob as atuais circunstâncias, era melhor não dizer aquilo.

— Certo, segure esta trena. Mantenha-a firme — ordenou Max. — Vamos trabalhar.

O celular dele tocou vinte minutos depois, quando eles estavam terminando a medição. Max, com as mãos ocupadas, indicou com a cabeça o telefone no peitoril da janela.

— Você pode atender?

O nome de Kaye aparecia na tela.

— É a Kaye — avisou Tilly.

— Tudo bem — riu Max. — Você está autorizada a falar com ela.

— Olá — saudou uma voz feminina e alegre assim que Tilly atendeu. — Você deve ser a Tilly. Tentei ligar na casa para saber se vocês estavam lá, mas ninguém atendeu. E então, o que você está achando de trabalhar para o velho carrasco?

— Até agora, tudo bem. Estamos medindo um imóvel.

— Algo sofisticado, espero!

— É um apartamento em Cheltenham, para o Jack Lucas.

— Ah, não! E você já foi apresentada ao Jack?

Consciente de que Jack a observava, Tilly respondeu:

— Hum, na verdade ele está aqui.

— He, he, he! — Kaye compreendeu a situação. — Não diga mais nada. Já entendi. E vocês estão se dando bem?

Por que as pessoas sempre faziam isso? Por que elas diziam "não diga mais nada" e emendavam outra pergunta logo em seguida? Afastando-se de Jack, que provavelmente era telepata, pois estava sorrindo largamente, Tilly murmurou:

— Ele parece legal.

— Ele é legal. Mas lembre sempre que ele não deve ser levado a sério. Jack serve apenas para diversão. Muito charme e *sex appeal* — continuou Kaye. — Mas nunca acredite em uma palavra que ele disser.

— Já sei.

— Com licença — interrompeu Jack, pronunciando as palavras devagar. — Por acaso sou o assunto da conversa? O que essa mulher terrível está falando de mim?

Max, ainda ocupado medindo as janelas, revelou:

— A verdade, somente a verdade, nada mais que a verdade.

— Diga a eles que posso ouvir tudo o que estão falando. — Kaye parecia estar se divertindo. — E diga ao Jack que estou passando a advertência-padrão do Ministério da Saúde. Liguei porque queria cumprimentar a nova garota faz-tudo do Max. Lou me mandou um e-mail ontem à noite contando como você é adorável.

— Estou me divertindo bastante. — Comovida pela aprovação, Tilly retribuiu: — Lou também é adorável. Graças a você.

— Ela é o mundo para mim. Oh, meu bebê, sinto tanta saudade dela! Tudo bem. — Kaye suspirou, e foi possível ouvi-la recompondo-se em seguida. — Estarei aí para o feriado da Páscoa. Faltam só algumas semanas. Preste atenção, se você quiser falar comigo, a qualquer hora, não pense duas vezes. Qualquer pergunta, qualquer preocupação, é só me ligar, promete?

— Claro.

— Kaye acabou de perguntar para Tilly se sou o melhor chefe que ela já teve — brincou Max.

— Não, não, não. — Jack negou com a cabeça. — Ela perguntou se sou o homem mais *sexy* de Roxborough.

— Quietos! — pediu Tilly.

— Diga a eles que ainda consigo ouvi-los. Outra coisa, a Lou mencionou algum namorado?

— Não, nada.

— Ah, bom. Tudo bem, só estava imaginando. Ela andou falando de um garoto na escola algumas vezes nos últimos dias, só isso. Foi algo como "meu Deus, não *suporto* aquele imbecil". Obviamente imaginei que ela tivesse uma queda por ele.

— Vou ficar de olho. — Tilly se sentiu mal por Kaye; devia ser agonizante estar tão longe enquanto a filha de 13 anos fazia sua primeira incursão no mundo confuso dos garotos. Como se fosse ficar menos confuso depois.

— Obrigada... Ops, preciso ir agora, estão me chamando para a maquiagem. Voltamos a conversar em breve — disse Kaye. — Mande lembranças a todos. — E acrescentou, rindo: — Até para o Jack.

CAPÍTULO 10

COMO É QUE VOCÊ PASSA SEMANAS, meses, anos até, preparando refeições bastante razoáveis sem incidentes, e então, justo quando você está desesperado porque o jantar tem que estar perfeito, dá tudo errado?

Erin gritou de dor quando a prateleira do forno quente tocou a parte interna do pulso dela e fez *tssssss*. Ai, aquilo doeu *muito*.

E não era apenas a comida que ela estava conseguindo arruinar; os preparativos para a primeira noite de sexo com Fergus estavam se tornando uma ocupação perigosa. Em um dia normal, ela teria depilado as pernas sem problemas em dois minutos, mas hoje... Ok, talvez porque estivesse determinada a deixá-las sedosas e macias ao extremo, ela havia se cortado meia dúzia de vezes com o aparelho de barbear, e no final parecia o banho de *Psicose*. No quarto, bateu o dedo do pé na cômoda e conseguiu derrubar o secador de cabelo no outro pé.

E agora, o jantar estava indo por água abaixo.

Aquilo era algum tipo de mensagem para ela?

Não, ela não devia pensar assim. Fergus havia terminado o casamento havia seis meses; ela não estava fazendo nada de errado. E ele valia a pena. O que eram alguns cortes e uma queimadura comparados à chance de impressionar o homem dos seus sonhos?

Erin se recompôs; já eram dez para as oito e Fergus chegaria logo. Tudo o que ela precisava fazer era se concentrar, regar o frango no forno e fatiar as abobrinhas, de preferência sem cortar os dedos.

A campainha tocou às oito horas em ponto. Ela o convidou a entrar e seu coração batia forte.

Entre beijos, Erin disse:

— Você não me deixou esperando.

— Eu nunca faria isso. — Fergus a envolveu em um abraço.

E essa era a melhor parte: ela acreditava nele. Durante os anos de faculdade, ela tivera sua cota de relacionamentos com homens traiçoeiros, voláteis e difíceis; agora, isso havia acabado. Fergus era alguém em quem ela podia acreditar e confiar. Ele era absolutamente seguro. Essa é uma qualidade que ela talvez achasse ridícula aos 18 anos, mas, aos 28, a segurança havia se transformado em um tipo de afrodisíaco.

— Entre.

Erin o convidou a entrar, ainda sentindo o coração bater forte. Será que Fergus sabia que aquela era *a* noite? O fato de ela o ter convidado para um encontro à noite e estar cozinhando um jantar para ele implicava todo o resto? Ele estaria imaginando que aquilo poderia acontecer ou ele teria certeza? Essa era uma pergunta impossível, da mesma forma que ela não havia sido capaz de dizer casualmente para Fergus: "Ah, a propósito, quando você vier jantar na quinta-feira, vamos transar depois, se você não se importar".

Se ele quisesse.

Ah, *isso* não havia passado pela cabeça dela até aquele momento. E se ele não quisesse? E se ele ficasse horrorizado e dissesse: "Na verdade, você se importaria muito se nós não transássemos?".

Erin engoliu em seco. Meu Deus, mais uma preocupação. Apesar de ela admitir que nunca havia conhecido um homem que tivesse dito não.

— Que cheiro fantástico!

— É o frango assado.

Ele balançou a cabeça.

— Não.

— Ai! É o molho de vinho tinto.

— Também não. É você. — Fergus disparou seu sorriso maroto, pendendo para um lado. — É você que está com um cheiro fantástico.

Era o perfume favorito dela. *Pomegranate Noir* de Jo Malone. Erin sentiu um calor por dentro. Espere até ela o levar para cama e ele descobrir que os lençóis têm o mesmo perfume.

✧

— Estava esplêndido. — Ao terminar de comer, Fergus colocou o prato de lado e apertou a mão dela. — Garota talentosa. Obrigado.

— É um milagre termos conseguido comer alguma coisa, do jeito que você me deixou desconcentrada.

Erin estava adorando o apetite sincero dele; havia sido difícil se concentrar na preparação da comida com Fergus na cozinha. Distraída, ela salpicou açúcar em vez de sal no molho de vinho tinto, o que felizmente não causou nenhum problema. E, se Gordon Ramsay estivesse lá, ele reclamaria porque as abobrinhas haviam sido fritas na manteiga por muito tempo, mas... Bem, por isso mesmo ela havia convidado Fergus para jantar, e não o exigente *chef* celebridade.

— Gosto de desconcentrar você. — Fergus sorriu. Em seguida, franziu a testa ao ouvir o celular tocar.

— É melhor você atender — aconselhou Erin. — Pode ser do trabalho.

— Não vou fazer hora extra hoje. Não para um client.e — Fergus recostou na cadeira em busca do paletó atrás dele e localizou o celular, ainda tocando. Quando viu quem estava chamando, franziu a testa mais uma vez e olhou de relance para Erin. Mas ele não atendeu a ligação e o celular parou de tocar.

— Trabalho?

— Não, ninguém importante.

— Pudim? — Aliviada, Erin recolheu os pratos.

Fergus estava mais relaxado.

— Isso, sim, é realmente importante.

— Espero não ter colocado sal nele.

Bip!, fez o celular na mão de Fergus, indicando que ele havia recebido uma mensagem. Ele colocou o aparelho na mesa.

— Você não vai ouvir a mensagem?

— Não. — Ele deu um sorriso. — Já disse, é a minha noite de folga. Deixe-me ajudar com esses pratos.

Enquanto eles comiam o pudim de limão, o telefone tocou de novo. Dessa vez, Fergus o desligou, servindo-se em seguida de mais creme, com calma.

— Uma das suas outras namoradas? — Erin quis fazer uma brincadeira, mas se arrependeu no momento em que as palavras saíram da boca; Fergus poderia pensar que ela, além de revelar um lado ciumento e possessivo, estava também sugerindo que *ela* era a namorada dele. Um pouco presunçoso, não? Ela sacudiu o garfo, desculpando-se: — Desculpe. Ignore o que eu disse.

— Ei, tudo bem. Como se eu pudesse ignorar você. — Fergus balançou a cabeça. — Adorei essas últimas semanas. Você não faz ideia do quanto. — Ele parou, repetindo mentalmente o que havia acabado de dizer, e então soltou: — Ah, meu Deus, agora é minha vez de estragar as coisas! Desse jeito fica parecendo que estou terminando com você. Não estou, juro. Na verdade, é o contrário. Acho você fantástica... Droga, olhe só para mim, gaguejando e todo atrapalhado. Isso nunca acontece no trabalho. Mas aqui, com você, tentando dizer o que sinto... Bem, acho que estou sem prática.

Erin não conseguia mais comer.

— Não tem importância.

— *Tem*, sim. Gosto muito de você. — Fergus hesitou, com as pontas das orelhas vermelhas. — Muito.

Por um momento maluco, Erin quis desabar em lágrimas de felicidade. Mas isso seria com certeza o suficiente para assustá-lo. Fitando os olhos dele, cinza-azulados e emoldurados por cílios dourados nas pontas, ela perguntou, sem ar:

— Você terminou?

Ele parecia alarmado.

— Você quer que eu continue?

— Na verdade, estou falando do pudim.

— Ah, sim, desculpe. Sim, terminei. — Fergus sacudiu a cabeça. — Meu Deus, desculpe, estou todo atrapalhado.

— Tudo bem, tenho uma ideia. — Sentindo-se corajosa agora, Erin propôs: — Por que não paramos de nos desculpar um com o outro?

— Bem pensado. Sim. Vamos fazer isso.

— E que tal se nós preparássemos um café e fôssemos sentar no sofá?

Fergus concordou, aliviado.

— Café, sofá. Parece ótimo.

Mas, quando seguiu Erin até a cozinha alguns segundos depois, parou atrás dela e a abraçou. Ela sentiu todos os pelos da nuca se arrepiarem quando ele a beijou no ombro e continuou salpicando uma trilha provocante de beijos pelas costas dela, até ela se contorcer de prazer. Finalmente, girando nos braços dele, Erin sussurrou:

— Ou podemos deixar para lá o café e o sofá.

Fergus acariciou o rosto dela.

— Quer saber? Essa ideia é melhor ainda.

⁂

E FOI MESMO.

Ufa, sem desastres, que alívio!

— Em que você está pensando? — murmurou Fergus no ouvido dela.

Erin deitou nos braços dele, com um incontrolável sorriso, enquanto deslizava devagar o pé esquerdo para cima e para baixo na perna dele.

— Estou pensando que estou muito feliz por não ter caído da cama, ou feito algo errado, ou dito algo estúpido. Estou pensando que deu tudo certo, considerando o quanto estávamos nervosos antes.

— Ah, você acha que estava nervosa! Confie em mim, é cinquenta vezes mais assustador para os homens. — Fergus parou; então, disse: — A não ser que não seja e eu seja o único que se preocupa com... você sabe, o tipo de coisa que deixa os homens nervosos.

— Aposto que todos ficam nervosos com isso.

— Hum, não tenho certeza. Não imagino que isso preocupe certas pessoas. Como Jack Lucas. — Sua voz tinha um tom irônico. — Não é para menos, Jack tem mais prática. Estive fora do mercado pelos últimos doze anos.

— Você foi adorável — Erin hesitou, imaginando se a pergunta era muito pessoal. — E eu sou...?

— Adorável também? Claro! — Ele estreitou o abraço.

— Não é isso.

— Certo, então você quer saber se é a primeira desde a Stella? — Ele havia entendido o que ela tentara perguntar antes, aquilo era só provocação. — Mais uma resposta positiva.

O coração de Erin bateu mais forte; ela estava contente por ele não ser o tipo de homem que dormia com qualquer mulher que por acaso cruzasse seu caminho. Dessa forma, ela se sentia especial.

— Estou lisonjeada. — Ela brincou com os dedos do pé na cintura dele.

— E, já que estamos sendo honestos, era a Stella quem estava tentando me ligar antes.

Oh! Os pés dela pararam de se mexer. Aquilo amorteceu a brincadeira.

— Desculpe. Achei que você deveria saber. Ela me liga às vezes, para eu ir conversar com ela.

Conversar. Tudo bem. Erin perguntou:

— Isso é um eufemismo para outra coisa?

— Não, não! Pelo amor de Deus, não. — Fergus balançou a cabeça com veemência. — É verdade. De jeito nenhum. Ela só me ligou algumas vezes para eu ir até lá e ela tentar me convencer a mudar de ideia. Mas isso não vai acontecer.

Ok, assim era melhor. Erin respirou com mais facilidade.

— Você não deveria retornar a ligação, então? Ao menos para avisar que não vai aparecer?

— Está vendo? — observou Fergus, sorrindo. — Essa é a diferença entre você e a Stella. Ela nunca consideraria os sentimentos de outra mulher.

— Já tive a minha cota de homens que não se dão ao trabalho de ligar de volta. Não há nada pior que ficar sentada esperando o telefone tocar. — Generosa em sua vitória, Erin deslizou a mão sobre o peito dele, coberto de pelos. — Faça uma ligação rápida, tire isso do caminho.

Ele se debruçou e a beijou.

— Você é uma boa pessoa.

Erin deu um puxão maldoso nos pelos dele.

— Não sou, não. Só acho que, se você vai levantar para pegar seu celular, podia trazer aquela garrafa de vinho para a cama.

Ela deitou nos travesseiros e observou Fergus em dificuldades com as mangas do roupão atoalhado dela, que estavam do avesso. Ela achou ótimo que ele preferisse se cobrir a andar nu pelo apartamento.

— Desculpe. — Percebendo o olhar dela, Fergus perguntou: — Você não liga se eu pegar isso emprestado, né?

— Fique à vontade.

Ele conseguiu terminar de vestir o roupão, amarrando o cinto com dois nós.

— Não queria que a visão da minha barriga assustasse você.

Ah, que alívio!

— Se você fingir que não vê o meu pneuzinho, eu vou fingir que não vejo o seu — disse Erin, rindo.

Fergus se inclinou na cama e deu outro beijo demorado nela.

— Esse é o meu tipo preferido de acordo. Você não poderia imaginar a pressão que Stella fazia para eu ir à academia.

Ele era adorável. Erin se viu sorrindo como uma idiota quando ele saiu do quarto. Menos de um minuto depois, ele voltou com duas taças e a garrafa de vinho pela metade.

— Você se esqueceu de uma coisa — avisou Erin. — Telefone.

— Ligo para ela amanhã cedo — suplicou Fergus.

— Não, ligue agora. Senão, vamos nos sentir culpados.

Ele revirou os olhos, com boa vontade.

— Sentir culpa não estava nos meus planos. Tudo bem, você venceu.

Dessa vez, quando voltou ao quarto, ele não estava mais sorrindo.

— O que foi?

— Sete mensagens. — Fergus parou junto à porta, com o rosto preocupado, apertando botões no telefone. — Em uma hora. Espere aí...

CAPÍTULO 11

NÃO ERA A PRIMEIRA VEZ naquela noite que Erin sentia a pulsação acelerar. Alguma coisa terrível teria acontecido com os pais de Fergus enquanto ela se divertia com ele na cama? Tomada pelo medo, ela segurou a respiração e observou a expressão dele ao ouvir a primeira mensagem. Ah, meu Deus, e se alguém tivesse morrido e ele não pudera ser contatado porque estava com o celular desligado, porque estava ocupado fazendo sexo com...

Fergus fitou o teto, o rosto sério.

— Bing passou mal e todos os fusíveis da casa queimaram.

Quem? *O quê*?

— Quem é Bing?

— O gato. — Ouvindo a próxima mensagem, Fergus anunciou: — Stella está em pânico. A caixa de fusíveis deve ter explodido.

Pelo menos ninguém havia morrido. Erin perguntou:

— Ela não pode chamar um eletricista?

— Você não sabe como ela é. Fica apavorada no escuro. E Bing é o amor da vida dela. Você não faz ideia.

Erin gostaria de não ter sido tão generosa antes. É o que acontece; tudo tem volta. A atmosfera alegre e relaxada desaparecera e agora Fergus estava visivelmente nervoso. Na terceira mensagem, ambos podiam ouvir a voz desesperada de Stella, cada vez mais aguda.

— Ligue para ela.

Fergus concordou e interrompeu a mensagem. No mesmo segundo, o celular começou a tocar na mão dele.

— Oi... Sim, não, eu já ia... Tudo bem, fique calma, não, não fiz de propósito. Desliguei porque estava ocupado. Com *trabalho*, Stella. — Ao dizer isso, Fergus virou o rosto, culpado demais para encarar o olhar de Erin. — Preste atenção, você verificou a caixa de fusíveis?

Os gritos agudos do outro lado da linha alcançaram outro nível. Erin se sobressaltou.

— Tudo bem, tudo bem — Fergus suspirou. — Daqui a pouco estou aí.

Ah, *fantástico*.

— Desculpe, não pude dizer não. Ela está péssima. — Depois de ter desligado o telefone, Fergus começou a se vestir, com pressa. — Bing vomitou duas vezes pela casa. Provavelmente são só bolas de pelo, mas ela não tem certeza. E está muito escuro para limpar tudo.

Ele se vestiu em tempo recorde. Levantando o rosto para um último beijo, Erin se esforçou para não se ressentir com o vômito do gato da Stella.

Fergus acariciou o rosto dela.

— Não foi assim que eu planejei terminar a noite.

— Eu sei. Nem eu. — Animal desgraçado, porcaria de caixa de fusíveis. Reunindo coragem, Erin disse: — Não tem problema.

— Para mim, tem. Não queria ter que ir. — Fergus verificou o relógio. — São só onze e meia. Se não demorar muito, eu posso voltar.

Erin se animou, mas ele já havia dito que encontraria um cliente em Gloucester às oito da manhã.

— Não precisa. Também não queria que você fosse. Mas se você quiser me ver de novo — ela sorriu para Fergus, segura o suficiente do que estava dizendo —, estou livre amanhã à noite.

✣

— TUDO BEM, caso você tenha achado alguma vez que o meu trabalho era fácil, esse é o tipo de estupidez com a qual eu preciso lidar. — A voz de Max estalava no telefone em Oxford, onde ele estava visitando um novo cliente. — O Robbie e o Clive deveriam estar começando o trabalho no apartamento da Rua Marlow, mas eles não vão conseguir entrar na casa, porque, veja bem, Robbie esqueceu a chave no bolso da jaqueta de sarja. E, adivinhe? — Ele fez uma pausa dramática.

Obediente, Tilly perguntou:

— O quê?

— O Robbie, grande gênio da Grã-Bretanha, saiu ontem à noite e foi parar na casa de uma garota, acordou atrasado esta manhã e conseguiu a proeza de deixar a jaqueta de sarja lá, tipo a droga da Cinderela. Na hora em que percebeu o que tinha feito e voltou para recuperar a jaqueta, a garota já tinha saído para trabalhar.

— Aí, você o colocou no olho da rua — Tilly tentou adivinhar.

— Adoraria fazer isso com aquele imbecil. Mas o babaca é um ótimo pintor e decorador, então eu estaria dando um tiro no pé. Você pode então ser nosso anjo da guarda, ir à casa do Jack, pegar a chave reserva e levá-la a Cheltenham? Sem pressa. Eles não vão chegar à Rua Marlow antes do meio-dia.

— Tudo bem. — Xi, a casa do Jack. — Mas não sei onde o Jack mora. Espere, vou pegar uma caneta para anotar o endereço.

— Não precisa. É a casa no topo da colina Miller, a com portões de ferro pretos e a melhor vista do vale.

Claro. O que mais?

Tilly imaginou se os portões de ferro eram para se proteger da horda de mulheres que o perseguia ou para aprisioná-las lá dentro. Então, ela pensou que, se substituísse rapidamente a calça cargo por seus *jeans* pretos, bem mais atraentes, talvez o próprio Jack pudesse solucionar a dúvida.

✣

Os PORTÕES SE ABRIRAM e a visão era tão espetacular quanto Max dissera. O amado Jaguar de Jack estava no caminho para a casa. Além dele, havia um Golf esportivo, verde-limão, estacionado ao lado. De quem era aquele carro? Com certeza era um carro de mulher.

Pensando que deveria mesmo ter trocado de roupa e colocado os jeans pretos (afinal, como ele poderia *saber* que ela não estava vestida assim desde que acordara de manhã?), Tilly se aproximou da casa construída em forma de L, feita de pedras de Cotswold e coberta de heras. A porta de entrada abriu assim que ela chegou perto.

— Vi você chegando. — Jack sorria para ela, com o cabelo molhado do banho e o corpo levemente úmido por baixo da camiseta branca. Ele estava com os pés bronzeados descalços e calças cinzentas de corrida. — Entre.

Ele poderia muito bem ter entregado a chave do apartamento assim que a encontrou na porta de entrada. Feliz por ele não ter feito isso, Tilly o seguiu pelo corredor de tacos de madeira até uma comprida e ensolarada cozinha. Era tudo muito arrumado e limpo.

— É uma boa hora para um café? — Jack já estava preparando a prensa francesa.

— Por que não? — Ela subiu em um banco alto e apoiou os cotovelos na mesa central com tampo de mármore. — É bonito aqui.

Ele sorriu com o canto da boca.

— Sei que é. Se não fosse, eu não estaria morando aqui.

Tilly ficou quieta. Aquela era a casa que ele e Rose haviam comprado juntos em um leilão, havia cinco anos e meio; Tilly sabia disso porque Max lhe contara. Eles gastaram dezoito meses transformando o imóvel caindo aos pedaços na casa de seus sonhos, mudando-se juntos para lá apenas poucas semanas antes da data marcada para o casamento.

Certo, não pense no resto da história. Histórias tristes faziam os olhos de Tilly se encherem de lágrimas.

— Jack? — Uma voz feminina, sedutora e rouca, o chamou do alto da escada. — Você terminou de usar o banheiro? Tudo bem se eu for para o chuveiro?

Tilly examinou suas próprias unhas e se esforçou para fingir que, para ela, não fazia absolutamente nenhuma diferença saber quem estava escondida lá em cima.

Sem se dar ao trabalho de disfarçar seu divertimento (será que ele ainda conseguia ler os pensamentos dela?) Jack falou em voz alta:

— Fique à vontade, querida. Quer que eu ensaboe suas costas?

A visitante tinha uma risada aveludada.

— Obrigada, acho que consigo me virar sozinha.

— Claro que consegue! — Jack piscou para Tilly. — É uma das vantagens de ser flexível.

Tudo bem, ele estava ultrapassando os limites agora. Ser galanteador era uma coisa, mas isso já estava no campo da vulgaridade. Talvez ele não fosse tão legal assim.

— Oh, poxa! — Entendendo o olhar de desaprovação, Jack se desculpou: — Sinto muito. Leite e açúcar?

Ele preparou o café e eles conversaram sobre os planos de Max para o apartamento na Rua Marlow. Do andar de cima, eles ouviam o chuveiro ligado e Tilly pensou se aquela compulsão de dormir com mais mulheres que o Robbie Williams realmente o fazia feliz. Depois de dez minutos, assim que o chuveiro desligou, ela esvaziou a xícara.

— Mais uma?

— Não, obrigada. — Encontrar a última conquista dele não era bem o que ela queria. — Vou comprar comida e seguir para Cheltenham.

— Vou pegar a chave. Desculpe por fazer você ir até lá. Eu mesmo poderia ter ido, mas meu diretor comercial vai chegar em vinte minutos e vamos ficar ocupados a manhã toda. — Enquanto falava, ele pegou uma terceira xícara do armário e a encheu de café. — Volto em dois minutos.

Jack subiu as escadas, deixando o café de lado. Com certeza, ele subiu correndo para dar uma rapidinha com a tal namorada superflexível. Sozinha, de imediato Tilly deslizou do banco e movimentou-se silenciosamente até o corredor. Uma das outras portas, entreaberta, parecia dar passagem à sala de estar, que deveria ser muito mais interessante.

Ah, está bem, ela estava mesmo era à procura de fotos. Mas isso era natural, não era? A curiosidade a impulsionava para a frente, como uma vara. Verificando mais uma vez se a barra estava limpa, Tilly empurrou a porta de carvalho.

Era uma sala iluminada pelo Sol, com enormes sofás achatados, móveis de época e surpreendentes exemplares de arte moderna nas paredes. Mas a atenção de Tilly se voltou no mesmo instante para as fotografias em molduras prateadas na pequena mesa circular ao lado da lareira. Sorrateiramente, ela se aproximou da mesa, examinando uma foto por vez: uma em preto e branco, com certeza dos pais de Jack; uma de um garotinho (Jack?) correndo pelo campo, acompanhado por um cachorro preto e branco com jeito de louco; outra de um grupo de amigos em idade universitária, todos vestidos com roupa de gala, fazendo algazarra nas escadas de uma enorme casa de campo...

Ops! Barulho de passos na escada aproximando-se em alta velocidade. Desprevenida, Tilly engatou a marcha à ré e deu meia-volta, desesperada para não ser pega bisbilhotando as...

— Ai.

O salto da bota ficou preso na franja do tapete atrás dela, lançando-a ao chão como uma árvore abatida. Ela sentiu a dor percorrendo a mão que havia tentado amortecer a queda. Mortificada, ouviu uma voz exclamar atrás dela:

— *Nossa*! Você está bem?

Desnecessário dizer que era uma voz feminina, rouca e sexy.

A queda havia esvaziado os pulmões de Tilly; ela respirou com dificuldade e moveu-se devagar para uma posição em que ficasse sentada.

— Espere aí, cuidado, deixa eu ajudar você.

Dois fortes braços a ergueram do chão. Profundamente envergonhada de si mesma, Tilly viu que a sua salvadora era uma mulher grande, nos seus cinquenta anos, com os cabelos escuros presos em coque, uma generosa quantidade de sombra turquesa e um roupão de *nylon* verde-esmeralda. Atrás dela, jogada sobre a mesa de café, estava uma cesta de vime cheia de produtos de limpeza.

Caramba, ela era forte mesmo. Será que levava a expressão "limpeza pesada" assim tão a sério?

— Bem, parece que vocês já se conheceram. — Parado junto à porta, Jack continuou: — Monica, essa é a Tilly. Tilly, essa é minha fantástica faxineira, Monica.

— Olá, obrigada. — Tilly segurou a mão esquerda, dolorida. — Desculpe.

— Coitadinha. Você consegue mexer os dedos?

Era bastante estranho ouvir aquela voz de mulher fatal emergindo de uma figura tão realista, que não tinha nada de jovem.

— Deixe eu dar uma olhada. — Jack pegou a mão dela. — Não consigo entender como você foi cair. Por acaso você estava saltando a televisão?

Ela seria capaz de mentir? Ele acreditaria nela?

— Meu salto ficou preso no tapete. Estava procurando o banheiro.

Habilmente, ele continuou a verificar os dedos dela, um de cada vez.

— Optamos por não instalar um lavabo na sala de estar. Não combinava com os móveis.

Certo, então ele *não* acreditou nela.

— Vim aqui para ver se era um banheiro — consertou Tilly. — Quando percebi que não era, descobri as fotos. E fiquei... interessada.

Meu Deus, por que ele tinha que olhar para ela daquele jeito? Então, ela finalizou com uma desculpa esfarrapada:

— Gosto de ver fotos de outras pessoas.

— Engraçado. A maioria das pessoas diz isso quando vem aqui. Está doendo? — Ele começou a girar o pulso dela, com cuidado.

— Não, está tudo bem. Estou bem. Não quebrei nada. — Ela recuou a mão e decidiu ser direta. — Quando Max estava me contando sobre Rose, disse que ela era a garota mais linda que ele já havia visto. Fiquei curiosa.

— Não tenho nenhuma foto da Rose naquela mesa. — Jack parou. — Mas, pelo menos, você é honesta.

— Sinto muito.

— Certo — anunciou Monica. — Está na hora do meu intervalo. Você preparou meu café, Jack?

— Preparei. — Assim que Monica recolheu a cesta de limpeza e saiu da sala, ele explicou: — Ela gosta de tomar café morno. A propósito, aqui está a chave.

— Obrigada.

Tilly pegou a chave e a colocou no bolso da frente da calça cargo.

— O Max ainda está me chamando de viúvo trágico?

Ela levantou as sobrancelhas.

— Hum... Ainda.

— Foi o que pensei. Bom, tudo bem. Vou continuar chamando-o de rainha de Liverpool. — Jack estava se divertindo. — Ele preveniu você quanto a mim?

— Ah, sim.

— Era o que eu imaginava. E como você se sente com relação a isso?

Tilly hesitou. Sinceramente, ela se sentia como uma garota de 15 anos depois de a mãe dizer que não era bonito encurtar a saia do uniforme dobrando-a na cintura meia dúzia de vezes. Só porque você ouviu uma opinião, não significa que vai levá-la em conta.

Mas ele esperava mesmo que ela respondesse isso?

— Tenho certeza de que é um ótimo conselho. Bem, estou indo. Uma coisa — acrescentou Tilly —, aquilo foi de propósito? Fazer com que eu pensasse que havia uma mulher lá em cima?

Jack sorriu enquanto a conduzia para a porta.

— Havia uma mulher lá em cima.

Tilly o encarou. Rá, ela sabia que tinha razão.

CAPÍTULO 12

ERIN OBSERVOU A MULHER se enfiar dentro do casaco de lã Jaeger com gola de pele falsa tamanho 44.

— Adoro esse modelo. — A mulher admirava o reflexo no espelho, virando-se de um lado para o outro. — O que você acha?

Ah, às vezes ela realmente gostaria de ter menos consciência. Hesitante, Erin concluiu um rápido duelo com a fria mulher de negócios dentro dela; o casaco estava lá por mais de duas semanas e essa era a primeira vez que alguém mostrava algum interesse por ele. Além disso, ela sabia que Barbara, que havia trazido o casaco para a loja, estava desesperada para levantar fundos para uma imprescindível semana em Mallorca.

Então, a porta se abriu e ela sentiu o coração na garganta quando viu que (*oh, Deus!*) era Stella quem entrava na loja.

— Não se preocupe comigo. Só estou olhando.

Stella, chiquérrima em um terno branco, acenou alegremente com a mão e começou a vasculhar o cabide de roupas de malha.

— E então? — voltou a perguntar a mulher com o casaco Jaeger.

Não estava bom, ela não poderia mentir.

— O modelo é muito bonito — começou Erin — e a cor é boa. Mas fico imaginando se ele talvez não esteja um pouco justo nos ombros.

Bem, esse era o modo educado de falar que ele era dois números menor.

— É mesmo? — A expressão da mulher murchou. Ela tentou arquear as costas, esticar os braços e colocar a barriga para dentro para caber no casaco.

— É o que eu acho. Depois de algum tempo você pode começar a se sentir um pouco apertada. Sinto muito — arrematou Erin. — É só minha opinião.

A mulher encolheu e esticou os ombros mais uma vez, então se dirigiu esperançosa para Stella:

— Você acha que está muito justo?

— Sinceramente? Eu diria que, se você perdesse uns dezenove quilos, o casaco cairia como uma luva.

Esse era o problema da Stella: ela não era do tipo que apunhala pelas costas. Ela apunhalava de frente, bem onde a vítima pudesse ver o sangue esguichando.

— Humpf! — Stella torceu o nariz quando a porta bateu atrás da mulher. — Se ela não queria ouvir minha opinião, não deveria ter perguntado.

— Hum.

Compenetrada, Erin arrumava as bolsas sobre as prateleiras de acrílico atrás dela.

— Além disso, você foi a primeira a dizer que o casaco estava um pouco apertado. Provavelmente, ela o teria comprado se você não tivesse dito nada. O que foi uma atitude maravilhosa, não foi? — Ela inclinou a cabeça, à espera de uma resposta. — Você deve ser uma pessoa muito honesta.

Ah, Deus, onde ela estava querendo chegar com aquela conversa? Era algum tipo de teste? E por que Stella estava se aproximando? Será que ela tinha uma arma escondida sob aquele casaco branco? Com um gesto casual, Erin comentou:

— Só quero que as pessoas comprem roupas que sirvam.

— E aquele casaco definitivamente não servia para ela. — O tom dela era displicente. — Ela parecia uma linguiça inchada. Você pode me passar aquela bolsa de couro creme?

Erin segurou a respiração e entregou a bolsa. Stella começou a examinar os vários zíperes e bolsos.

— Esta é bem bonita. O couro é de boa qualidade. Sabe, eu deveria me agradar. — Pausa. — Mereço um agrado depois da noite passada.

— Ah! — "Aja naturalmente". — O que aconteceu na noite passada?

— Ai, meu Deus, um fusível queimou em casa e todas as luzes se apagaram. Então, para piorar a situação, meu gato passou mal e eu não sabia *onde* ele tinha passado mal, por isso fiquei preocupada com ele. E eu *odeio* o escuro. Estou dizendo para você, foi um pesadelo.

— Que terrível! — "Continue agindo naturalmente, como se estivessem contando sobre uma ida ao dentista". — E o seu gato... está melhor?

— Ele está bem. — Stella espremia os olhos e suas narinas se alargavam ao avaliar a bolsa por todos os ângulos.

— E... e as luzes? Você conseguiu fazê-las voltar a funcionar?

— No final das contas, Fergus apareceu. — Stella respirou ruidosamente e revelou: — Sabe, tenho quase certeza de que ele está saindo com alguém pelas minhas costas.

— Você acha?

"Ai, socorro... respire... respire de novo..."

Stella lançou mais uma última vista superficial à bolsa e a devolveu.

— É melhor que ele não esteja, é só o que digo. Obrigada, não vou querer esta. A fivela na frente parece um pouco ordinária.

✣

ERA HILARIANTE OBSERVAR as crianças saírem correndo da escola. Às quatro e dez da tarde, o silêncio era abalado pelo barulho do sinal, e às quatro e onze os alunos já estavam transbordando pelas escadas do Harleston Hall, curvados com o peso de mochilas, instrumentos musicais e bolsas de ginástica com equipamentos esportivos.

Tilly, encostada no carro esperando Lou aparecer, observava grupos barulhentos de garotas arrancarem os elásticos dos cabelos e balançá-los soltos no ar. Turmas de garotos com camisetas intencionalmente para fora da calça e cabelos despenteados davam uma volta. Alguns estudantes já estavam com seus iPods nos ouvidos. Muitos teclavam mensagens de texto. As garotas observavam os garotos e os garotos atiravam objetos nas garotas. Uma lata de Red Bull saiu voando pelo ar, bateu em um plátano alinhado à rua e explodiu, criando uma fonte de espuma. Havia crianças de todas as formas e tamanhos: moleques desleixados com espinhas, garotas espertas com saias dobradas e delineador nos olhos, tipos atléticos confiantes, estudiosos sérios, piadistas engraçados.

E lá, que dádiva, estava Lou descendo as escadas de pedra, esforçando--se para enrolar o lenço da escola em volta do pescoço e, ao mesmo tempo, enfiar um par de tênis na mochila. Tilly imaginou se era assim que se sentia um pai orgulhoso; para ela, Lou parecia mais vívida e interessante que todos os outros. Os cachos desarrumados em vermelho e dourado, as pernas delgadas de meias-calças pretas e opacas, e os sapatos desajeitados a distinguiam do resto. Talvez não fosse a garota mais bonita da escola, mas com certeza era a personalidade mais brilhante.

Tilly se endireitou para observar com mais atenção quando Lou se virou e disse alguma coisa para o garoto atrás dela, respondendo a algum comentário feito por ele. O garoto, alto e desengonçado, sorria e carregava uma raquete de tênis. Assim que Lou se virou, um dos tênis caiu de sua mochila e, com reflexos rápidos, o garoto alcançou o tênis com a raquete, levantou-o no ar e rebateu-o para cima. Mesmo à distância, Tilly conseguiu testemunhar o olhar que Lou dirigiu a ele quando o tênis aterrissou em um arbusto. Balançando a cabeça, aborrecida, ela passou por ele e pegou o tênis de volta. Rindo, o garoto disse mais alguma coisa e Lou revidou, jogando o cabelo para trás.

Tilly sorriu. Parecia que Kaye estava certa. Observar a reação de Lou à atenção do garoto trouxe memórias da sua própria primeira tentativa de incursão no assustador e excitante mundo dos garotos. Seu carrasco se chamava Lee Jarvis, e ele a provocava sem parar, deixando-a louca. Como um garoto de 14 anos podia ser *tão* irritante? E então, por alguma razão misteriosa, após meses de sofrimento, ela se viu aceitando dançar com ele no baile da escola. De algum modo, ele não parecia mais tão irritante assim. E Lee acabou sussurrando no ouvido dela: "Sabe, faz séculos que eu estou a fim de você". Perplexa, ela descobriu que, na verdade, também estava a fim dele. Então, naquele exato momento, no meio da pista de dança, na frente de *todo mundo*, enquanto George Michael cantava *Careless Whisper*, eles deram um beijo *de língua*...

E aparelhos, infelizmente. Houve um breve e desconfortável momento quando os arcos de metal se chocaram, mas eles conseguiram contornar o problema.

Perdida em nostalgia ao relembrar aquele feliz verão de desajeitados beijos metálicos, Tilly deu um pulo quando Lou apareceu na frente dela.

— Bu! Você estava a quilômetros de distância.

— Desculpe. Estava relembrando meu tempo de escola. Parece que foi há tanto tempo.

— *Foi* há muito tempo. Você terminou a escola antes de eu ter nascido. — Interessada, Lou questionou: — Isso faz você se sentir muito velha?

— Ah, muito obrigada, faz sim.

Ao entrar no carro, Tilly olhou para trás e viu o garoto com a raquete de tênis subindo atrás delas. Quando ele alcançou o carro, sorriu para Lou e abanou os dedos em um tipo de aceno meio provocante e meio sarcástico.

Lou não acenou de volta. Em vez disso, ela virou o rosto para o outro lado e soprou, soltando o ar pelos dentes como um radiador furado.

— Quem é aquele? — A entonação de Tilly era leve e despreocupada.

— Um completo idiota.

— É mesmo? Vi vocês conversando na saída da escola.

— Não estávamos conversando. Eu estava dizendo para ele que ele é um completo idiota. Ou algo do gênero.

— Ele parece bem legal.

O garoto tinha um cabelo escuro e desajeitado, nenhuma espinha e um formato de rosto fantástico. Dava para imaginar as garotas se apaixonando por ele. Não pareceria deslocado em uma *boy band*.

— Bom, ele não é. Odeio ele. O que vamos comer?

Tilly manteve uma expressão séria. Ah, sim, aquilo era familiar. Quantas vezes, quando seus amigos diziam que Lee gostava dela, ela não havia anunciado que o odiava, mudando de assunto abruptamente? Ela observou pelo canto do olho enquanto Lou vistoriava sua mochila lotada, até que encontrou uma barra amassada de Curly Wurly; então, deu uma rápida olhada no garoto que odiava para, em seguida, virar o rosto ostensivamente mais uma vez.

— Qual é o nome dele?

— Eddie Marshall-Hicks. O que vai ter para comer?

— Torta de peixe e *crumble* de amora preta. — Tilly guardou o nome na memória. Da próxima vez que falasse com Kaye por telefone, descobriria se era o mesmo garoto.

— FOI ESTRANHO. — Erin não queria entrar no assunto, mas a visita de Stella havia atraído as atenções para ela. — Ela parecia... Diferente. Não consigo descrever como ela estava.

— Então, não tente. Vamos apenas relaxar e nos divertir. — Fergus rodopiou com Erin pela cozinha e a puxou para o sofá com ele. — Se Stella soubesse sobre nós dois, nós *saberíamos*, confie em mim. Ela viria nos procurar imediatamente para tirar satisfação. Se ela não fez isso, é porque não sabe. E não vou permitir que qualquer pensamento sobre minha ex-mulher estrague nossa noite. Vamos atravessar esse obstáculo quando for a hora. Por enquanto, já te contei a diferença que você está fazendo na vida da minha secretária?

— A Jeannie? Nem a conheço.

— Ah, mas mesmo assim você está melhorando a vida dela. — Fergus havia ajeitado as pernas de Erin sobre o colo dele e estava passando a mão afetuosamente nos tornozelos dela. — Graças a você, estive o dia todo com um bom humor ridículo. Quando Jeannie marcou duas reuniões com dois clientes diferentes no mesmo horário, eu disse: "Ah, tudo bem, sem problemas, eu precisava mesmo fazer as duas reuniões". Ela quase desmaiou com o choque. Depois, pedi café e ela trouxe chá, e eu não ameacei demiti-la. Em seguida, verifiquei uma carta que havia ditado para um cliente e, em vez de *cara* Sra. Robertson, ela havia digitado *vara* Sra. Robertson. O que poderia se tornar um problema, já que a Sra. Robertson sofre de anorexia. Mas eu nem gritei com ela. — Fergus balançou a cabeça, maravilhado com sua própria clemência. — Apenas disse que talvez fosse necessário alterar a carta antes de enviá-la.

Por um momento, Erin não acreditou que ele já havia gritado com a secretária, mas sorriu mesmo assim.

— Tudo isso por minha causa?

— Tudo por sua causa.

Um pensamento a assaltou.

— A Jeannie *sabe*? Ela pode ter contado para a Stella?

— Ei, pare. — Fergus acariciou o braço dela. — Você já está ficando paranoica. Em primeiro lugar, Jeannie pode supor que eu esteja saindo com alguém, mas ela não tem ideia de quem. Em segundo lugar, se ela soubesse, ela não contaria para a Stella. Elas nunca se deram bem. Desde o dia em que a Stella apareceu no escritório e disse: "Jeannie, você já pensou em escrever para algum desses programas de TV e pedir uma transformação?".

— Ai!

— Pois é. Cheguei a pensar que haveria derramamento de sangue. Enfim, estamos falando sobre a Stella de novo. Podemos trocar de assunto mais uma vez, por favor? Podemos falar sobre você, para variar? Prefiro muito mais...

Trrrriiimm!, a campainha tocou e fez Erin saltar de medo.

— Ai, meu Deus, é ela!

— Não seja boba, claro que não é. Pode ser qualquer um.

— Pode ser a Tilly. — Erin começou a relaxar. Estaria tudo bem, ela poderia convidar Tilly para entrar e conhecer Fergus.

— Pode ser alguém pedindo dinheiro. É melhor ir conferir.

Com cuidado, Erin se aproximou da janela para ver a rua principal, mas não havia ninguém lá. Deixando a sala de estar, ela cruzou o corredor e enfrentou metade do lance de escadas; o fato de a porta principal da loja dar em uma passagem estreita entre os edifícios era uma vantagem para que Fergus pudesse entrar sem ser observado, mas, por outro lado, ela não podia espiar quem estava na porta.

— Olá? — Por favor, *por favor*, que seja a Tilly.

— Erin? Você pode abrir a porta? É a Stella Welch.

CAPÍTULO 13

AI, MEU DEUS! AI, MEU DEUS! Desmoronando de terror sobre as escadas, Erin se agarrou ao corrimão. Ai, meu Deus, Fergus disse que ela estava paranoica. Não era para isso acontecer.

— Hum... Não posso descer agora... Não estou vestida...

— Por favor, apenas abra a porta. Preciso ver você.

O coração de Erin estava explodindo como um canhão em uma salva de tiros.

— É sobre o quê?

— Bem, em primeiro lugar, sobre o fato de você se recusar a abrir a porta. O que foi, Erin? Do que você está com medo?

De você, você, *você*.

— De nada.

Ela não estava mais sentindo as pernas.

— Então, por que você não me deixa entrar?

— É que não é uma hora... conveniente.

— Ah é? E por que não? — interrogou Stella. — Poderia ser porque você está com o meu marido no seu apartamento?

Como? Como ela sabia? Sentindo-se tonta, Erin respondeu:

— Não é isso, está bem? Ele não está aqui. Olhe, não vou abrir a porta e vou voltar para cima agora, então, por favor, vá embora.

Incrivelmente, Fergus não havia ouvido nada daquilo. Quando ela cambaleou de volta para a sala de estar, ele bateu no sofá e perguntou:

— Quem era, alguma Testemunha de Jeová? Venha cá, senti saudades.

— Era a Stella. — As palavras pareciam gelo em sua boca.

A expressão dele se alterou abruptamente.

— Você está brincando? Não pode ser.

Os dois pularam ao ouvir uma chuva de pedras batendo contra a janela.

— Ai, meu Deus. — O estômago de Erin se contorceu. Aquilo estava virando a história de *Atração Fatal*.

— Apareça, Fergus, eu sei que você está aí! — A voz furiosa de Stella planou até eles; ela estava agora na calçada, onde qualquer um que passasse poderia vê-la.

— Ela está fazendo escândalo — disse Erin.

Fergus estava sério e descontente.

— Ela quer fazer escândalo. Stella sempre foi a rainha do drama.

— Fergus, seu traidor, cafajeste! — berrou Stella.

— Ai, meu Deus! — Erin levou as mãos à boca ao ver Fergus se levantar.

— Certo, já deu! — Ele atravessou a sala e abriu a janela.

— Ah! Eu sabia! — gritou Stella.

— Ótimo, que bom para você. Mas foi por isso mesmo que não contei antes. — Fergus balançou a cabeça, desesperado. — Sabia que você faria um estardalhaço.

— E por que não faria? Você é meu marido!

— Stella, *não estamos mais* juntos. Terminamos há seis meses. Estamos nos divorciando.

— Graças a *ela*! — Stella se esgoelava como um papagaio.

Ah, não, não, *não*! Erin correu para a janela aberta.

— Espere aí, isso não é verdade, você não pode...

— *Você* — Stella desferiu um dedo acusador sobre ela — é uma vagabunda mentirosa e destruidora de lares!

— Não, não sou, eu juro. Isso só aconteceu agora.

— Ah, claro, e é claro que vou acreditar nisso. — Balançando a cabeça, Stella disse com amargura: — É claro que vou acreditar em tudo o que você disser.

— Juro por Deus, estou dizendo a verdade!

— É mesmo? Como no outro dia, quando eu fui à loja e perguntei se você achava que Fergus estava saindo com alguém? E você disse que não, claro que não achava?

Erin recuou, fechando os olhos por um momento.

— Certo, isso não era totalmente verdade. Mas juro que o resto é. Nunca me envolveria com um homem casado.

— Você está se envolvendo com um agora!

— Mas vocês estão *separados*.

Lá embaixo, na calçada, Stella estendeu os braços.

— E agora sabemos o motivo!

Meu Deus, aquilo era um pesadelo. Olhe para elas, vociferando entre si como loucas desvairadas. As pessoas que passavam pela rua principal já começavam a olhar e paravam para ouvir.

— Certo, já chega! — Era a vez de Fergus intervir. — Isso não está nos levando a lugar nenhum. Stella, você está sendo injusta...

— *Eu* estou sendo injusta? Meu Deus, seu hipócrita! Minha vida está em farrapos graças a você, e você espera que eu simplesmente aceite isso?

— Todo mundo está olhando para você. Você está chamando atenção. — Irritado, Fergus pediu: — Vá para casa, Stella. Conversaremos sobre isso amanhã quando você estiver mais calma.

— Espere. — Erin sabia que não conseguiria descansar enquanto não esclarecesse aquilo. — Olhe, sei que você está brava e sinto muito por isso, *juro* que só comecei a sair com o Fergus há algumas semanas, mas como você sabia que ele estava aqui hoje? Alguém contou para você?

Stella olhou para ela.

— Quem, por exemplo?

— Ninguém. Porque não contamos a ninguém — explicou Erin. — Não queríamos que você soubesse e ficasse nervosa.

— Bem, funcionou direitinho, não é?

Erin mordeu os lábios.

— Por favor.

Ela percebeu a hesitação de Stella. O desejo de manter o segredo devia ser enorme. Por sorte, ele não era páreo para a tentação ainda maior de bancar a detetive e revelar tudo.

— Quando o Fergus apareceu em casa ontem à noite, ele estava com um cheiro diferente. Achei que reconhecia o perfume, mas não tinha certeza. Por isso é que passei na loja na hora do almoço. E lá estava ele de novo, em você. — Stella fez uma pausa. — Bastante... distinto. Ninguém em Roxborough usa essa fragrância.

Era verdade. Talvez porque a loja Jo Malone mais próxima ficava a oitenta quilômetros dali. No Natal, Tilly enviara a ela um vidro daquele perfume fabulosamente exótico como presente.

E a moral da história era: se você não quer que as pessoas descubram seu caso de amor secreto, é melhor não espirrar *Pomegranate Noir* por toda parte nos seus lençóis novos de algodão egípcio.

O TELEFONE TOCOU enquanto Tilly dava uma de *chef* na cozinha. Sentindo--se supereficiente, ela colocou o telefone sem fio entre o ombro e a orelha, revirou os cogumelos na frigideira com uma mão e mexeu o molho de queijo com a outra. Ah, essa coisa de cozinhar era fácil demais!

— Olá! — Era a voz da Kaye, alegre e desejando um bom-dia. — Como estão as coisas?

— Ah, ótimas! Estou fazendo várias tarefas ao mesmo tempo! Agora estou... Ops!

Na hora em que o molho de queijo borbulhou e respingou, Tilly pulou para trás, perdendo o controle do telefone, que pulou do seu ombro direito e aterrissou sobre os cogumelos. Em pânico, ela manobrou a espátula, jogando para fora da frigideira o telefone, que ricocheteou no fogão, e lançando pedaços de cogumelo no ar, como confete.

Depois de limpar o telefone rapidamente com um papel toalha, Tilly retomou a conversa:

— Oi, você ainda está aí?

— Acho que sim. — Kaye parecia estar achando graça. — O que aconteceu com o telefone?

— Ele escorregou. Ainda sou aprendiz de multitarefas. Desculpe.

Ela desligou o fogo antes que algo pior acontecesse.

— Não tem problema. A Lou está por perto?

— Ela está lá em cima fazendo a lição de casa, vou levar o telefone até lá. Aliás, eu a vi brigando com um garoto na saída da escola ontem. Ele era bem bonito.

— Ah! — Kaye continuou, ansiosa: — Você acha que ela gosta dele?

— Bom, perguntei sobre ele e ela respondeu que ele era um completo idiota. E depois mudou de assunto.

— Clássico. Reação de manual. O nome dele é Eddie?

Bingo.

— É ele mesmo. Eddie Marshall-Hicks.

— Que lindo! Minha garotinha está se interessando por um garoto pela primeira vez. — Kaye balbuciou, com as emoções aflorando: — Ai, Deus, e eu não estou aí para ajudá-la.

— Ah, mas você pedia ajuda para a sua mãe com treze anos?

— Não, acho que não.

— Nem eu. Psiu, Betty. — Ao virar-se, Tilly viu que Betty havia saltado sobre o banco junto à janela e, sentindo-se ultrajada, começara a arranhar o vidro com as patas e latir para as gralhas que tinham a audácia de ficar passeando e tagarelando no gramado como se fossem as donas do pedaço.

— Ah, Betty! Você deixa eu falar com ela — implorou Kaye.

Parecia um pouco estranho, mas tudo bem. Feliz por não ser ela quem estava pagando a conta de telefone, Tilly se ajoelhou no banco e segurou o fone na orelha de Betty.

— Bettynha! Oi, Bettynha! Sou eeeeu! — sussurrou Kaye.

Betty inclinou a cabeça para um lado e voltou a olhar atentamente pela janela.

— Bettynha? Bettynha querida? O fone está na orelha dela? Ela pode me ouvir?

— Late — cochichou Tilly com insistência no outro ouvido de Betty. — Au, au, vai, late.

— Ela não está latindo. Ela nunca deixou de latir antes. — Kaye parecia decepcionada. — Ela não está me reconhecendo. — A voz dela se elevou, em prantos. — Ela se esqueceu de mim!

— Ela não esqueceu, só está distraída.

Agora Tilly estava realmente com pena dela. Tentou cutucar Betty, para ver se ela latia.

— Betty, Betty, Betty — implorou Kaye.

Betty virou o focinho do modo mais desinteressado possível. Tilly, agachada bem perto dela, bafejou no telefone, imitando um cachorro.

— É ela? Bettynha?

Tilly fechou os olhos e experimentou soltar um latido agudo. Até que ela não se saiu mal. Quem poderia imaginar que ela era tão boa nisso? Até Betty olhou, surpresa. Animada, Tilly respirou fundo e se aproximou do telefone.

— Au, au, au, au...

— Espere aí! — Evidentemente, ela não era a melhor imitadora de cães do mundo. Kaye perguntou, desconfiada: — Essa não é a Betty, é?

— Hum, como assim?

— Era você, não era?

Tilly perdeu o entusiasmo. Ela tinha se esforçado tanto...

— Era. Desculpe.

— Tudo bem. Obrigada por tentar. Vou falar com a Lou, agora. — Kaye acrescentou, pessimista: — Isso se ela quiser falar comigo.

Ao virar-se, Tilly descobriu que ela não era a única pessoa na sala. Perto da porta estavam Max e Jack. Como se o momento constrangedor do dia anterior na sala de estar do Jack não tivesse sido suficiente. Tentando manter alguma dignidade, ela se levantou do banco e atravessou a cozinha. Ao passar por eles, sacudiu o telefone e disse:

— Ligação para a Lou. Vou levar lá em cima.

Felizmente, a memória da Lou era melhor que a da Betty. Ela apanhou o telefone com prazer.

— Oi, mãe, tirei 58% na prova de francês hoje e, pode não parecer brilhante, mas *foi*. Eca — fez Lou, torcendo o nariz. — Este telefone está com cheiro de cogumelo.

De volta ao andar de baixo, Tilly acendeu o fogo mais uma vez e continuar a cozinhar sem olhar para Max ou Jack. A cozinha ficou em silêncio por vários segundos.

Então, ela começou a ouvir:

— Au.

— Caiiim, caiiim.

— Au, au!

— Tá bom! — Tilly virou-se e os encarou. — Era Kaye no telefone. Só estava tentando fazê-la se sentir melhor.

— Sempre funciona comigo — disse Jack. — Nossa, ouvir um bom latido. Não tem nada melhor.

— Au — concordou Max.

— Mas uivar também é bom. — Considerou Jack, pensativo. — Talvez um uivo seja melhor que um latido. Não consigo me decidir.

Max convidou com as mãos.

— Vamos lá, Tilly, uive para nós. Vamos ver qual dos dois é melhor.

— Você odeia mostarda, não é? — Tilly apontou a espátula para ele. — Posso incluir mostarda em todas as refeições. E pimenta no pudim.

— Não dá para brincar com essa garota. — Sorrindo, Max revirou uma pilha de papéis na cômoda antes de retirar uma pasta e entregá-la para Jack. — Este é o projeto da reforma em Avening. Veja o que você acha.

— Ótimo. — Jack se dirigiu à porta, balançando as chaves. — Você vai aparecer no Fox mais tarde?

Max torceu o nariz.

— Ah, e passar a noite sentado lá como uma peça de reposição enquanto todas as mulheres presentes flertam com você?

— Elas não fazem isso.

— Fazem, sim. Até as mais velhas. E, se me permite dizer, *isso* não é muito agradável de se ver.

— O Declan está comemorando 50 anos. Ele perguntou se você iria. Leve a Tilly também — sugeriu Jack, enquanto Tilly ia de lá para cá na cozinha. — Vai ser uma noite agradável.

— Não posso ir — objetou Tilly. — Quem vai ficar aqui para cuidar da Lou?

— Cuidar de mim quando? — Lou parecia perplexa.

— Hoje à noite.

— Com licença! Tenho 13 anos, não *três*. Não preciso de babá.

— Você gostaria de ir? — Max se dirigiu a Tilly. — O Declan é o proprietário do Lazy Fox, na rua principal.

Orgulhosa, Tilly disse:

— Já fui lá. Com a Erin. O Declan foi muito simpático.

— Ele devia estar tendo um dia ruim. — Jack se dirigiu à porta. — Então, até mais tarde, talvez.

— Talvez. — Tilly retornou a atenção aos cogumelos e esforçou-se para parecer despreocupada. Afinal, ela poderia decidir ficar em casa e ver TV em vez de sair.

CAPÍTULO 14

— É VOCÊ! — Reconhecendo Tilly, Declan disse: — A garota que zombou das nossas manchetes.

O Fox estava cheio, abarrotado de amigos e clientes que ajudavam o melhor dono rabugento de bar do mundo a comemorar seu aniversário. Bexigas prateadas flutuavam no teto e todos os garçons atrás do balcão vestiam camisetas em preto e branco, onde se lia na frente: "Declan — 86 hoje!".

— Você disse que eu gostaria daqui — lembrou Tilly.

— E ela acabou aceitando a sua sugestão — completou Max.

— Ah, então é você que está trabalhando para o Max.

— Tudo graças a você. Eu não teria visto o anúncio se você não tivesse me dado aquele jornal.

Declan deu um tapinha nas costas dela.

— Você vai ficar bem. Não somos tão ruins. A Erin vai vir hoje?

— Não, ela não está se sentindo bem.

Tilly havia mandado uma mensagem de texto para perguntar se ela queria se juntar a eles, mas Erin respondera dizendo que estava com dor de cabeça e que a veria outra hora.

— Que pena! Bem, vamos arranjar uma bebida para vocês. — Declan os acompanhou até o balcão.

Max cumprimentou alguns amigos e olhou em volta.

— O Jack ainda não chegou?

— O Jack? — Declan parecia surpreso. — Ele está por aí.

Naquele momento, a multidão se moveu e eles o avistaram, cercado por um grupo barulhento de garotas de 20 anos. Max, levando a mão ao lado da boca para amplificar sua voz, chamou:

— Ei, Lucas, não ligue para elas. Já estou aqui.

Desculpando-se, Jack se aproximou. Ele sorriu para Tilly.

— Então vocês conseguiram vir.

Como se houvesse alguma possibilidade de ela não ir. Tilly encolheu os ombros.

— Só por uma ou duas horas.

— E, pelo visto, parece que chegamos bem a tempo. — Max apontou com a cabeça para o grupo barulhento de garotas, que ainda o estavam observando. — Uma vez que aquele bando crave as garras em você, não há como escapar.

— E a rainha de Liverpool vem em meu socorro — disse Jack, irônico. — Às vezes você é útil.

Então, a porta do *pub* se abriu e Tilly observou Jack notar a chegada de alguém, cuja presença pareceu não agradá-lo muito. Meio segundo depois, ele ergueu a mão em cumprimento e disparou um sorriso amigável, mas indiferente, e murmurou:

— Oi.

Ao virar-se, Tilly viu uma mulher magra e loira, que ignorou a parte "indiferente" do cumprimento e, como um míssil teleguiado, abriu caminho pela multidão em direção a eles. E o alvo do míssil era Jack. Com um sobressalto, Tilly percebeu que ela estava arrastando uma amiga enquanto andava, e essa amiga era a ex-mulher do cara de Erin, a mulher confiante da loja de decoração cara... Como era o nome dela?

— Amy. — Jack cumprimentou a loira com um movimento de cabeça. — Stella.

Stella, esse era o nome.

— Oi, Jack, como você está? Eu me diverti muito aquela noite. — Amy olhava para ele com os olhos brilhando de adoração. — Não foi ótimo?

O que teria se transformado em um silêncio constrangedor foi evitado por Stella, que agarrou o braço de Max e desabafou:

— Não faz mal. Ai, Max, espere até ouvir o que aconteceu. Você não vai *acreditar*.

Ai, ai! Ela não estava falando como se tivesse ganhado na loteria.

— *Você*. — Reconhecendo Tilly como a assistente de Max, Stella continuou: — Você lembra o que contei sobre o meu marido? Pois bem, descobri por que ele me deixou. — Dirigindo-se a todos, ela declarou: — Porque ele estava tendo um caso! Eu sabia desde o começo. Por que outro motivo ele teria saído de casa? E, olhe só, nem é com uma mulher maravilhosa. Ela nem se compara a mim. E isso me deixa louca, como ela se *atreve*? Quero dizer, que dissimulada! Foi meu marido que ela roubou!

Tilly abriu a boca para protestar, mas Amy já estava cantando:

— E você nunca vai adivinhar quem é!

— A Edwina Currie? — tentou Max. — A Jo Brand? A Aggie perneta da loja da esquina?

Espere aí.

— Acho que isso não é justo — disparou Tilly. — Não foi questão de roubá-lo. Não aconteceu nada até *bem* depois de ele ter deixado você.

No mesmo instante, todas as cabeças giraram na direção dela. A expressão de Jack era incompreensível. Max exclamou:

— Não acredito! É *você* quem está tendo um caso com o Fergus? Por isso que você queria tanto se mudar para cá?

Os lábios perfeitos de *gloss* de Stella se abriram.

— Até você? Meu Deus, quantas mulheres meu marido andou pegando sem eu saber?

Certo, as coisas já estavam fugindo do controle.

— Não, eu não. — Tilly sacudiu a cabeça. — Não quis dizer que sou eu. Nem conheço seu marido. — Suando frio, ela pensou que poderia ter acabado de entregar a amiga; e se Fergus fosse *mesmo* multitarefas, mantendo vários relacionamentos ao mesmo tempo? — Desculpe, não sei por que eu disse isso. Oh, obrigada! — Ela pegou a taça de vinho oferecida por Declan e, muito grata, mergulhou na bebida.

— E então — questionou Max —, com quem ele está tendo um caso?

— Já vou dizer — anunciou Stella. — Você conhece a loja de roupas no fim desta rua? Roupas Lindas da Erin? Bem, de agora em diante, vou chamá-la de Nariz Comprido da Erin. Porque eu perguntei se ela achava que meu marido estava saindo com alguém e ela *mentiu* para mim. É ela! Ela está tendo um caso com ele! Eu sempre ia à loja e ela fingia simpatizar comigo, e durante todo esse tempo era essa bruxa a razão da minha infelicidade!

Tilly engoliu em seco. O lado bom era que Fergus não estava pulando a cerca com outras por aí. Sabendo que Max já havia feito a conexão, ela interrompeu:

— Olhe, a Erin é minha amiga. Não sabia nada disso quando encontrei com você no outro dia, mas depois ela me contou tudo. E juro que ela não é do tipo que faz isso. Ela nunca roubaria o marido de ninguém.

— Você é amiga dela? — Stella levantou uma sobrancelha. — Boa sorte, então. Mantenha-a longe de qualquer namorado que *você* pense em ter.

Consciente da presença de Jack ao lado dela, Tilly insistiu:

— Ela não é esse tipo de pessoa. E ela me contou que só começou a sair com Fergus algumas semanas atrás.

Stella riu.

— Bom, claro que ela disse. Ela vai *continuar* dizendo isso, não é?

— Vai, porque é verdade!

— Lógico que não é verdade, senão ele não teria me abandonado!

Na esperança de encontrar um cenário alternativo impossível de compreender, Stella puxou o colarinho de pele creme do casaco e jogou para trás os cabelos brilhantes, lisos e bem tratados.

— Bom, vamos mudar de assunto — disse Max.

— Boa ideia. — Declan colocou o braço em volta da Stella e ofereceu o rosto. — Diga feliz aniversário para mim.

— Desculpe, Declan. Feliz aniversário.

Stella deu um beijo nele e Amy fez o mesmo, dizendo de modo festivo em seguida:

— Ah, agora eu quero beijar *todo mundo*! — E deu um beijo em Max.

Entendendo o porquê disso, Tilly segurou o riso quando Jack, muito hábil, deu as costas para cumprimentar um amigo no momento em que Amy se lançaria sobre ele. Por um segundo, um fio de desapontamento cintilou nos olhos com excesso de rímel, mas logo o sorriso foi fixado de volta em seu lugar.

— Então, você é a nova assistente do Max — disse Amy, alegremente. — Stella me contou sobre você. Sem namorado, por enquanto.

— É, isso mesmo.

Era assim que Stella e Amy categorizavam as pessoas por ali? Tilly se sentiu sendo avaliada por duas mulheres que deviam dedicar à beleza mais tempo por semana do que ela já havia gasto em toda a vida.

— Ah, ela está bem — interveio Max. — Muito bem estabelecida.

— Fazendo novos amigos. — Jack, que voltava à conversa, brincou: — Au, au!

As sobrancelhas de Stella se elevaram.

— O quê?

— Desculpe. — Ele sorriu. — É só uma piada.

Ansiosa por demonstrar que tinha senso de humor, Stella comentou:

— Ele ficou maluco pra cachorro.

Amy não estava se divertindo. Ela olhava desconfiada ora para Jack, ora para Tilly. Nesse momento, um telefone tocou perto deles. Quando foi atendido, Jack moveu a cabeça como Betty e perguntou:

— Au?

— Não se preocupe — disse Tilly. — Ele só está curtindo com a minha cara.

Sentindo o perigo, Amy deu uma apertada possessiva no braço de Jack.

— Jack e eu saímos para jantar outro dia. Foi muito divertido, não foi?

— Claro que sim.

A resposta de Jack foi cordial; seria fácil humilhar uma pessoa tão sentimental e escandalosa, mas Tilly sentiu que ele nunca faria algo do tipo.

Amy enrubesceu.

— Da próxima vez, podemos experimentar aquele restaurante novo em Tetbury. — Ela fez uma pausa, fingindo pensar. — Não lembro se dei meu número de telefone para você, dei?

— Ah, sim, deu... Ah, vocês podem me dar licença por um minuto?

Do outro lado do *pub*, uma morena alta gritou o nome dele, chamando-o com a mão. Com um sorriso genial, Jack se retirou, abrindo caminho pela multidão.

— Marianne Tilson. — Amy lançou um olhar de desdém para a morena. — Francamente, que desesperada! Ela é tão óbvia. O Jack nem gosta dela.

— Quando foi que isso impediu alguma mulher de se atirar em cima dele? — Max piscou para Tilly e acendeu um charuto.

Amy virou-se para Tilly.

— Você sente atração pelo Jack?

Havia muito mais do que uma sugestão de acusação no tom dela. Era melhor dizer que não. Balançando a cabeça, Tilly respondeu:

— Hum... Não.

— Ah, até parece, claro que sim. Todo mundo sente.

— Ele é muito bonito — admitiu Tilly —, mas não me envolvo com homens com um histórico como o dele.

Amy perguntou, suspeitosa:

— Então, se ele convidasse você para sair, você recusaria? Nem se sentiria tentada?

Meu Deus, isso realmente era importante para ela.

— Tá, nunca diga nunca, posso mudar de ideia daqui a vinte anos. Mas, do jeito que as coisas estão no momento — disse Tilly —, com certeza eu não me sentiria tentada.

— Tentada a fazer o quê?

A voz de Jack, atrás dela, a fez pular de susto. Será que ele ouvira o resto da conversa?

— A correr a maratona de Londres. — Ela se virou e olhou para ele. — Amy estava dizendo que quer muito participar no próximo ano.

Se alguma garota pudesse ser submetida a uma cirurgia de implante de dez centímetros de salto agulha, essa era Amy. O rosto dela era uma pintura.

— Amy, você não me contou isso! — reagiu Jack. — Antes você do que eu, mas com certeza vou querer patrociná-la.

Amy parecia um peixinho-dourado atordoado.

— Ahn... Obrigada.

— Você deveria fazer isso também — aconselhou Max a Stella. — Colocar a mente em outras coisas. Faria muito bem para você.

— Não, obrigada. Meu Deus, você não acha que já estou infeliz o suficiente? — Stella desviou-se daquela armadilha com agilidade. — De qualquer forma, exercício é para pessoas que precisam perder peso. Se alguém deveria correr maratonas, essa pessoa é a nova namorada do meu marido.

— Stella... — Max balançou a cabeça para ela.

— O que foi? Ela é gorda! Por que não posso dizer isso?

— Porque Tilly está aqui e ela é amiga da Erin.

— E a Erin roubou *meu* marido, que deve estar sofrendo algum tipo de surto, porque ele *nunca* gostou de mulheres gordas. Sinto muito, mas vou me referir a ela como eu bem entender.

Tilly fez uma breve pausa para imaginar o que aconteceria se ela jogasse vinho na cara de Stella. Mas não, era o aniversário de Declan, e a bebida era por conta dele, aliás. Não haveria nenhum escândalo. Em vez disso, ela seria uma dama e responderia à grosseria com graça e serenidade.

E, no final das contas, todos pensariam que ela era uma pessoa adorável.

— Tudo bem. — Tilly preparou seu sorriso compreensivo. — Com certeza, a Stella está se sentindo...

— Jack! Jack! Ah, sua criatura malvada, venha cá e me dê um beijo!

Tilly, empurrada de lado por uma morena insinuante de blusa frente--única prateada e *jeans* justos de grife, virou a taça de vinho sobre a manga de Max. Tanto esforço para não desperdiçar a bebida...

— Que inferno! — reclamou Max, sacudindo o braço. — Agora você entende o que falei sobre sair com ele? Deveríamos receber um adicional por insalubridade.

— Lisa. — Jack deixou a morena beijá-lo nas duas bochechas. — Que bom te ver de novo!

— Se é tão bom me ver de novo, por que você não me ligou? Você prometeu que ligaria. — Lisa fez bico e agarrou-se a ele. — Fiquei esperando.

— Querida, sinto muito. Ando muito ocupado.

— Dormindo com Marianne e Amy, e sabe-se Deus com mais quem — murmurou Max no ouvido de Tilly. — Estou te dizendo, esse cara faz o Mick Jagger parecer um pobre amador.

Jack virou o rosto.

— O que você disse?

— Nada. — Max estava rindo. — Só estou feliz por não ter uma queda por você.

Tilly escapou para o banheiro e telefonou para Erin.

— Sou eu. — Ela fechou a tampa da privada e sentou-se, mantendo a voz baixa. — Estou no Fox. A Stella está aqui. Ela *sabe*.

— Eu sei que ela sabe! — Erin se lamentou. — Ela ainda está furiosa?

— E ultrajada. Eu disse a ela que você não foi o motivo da separação.

— Foi o que eu disse também. Ela acreditou em você?

— Nem por um segundo. Como ela descobriu?

— Pelo meu perfume Jo Malone. Tanto faz, isso iria acontecer mais cedo ou mais tarde. Tive medo de ela aparecer na loja hoje e fazer um escândalo. — Erin suspirou aliviada. — Pelo menos isso não aconteceu. Bem, quem mais está aí?

— Um monte de gente. Max e eu. Stella e a amiga dela, Amy. — Tilly parou. — O Jack está aqui. Sempre chega uma mulher diferente para agarrá-lo.

— Sempre um espetáculo divertido. A menos que você fique tentada a participar.

— Não se preocupe, não estou. Quanto mais o vejo em ação, mais fácil fica permanecer de fora.

Tilly estava falando sério. Ver as outras garotas clamando por Jack a deixara determinada a não participar daquilo. Ela se sentiu poderosa, confiante e... bem, qualquer que seja a palavra, era o contrário de oferecida e deslumbrada.

— Ótimo — disse Erin. — É mais seguro.

CAPÍTULO 15

VOLTANDO DO BANHEIRO, Tilly encontrou Jack no corredor. Ele sorriu:

— Está se divertindo?

— Estou, obrigada. Quase não reconheci você com todas aquelas mulheres se agarrando como sarna.

— Desculpe. Não pedi que elas fizessem aquilo. É constrangedor mesmo. — Ele ficava irresistível quando encolhia os ombros, censurando a si mesmo. — Mas, enfim, você se saiu bem com a Stella.

— Eu me saí bem. — "Considerando que podia ter arrancado aqueles apliques". — Na verdade, fui uma santa.

Jack sorriu.

— Agora ela está dando em cima do Max.

— Boa sorte para ela, então.

— Na realidade, você poderia me fazer um grande favor. — Ele olhou para ela atentamente. — Tem, hum, algumas pessoas aqui que estão me pressionando. — A cabeça dele se inclinou na direção do bar.

— Mais precisamente, três?

— Certo, três.

— Deve ser exaustivo ser você — comentou Tilly.

— Agora você está sendo sarcástica. Vai me fazer esse favor ou não?

— Acha mesmo que vou aceitar antes de você me contar do que se trata?

— Fui convidado para um jantar beneficente em Cheltenham e preciso levar uma acompanhante. — Jack fez uma pausa, encostando-se à parede. — O problema é que a notícia se espalhou e todas as três estão tentando fazer com que eu as convide. Para ser honesto, isso está virando um pesadelo e eu queria evitar confusão. Elas estão competindo umas com as outras. Então, pensei que a melhor forma de contornar isso seria ir com você.

Ele estava falando sério?

— Você quer que eu seja apedrejada em praça pública e expulsa de Roxborough?

— Mas você é nova. Posso explicar que você já está envolvida com instituições beneficentes e que os organizadores me pediram para levar você. Assim, nenhuma delas vai se sentir desprezada. E eu vou poder relaxar e me divertir. Vamos ter uma noite ótima, prometo. Sem sarna, sem ninguém achando que venceu ou tirando conclusões erradas...

— Não posso. — Tilly negou com a cabeça. — Amy me interrogou antes. Ela quis saber se eu sairia com você se me convidasse. Eu disse que não.

— Nossa, feito uma bala no coração. — Massageando o peito, Jack continuou: — Você sabe como magoar os sentimentos de um homem, hein?

— Com licença, é você quem está magoando os sentimentos *delas*.

— Mas Amy quis saber se você sairia comigo se eu convidasse você para um encontro. E isso não seria um encontro, não é? — Ele encolheu os ombros. — Não seria romântico. De forma alguma. Então, não vejo problema.

O estômago de Tilly estava se revirando. Aquilo era algum tipo de jogo? Porque, se era, estava funcionando.

— Olhe, é apenas um favor, nada mais. — Jack balançou a cabeça de um jeito persuasivo. — Se eu tivesse uma irmã, seria ela a minha acompanhante. Mas não tenho, então a melhor opção é ir com você. Totalmente platônico.

De algum modo perverso, era ofensivo ser comparada a uma irmã. Mas, se ela declinasse, ele acharia que era isso que a estava incomodando? Ai, Deus, aquilo estava começando a ficar complicado.

— A não ser que você queira algo mais.

O que não ajudou em *nada*. Agora, o estômago dela parecia uma lavadora de roupas em fase de centrifugação. Ele era um pesadelo. Se ela tivesse um pingo de bom-senso, teria recusado imediatamente. Para piorar, ela estava com a boca tão seca que mal conseguia engolir.

Tendo esperado por uma resposta, Jack ergueu a mão.

— Vou considerar isso um não.

Nãããão! Tilly experimentou aquela sensação dos leilões do eBay, quando você vê aquele item cobiçado escapar das suas mãos.

— Quando é? — A voz dela soou um pouco mais fina do que o esperado. — Preciso consultar o Max, para saber se ele me dá uma noite de folga.

Quando eles se juntaram aos outros no balcão, Tilly sabia que Amy não desgrudava os olhos dela. Então, olhou de relance para a esquerda e para a direita, e viu que ela era o foco do interesse de Lisa e Marianne também. E esse era o tipo de atenção com o qual Jack precisava lidar o tempo todo.

Mas era só porque ele levara todas elas para a cama.

— Estava consultando alguns *sites* na internet hoje à tarde. — Stella, envolvida na conversa com Max, disse: — É fantástico. Não sabia disso. Se você quer o George Clooney, você pode tê-lo!

— Bem, essa seria a solução para todas as nossas preces — comentou Max. — Mas não dá para tê-lo *de verdade*, né? Porque George Clooney não está se anunciando *de verdade* na internet, né? Superastro de Hollywood, solitário e divino, procura alguém para caminhadas longas e noites agradáveis.

Stella revirou os olhos.

— Você não prestou atenção nenhuma no que eu disse! Por favor, Max. Não estou falando sobre *sites* de encontros!

— Ah, desculpe, eu me distraí. Mas continue — pediu Max. — Pode falar, estou ouvindo agora. Os *sites* são sobre...?

— Doadores de esperma!

Ao cuspir o vinho, Max colocou uma das mãos na frente da boca.

— Está de brincadeira?

— Eu pareço estar de brincadeira? Quero um bebê. — As costas de Stella estavam muito eretas. — Meu marido se mandou e a ideia de fazer sexo com outro homem me deixa fisicamente doente. Essa parece ser a solução. — Provocativa, ela adicionou: — Se você pensar em uma solução melhor, por favor, me conte.

Tilly olhou para Max. Stella certamente se fizera entender.

— Mas... — Amy estava perplexa. — É impossível comprar o esperma do George Clooney. — Ela franziu a testa. — Não é?

Tilly mordeu o lábio, determinada a não rir. Meu Deus, não seria fantástico se fosse possível? Imagine os lances frenéticos no eBay por um pouco *daquilo*. Imagine os milhões de pequenos Georges nascendo em todo o mundo.

— *Claro* que é impossível comprar o esperma do George Clooney! — Stella lançou um olhar de decepção para Amy. — Estava dizendo que é possível encontrar um doador de esperma com as mesmas qualidades e características físicas. Eles fornecem uma lista enorme e você marca todos os itens relevantes. Dá para escolher cada detalhe. Se o George Clooney é seu homem ideal, você já sabe quais itens marcar.

— Só não o confunda com o Mickey Rooney — zombou Max.

— E quanto custa? — Amy mostrava bastante interesse.

Stella tomou um pequeno gole de bebida.

— É um bebê, não um sofá novo. Não se coloca preço em uma criança.

— Mas pense em quantos sapatos maravilhosos você poderia comprar! Jimmy Choos. — Amy parecia sonhar. — Prefiro comprar sapatos novos a ter um bebê.

— Sapatos são melhores — concordou Max. — Sapatos não vomitam no seu ombro.

— Agora você está curtindo com a minha cara. — Stella bateu no braço dele, de brincadeira. — E o assunto é sério. Os homens não entendem o que é ter um relógio movendo os ponteiros dentro de você. Odeio me sentir desamparada desse jeito. — Ela balançou a cabeça. — Durante toda a minha vida, fiz planos. Sou a rainha das listas. Gosto de estar no controle e saber o que vai acontecer. E estou ficando louca com o fato de que, graças ao Fergus, tudo mudou. Isso está me *matando*.

— Bem, não tenha pressa em ir ao banco de esperma — disse Jack.

Max sorriu e exalou a fumaça do charuto.

— O Jack faz de graça.

— Ei, deixe-a em paz. — Colocando o braço em volta dos ombros de Stella, Jack a apertou amigavelmente. — Dê um tempo para a garota. Ela teve um ano difícil.

— Falando sobre fazer planos e saber o que vai acontecer... — Amy fez um sinal para Stella, querendo dizer alguma coisa.

— O quê? Ah, sim... — Impelida por Amy, Stella se dirigiu a Jack. — Enquanto você esteve fora agora há pouco, Marianne veio e disse algo sobre ir com você ao baile beneficente em Cheltenham. Ela é tão insistente. Eu disse que não tinha certeza, mas achava que você convidaria *outra pessoa*. — Assim que ela terminou a frase, fez um sutil movimento de cabeça na direção de Amy, enquanto a própria Amy, fingindo uma repentina surdez, fitava o ar como se estivesse se comunicando com os espíritos.

Max, observando a cena e querendo irritá-las de propósito, disse:

— Ei, as garotas faziam isso nos meus tempos de escola! — Com voz aguda e sotaque típico de Liverpool, ele continuou: — Oi? Minha amiga quer saber se você topa sair com ela, tá?

Amy continuou fitando o horizonte, mas seu rosto ficou rosa.

— Na verdade, não vou mesmo com a Marianne — confessou Jack. — E vou convidar *outra pessoa*.

Amy deixou escapar um minúsculo sorriso de antecipação no canto da boca, como se fosse uma estrela indicada a algum prêmio, ignorando o fato de que seu nome está sendo anunciado no palco.

Não, não, estremeceu Tilly. Não aqui, não agora e não desse jeito.

— Convidei Tilly para ir comigo e ela aceitou.

Ai, droga, ele disse!

Amy endureceu como se tivesse sido acertada por um dardo tranquilizante. Com o olhar acusador, ela lançou:

— *O quê*?

— Você disse que não aceitaria — disse Stella, áspera.

— Não é um encontro — apressou-se Tilly. — E eu também não aceitei. Só disse que perguntaria ao Max.

— Na próxima sexta-feira. — Jack olhou para Max. — Você pode liberá-la à noite?

— Por mim, tudo bem. Mas sem amassos. — Balançando o dedo no ar, acrescentou: — Comportem-se.

— O que foi? — Ouvindo partes da conversa ao chegar ao balcão, Marianne se intrometeu: — O que está acontecendo?

— Jack vai com *ela*. — Amy apontou para Tilly.

— *O quê*?

— Pois é.

Ah, por favor, ela não precisava disso! Tilly recuou e disse:

— Isso é loucura. Esqueça.

— Não seja boba. Estou convidando Tilly por um motivo. — Jack fitou cada uma das garotas indignadas. — Ela levanta fundos para instituições beneficentes há anos. Agora que ela se mudou de Londres, essa é a oportunidade de conhecer os colaboradores daqui. Eles ficaram entusiasmados quanto falei sobre ela. — Ele sorriu com facilidade. — Quem mais eu poderia levar como acompanhante?

O rosto de Marianne murchou. Amy parecia resignada. Desconfiada, Stella perguntou:

— Qual é a instituição?

Essa era a questão que Tilly temia. Mas também, por que as pessoas tinham que ser tão *intrometidas*? O que era realmente frustrante era que Stella estava perguntando a *ela* e Jack esperava que ela respondesse, porque ela havia dito o nome da instituição momentos antes de eles voltarem para o balcão.

Mas o nome havia desaparecido da memória, escorrido como mercúrio, e ela não conseguia se lembrar dele, de jeito nenhum. E todos estavam lá esperando, observando ansiosamente... Ok, não era nada relacionado a animais, ou golfinhos, ou restauração de edifícios, ou pássaros, ou jardins, ou crianças, ou AIDS, ou cães-guia, ou lagartos ameaçados de extinção... Droga, ela não conseguia se lembrar mesmo, o nome havia fugido completamente da memória...

Ah!

— Combate ao Alzheimer! — Tilly inclinou a cabeça, triunfante. Ufa, bem a tempo!

— Por um minuto, pensei que você tivesse esquecido — Stella disse com seu tom petulante.

— Quase esqueci. — Ela soltou uma pequena risada. — Ajudo tantas instituições!

— É uma causa nobre — ressaltou Jack.

— E não é um encontro — lembrou Tilly, porque ainda havia algumas expressões revoltosas.

— De forma alguma. — Jack concordou com a cabeça. — Meu Deus, nem quero que esse dia chegue. Às vezes, porém, temos que cumprir nosso dever, não é mesmo? — Ele bateu o copo no balcão e perguntou: — Esta é a minha rodada?

Tilly ainda interceptava olhares de ódio quando verificou seu relógio. Então, era isso que acontecia quando ela aceitava fazer um favor a alguém. Se não fosse escorraçada da cidade, ela mal podia esperar para pedir um favor em troca.

Já era hora de voltar para casa?

CAPÍTULO 16

Depois de três anos em Los Angeles, era de se esperar que ela estivesse acostumada aos divertidos costumes californianos, mas as festas ainda faziam Kaye rir. Aquela, dada pelo diretor de *Over the Rainbow*, era pomposa e exagerada em tantos aspectos e, mesmo assim, terminava conforme o programado: como uma festa de aniversário para uma turma de crianças de seis anos, às cinco da tarde, em ponto. De modo ainda mais bizarro, os convidados deixavam a festa em limusines com motorista, pois eram ricos demais, e não paralíticos demais, para dirigir até suas casas. Quase todos haviam passado a tarde bebericando água mineral gelada. Se alguém havia usado alguma droga recreativa, não deixara nenhum rastro. A casa de Denzil e Charlene Weintraub nas colinas de Hollywood era espetacular, e as joias e vestidos ostentados pelas convidadas estavam ofuscantes sob o Sol, mas, sinceramente, não era o tipo de festa para lembrar pelo resto da vida. Lá, esperava-se fazer contatos profissionais em vez de se divertir. Diversão era objeto de reprovação e, naquele mundo de tamanhos mínimos, comer era categorizado como um esporte perigoso, tolerado apenas pelos imprudentes o suficiente para se deixarem levar.

Enfim, idiotas que andavam de limusine com motorista por nenhuma outra razão além de se exibir. Kaye ergueu um pouco a saia justa para deslizar no banco do motorista do conversível e pensou se era só sua imaginação ou realmente Charlene agira de maneira estranha com ela naquela tarde. Diversas vezes, ela pegara Charlene lançando-lhe olhares hostis. Mais cedo, junto à piscina, ela havia perguntado: "Então, já arranjou outro homem, Kaye? Algum que seja seu e não de outra pessoa?".

O que era algo muito estranho para dizer, não? Mas a esposa de seu diretor não era o tipo de pessoa para ser contrariada. Charlene era mimada e temperamental, e era de conhecimento geral que Denzil fazia todas as vontades da esposa, mais nova que todos os filhos do primeiro casamento dele. Kaye ouvira de um passarinho verde (na verdade, de Macy Ventura, que sabia tudo sobre todo mundo e, por isso, era tão boa quanto qualquer passarinho verde de Hollywood), que Charlene estava lutando em segredo contra o vício em analgésicos. Então, o melhor a fazer era manter-se ao lado dela. Cruzar seu caminho poderia ser explosivo.

Com o carro em marcha a ré, Kaye saiu da vaga e esperou uma longa limusine preta e brilhante manobrar antes de continuar dirigindo. Música, música. Ela pressionou o *play* no CD player e aumentou o volume quando Jennifer Hudson começou a cantar *And I Am Telling You I'm Not Going*. Ah, essa era sua canção favorita de todos os tempos. Ela nunca se cansava da melodia e aqueles vocais poderosos nunca falhavam em causar arrepios, de cima a baixo, na coluna dela. Na verdade, essa era a música que deveria ser tocada em seu funeral, com a vantagem adicional de horrorizar os americanos presentes e deliciar o contingente britânico com a escolha da letra. Alegre, Kaye conjeturou a cena, talvez com a música emanando de alto-falantes escondidos na tampa do caixão. Max acharia aquilo hilário. Se ele participasse dos preparativos, acharia um jeito de a tampa abrir e uma mão falsa saltar para fora, enquanto a intensidade da música aumentava. Animada com a perspectiva, Kaye encheu os pulmões de ar e cantou com Jennifer: "*And I am telling you... I'm not gooooooinggg...*".

Merda, o que era *aquilo*?

Em meia fração de segundo, uma criatura pequena e marrom apareceu do nada, saindo como um foguete de trás de uma palmeira e desaparecendo na frente das rodas dianteiras antes que ela pudesse reagir. Ela pisou no freio e gritou assustada assim que o carro bateu em um obstáculo na pista. Oh, meu Deus, por favor, não diga que ela atropelou aquilo, mesmo que seja somente um rato. Ela odiava ratos, mas isso não significava que ela quisesse matar um. Será que a coisa escapara ou estava morta? Parecia um rato, mas era mesmo um rato? Ela teria sentido a batida se o tivesse atropelado ou o bichinho era tão frágil que poderia...

— Ai, Deus, não...

Fora do carro, de joelhos na pista, ela avistou a cena que mais temia. O pequeno corpo jazia imóvel na sombra sob o carro. Ela havia matado o rato. Muito sensível, Kaye contorceu o rosto, porque sabia que tinha que tirá-lo do caminho ou passaria por cima dele com as rodas traseiras ao ir embora. Ela precisava alcançá-lo e puxá-lo para fora. Eca, ela tinha pavor de ratos, eles eram...

— Nããããão! — urrou uma voz aguda a distância, seguida de uma batida de porta e passos correndo pela pista.

— Ah, não — sussurrou Kaye ao tirar o rato de baixo do carro e constatar que *não* era um rato. Ah, não, ah, não, ah, não! Ela sentiu o corpo queimando, depois congelando, nauseada e, por fim, horrorizada ao ver a pequena criatura, o chihuahua de estimação de Charlene, no chão.

— Você matou o Ovelhinha! Você matou meu bebê! — Charlene os alcançou, ofegante e perturbada. Tomando o pequeno corpo nos braços, ela começou a sacudi-lo de um lado para o outro. — Oh, meu Ovelhinha, acorde, acorde...

— Sinto muito. Foi um acidente, sinto muito. — Sem prestar atenção aos outros passos que se aproximavam, Kaye balançava a cabeça, inconformada. — Foi um acidente. Ele apareceu do nada e correu para baixo do carro, não pude fazer nada. Sinto muito.

— Sente nada! Você está mentindo — guinchou Charlene, com os olhos flamejantes e a boca distorcida de ódio. — Sua vagabunda, você fez de propósito!

Kaye cambaleou para trás, estupefata com a ferocidade do ataque.

— Não é verdade, eu nunca faria isso, não é *verdade*!

— Você me odeia. Tem ciúmes — disse Charlene com veemência. — Você quer o Denzil e não suporta o fato de que ele é meu. Você é maluca — ela continuou. — Você é uma torturadora de coelhos[6], uma assassina de cães, e não vai levar meu marido embora. Você é uma prostituta ruiva magrela e ladra de maridos, e atropelou meu Ovelhinha de propósito!

— Não foi de propósito, não foi.

— Ah, não minta! Olhe o seu estado. Você está bêbada. — Charlene a acertou com o dedo ossudo. — E sei que você fez de propósito, porque eu vi tudo. Eu estava na varanda e vi você desviar para cima dele intencionalmente. Você queria me atingir e matou meu bebê.

Aquilo era um pesadelo. Kaye não conseguia acreditar no que estava acontecendo. Convidados, seguranças e empregados da casa, todos correram para ver qual era o problema. As pernas dela perderam a capacidade de mantê-la em pé e ela caiu de lado sobre o assento do passageiro do carro, alegando sua inocência a quem pudesse ouvir.

— Ela está bêbada! — Charlene não parava de gritar. — Ela não parava de encher a taça de vinho durante a festa, isso quando não estava de olho no meu marido.

— Tomei uma taça de vinho. *Uma taça* — protestou Kaye, mas não adiantou.

— É uma megera cruel, pervertida e assassina! A história dela nesta cidade *acabou* — bradava Charlene, com o corpo do cachorro ainda nos braços.

— Foi um acidente. Sinto muito, não sei mais o que dizer. — Kaye nunca se sentira tão sozinha em toda a sua vida. Ninguém acreditava nela, nem uma única pessoa tomava seu partido. Ela estava mergulhada em culpa. Pois, fosse ou não culpa dela, Ovelhinha estava morto. Enfiando a cabeça entre as mãos trêmulas, ela percebeu que a saia justa havia rasgado enquanto ela tentava recuperar o cadáver sob o carro.

[6] Referência ao filme *Atração Fatal*, em que o personagem interpretado por Glenn Close coloca o coelho de estimação da filha do amante em uma panela com água fervendo, para se vingar. (N. T.)

— O que está acontecendo? — Denzil, o último a chegar à cena do crime, descia com dificuldade até o carro. Com a respiração pesada, ele diminuiu o passo e apoiou-se para, em seguida, horrorizado, mover o olhar desde Kaye até o pequeno volume nos braços magros de Charlene.

— Oh, Deus! O Ovelhinha não!

As lágrimas escorriam do rosto de Charlene, caindo do queixo recém--modelado.

— Ela o m-matou, Denny. Ela fez de propósito. — Entre soluços ruidosos, ela ordenou: — Chame a p-polícia. Essa vaca vai pagar por isso.

HAVIA CINCO CLIENTES na loja quando Stella entrou.

O coração de Erin afundou como uma âncora no mar. Durante toda a semana, aquilo era o que ela mais temia. Tudo podia acontecer naquele momento.

— O que você tem em mente, Barbara? O que você acha deste aqui para o casamento da nossa Angie? — Uma mulher de meia-idade acariciava com reverência um conjunto de vestido e blazer verde-claro. — Que tecido delicioso! Coloque a mão nele para ver. Oitenta libras, mas é um Frank Usher. Ai, sempre quis ter um conjunto Frank Usher.

— Oitenta libras? — Stella estalou a língua, incrédula. — Eu deveria abrir uma loja dessas. — Aproximando-se para dar uma olhada melhor no vestido e no blazer, ela disse à mulher: — Pena que você não foi ao bazar da Oxfam[7] na Rua Hill ontem de manhã. Você poderia ter comprado isto aqui por seis libras e cinquenta.

O coração de Erin desceu ainda mais fundo. Instintivamente, a mulher de meia-idade e a amiga se afastaram do conjunto e olharam para ela, chocadas e incrédulas.

[7] Refere-se ao Comitê de Oxford de Combate à Fome (*Oxford Committee for Famine Relief*). (N. T.)

— Isso não é verdade. — Erin discordou com a cabeça, dirigindo-se às clientes. — Não ouçam o que ela diz, não é verdade.

— Ah, admita de uma vez, todas nós sabemos o que você faz. No verão passado, dei três sacolas de roupas para o bazar da igreja e a maior parte delas acabou aparecendo aqui.

Outra mentira ultrajante, mas as clientes da loja não tinham como saber disso. Erin se defendeu:

— Tenho um registro eletrônico de todas as pessoas que trazem roupas para revender nesta loja.

— Claro que você tem. Eu também inventaria uma lista de nomes e fingiria que é assim que elas vieram parar aqui — acusou Stella, com doçura. — Senão, pegaria mal, não é? Aliás, você teve alguma notícia da mulher que reclamou sobre o cardigã que ela comprou aqui, aquele com com larvas nos bolsos?

As duas mulheres saíram da loja. As outras três se olharam antes de silenciosamente fazerem o mesmo. A última a sair limpava repetidas vezes as mãos no casaco.

— Ela está mentindo! — gritou Erin, antes de a porta bater atrás delas.

— Mas funcionou. — Stella parecia satisfeita consigo mesma. — Não é?

— Você não pode fazer isso.

— Já fiz.

— Não é justo.

— Eu acho que é — retrucou Stella. — Acho que você merece.

— Não roubei o Fergus de você. — Erin balançou a cabeça; se ela dissesse mais cinquenta mil vezes, será que Stella acreditaria nela?

— Agora, a mentirosa é você.

Certo, provavelmente não. Ela tentou outra estratégia.

— O fato é que entrar aqui desse jeito, causando problemas, não vai fazer o Fergus querer voltar para você.

— Eu sei. Não sou *estúpida*. — Elevando o queixo e endurecendo os ombros, Stella sentenciou: — Até aquela noite, eu acreditava que isso fosse acontecer, mas agora sei que não. Graças a você, não vou ter a vida ou a família que havia planejado. É surpreendente como isso me deixa aborrecida.

— Mas eu não...

— Ah, por favor, pequena senhorita Inocência! — O olhar depreciativo de Stella desceu até os quadris de Erin. — Na verdade, nem tão pequena.

Tremendo, Erin disse:

— Não quero que você pise nesta loja de novo.

— Não se preocupe, não vou. Mas lembre-se — Stella parou com a mão na maçaneta —, você me machucou. E agora é a minha vez de machucar você.

CAPÍTULO 17

— **Tem um fotógrafo** em cima de uma árvore do outro lado da rua. — Segurando o telefone, Kaye desviou-se da janela antes que ele conseguisse tirar uma foto dela. — E mais um monte no passeio.

— Passeio — imitou Max, a mais de nove mil e quinhentos quilômetros de distância. — Você e esse americanismo!

— Max, cale-se. — Ela sabia que esse era o jeito dele de tentar aliviar os ânimos, mas não estava funcionando.

— Certo, desculpe. — Depois de tantos anos casados, eles se entendiam bem. — Mas uma hora isso vai parar, não vai? Dê a eles um ou dois dias e as pessoas vão perder o interesse e partir para a próxima fofoca.

— Espero que sim.

Mas ela não tinha certeza, e agora um caminhão de transmissão externa estava estacionando lá fora. Ela não fora presa (a polícia a havia liberado sem acusação formal, após várias horas excruciantes na delegacia), mas ela sabia que Charlene não esqueceria daquilo. Os jornalistas contatados por Charlene estavam ligando sem parar. E eles estavam em Hollywood. A história certa, com a pessoa certa, no momento certo poderia ser escolhida e batida no liquidificador; poderia se espalhar como fogo, enfurecer a mídia. Além disso, quem não adoraria a ideia de que uma das estrelas de *Over the Rainbow*, ninguém menos que a graciosa britânica de cabelos vermelhos, que parecia tão refinada, era na verdade uma psicopata possessiva, sedenta por homens e assassina de cachorrinhos?

— Ei, você vai ficar bem — disse Max, prestativo. — É só mandar todo mundo à merda.

— Ah, claro, e isso vai funcionar. — Do lado de fora da casa, um repórter manejava um microfone e dirigia-se a uma câmera.

— Ameace processar essa megera doida.

— Max, você está começando a me irritar agora.

— Tudo bem então, volte para casa. Entre em um avião e desapareça daí. Nós cuidaremos de você.

Em um segundo, os olhos de Kaye encheram-se de lágrimas, porque o que ele sugeria era tão tentador e tão impossível. Se essa história decolasse na mídia, fugir seria o que ela gostaria de fazer, mais do que tudo.

— Acontece que eu tenho uma coisinha chamada trabalho — Kaye lembrou Max. — E um cronograma de filmagem exaustivo e um contrato para a próxima temporada, prestes a ser renovado. E algo me diz que o estúdio não ficaria muito feliz se eu desaparecesse.

Kaye ouviu um som de batida leve e Max dizendo:

— Bem, estamos aqui se você precisar. Não deixe esses babacas te desanimarem. Se alguém entrar em contato comigo vou dizer que... Nossa.

Ai, Deus, o que era agora? Será que os carros de reportagem chegaram à casa em Roxborough? Com o coração na boca, Kaye perguntou:

— O que é?

— Estou com o *laptop* aqui. Procurei você no Google. Encontrei uma nota em um dos *sites* de fofoca.

— E o que diz? — Ela se segurou na cadeira.

— Estão te chamando de torturadora de coelhos de Beverly Hills.

— Coitada da mamãe.

Três dias já haviam se passado e o caso ultrapassava os limites. A máquina de fofocas de Hollywood estava a todo vapor e Kaye era, oficialmente, a mulher mais ultrajada dos Estados Unidos. Clicando no *link* seguinte, Lou encontrou uma fotografia de Charlene em lágrimas, abraçando um retrato de Ovelhinha. O artigo que acompanhava a imagem tinha a manchete: "Não sei como vou suportar o funeral. Quero *morrer*".

— Pare de ler isso agora — pediu Tilly.

— Não posso. Eles estão falando da mamãe. Olhe, aqui tem uma foto dela sendo levada para a delegacia. Ela tomou um copo de vinho e passou no teste do bafômetro, mas eles ainda estão insistindo que ela tem problemas com álcool. Se não tinha antes, vai acabar tendo agora, do jeito que andam as coisas.

Tilly espiou sobre os ombros de Lou para ver a fotografia de Kaye, com a saia rasgada e compreensivelmente irritada e desalinhada, tirada no dia do acidente; é claro que usaram uma imagem em que ela estava piscando, com os olhos semifechados, dando a impressão de que ela estivera bebendo em festas por uma semana.

"Perfeita Rosa Inglesa ou Bêbada Perturbada?" era o título.

"Os perigos do ciúme", dizia o próximo. "A carreira de Kaye McKenna está em pedaços, graças a uma atração não correspondida pelo chefe e um momento de loucura assassina."

— Denzil Weintraub tem uns 60 anos. — Lou sacudiu a cabeça de nojo. — Por que não ocorre a ninguém que minha mãe não se interessaria por um diretor velho e gordo com um transplante de cabelo malfeito e um nariz de batata?

— Porque ele é um diretor velho e gordo multimilionário de sucesso. — Tilly indicou a parte do texto relevante.

— Minha mãe não é assim! Ela não fica correndo atrás de homens velhos e ricos!

— Nós sabemos. Não se preocupe, ela vai superar isso. Desligue o computador agora, querida.

— Por acaso você está tentando me impedir de ler o próximo *link*? — Entretida, Lou clicou com o mouse e disse: — Ah, tudo bem, já tinha lido esse. O doido do psicólogo alegando que a mamãe está tendo uma crise nervosa atrasada porque o marido dela se assumiu *gay* durante o casamento. Que besteira!

Tilly apertou os ombros de Lou.

— Lógico que é.

— E eu não posso desligar o computador ainda. Preciso procurar umas coisas sobre Shakespeare. Ele é tão chato.

— Nós apresentamos *Macbeth* no ensino médio. — Tilly fez uma careta; ela conseguia simpatizar com a opinião da Lou.

— Vamos apresentar *Romeu e Julieta*. Só consigo entender metade do que eles querem dizer, os diálogos são tão pomposos e complicados. Por que eles não falam inglês direito?

— Minha filha, a filisteia — anunciou Max, entrando na cozinha com uma prancheta de desenho. — Se não é a revista *Heat*, ela não se interessa.

— Muito obrigada, papai. Para o seu conhecimento, sou *muito* inteligente. Só não gosto de Shakespeare.

— Isso é porque você não o viu sendo encenado. Bem, vamos resolver isso. Dê um espaço para mim. — Deixando a prancheta de lado, Max habilmente tirou Lou da cadeira e assumiu o lugar dela na frente do *laptop*. — Royal Shakespeare Company, Stratford. Lá vamos nós. *Ricardo III*... Talvez não. *Coriolano*, humm... — Batendo nas teclas do computador, ele consultava a agenda de eventos. — *Noite de Reis*, você vai gostar dessa. Certo, pegue minha carteira, vamos comprar os ingressos. Tilly, você quer ir conosco?

Surpresa, Tilly perguntou:

— É sério? Você gosta mesmo de Shakespeare?

— Ah, ela me acha comum demais para apreciar o Bardo. Mas não sou. — Max apontou o dedo para ela. — Ele é um maldito gênio. Deixe-se levar e você será fisgada, esse é meu conselho. Ah, vou colocar um pouco de cultura na cabeça de vocês, mesmo que isso me mate. Droga, não posso na quarta e na quinta, estarei em Londres com um cliente. Vai ter que ser na sexta, dia vinte.

Ufa, que alívio.

— Não vou poder ir. É a noite do baile beneficente. Que pena — apressou-se Tilly.

— Baile beneficente? — Lou pareceu interessada.

— Em Cheltenham. Jack a convidou. Vou reservar dois lugares, então — Max concentrou-se em digitar as informações do cartão de crédito.

— O Jack te *convidou*? — Sorrindo, Lou completou: — Oh-oh! Pensei que você havia dito que não estava interessada em ser mais um troféu na prateleira dele.

— Não estou. — Pelo amor de Deus, agora era estava sendo importunada por uma garota sardenta de 13 anos. — Não é um encontro, ele só me convidou para se safar de uma situação embaraçosa.

Lou acenou com a cabeça, com ar de quem tem *muuuito* mais conhecimento.

— Cuidado para ele não colocar você numa dessas.

A ATMOSFERA NO *SET* não havia melhorado. Por onde passava, Kaye encontrava grupos de pessoas cochichando juntas, que silenciavam e desapareciam no momento em que a viam. Não era a sensação mais acolhedora do mundo; devia ser como se sentia um morador de rua bastante sujo.

Ela também sabia que a equipe de roteiristas havia sido chamada de volta e estava reunida em Winnebago, trabalhando em alterações de última hora no roteiro do episódio final da série.

Hum, ela imaginava que tipo de alterações seriam aquelas. E *ainda* estava esperando a renovação do contrato dela. Que engraçado...

No *trailer* de maquiagem, o único som vinha da TV sintonizada em um dos canais de entretenimento.

— E agora, voltamos ao caso de Kaye McKenna — anunciou o apresentador.

— Só para variar — comentou Kaye, seca.

Ellis, a maquiadora, baixou o pincel de *blush* que estava usando no rosto da atriz.

— Você quer que eu troque de canal?

— Não, pode deixar. Não me importo mais. Vamos ver o que eles dizem hoje.

— E hoje temos aqui no estúdio três convidados que têm algo em comum com Charlene Weintraub. — O apresentador fez uma longa pausa, os lábios encolhidos como o traseiro de um gato, indicando que aquilo era *muito sério*, antes de apontar para a primeira mulher à esquerda. — Paula nos conta que, um dia, no ano passado, estava andando pela rua, cuidando da própria vida, quando um carro dirigido por Kaye McKenna veio na direção dela em alta velocidade. Se não tivesse saído do caminho, ela tem certeza de que teria sido morta, como Ovelhinha.

— Ai, meu Deus... — respirou Ellis, olhando com horror para o reflexo de Kaye no espelho. — Você fez *isso*?

— Não, claro que não! Nunca vi essa mulher antes! Sempre dirijo com *cuidado*!

— Ao lado dela, temos Jason, que nos revela que Kaye McKenna tentou atropelar intencionalmente o cão de estimação dele, Brutus.

— Como eles têm permissão de ir à televisão dizer uma coisa dessas? — perguntou Kaye.

— E, por último, temos Maria, dizendo que ela e sua avó foram agredidas verbalmente na rua por uma mulher ruiva perturbada e visivelmente alcoolizada, que agora elas acreditam ter sido Kaye McKenna.

— Eu deveria processar todos eles! Como *ousam* dizer essas coisas? — vociferou Kaye.

Depois de bater à porta, Denzil entrou no trailer. Ellis rapidamente desligou a TV.

— Denzil. Você não vai acreditar nas coisas que eles estavam dizendo sobre mim aí. — Kaye indicou a tela escura. — São mentiras. As pessoas estão indo à televisão e inventando coisas.

— Kaye, você sabe o que meu advogado disse. Não posso discutir essas coisas com você. — Indeciso junto à porta, Denzil pediu de modo áspero: — Será que dá para a gente rodar essa nova cena?

— Tudo bem, desculpe. — Ela viu que ele estava de mãos vazias. — Posso ver o roteiro?

— Não precisa. — O queixo de Denzil balançou quando ele sacudiu a cabeça. — Você não tem nenhum diálogo.

Kaye o encarou fixamente, sua curta carreira de atriz passando diante dos olhos dela.

— Deixe-me adivinhar. Vou ficar boiando de rosto para baixo em uma piscina?

Ele nem ao menos conseguiu enfrentar o olhar dela. Abrupto, respondeu:

— Algo assim.

CAPÍTULO 18

— **NÃO, OBRIGADA.** Só água para mim. — Tilly se manteria sóbria aquela noite, por mais sacrificado que fosse.

— Ei, viemos de táxi para não nos preocuparmos em dirigir de volta para casa. Vamos relaxar, beber um pouco e nos divertir — disse Jack.

— Não me diga! — Sinceramente, ele achava que ela não conhecia o plano? Era exatamente por isso que ela estava bebendo água.

— Uma taça de vinho não doeria, não é?

Uma taça de vinho seria o paraíso, mas ela não podia arriscar. Tilly disse, insolente:

— Não preciso de álcool para me divertir.

Sim, *insolente.*

— Que inferno, eu trouxe a Pollyanna para o baile! — Mas estava claramente se divertindo com a atitude dela; sorrindo para o garçom com a garrafa de vinho, Jack revelou: — Ela está com medo de que eu a seduza.

O garçom, por sua vez, fez cara de comediante e fingiu sussurrar no ouvido de Tilly:

— Vá em frente, querida. Sua sortuda.

O que foi de grande ajuda.

— Não vou fazer isso — disse Jack. — Dei minha palavra de que não faria. E eu sempre cumpro minhas promessas.

— Não se preocupe. — O garçom piscou para Tilly. — Tenho certeza de que você pode persuadi-lo a mudar de ideia.

O simples fato de cogitar aquilo a fez ficar com calor. Tilly pegou um copo de uma garçonete que passava e tomou um grande gole de água com gás. Satisfeita com o intervalo, assim que o jovem garçom se retirou e Jack começou a conversar com dois executivos elegantes, Tilly se recostou na cadeira e observou o ambiente.

O baile estava acontecendo em um hotel enorme e sofisticado em Cheltenham; o salão era glamuroso, espaçoso e com o pé-direito alto, repleto de pessoas conversando e dançando ao som da banda. O nível de barulho era impressionante e havia convidados de diversas idades. O evento não era, como Tilly temia, restrito a um bando de velhinhos batendo dentaduras e andando com bengalas. A multidão era colorida e amigável, e Jack conhecia várias pessoas. E, apesar de ela não estar bebendo, ele ficava mais atraente a cada minuto.

Certo, pare com isso, comporte-se. Ela não seria o troféu de ninguém...

— Oh, você está adorável nesse vestido! — Uma senhora resplandecente em trajes de seda roxa se aproximou deles, como se flutuasse no ar. — Queria vir aqui e dizer olá! Dorothy Summerskill, do comitê. — Ela se apresentou. — E você é a namorada do Jack.

— Amiga — corrigiu Tilly. — Somos apenas amigos.

— Ah, sim! Provavelmente é mais seguro dessa forma! — riu Dorothy, simpática. — É difícil acompanhar a vida social do Jack nos últimos tempos. Mas quem negaria a ele alguma diversão? Nós todos o amamos muito, sabe. Ele colaborou tanto para a nossa causa. Um dos maiores colaboradores de Cheltenham.

— Alguém da família dele sofre de Alzheimer?

— Na verdade, foi pela Rose, a noiva dele. Querida Rose, nós ainda sentimos falta dela. Ela se envolveu com nossa instituição porque a avó sofria da doença. Após a morte da Rose, confesso que não pensávamos que voltaríamos a ver o Jack. Mas ele continuou a bordo. Maravilhoso para nós. E espero te encontrar mais vezes. — Os olhos de Dorothy brilharam. — Os amigos do Jack são nossos amigos.

Após o jantar, os convidados começaram a dançar. Tendo sido apresentada a muitas outras pessoas, Tilly passou as horas seguintes rodopiando pelo salão, com mais ou menos êxito. O marido de Dorothy, Harold, era um entusiasta do montanhismo amador e dançava exatamente como um. Mervyn, um contador animado, tinha uma risada gorgolejante e uma predileção por piadas de adivinhar quem estava à porta. Patrick, o fazendeiro, parecia um lutador de vale-tudo, mas dançava como Fred Astaire. E as esposas e namoradas deles eram muito simpáticas também. Ótimo, companhia descomplicada. Quase sem se importar com o fato de que ainda não estava bebendo, Tilly estava se divertindo muito.

Jack tinha que aparecer e estragar tudo.

Exausta depois de alguns tangos vigorosos com Patrick, apoiou-se no canto de uma mesa para descansar os pés e percebeu que Jack vinha em sua direção.

— O quê? — reclamou Tilly, vendo que ele conferia o relógio. — Já está na hora de ir?

Ela ficou triste. Ainda era meia-noite. Eles ainda não precisavam ir, com certeza.

— Não, a não ser que você queira. Por quê? — Ele inclinou a cabeça. — Você está odiando cada minuto?

— Não. — Ela conseguia sentir o perfume da loção pós-barba.

— Ótimo. Na verdade, pensei que estava na hora de dançarmos juntos. — Ele parou, observando a reação dela. — Desculpe. É que as pessoas podem achar um pouco estranho se não dançarmos. — Outra pausa. — Então, que tal? Vamos fazer isso logo, para ficarmos livres?

— Tá... — Ele estava certo. Relutante, ela escorregou pela mesa.

— Não é a forca — disse Jack. — Não se preocupe, vou me comportar. Serei um perfeito cavalheiro hoje, conforme prometi.

Sorrindo, puxou-a para junto de si assim que a música começou. Uma das mãos quentes pousou sobre seu ombro nu e a outra se posicionou na base da coluna dela. Assim, Jack a conduziu com habilidade para a pista de dança. No momento seguinte, a mão na coluna moveu-se para baixo, e ele estava mexendo na saia dela como um animal.

— O que você está fazendo? — Aterrorizada, Tilly livrou-se dele, com um tapa no braço.

— Desculpe, seu vestido estava preso atrás. Estava tentando puxar a barra para baixo, antes que todo mundo visse sua calcinha.

Pelo amor de Deus, como se dançar com Jack Lucas já não fosse palpitante o suficiente, ela ainda tinha concedido a algumas centenas de pessoas uma visão gratuita de suas roupas íntimas.

Bem, era tarde demais para se preocupar com isso. Pelo menos, era a melhor que ela tinha.

— Obrigada.

Ela respirou fundo e permitiu que ele retomasse o contato físico. Tudo bem, era só relaxar, movimentar-se no ritmo da música e continuar assim até a música acabar. E então, pronto, missão cumprida. Quanto tempo aquilo poderia levar? Três ou quatro minutos, ela conseguiria. Se começasse a ficar difícil, ela poderia quebrar o tempo, contando um minuto por vez, talvez até um segundo por vez...

Certo, um... dois... três...

— Você está *contando*?

— O quê? Ah, desculpe! — Tilly abaixou a cabeça, com uma consciência formigante de que a parte frontal do corpo dela estava quase toda em contato com ele. O terceiro botão da camisa social branca estava na mesma altura do decote do vestido tomara que caia rosa-bebê. A loção pós-barba exalava um perfume maravilhoso; se ela perdesse totalmente o controle de si mesma e ficasse na ponta dos pés, poderia lamber aquele pescoço... Chega, vamos parar com isso, comece a contar de novo, mas dessa vez em silêncio.

— Está se divertindo? — perguntou Jack.

Ela concordou com a cabeça; ele não fazia ideia de como ela estava se sentindo ao dançar com ele.

— Todos são muito simpáticos.

— São boa gente.

Forçando-se a olhar nos olhos dele, uma vez que evitá-los estava começando a parecer estranho, Tilly comentou:

— Dorothy disse coisas ótimas sobre você.

— Talvez porque eu seja uma boa pessoa. Às vezes. — Jack acrescentou com um breve sorriso: — Quando eu quero.

Aquele sorriso. Daquela distância tão curta, era ainda mais devastador. Estava ficando difícil se concentrar. Tilly fechou os olhos por um segundo e pensou em Amy, em Marianne e na outra da qual ela não lembrava mais o nome... Lisa, era isso. Esse era o problema de Jack: ele distribuía aqueles sorrisos indiscriminadamente e deixava um rastro de destruição por onde passava. E não estava nem remotamente interessado em nenhum tipo de relacionamento sério. O importante para ele era o sexo. Lembre-se disso. E *continue lembrando-se disso...*

— No que você está pensando? — Era a voz dele invadindo aqueles pensamentos agitados e confusos.

— Nada.

Ele sorriu.

— O que significa que é melhor eu não saber.

Tilly deu de ombros e esperou que suas mãos não estivessem suando. Ela podia sentir o quadril dele contra o dela e, se isso não era desconcertante, ela não sabia o que mais poderia ser. Ela não podia *acreditar* que estava pensando no que aconteceria se, enquanto ele puxava a parte de trás do vestido dela, percebesse como era sedosa e interessante a calcinha *La Senza* nova, rosa e creme.

— Tudo bem, você já pode parar — murmurou Jack.

Por um segundo, ela pensou que aquilo era sobre parar de imaginar se ele teria gostado da calcinha. Então, percebeu que a música havia terminado e ela ainda estava balançando de um lado para o outro. Recompondo-se, Tilly disse, ríspida:

— Pensei que eles começariam outra música direto. Estava só... você sabe, mantendo o movimento.

— Quer dançar mais uma?

Assim que ele moveu as mãos para a cintura dela, a música recomeçou. Agora que eles estavam ali na pista de dança, fazia sentido.

— Bem...

— Já cumprimos nosso dever, não é? — Jack a soltou, desapontando todas as terminações nervosas dela. — Em vez disso, por que não vamos tomar alguma coisa?

✦

JACK HAVIA PROMETIDO tratá-la como uma dama e comportar-se como um perfeito cavalheiro, mas Tilly não esperava que ele cumprisse a promessa. Durante o caminho de volta a Roxborough, no banco de trás do táxi, ela ficou se preparando mentalmente, esperando que ele tomasse alguma iniciativa. Tinha certeza de que, no último momento, ele a convidaria para um café na casa dele.

Mas nada aconteceu. Em vez disso, ele solicitou que o táxi fosse direto para a Beech House, e lá estavam eles, do lado de fora.

— Pronto — disse Jack. — Bem, entrego você sã e salva. Obrigado pela companhia hoje. Foi ótimo.

— Sim, foi. — Tilly percebeu que era só isso. Ele nem ao menos pretendia inclinar-se no banco e dar um beijo educado de despedida em seu rosto.

Certo. Então, lá estavam eles, do lado de fora da casa, e lá estava ela, sem beijo, sem convite e, francamente, começando a se sentir a pessoa menos atraente do mundo.

Mas, como ele estava imóvel, o que mais ela poderia fazer a não ser sair do carro?

— Tchau. — Jack acenou com a cabeça.

— Tchau.

Ele a achava *feia*?

CAPÍTULO 19

TILLY HAVIA CONFUNDIDO as datas; quando Max estava reservando os lugares para o teatro, ela havia pensado que o baile em Cheltenham era na sexta-feira à noite. Felizmente, na hora em que ela percebeu o erro (o baile era na quinta-feira), já era tarde demais para reservar outro lugar.

Max ainda achava que tinha feito de propósito.

Depois de voltar da escola, na sexta à tarde, Lou reclamou:

— Não sei por que meu pai acha que ver umas pessoas dançando e pulando em um palco vai me fazer gostar de Shakespeare. Aposto que vai ser chato.

Tilly estava lutando para domar os cachos ruivos e selvagens de Lou com pomada antes de tentar fazer uma trança alta.

— Quem sabe? Você pode acabar gostando.

— Você quer ir no meu lugar?

— Que generoso da sua parte! Mas aí você perderia a peça.

— Podemos verificar na internet mais uma vez; quem sabe, pode ser que várias pessoas precisaram cancelar e agora haja ingressos sobrando.

— Você é tão *gentil* por pensar nisso! — Tilly puxou um dos cachos ruivos. — Sorte que eu já havia considerado essa possibilidade, por isso elaborei uma ótima desculpa para você. Alguém precisa ficar em casa para cuidar da Betty.

— Meu Deus! — reclamou Max, recém-chegado de uma reunião com um cliente em Bristol. — Parece que estou ameaçando alguém com uma noite na câmara de tortura, quebrando todas as costelas sem anestesia.

— E, se eu tentar dormir no teatro, ele vai me cutucar. — O rosto de Lou se iluminou e ela bateu no colo quando Betty correu para dentro da sala de estar, seguindo Max. — Venha cá, Betty. O que você acha de ir ao teatro com o papai hoje?

Betty pulou em seu colo e lambeu seu rosto.

— Isso é um sim! Oba, boa garota, Betty! Você pode ficar com o meu ingresso.

— Eu vivo com um bando de ingratas. Certo, vou tomar um banho. Saímos às seis. — Tirando o casaco, Max acrescentou: — A propósito, Jack me ligou mais cedo. Você deixou sua echarpe no chão do táxi ontem. Ele a guardou para você.

— Ah, que bom! — Tilly respirou aliviada. — Pensei que tinha perdido.

— Ele disse que pode devolver na próxima vez que passar aqui, ou você pode ligar para pegá-la.

— E então, o que você vai fazer hoje enquanto estivermos fora? — perguntou Lou.

— Um longo banho. Comida chinesa. Três episódios de *Betty, a Feia*. Não *você* — exclamou Tilly quando Betty, endireitando o dorso no colo de Lou, lançou um olhar ressentido para ela. — Você não é feia, querida. Você é linda. E um *cappuccino* com creme de nozes.

— Que sorte... — suspirou Lou.

Tilly comentou com satisfação:

— É mesmo. Nenhum verso sem graça de comédia shakespeariana à vista.

— Mais algum sarcasmo vindo desses lindos lábios — ameaçou Max —, e eu devoro todo o seu creme de nozes.

Lou virou para Tilly e olhou para ela, em silêncio.

Tilly deu um tapinha solidário no ombro dela.

— Está vendo? Ainda não tem graça.

ELES SAÍRAM UM POUCO depois das seis, a caminho de Stratford. Depois de verificar duas vezes se o creme de nozes ainda estava intacto na geladeira, Tilly levou Betty para uma longa caminhada no bosque. Quando elas voltaram para casa, Betty deitou cansada na cesta e Tilly tomou um banho. Às oito horas, ela já havia vestido o agasalho de *plush* cinza pós-banho.

— Betty? Quer passear de carro? — Ela balançou as chaves de forma tentadora, mas Betty apenas abriu um olho, bem devagar, e fechou-o novamente. — Tudo bem, como quiser. Não vou demorar.

No caminho para o restaurante de comida chinesa em Roxborough, ocorreu a Tilly que ela poderia aproveitar a viagem e ir recuperar a echarpe, já que Jack morava praticamente no caminho. Por um lado, ela estava vestindo seu confortável agasalho de *plush* de ver TV e nenhuma maquiagem. Por outro lado, pelo menos ele não acharia que ela tinha se emperiquitado toda para a ocasião. Isso se ele estivesse em casa. Convenhamos, era sexta à noite; era muito provável mesmo que ele estivesse fora.

Acontece que ele não estava. Quando ela passou pelos portões, o carro dele estava estacionado no caminho e as luzes da casa estavam ligadas. A outra possibilidade é que ele tivesse companhia.

Tilly hesitou, então desligou a ignição e saiu do carro. Ela só precisava bater na porta e pedir de volta sua echarpe. Em quanto tempo ela alcançaria a porta de entrada? Trinta segundos, no máximo. Quem estiver com Jack na casa vai supor de que se trata apenas da brevíssima e indesejada visita de alguma Testemunha de Jeová.

— Ei, você! Venha, entre! — Jack abriu quase toda a porta, parando de um lado. Estava vestindo um moletom azul com as mangas dobradas e um par de *jeans* bastante desbotados.

Tilly hesitou.

— Só vim para buscar minha...

— Eu sei, eu sei, mas meu molho vai grudar se eu não voltar para o fogão. É um momento meio que crucial.

Tilly o seguiu até a cozinha. Não havia razão na Terra para ficar impressionada apenas porque um homem estava preparando uma refeição de verdade e não fazendo furos em papel celofane, mas ela não pôde se conter.

E o cheiro era fantástico. Mesmo que, provavelmente, a razão principal de tudo aquilo fosse se exibir para alguma mulher.

Que, aliás, deveria *estar* na casa.

— Você tem visita?

— Hum? — Jack estava concentrado ajustando a intensidade do fogo e revirando o conteúdo da panela. — Ah, não! Estou sozinho. Espere um pouco, preciso colocar mais algumas coisas...

Depois de acrescentar uma colher de chá de açúcar refinado, um gole de vinho do Porto e um pouco de suco de limão, ele experimentou e balançou a cabeça de satisfação.

— Não sabia que você fazia esse tipo de coisa. — Tilly o comparou mentalmente com o famoso *chef* francês Jean-Christophe Novelli; meu Deus, imagine se ele começasse a falar com um sotaque francês *sexy*, pense no caos que *isso* geraria.

— Não sei cozinhar muitas coisas — admitiu Jack —, mas preparo um molho à bolonhesa muito bom. É a minha melhor receita. — Ele parou. — Na verdade, é mais ou menos a minha única receita.

— Significa apenas que você tem muita prática nele. — Ela estava louca para provar o molho, sentir o gosto dele, mas não era esse o motivo da visita. — Aliás, obrigada por pegar minha echarpe. Pensei que nunca mais a veria.

— Você a deixou cair no chão do táxi. Só vi quando estava saindo — Jack virou-se para ela. — Você está com pressa?

— Para quê?

— A echarpe. É que ela estava um pouco suja, por ter caído no chão do táxi. Acho que você pisou nela. Então, eu a coloquei para lavar. — Ele indicou a porta semiaberta para a área de serviço, onde era possível ver uma máquina de lavar se sacudindo.

— Oh, não!

— O quê?

— Minha echarpe é cem por cento *cashmere*! Comprei por duzentas libras na Harvey Nichols e só pode ser lavada a seco!

Jack parou de mexer o molho.

— Droga. Sério?

He, he. Caiu como um patinho.

Tilly desfez a brincadeira.

— Não. Poliéster, perfeito para a máquina, seis libras e cinquenta, mercado de Camden.

O alívio era visível no rosto dele.

— É onde compro minhas echarpes também.

— Peguei você — disse Tilly, sorrindo.

— Já vi esse filme antes. — Revistando uma gaveta, Jack retirou um saca-rolhas. — Consegui arranjar o maior problema uma vez com uma blusa de renda branca e um monte de equipamentos sujos e velhos de rúgbi.

— Não imaginava que você fosse do tipo que vestia blusas de renda branca.

Ele pegou uma garrafa de vinho tinto da estante, abriu-a com facilidade e verteu mais ou menos a quantidade de duas taças cheias na panela.

— Pensei que a Rose fosse explodir de raiva quando viu o que eu tinha feito. Era a primeira vez que ela usava a blusa. — Direto, ele disse: — E também a última. Lá estava eu, me achando muito prestativo. Até que a blusa saiu da máquina.

Tilly estremeceu.

— Cinza.

— Cinza e destruída — confirmou Jack.

Preocupada, ela olhou na direção da área de serviço.

— Hum... O que tem junto com a minha echarpe?

— Não se preocupe, aprendi a lição do pior jeito. Ciclo de lavagem para roupa branca de algodão. Você pode me passar o moedor de pimenta?

Ela entregou o moedor e observou-o dando os toques finais no molho que ele não havia pedido para ela experimentar.

— Em quanto tempo a máquina termina a lavagem?

— Trinta, trinta e cinco minutos.

— Certo — disse Tilly. — Bem, por que então não vou comprar meu jantar? Depois, passo aqui para buscar a echarpe no caminho de volta.

— Esses são os seus planos para hoje à noite? — perguntou Jack. — Em vez disso, você pode ficar e experimentar minha receita.

Ele tinha feito de propósito? Era por isso que ele não tinha oferecido nada para ela provar até agora? Porque isso a fazia querer *desesperadamente* saber como era o molho de macarrão dele.

Além disso, o cheiro estava fantástico.

— Eu ia pedir comida chinesa.

— Mas eu cozinhei muita coisa. E o Max não levou a Lou para Stratford? Você vai ficar sozinha lá.

Amy, Lisa e Marianne já teriam aceitado.

— Não vou ficar sozinha. Tenho a Betty. Ela está me esperando voltar com os salgadinhos de camarão.

— Mas ela não sabe ver que horas são.

— Não quero deixá-la sozinha por muito tempo.

— Algumas horas não vão fazer mal. — Os olhos de Jack brilharam, divertidos. — Se você quiser, pode ligar para ela, *au-au*! Avisar, *au*, onde você está.

— Não me provoca.

Ele parou e sorriu.

— Na verdade, acho que foi muito meigo da sua parte fazer aquilo.

Tilly não sabia se ela gostava da palavra "meigo". Era algo bom?

— E, se você voltar para a Betty, eu é que vou ficar sozinho aqui. — O olhar de Jack era comovente. — Só eu e um barril de molho à bolonhesa.

Cujo cheiro estava *fantástico*.

Nesse ponto, qualquer um já teria aceitado, não teria?

— Você sabe que pode confiar em mim — disse Jack. — Eu provei isso ontem.

— Tudo bem, tudo bem. Vou ficar um pouquinho. — Tilly baixou a mão que estava segurando a chave; ela *precisava* saber o gosto daquele molho.

— Ótimo. — Ele soou sinceramente feliz.

— Mas estarei de volta em casa às dez.

CAPÍTULO 20

VOCÊ SABE QUE CHEGOU LÁ quando vira piada no *talk show* de Jay Leno. Esse é o momento em que você percebe que seu nome é assunto nacional.

Tudo bem, piada nacional.

Mas nem era assim tão engraçado. Alguns comentários maliciosos sobre um rumor de que Kaye McKenna faria o papel de Cruella de Vil em uma refilmagem de *101 Dálmatas*. Sugestão de pneus derrapando. Oh, sinto muito, são cem dálmatas. Mais pneus derrapando. Ops, noventa e nove...

A plateia achou aquilo hilário. Eles quase caíram das cadeiras. O baterista concluiu com um *tá-turum-tsss* e Jay fez sua imitação de buldogue convencido antes de passar para a próxima vítima, cuja reputação estava prestes a ser cozida no espeto.

— Acorde, querida. É aqui?

Kaye, que não estava dormindo, abriu os olhos. Com a sorte dela, era provável que ainda estivesse em John o'Groats. Mas não; ao espiar para fora do táxi, viu que o sistema de navegação por satélite havia feito sua mágica e a trazido para casa.

Não era bem a casa *dela*. Mas havia sido três anos atrás. E ela sabia que era bem-vinda, o que significava muito. Na verdade, significava tudo naquele momento. Estar com pessoas que acreditavam nela, estar com a família dela...

Certo, sem chorar, pague o taxista e tire suas malas do bagageiro.

Bagageiro, não. Porta-malas. Você está de volta à Inglaterra.

Depois de dez minutos tocando a campainha, ela se arrependeu por ter mandado o taxista embora. Que estupidez não ter conferido antes se havia alguém em casa! A suposição de que ambos os carros estavam estacionados na garagem acabava de cair por terra. Consequência do cansaço do voo e da falta crônica de sono; aquilo bagunçava o cérebro. Inclinando-se, ela abriu a caixa de correio e chamou:

— Max? Lou? Tem alguém em casa?

Ela ficou muito feliz quando uma porta rangeu dentro da casa, seguida pelo som de alguém se aproximando em passos rápidos...

— Au! — Betty latia sem parar, pulando na frente da caixa de correio, do outro lado da porta.

— Betty! — Kaye se ajoelhou, sentindo os olhos cheios de lágrimas. — Bettynha, sou eu! Ah, querida, oi!

Cada vez que Betty pulava em frente à porta, Kaye conseguia vê-la por meio segundo. Não passava pela cabeça de Betty que, se ela recuasse um pouco, elas conseguiriam olhar uma para a outra sem interrupções. Enfim, ela nunca havia sido o tipo mais inteligente de cachorro, muito menos o tipo prático, como Lassie, capaz de ser convencida a destrancar a porta pelo lado de dentro, com um pouco de incentivo e um sofisticado manuseio de patas.

— Au, au!

— Ah, Betty, é tão bom ver você de novo. Senti tanto a sua falta.

Enfiando os dedos pela caixa do correio, Kaye sentiu que eram lambidos pela língua tão familiar da cadela querida e quase começou a soluçar. Então, sua outra mão acidentalmente soltou a tampa da caixa de correio com mecanismo de mola e ela soltou um grito de dor. Aquilo era ridículo! Por que ela não guardara a chave da porta da frente, como Max sugerira? Mas não, naquele tempo ela não se sentira confortável em guardar a chave da casa do ex-marido e insistira em devolvê-la.

Ela tremeu; mais ridículo ainda era esquecer o frio que fazia em março, o que chamavam de *primavera* naquele país. Tudo bem, o que fazer agora? Telefonar para Max, claro. Sentou-se no capacho — menos desconfortável que o degrau de pedra, nada além disso —, encontrou o celular e ligou para ele.

Desligado. Típico de Max. Onde ele estava?

Em seguida, tentou o telefone de Lou. Ah, sim, dessa vez estava chamando, graças a Deus.

Droga, ela conseguia ouvir o telefone tocando do outro lado da linha. Ao abrir a caixa de correio mais uma vez, ela desanimou ao reconhecer o toque alegre. Lou não estava em casa, mas seu telefone estava.

O que não era o lugar mais útil para ele, dado o fato de que já sentia o traseiro formigando, os dedos congelados e o nariz escorrendo.

Kaye McKenna, infame atriz de Hollywood, estrela involuntária do programa de Jay Leno, engatinhando junto a uma porta escura, com o nariz escorrendo. Não podia ficar mais glamoroso que isso.

E que tal se ela desse a volta na casa, quebrasse uma janela pequena e entrasse por ela? Mas Max teria ligado o alarme antes de sair e ela não sabia se ainda lembrava o código. Além disso, já deveria ser outra combinação. Naquele momento, acionar o alarme e ser presa por arrombar e invadir uma propriedade seria a cereja do bolo.

O fim de um retorno feliz.

Certo, vamos pensar. Que outra opção havia? Ficar e esperar alguém chegar antes que ela morresse de hipotermia. Ou deixar as malas lá e andar até Roxborough.

Bem, com certeza teria algum conhecido seu no *pub*.

COMO AQUILO FORA ACONTECER? Tilly se admirava com a diferença que fazia em seu dia uma echarpe esquecida. Eram nove e meia, eles haviam terminado de comer o jantar preparado por Jack e lá estava ela, sentada no sofá e observando uma foto de Rose Symonds.

E não precisara se esgueirar pela casa ou revistar furtivamente as gavetas para ter aquela foto nas mãos. Dessa vez, Jack dissera:

— Ainda curiosa para saber como era a Rose?

Simples assim. Quando ela concordou, ele comentou, achando graça:

— Você podia ter perguntado para o Max. Ele tem fotos. Você não pensou nisso?

Será que ele pensava que ela era uma incompetente?

— Lógico que sim. Mas decidi não fazer isso.

Porque Max acabaria não resistindo e contando tudo para você.

Jack saiu da sala, retornando alguns minutos depois com a fotografia. Agora ele voltava ao seu lugar no sofá, observando-a.

— Preciso dizer que não faço isso sempre. Mas acho que, se vocês tivessem se conhecido, teriam gostado muito uma da outra. Vocês teriam se dado muito bem.

Tilly continuou observando cada mínimo detalhe; Max não havia exagerado ao falar de Rose. Ela tinha olhos castanhos e cabelos longos, escuros e incrivelmente brilhantes. Na foto, Rose vestia uma camiseta da *Comic Relief*[8], *jeans* enlameados e galochas, grandes argolas prateadas nas orelhas. Ela estava no meio do que parecia uma construção, rindo para a câmera, com amor irradiando dos olhos. Tilly sabia, sem precisar perguntar, que o fotógrafo era Jack.

— Também acho que nos daríamos bem. Ela parece... divertida.

— Ela era — Jack concordou, com uma expressão controlada. Sem denunciar nada.

— E você a levava para os melhores lugares. — Tilly apontou para a construção.

[8] *Comic Relief* é uma organização britânica de caridade, fundada em 1985 pelo roteirista de comédias Richard Curtis e pelo comediante Lenny Henry, que utiliza o riso para combater a miséria. (N. T.)

— Era aqui. No jardim de trás, quando estávamos ampliando a casa.

Todos aqueles meses de trabalho para construir a casa dos sonhos deles. Para o sonho ser despedaçado depois. Tilly imaginou como era possível superar aquilo. Talvez, dormindo com centenas de mulheres e não se envolvendo emocionalmente com nenhuma delas.

Mas funcionava? Tratava-se de superação ou apenas aceitação? E Jack continuaria assim quando chegasse aos 60 anos?

— Obrigada. — Ela devolveu a foto. — Ela era linda.

— Eu sei. — Jack olhou a foto mais uma vez, com um breve sorriso. — Ela está rindo aqui porque a avó vinha trazendo uma bandeja de canecas. Nós havíamos pedido café sem açúcar. Recebemos chá e seis saquinhos de açúcar. Com uvas enfeitando. — Ele parou. — Parece maldoso? Não estávamos rindo *dela*, apenas de uma situação que tinha seu lado engraçado. Rose a amava muito. Nós dois a amávamos.

— Ela ainda era viva quando... o acidente aconteceu? — Por alguma razão, Tilly pensava que a avó de Rose havia morrido anos antes.

— Ah, sim... — Jack suspirou devagar. — No funeral, ela perguntava sem parar quem havia morrido. Depois, durante a missa na igreja, ela olhava em volta a cada dez minutos e perguntava: "Cadê a Rose? Por que ela ainda não está aqui? Nossa, essa menina chegaria atrasada ao próprio funeral". O que, devo admitir, não era tão engraçado. E sempre que alguém contava a ela quem havia morrido, era como se ela ouvisse pela primeira vez. Foi muito difícil suportar aquilo. — Ele parou e sacudiu a cabeça. — Não acredito que estou contando tudo isso para você. Não costumo fazer isso.

Se ele não houvesse acabado de revelar uma história tão comovente, Tilly ficaria tentada a retrucar que era porque ele estava *sempre* muito ocupado fazendo outras coisas.

Mas é claro que não conseguiria dizer aquilo agora. Na verdade, sentindo um nó na garganta do tamanho de uma bola de tênis, ela não sabia se conseguiria dizer qualquer coisa.

— Na verdade, não é bem assim — acrescentou Jack. — Acho que sei por quê. — Outra pausa, seguida de um balanço de cabeça. — Podemos mudar de assunto?

Tilly concordou com um gesto, ainda sem achar que fosse capaz de falar. De repente, como algum tipo de reação química estranha e incontrolável, todo o corpo dela reagia ao dele. Ali estava a perna dele, e a perna dela aqui, bem ao lado. Será que Jack conseguia sentir o que estava acontecendo? Será que ele sabia que todas as terminações nervosas no corpo dela estavam chiando e zunindo com uma urgência completamente fora de controle? Ela queria tocá-lo, abraçá-lo, diminuir aquela terrível dor e fazê-lo se sentir melhor... Ai, Deus, aquele devia ser o infame efeito do viúvo trágico, os meios letais e efetivos pelos quais Jack persuadia as mulheres a abandonarem seus princípios, seu livre-arbítrio, sua dignidade...

— Então tá. — Ele olhou para ela. — Você escolhe.

No momento em que disse isso, a mão dele roçou de leve na dela e Tilly sentiu a faísca da energia estática entre eles. Ela ouviu a própria respiração se acelerar.

— Escolher o quê?

— Vamos mudar de assunto. Para algo mais alegre.

Mais alegre, *mais alegre*. Ela engoliu, com dificuldade.

— Que tal bolsas?

— Isso não vale. — Jack balançou a cabeça devagar.

— Críquete?

— Certo, vamos conversar sobre críquete.

— Odeio críquete. — Era só imaginação ou ele estava mesmo se aproximando?

— Podemos discutir a Itália. — A boca dele já não estava tão distante como há vinte segundos. — Você já foi para a Itália?

— Não.

— Poxa. Estamos ficando sem assunto. — Ele esperou. — Se eu dissesse que gosto de você, você pensaria que estou passando uma cantada?

Tilly conseguiu concordar com a cabeça.

— Bem, mas não estou. Gosto mesmo de você. Muito — disse Jack.

— Isso chega a me assustar. Não tenho certeza se quero que isso aconteça.

Era assim que ele fazia? Era essa a cantada de sucesso? Provavelmente era. Ela o imaginou dizendo aquilo repetidas vezes, para uma interminável fila de mulheres ingênuas, cada uma delas acreditando e pensando ser a pessoa capaz de fazer a diferença e descongelar o endurecido coração do viúvo trágico...

Ai, meu Deus, mas e se *não fosse* uma cantada? E se ele estivesse sendo sincero dessa vez?

— E, caso você esteja se perguntando — a voz de Jack era suave —, foi um sacrifício cumprir minha promessa ontem.

Tinha sido? Mesmo? Ele parecia estar dizendo a verdade. Ele *soava* confiável. E tinha a boca mais incrível que ela já havia visto. Sem ar, Tilly disse:

— Pensei que você não estivesse incomodado.

A boca incrível sorriu pela metade.

— Ah, fiquei bastante incomodado.

O estômago de Tilly havia sido invadido por borboletas.

— Queria que você não tivesse essa reputação.

— Eu sei. Eu também não. Não tenho orgulho de algumas coisas que fiz.

— Como aquela garota, a Amy, na semana passada no Fox. Para você, ela não significa nada. Mesmo assim, você foi para a cama com ela. Ela estava se gabando disso — observou Tilly. — Ela estava tão excitada e animada porque não havia percebido que tinha sido apenas uma aventura de uma noite, e isso é tão *triste*. Você a faz parecer idiota.

Jack a analisou por um longo momento, com a expressão indecifrável. Então, disse, equilibrado:

— Não quero falar sobre a Amy. Nunca discuto meus relacionamentos. Todo mundo sabe disso.

— Então, isso faz parte da atração? Elas sabem que podem confiar na sua discrição?

Com algum divertimento, ele respondeu:

— Tenho certeza de que isso ajuda.

Ele estava certo, é claro. Tilly nunca havia se esquecido da humilhação desesperadora de voltar à escola depois de terminar com Ben Thomas ao descobrir que ele havia espalhado detalhes íntimos do relacionamento deles para todos os conhecidos. Mas, em vez de dizer que ela beijava muito bem, como ele havia dito um *milhão* de vezes enquanto estavam namorando, ele havia se deliciado ao espalhar que ela usava lenços no sutiã para aumentar os seios e que, uma vez, rira tanto de um filme do Mr. Bean que acidentalmente molhara as calças.

Fora só um pouquinho, mas Ben não contara dessa forma, não é? Ouvindo-o cochichar sobre aquilo, dava a impressão de que tinha sido um balde. Naquele ano, as piadas que ela tivera que aguentar foram o motivo da diversão de todos durante meses.

Então, sim, a perspectiva de um relacionamento com alguém que sabia ser discreto realmente tinha suas vantagens.

— No que você está pensando? — O dedo mindinho da mão esquerda de Jack roçou no pulso dela, lembrando-a de que ele ainda estava lá.

Como se ela pudesse esquecer. Tilly estava com a boca seca.

No que estou pensando? Que poderia ir para a cama com você e ninguém nunca saberia. Poderíamos subir as escadas e fazer sexo agora e isso seria nosso segredo. Só precisaria estar de volta em casa antes da meia-noite, quando o Max e a Lou chegassem de Stratford. Eles pensariam que passei a noite vendo DVDs com a Betty, porque essa é a maravilha dos cachorros, eles não podem levantar uma sobrancelha e anunciar impassíveis, como o detetive Poirot, que, na verdade, Tilly Rameira, tudo isso é mentira, porque você esteve...

Trrriiiimmm!

CAPÍTULO 21

A CAMPAINHA. Que *saco*.

De volta à Terra, com um solavanco.

— Quem é? — Além da visita mais sem consideração de todos os tempos, obviamente.

Jack deu de ombros.

— Nunca tive tempo de instalar aquelas câmeras de circuito fechado. — Mas ele não parecia muito preocupado. E também não estava se levantando do sofá.

— Não é melhor você ir ver?

— Uma hora eles vão embora.

Com certeza era alguma das muitas mulheres dele, alguém que poderia não aceitar numa boa ser dispensada na porta, que poderia insistir em entrar na casa. Talvez a solução de Jack fosse a melhor.

Trrriiiimmm! A campainha soou mais uma vez, seguida pelo som da caixa de correio sendo aberta. Tilly segurou a respiração. Talvez a visita estivesse deixando um bilhete dizendo que estava por perto e pedindo para o Jack ligar quando estivesse...

— Jaaa-aaack! Você está aí?

Uma voz feminina, que surpresa. Tilly olhou para Jack, que estava com a testa franzida.

— Quem é?

— Jack, sou eeeeu! Por favor, abra a porta, estou *desesperada*!

Humpf, e nem se envergonhava de admitir.

— Parece que você vai precisar deixá-la entrar. — Desenrolando-se do sofá, Tilly completou: — Se for alguém com um ataque de ciúmes, eu saio pela porta dos fundos.

Mas Jack já estava de pé, com o rosto despreocupado.

— Tudo bem, eu já sei quem é. Meu Deus, não acredito...

Ele se apressou para o hall, deixando Tilly plantada na sala de estar como uma peça de reposição. No momento seguinte, ela ouviu a porta se abrindo e exclamações mútuas de felicidade, seguidas de passos apressados cruzando o piso de madeira, e então outra porta sendo aberta e fechada.

Jack voltou à sala de estar, balançando a cabeça e sorrindo.

— Ela estava desesperada para ir ao banheiro.

Ah, a velha desculpa.

— É a Amy? — Não parecia ser.

— Você vai ver. Ela vai sair em um minuto.

Eles ouviram a descarga, então o som de água correndo na pia do lavabo. Finalmente, a porta se abriu.

— Graças a Deus você estava aqui! — a voz feminina agradeceu. — Pretendia usar o banheiro no Fox, mas é a noite de folga do Declan. Não conhecia uma alma por lá, mas um grupo de adolescentes me reconheceu e começou a fazer observações maliciosas, então eu saí correndo. Se você não tivesse atendido à porta, eu teria ido fazer xixi no seu jardim... Oh, olá!

Terminando de secar as mãos, a visita misteriosa se materializou finalmente na sala de estar. A boca de Tilly caiu no chão quando percebeu quem era.

— Ops, estou interrompendo alguma coisa? — Kaye contorceu o rosto. — Sinto muito, eu cheguei no momento errado?

Sim, sim, *sim*.

— De forma alguma. Kaye, esta é Tilly Cole. — Com facilidade, Jack apresentou as duas. — Tilly, esta é a mãe da Lou, Kaye.

— Tilly! — Os olhos de Kaye se iluminaram. — É um prazer conhecer você. — Ela atravessou a sala e a cumprimentou com um abraço e um beijo. — Apesar de que teria sido melhor se você estivesse em casa quando o táxi me deixou lá! Não havia ninguém, só a Betty. Tive que caminhar a pé desde a Beech House.

— O Max e a Lou foram para Stratford — explicou Tilly. E ela dizia adeus ao segredo de que havia passado a noite com Jack.

— O teatro! — Kaye bateu com a mão de um lado da cabeça. — A Lou tinha me contado. Não lembrei que era hoje. Minha memória se esfarelou completamente desde que me tornei a inimiga número um dos Estados Unidos. Ai, Deus, lá vou eu de novo... — De repente, os olhos azul-safira se encheram de lágrimas e ela agitava as mãos, tentando se desculpar. — Desculpe, desculpe, foi uma semana infernal. Eu tive que ir embora...

— Ei, shhh, não chore. — Em um segundo, Jack estava lá para confortar Kaye, abraçando-a e esfregando as costas dela.

— Ai, meu Deus, eu nem ao menos trouxe um lenço. — Soluçando, Kaye secou os olhos. — As coisas foram piorando cada vez mais.

Por cima da cabeça dela, Jack pediu:

— Tem uma caixa de lenços na cozinha.

Obediente, Tilly a encontrou e, na volta, parou junto à porta, mordida de inveja ao ver Kaye e Jack juntos no meio da sala de estar. O que era ridículo e vergonhoso, dada a situação horrível de Kaye, mas a visão dela acalentada no abraço de Jack enquanto ele murmurava palavras de consolo e a beijava no topo da cabeça... bem, isso parecia divino.

— Lenços — anunciou Tilly, à meia voz, e Kaye se virou, agradecida e com os olhos vermelhos.

— Muito obrigada mesmo. Não costumo chorar assim. É que não consegui dormir no avião, acho que estou em frangalhos. — Depois de assoar o nariz de um jeito barulhento, com o rosto pálido e manchado, mas ainda belo, ela perguntou: — A que horas você vai voltar para casa? Posso pegar uma carona?

— Hum...

— Ah! A não ser que você não esteja planejando ir para casa. — Kaye olhou para Tilly e para Jack, o pensamento passando pela cabeça com certo atraso.

— Não, não. — Tilly negou com rapidez. — Claro que vou para casa! Só vim pegar a minha echarpe. Estava de saída quando a campainha tocou. Podemos ir agora, se você quiser.

— Mesmo? Você se importaria? — Curvando-se de alívio, Kaye agradeceu: — Obrigada, é que estou tão cansada e adoraria ver Betty direito, dessa vez sem ser pela caixa de correio. — Ela juntou as forças e deu um sorriso torto. — Todo mundo nos Estados Unidos me odeia, mas minha cachorra ainda gosta de mim.

Elas dirigiram de volta para a Beech House e Kaye teve sua animada reunião com Betty, incitando mais lágrimas, mas dessa vez de alegria.

Então, já que Max e Lou voltariam logo, elas se acomodaram para esperá-los e Kaye abriu uma garrafa de vinho de Max.

— Que bom que eu apareci na porta do Jack! — Ela brindou com Tilly, batendo as taças sobre a mesa. — Acho que acabei fazendo um favor para você.

— Não existe nada entre nós — protestou Tilly, sacudindo a cabeça.

— É o que você pensa. Mas Jack pode ter outras ideias. E ele pode ser bastante persuasivo quando quer que aconteça alguma coisa. — Kaye jogou beijos para Betty. — A maior parte das mulheres por aqui tende a voar na direção dele como... como se chama aquele jogo em que você veste uma roupa de velcro e se joga em uma parede de velcro também?

— O jogo da parede de velcro?

— Pode ser. Enfim, é isso que acontece.

Tilly enrubesceu levemente; ela tinha feito aquilo? Se Kaye não tivesse aparecido, ela acabaria se lançando contra Jack como se vestisse uma roupa de velcro?

— É como o balcão de frios no supermercado — continuou Kaye. — Elas formam uma fila, retiram as senhas e esperam para ser servidas. — Kaye riu alto. — Ou para servirem.

O que fez Tilly se sentir *muito* melhor.

— Não tem problema. — Kaye se inclinou para frente e deu um tapinha no braço dela. — Felizmente, você escapou bem dessa. Mas eu não havia avisado sobre o Jack? Da próxima vez que precisar buscar sua echarpe na casa dele, leve um megafone, mantenha uma distância segura da casa e diga a ele para colocar o objeto na caixa do correio.

Na presente circunstância, Tilly achou que não seria justo mencionar a ironia do fato de ser aconselhada sobre o assunto por alguém cujo marido havia se declarado *gay* após um casamento de dez anos. Mas Kaye estava tentando ajudar e Tilly instintivamente gostava dela.

— Promete? — Kaye levantou a garrafa de vinho, pronta para encher as taças mais uma vez.

— Prometo. — Maliciosamente, Tilly comentou: — Mas ele deve ser muito bom.

— Ah, isso ele é.

Como é que é?

O quê?

Tilly abriu a boca para confirmar se aquilo significava o que ela estava imaginando, mas Kaye estava ocupada empurrando a cadeira para trás, levantando e tirando Betty do colo. A luz dos faróis atravessou a cozinha e o cascalho estalou sob as rodas do carro, assim que ele parou na frente da casa. Max e Lou estavam de volta.

Abrindo a porta, Tilly perguntou:

— E então, como foi?

— Fantástico! — Max estava nos céus. — Genial pra caramba, você deveria ter vindo conosco.

— Lou?

Lou revirou os olhos e repetiu, obediente:

— Foi fantástico, genial pra caramba.

— Olha a linguagem — advertiu Max.

— Ok, foi melhor que ter que sentar e ouvir alguém lendo Shakespeare em um livro. Mas só isso.

— Tudo bem. — Tilly deu um abraço de consolo na menina. — Venha para a cozinha. Tenho uma surpresa para você.

Lou se empolgou:

— Você fez bolo de *marshmallow*?

— É isso, eu desisto. Levo-a para ver uma performance de primeira da Royal Shakespeare Company e a única coisa que a anima é um maldito bolo de *marshmallow*.

— Mas não tem bolo nenhum — disse Tilly. — É melhor que isso.

Ao menos, ela achava que eram boas notícias. Porque ela acabava de pensar que, se Kaye havia voltado de vez para Roxborough, talvez Max decidisse que não precisava mais dos serviços de uma garota faz-tudo e ela teria que procurar outro emprego.

CAPÍTULO 22

ERA SÁBADO, onze horas da manhã, e Jack estava na porta. Por um louco momento, Tilly fantasiou que ele havia vindo para buscá-la, levá-la para casa e terminar o que eles estavam tão provocantemente perto de começar a fazer na noite anterior, antes de serem interrompidos.

Mas não era isso, seria demais. Além disso, Lou parecia saber do que se tratava.

— Ei, você veio cedo! — Deslizando até a porta com suas meias de bolinhas, Lou esbarrou em Tilly antes que Jack tivesse a chance de abrir a boca. — A mamãe está quase pronta. Estou indo com vocês para ter certeza de que você não empurre uma cabana para ela. Vou subir e dizer que você está aqui.

— Só às vezes — observou Jack assim que Lou subiu as escadas —, seria bom se ela tivesse um botão de silêncio.

— Ela está feliz por ter a mãe de volta. — Curiosa, Tilly perguntou: — Então, o que vocês vão fazer?

Ele a seguiu para dentro da cozinha, roubou o *croissant* ainda quente do prato de Lou e espalhou mais manteiga.

— Kaye me ligou há uma hora. Ela quer achar um lugar para ficar por um tempo e eu tenho algumas propriedades vazias no momento. É mais fácil para ela. — Jack encolheu os ombros. — Ela pode usar alguma delas enquanto decide o que fazer.

— Legal da sua parte.

Ele sorriu.

— Tenho meus momentos. Eu disse para você que posso ser legal quando quero ser.

Ele estava com aquela loção pós-barba de novo. Tilly lutava para parecer supercasual, mas ansiava por esclarecer a questão que estava explodindo na cabeça dela. A qualquer minuto, Lou poderia voltar, ou Max poderia entrar na cozinha, ou Kaye poderia descer as escadas correndo, e a oportunidade seria...

— Au! — Betty entrou trotando na cozinha com um ar decidido e esperou impaciente ao lado da porta.

Ah, Betty!

— Quer ir lá fora?

Jack começou a mover-se em direção a ela, mas Tilly foi mais rápida porque, se ele esperasse lá fora até Betty escolher o pedaço mais adequado de grama e fazer xixi, ela perderia a chance. Agilmente, ela destrancou a porta da cozinha, colocou Betty para fora e fechou a porta atrás dela.

Jack parecia surpreso.

— Ela vai arranhar a porta para entrar de volta em um minuto.

— Posso perguntar uma coisa?

Ele levantou uma sobrancelha.

— Pergunte.

Ai, socorro! E agora ela não conseguia abrir a boca. Aquilo era pessoal demais. Mesmo sendo mais fácil em todos os sentidos saber a resposta, principalmente agora que Kaye estava de volta em Roxborough pelo futuro próximo.

Ela juntou forças:

— Você...

— Eu, o quê? — Jack parecia mistificado. — Se sou vegetariano? Se gosto de arranjos de flores? Se sou a favor da pena de morte?

Tilly sentiu o rosto esquentando. E se ela havia entendido tudo errado sobre ele e Kaye na noite anterior?

— Se ainda sou virgem? É isso? — Longe de adivinhar a pergunta, Jack disse, bem-humorado: — O que disse ontem? Nunca discuto minha vida sexual.

Era mesmo verdade. O que significava que não fazia sentido perguntar aquilo. Tilly respirou devagar. No momento seguinte, como se fosse uma deixa, Betty arranhou a porta para entrar de volta. Dessa vez, Jack fez as honras. Então, Lou apareceu de volta na cozinha e soltou uma exclamação de protesto ao ver seu prato vazio.

— Quem comeu meu *croissant*?

— Foi a Tilly — acusou Jack.

ENTRE AS DUAS PROPRIEDADES VAGAS, um apartamento enorme e sem móveis no primeiro andar de um imóvel em Cirencester e um pequeno e charmoso chalé mobiliado em Roxborough, Kaye escolheu o segundo.

— Gostei — aprovou Tilly quando elas foram ver o lugar na tarde de segunda-feira.

— Pequeno, mas bem planejado. — Kaye observou com satisfação a sala de estar. — Uma graça. Compacto. Mas prático para as compras e perto de casa. Bem — ela corrigiu —, perto da *sua* casa.

Chegar lá a pé em dez minutos era mesmo uma vantagem, agora que Kaye havia perdido a confiança na habilidade de dirigir e estava se recusando a voltar para trás do volante.

— Você poderia ter ficado conosco — argumentou Tilly. — Como o Max disse. E você sabe que ele estava sendo sincero; não era só por educação.

— Todas nós sabemos que isso é verdade, porque Max nunca é educado. — Sorrindo, Kaye balançou a cabeça. — Tudo bem, é melhor assim. Posso ficar por meses. De qualquer forma, estarei bem aqui. Continuamos separados e continuamos amigos, é melhor assim. — Ela levantou a mala e pediu: — Você pode me ajudar com isso?

Subindo as escadas, no único quarto, elas pegaram a roupa de cama emprestada do armário da Beech House e arrumaram a cama de casal.

— Não que eu precise de uma cama de casal. — Kaye contorceu o rosto enquanto elas lutavam com as pontas do lençol azul-escuro. — Vivo como uma freira há dois anos, e isso foi antes de começar a assassinar pequenos animais indefesos.

Tilly engoliu em seco. Qualquer um com boas maneiras e o mínimo de decoro nem sonharia em perguntar a questão que ela estava prestes a disparar, mas não saber a resposta a estava matando.

— Quero dizer, se eu achava difícil encontrar um homem antes disso, imagine como vou me divertir agora!

— Posso perguntar algo muito pessoal?

Parando a arrumação da cama, Kaye a olhou, achando graça.

— Sobre a minha trágica e inexistente vida sexual?

— É, mais ou menos. Sobre algo que você disse na outra noite. — Tilly sentiu o coração bater com muita força no peito. — Quando fiz um comentário engraçado sobre como o Jack deveria ser bom de cama.

O cabelo de Kaye virou para um lado quando ela inclinou a cabeça.

— E?

Ai, meu Deus, será que ela se ofendeu? Ela seria agora tão discreta como Jack? Por que as pessoas precisavam *ser* discretas nos momentos mais irritantes?

— Bem, e você disse que ele era.

— Aham. — Um aceno de cabeça indecifrável.

Bem, ela já havia chegado lá. Tilly concluiu:

— Então isso significa que você e o Jack...?

Os olhos de Kaye brilharam.

— Fizemos aquilo? Fomos para a cama? Esse tipo de coisa?

Ai, que vergonha! Tilly encolheu os ombros e confirmou:

— Isso mesmo. Desculpe.

— Não tem problema. Sim, nós fizemos. E ele era ótimo. Em todos os sentidos.

— Nossa. — Agora Tilly não sabia o que dizer. — Não imaginava.

— E agora você está pensando: que pessoal indecente tem nesta cidade, esposas indo para a cama com os melhores amigos dos maridos, e você está imaginando se tivemos algum relacionamento. — Sorrindo com o canto da boca, Kaye abandonou a cama e sentou-se, dando um tapinha no colchão ao lado dela. — Tudo bem, eu também ficaria curiosa. E não, não foi um relacionamento. Foi mais uma terapia. Max e eu não éramos mais um casal. Lógico que não era culpa minha, mas eu estava mentalmente arrasada. Meu marido era *gay* e, vou te contar, isso não faz maravilhas para o ego de ninguém. Perdi toda a minha autoconfiança. Nunca havia me sentido tão pouco atraente, tão indesejável fisicamente.

— Mas...

— Sei que não faz sentido, mas é como eu me sentia. Como se eu fosse tão repulsiva que Max preferisse dormir com um homem a dormir comigo. Foi devastador. E, pobre Max, ele também se sentia terrível com relação a isso. Ele queria morrer quando via como eu estava chateada. Uma noite, fiquei um pouco nervosa, bem, na verdade, muito nervosa. E acabei gritando para ele que ia sair por aí e escolher um estranho qualquer para fazer sexo. Só queria machucar o Max, fazê-lo entender como me sentia traída. De qualquer forma, logo em seguida comecei a chorar e disse que ninguém iria querer fazer sexo comigo, porque eu era horrenda e repulsiva. — Kaye parou e encolheu os ombros. — E, uma semana depois, estava na cama com o Jack.

Tilly estava digerindo a história.

— Isso quer dizer que você ficou com ele, em vez de um estranho. Você o *escolheu*.

— Não, nós só nos encontramos para beber e conversar, e foi como tudo começou. Foi tudo muito bom e as coisas aconteceram naturalmente.

Mas, sabe de uma coisa? Nunca descobri se foi ideia do Max. E nenhum dos dois nunca me contou.

— Você acha que o Max pediu isso para o Jack?

— Acho que é uma possibilidade. Em partes, porque não acredito que Jack teria ido em frente e feito isso sem que o Max ao menos sugerisse que era uma boa ideia. Ah, quem sabe? De qualquer forma, aconteceu. — Kaye não estava arrependida. — E consertou tudo. Jack foi maravilhoso e me fez sentir normal de novo. Ele me devolveu minha autoestima. Devo a ele tanto por isso! Foi uma noite inesquecível.

Nossa.

— Mas... você não quis mais?

— Honestamente? Não, não quis. O Jack e eu fomos bons amigos por tanto tempo que isso nunca aconteceria. Nós dois sabíamos disso. Não havia faísca nenhuma, não existia nada. Fizemos um sexo maravilhoso, mas foi só isso. E, depois, fomos capazes de ser amigos de novo. Pode ser que isso soe estranho — disse Kaye —, mas é a verdade.

Pelo movimento dos ombros dela, Tilly sabia que era verdade. Caramba, que coisa!

— E você contou para o Max?

Kaye sorriu.

— Só disse que passei a noite na casa do Jack. O Max entendeu. Não precisei desenhar um diagrama.

Esforçando-se para não visualizar o diagrama, Tilly dominou uma pontada de inveja. A reação de Kaye pode não ter sido a reação-padrão de uma mulher cujo marido anuncia que é *gay*, mas o divórcio deles fora amigável. Então, quem poderia dizer que não fora a coisa certa a fazer?

Se funcionou, não atire pedras.

E não atire pedras até que você tenha experimentado.

Mas ela ainda não tivera a chance de experimentar, não é? Porque Kaye aparecera naquela noite como a fada do celibato para impedir que aquilo acontecesse.

Bem, provavelmente tinha sido melhor assim..

CAPÍTULO 23

O CELULAR DE KAYE começou a tocar assim que elas chegaram ao Harleston Hall às quatro da tarde para buscar Lou. O nome de quem telefonava apareceu na tela.

— É a minha agente — disse Kaye. — Pode ser que Charlene tenha admitido que é tudo mentira e agora todos me amem de novo. Ou Francis Ford Coppola está desesperado eu trabalhar ter no próximo filme dele, estrelando ao lado de George Clooney. Ah, talvez Francis não saiba, mas George deve estar se recusando a filmar sem mim.

— Sim, deve ser isso mesmo.

Bem, só uma hipótese. De volta ao mundo real, Kaye atendeu o telefone.

— Maggie, oi! Os americanos já pararam de me odiar?

— Isso era para ser uma piada? — Era a famigerada desconfiança de Maggie quanto ao senso de humor britânico.

— Desculpe. Alguma notícia?

— Charlene ainda está repetindo a história dela. Ela está consultando um terapeuta para lidar com a perda. E contratou um escultor de animais de estimação para fazer uma estátua de mármore do maldito cachorro com um metro e oitenta de altura.

Uma estátua de Ovelhinha com um metro e oitenta. Que medo!

— Alguma notícia boa? Por exemplo, alguém me oferecendo trabalho?

Maggie também não achou aquilo engraçado. Nenhum sinal daquele cacarejo ofegante que ela dava umas sessenta vezes por dia. Mas, enfim, quando um cliente para de produzir dinheiro de repente, o que poderia ter graça?

— Ninguém quer empregar você, Kaye. Fique por enquanto aí na Inglaterra, com a cabeça baixa e fora de confusão. Tente fazer algum trabalho relacionado à caridade. Seja pega saindo de uma reunião do AA, isso pode ser uma boa ideia. Mas não dê entrevistas. Mantenha-se discreta.

— Isso não será um problema. — Lá, o nível de celebridade dela era bem menor que nos Estados Unidos, graças a Deus, e Roxborough não contava com muitos jornalistas. — Então... por que você ligou?

— Só para contar que chegou um pacote para você aqui. Algum cara mandou flores para você. E eram bem bonitas. Devem ter custado uns seiscentos dólares. E uma caixa de chocolates. Godiva ou algo do tipo.

— Godiva? — A nove mil e quinhentos quilômetros de distância, o estômago de Kaye deu um salto de deleite, digno de Pavlov. — Eu amo chocolates Godiva! Quem os mandou?

Era possível que George Clooney tivesse adivinhado que esse era o caminho para o coração dela?

— Algum zé-ninguém por aí — Maggie tinha um tom de descaso. — Ele mandou as coisas para animar você. Então, já sabe, você ainda tem um fã aqui.

— A não ser que seja uma armadilha e ele tenha borrifado as flores com cianureto. É melhor não ficar perto delas — avisou Kaye. — Você pode virar o alvo.

— Isso é uma piada? Rá, Rá. Enfim, só estou avisando você. É claro que as levei para casa e as salvei do lixo.

Ah, óbvio. Flores são flores. Kaye acrescentou:

— Tudo bem. Mas você pode me enviar os chocolates?

— O quê? Você está de brincadeira, meu anjo? Eles *já eram*.

— Você comeu tudo?

— Ah, por favor, agora sei que você está brincando. Joguei-os direto no lixo.

A voz de Kaye se exaltou.

— Mas eles eram Godiva!

— Meu anjo, eles eram *calorias*.

— Tá... — Kaye suspirou e olhou pelo vidro do carro quando o sinal da escola tocou. Ela devia ter suspeitado que Maggie não deixaria os chocolates guardados no escritório, principalmente com o óbvio risco de extravio de calorias, que poderiam escapar e ser absorvidas pelo corpo dela, por meio da pele, via osmose. — De qualquer forma, é bom saber que alguém está do meu lado. Preciso escrever para agradecê-lo.

— Não se dê ao trabalho. Não tem necessidade. Isso só encoraja esses perseguidores.

Os primeiros alunos começavam a jorrar para fora da escola. Kaye adivinhou:

— Você jogou fora o endereço, não jogou?

— Ah, *olá*! — A conduta dela mudou completamente. Maggie exclamou: — Sente-se, você está *fabuloso*... Estarei com você em um segundo... Kaye, desculpe, meu anjo, preciso ir. Damien acabou de aparecer! Até a próxima, tchau...

Ela desligou. Esse é o jeito de Hollywood mostrar que você não é importante. Damien era o novo contratado da Maggie, a estrela em ascensão, no caminho evidente, se Maggie conseguisse, para ser o novo Brad Pitt.

Kaye fechou o telefone. Ah, houvera dias em que ela era a cliente favorita de Maggie.

Ao lado dela, Tilly tentava consolá-la:

— Vamos parar no caminho para casa e comprar uma barra de Snickers. Quem precisa de chocolate Godiva?

— Hum, deixe eu pensar. Você? Eu? Lou? *Todo mundo*?

— Quem os enviou para você?

— Nunca saberemos. Mais um dos mistérios da vida. Olhe só, a Lou está saindo... Aaaaah, aquele que é o Eddie?

Tilly se inclinou de lado para ver melhor.

— Sim, é ele.

Observando atentamente Lou e o garoto descerem as escadas juntos, Kaye disse com orgulho:

— Ele é bem bonitão, né? Bastante atraente. Estava pensando em pedir para você tirar uma fotografia escondida dele com a sua câmera para eu ver como ele era, mas isso faria de mim uma perseguidora. E imagine como a Lou ficaria magoada se descobrisse... Ah, olhe, o que está acontecendo agora?

Por um segundo, Lou e Eddie desapareceram de vista, atrás de uma algazarra de garotos. Agora que eles reapareciam, Eddie brandia no ar uma folha de papel e Lou tentava recuperá-la. No momento seguinte, ele corria pelo caminho de cascalho, rindo e chacoalhando o pedaço de papel sobre a cabeça.

— Não é lindo? — Tilly sorria ao ver Lou perseguindo o garoto, chutando as pedrinhas ao correr no encalço dele. — Toda essa energia, esses hormônios enfurecidos.

Juntas, elas observaram com carinho quando Eddie por pouco não caiu em um arbusto e Lou o alcançou. Com um movimento ágil, ela apanhou a folha de papel da mão dele e o empurrou com força. Ainda rindo, Eddie fingiu cambalear para trás, com a mão no peito. Lou concluiu com um soco no ombro do tipo "não mexa comigo" e afastou-se, reduzindo o papel a pedacinhos, antes de jogá-los no lixo.

— Essa é a minha garota! — Kaye experimentou uma onda de satisfação. — Não seja fácil.

— Ao mesmo tempo, se você gosta mesmo de um garoto, é melhor não derrubá-lo.

— Eles ficam tão lindos juntos, você não acha? Ah, minha pequena está crescendo. Como as outras mães agem quando isso acontece? Se esse Eddie bonitinho magoar a minha Lou, como vou me segurar para não quebrar o pescoço dele?

— Você pode fazer isso em pensamento, mas não na prática — comentou Tilly. — Nossa, quem é *aquele*?

— Onde?

Sem palavras, Tilly apontou.

— Uau.

Seguindo a direção do dedo dela, Kaye viu imediatamente a quem ela estava se referindo. Juntas, elas observaram a materialização da esportividade, de ombros largos e músculos firmes, pedalando em uma bicicleta de corrida pela rua. Com o cabelo castanho-claro e muito curto, ele vestia um conjunto verde-escuro e transpirava saúde e vigor.

— Ele deve estar saindo para uma pedalada de ida e volta até a Escócia antes do chá — comentou Tilly.

O engraçado é que realmente parecia isso. Enquanto Kaye se admirava com a forma das coxas do ciclista, Lou chegou ao carro e sentou-se no banco de trás.

— Oi, querida. Quem é o cara na bicicleta?

Lou revirou os olhos.

— Ah, sim, obrigada, tive um ótimo dia na escola, nota excelente em matemática, 63% na prova de história e comemos frango à kiev no almoço, meu prato preferido.

— Sabe de uma coisa? — Abanando para longe o odor de alho, Kaye adivinhou: — Já sei. Ele é um dos seus professores?

— Mãe, você veio para buscar sua única filha, sua preciosa, talentosa e maravilhosa filha. Não para cobiçar homens estranhos.

— Não estamos cobiçando, estamos apenas... interessadas.

— É o Sr. Lewis. Ele dá aulas de francês e educação física. Por favor, não me digam que vocês estão a fim dele, isso seria *tão* constrangedor.

Sr. Lewis, francês e educação física. Bem, isso explicava os músculos. O nome era familiar agora; ela havia mencionado o nome dele algumas vezes. Na verdade...

— Você não me disse outra semana que a Srta. Endell tinha uma queda por ele?

— É, mas ela não está interessada nele, ela tem uns cinquenta anos. Muitas mães têm uma queda pelo Sr. Lewis. E algumas garotas do 6º ano também — completou Lou. — Mas ele já tem namorada, então elas também não têm chance com ele.

O Sr. Lewis estava subindo a rua agora, indo em direção a elas de bicicleta.

— Hum, quando é a próxima reunião de pais? Não se esqueça de agendar um horário para eu vê-lo.

— Mãe! Ai, meu Deus, ele está vindo! Por favor, não digam nada vergonhoso...

Reconhecendo Lou no banco de trás do carro, o Sr. Lewis freou e seguiu até uma parada atrás delas. Ao se aproximar, os pelos loiros do antebraço reluziam sob a luz fraca do Sol da tarde. Ele pediu para Lou abaixar o vidro.

— Louisa, você deixou seu taco de hóquei no banco de fora dos vestiários. Deixei-o na sala dos professores para que fique bem guardado.

Enquanto ele falava, Kaye respirou o perfume de sabonete; parecia injusto que, em troca, ele fosse bombardeado com alho.

— Desculpe, senhor, eu esqueci. Amanhã vou pegá-lo.

O Sr. Lewis dirigiu o olhar para Kaye e Tilly, cumprimentando-as com um breve aceno de cabeça. Então, voltando-se para Lou de novo, acrescentou:

— Você fez um bom jogo hoje. Ótimas investidas. Muito bem.

— Obrigada, senhor.

Obrigada, senhor, suas investidas também não devem ser nada ruins. Um pensamento desertor sibilou pelo cérebro de Kaye. Lou desmaiaria se ela pudesse ler pensamentos. Lutando para manter uma expressão séria, ela pegou o olhar de Tilly e viu que as duas compartilhavam a mesma ideia. Bem, estava tudo sob controle enquanto elas não falassem aquilo em voz alta.

O Sr. Lewis foi embora, Lou fechou a janela e Kaye e Tilly começaram a rir.

— Sinceramente — Lou deu um longo e sofrido suspiro —, vocês duas são *tão* imaturas.

— O quê? O quê?

— Só porque ele disse investida, vocês duas ficaram todas bobas e risonhas. E agora vai ser um pesadelo para mim porque, da próxima vez que vocês se encontrarem, vão fazer a mesma coisa na frente dele, que nem a mãe do Oliver Benson. Sempre que ela vê o Sr. Lewis não consegue parar com essa risadinha ridícula, parece uma hiena sob o efeito de gás hélio. Se vocês fizerem isso, vou morrer.

— Não farei, prometo — disse Kaye.

— Você é muito velha para ele, de qualquer forma. Ele tem uma namorada chamada Claudine e ela é muito bonita. Prometa que não vai ficar se exibindo, mãe.

— Olhadelas não significam nada — provocou Kaye. — Se ele começar a correr pela grama chacoalhando uma folha de papel, isso conta como um sinal de que ele gosta de mim secretamente? Se ele fingir que vai cair só para que eu o alcance e dê um empurrão nele, isso significa que ele está a fim?

— Ah, por favor! Agora você está sendo ainda mais infantil. Eddie Marshall-Hicks é um cretino e eu o odeio, então nem comece com essa história.

— Vamos lá, querida, você pode nos contar. Com certeza há alguma faísca aí. Garotos e garotas não perseguem uns aos outros por nenhuma razão. — Entretida com a expressão no rosto de Lou, Kaye continuou: — O que era, uma carta de amor?

— Ah, claro, com certeza era, porque adoro escrever cartas de amor para quem eu odeio. Não, mãe, não era uma carta de amor — negou Lou. — E, prometo que você só vai ver uma faísca entre eu e ele no dia em que ele morrer queimado!

CAPÍTULO 24

QUANDO VOCÊ TEM 28 ANOS e é uma adulta responsável, não há razão alguma para se sentir desconfortável e envergonhada ao visitar seu ginecologista e pedir para tomar pílula anticoncepcional.

Absolutamente nenhuma razão.

O problema é que Roxborough era uma cidade pequena o suficiente para as pessoas saberem quem é você e o que você anda tramando recentemente. E o Dr. Harrison estava lá havia anos; ele podia ter ouvido as fofocas sobre ela e estar prestes a dar uma palestra sobre a moral e a decência e como era bom que a mãe dela não estivesse mais por lá, para não morrer de vergonha quando soubesse o que a vagabunda pecaminosa da filha estava fazendo, nem mesmo casada e fazendo sexo com um homem que...

— Erin Morrison — chamou a recepcionista, fazendo Erin pular e derrubar do colo a edição de três anos atrás da revista *Cosmopolitan*. — O doutor vai recebê-la agora.

Havia um tom de desaprovação na voz dela? Erin se levantou, consciente de que não somente a recepcionista, mas todas na sala de espera estavam olhando para ela. Meu Deus, será que todas elas sabiam?

Quinze minutos depois, a consulta havia terminado. O Dr. Harrison, felizmente, não dera a temida palestra. Com a receita nas mãos, Erin deixou o consultório sentindo-se cem vezes melhor.

Até voltar para a sala de espera e ver quem estava sentada na cadeira onde ela havia sentado antes. Segurando a mesma edição surrada da *Cosmopolitan*. Seria demais esperar que ela estivesse lendo e tomando notas do artigo “Como manter a dignidade quando seu ex conhece outra pessoa”?

Óbvio que sim. Stella olhou para cima, o lábio curvado de ódio, enquanto o resto da sala prendia a respiração. Erin esperou que a recepcionista, como em um duelo de faroeste, fechasse a janela de vidro e desaparecesse sob o balcão. Pela ávida expressão no rosto da mulher, era claro que ela estava a par da situação e havia marcado consultas no mesmo horário de propósito.

Stella com certeza não pediria uma receita de anticoncepcional. Pelo modo como ela estava sentada ali como uma mola enrolada, tremendo de raiva e ódio, era mais provável que pedisse uma receita de tranquilizantes de cavalo.

O que era trágico, claro que era. Mas *não é minha culpa*.

— Destruidora de casamentos — disse Stella.

Ao lado dela, uma mulher idosa baixou o tricô e perguntou:

— Hein? Desculpe, querida, o que foi?

Ah, que maravilha!

Stella repetiu, em alto e bom tom:

— Aquela ali, saindo. Ela roubou meu marido, sabe?

— Verdade? — A idosa olhou mais uma vez e apontou com a agulha de tricô. — Quem, *ela*?

O rosto de Erin queimava enquanto atravessava a sala de espera no meio das mulheres. Apenas saia, vá embora *agora*.

— Ops, desculpe. Espere. Christy, saia da frente. — Uma mãe atormentada, lutando com um teimoso carrinho duplo de bebê e um teimoso menino fantasiado de Homem-Aranha, estava tentando passar pela porta, forçando Erin a dar um passo para o lado.

— Eu sei! Também não pude acreditar quando descobri! — Não havia como escapar da voz de Stella, atrás dela. — Sou muito mais atraente do que ela.

Oh, por favor, saia logo da minha frente!

— Eu não Christy — gritou o menino. — Eu Homem-Aranha.

Então, vá andar pelas paredes em vez de atrapalhar a maldita passagem.

— Quero dizer, o que ela é? Nada! Atarracada e deselegante — sentenciou Stella com a voz amarga. — Apenas uma desesperada, uma vagabunda sem-vergonha.

A mãe, atormentada, olhou para Erin, confusa:

— Ela está falando de você?

— Sim, estou! Não a deixe perto do seu marido, ela provavelmente vai roubá-lo também.

— Ah, quem me dera! Seria bom demais. — Com um sorriso sem jeito, a jovem mãe desviou o teimoso Homem-Aranha para dentro da sala, chutou o carrinho para trás e conseguiu manobrá-lo pela porta na segunda tentativa.

Com o coração acelerado, Erin conseguiu finalmente escapar.

✦

DUAS HORAS DEPOIS, ela estava embrulhando uma saia turquesa e prata Karen Millen em papel de seda, quando ouviu um tumulto do lado de fora.

— O que é isso? — A garota que comprava a saia franziu a testa e se aproximou da janela.

Oh, meu Deus, por favor, não! Não, não, não...

— Não compre aí! Essa mulher é uma rameira!

Não, não, *não*, *não*, *não*.

A garota chamou Erin para ver.

— Venha ver! Você sabe quem é ela?

— Sei.

A familiar sensação de náusea voltava. Trêmula, mas determinada, Erin colocou a saia embrulhada em papel de seda em uma sacola da Roupas Lindas. Dessa vez, Stella havia ido longe demais.

Lá fora, na calçada, agindo de forma muito mais corajosa do que ela se sentia, ela confrontou sua nêmesis.

— Você não pode fazer isso, Stella.

— Por que não posso? Você me baniu da sua loja, mas aqui não é a sua loja. Estou na calçada — Stella estendeu os braços —, expressando minha opinião pessoal, *que por coincidência é a verdade*, e você não pode me deter.

A mulher que Stella estava tentando convencer acabava de fugir, segurando o suporte de roupas que seriam vendidas para a loja.

— Este é o meu negócio e não vou deixar você arruiná-lo. Se você não parar com isso, vou chamar a polícia.

Stella a encarou, com as mãos firmes, uma de cada lado da cintura.

— Mas você destruiu a minha vida! Por que tenho que aceitar isso?

Erin não sabia o que fazer. Não adiantava chamar Fergus, que estava trabalhando em Cheltenham. Além disso, ele já não havia dito para Stella várias vezes como as coisas aconteceram? E Stella havia dado a mínima?

— Por que não posso ferir você como você me feriu? — Stella esperneou. — Sou melhor que você! E eu *nunca* roubaria um homem casado!

Não havia como fazê-la compreender. Entretanto, as pessoas que passavam podiam entendê-la, infelizmente, e paravam para observar o drama com interesse. Erin estava perdida. Ela podia mesmo chamar a polícia ou eles ririam da cara dela e a dispensariam por estar jogando fora o tempo deles? Será que ela deveria tentar um advogado primeiro? Ou talvez um capanga para assustar Stella?

— Ei, o que está acontecendo aqui?

Era Max Dineen, descendo a rua em direção a elas. Será que Tilly havia contado sobre a confusão que eles estavam enfrentando com Stella? Erin se controlou, porque sabia que ele e Stella eram amigos havia anos. Se ele participasse do abuso e começasse a acusá-la de ser uma megera destruidora de lares, ela morreria.

Stella se virou ao ouvir aquela voz, e começou a chorar assim que o avistou.

— Que diabo! — exclamou Max. — Não sou assim tão feio, sou?

Pelo tom lacônico e o olhar que dirigiu a ela, Erin soube que ele estava a par da situação.

— Oh, Max! — Stella deixou escapar um uivo de desespero. — Sou tão infeliz que quero *morrer*.

Erin não se orgulhava do fato de que a voz na sua cabeça dizia "agora temos algo em comum", ao ver Stella cair nos braços de Max.

Max se arrependeu. Merda, esse era a situação na qual você não deseja estar envolvido. Ele não se importava em entrar no meio de uma discussão e apartar uma briga, mas aquilo estava complicado demais. Stella era uma provocadora, não uma chorona. Vê-la soluçando no seu ombro era a última coisa que ele esperaria, tão provável quanto ela pulando rua abaixo num Pogobol. Mas era o que ela estava fazendo naquele momento. Ele podia sentir as lágrimas dela no pescoço e os dedos apertando suas costas. E o cabelo dela estava grudado no rosto dele, o que era uma experiência paralisante e fantasmagórica, considerando que aquele não era o cabelo de Stella e era provável que tivesse pertencido originalmente a alguma camponesa russa idosa.

— Max... Max... Eu n-não sei o q-que fazer.

Tarde demais para se retirar. Eca, e se o cabelo tiver pertencido a uma arremessadora de peso de cem quilos com cabelo no queixo chamada Olga?

— Está tudo bem, está tudo bem. — Max deu tapinhas nas costas dela e puxou um lenço limpo do bolso. — Aqui, use isto.

Erin estava recuando.

— Preciso voltar. Deixei uma cliente na loja.

— Pode ir. — Ele deu um breve sorriso, sentindo pena dela. — Cuido desta aqui.

Erin disparou um olhar veemente de alívio e correu para dentro. Por sua vez, Max encarou os pedestres curiosos e disse:

— O espetáculo acabou, podem parar de tricotar e continuem andando, garotas. Não haverá derramamento de sangue hoje.

— P-para onde est-tamos indo? — soluçou Stella quando ele a conduziu rua acima.

— Para a sua casa. Você não está em condições de abrir a loja hoje. — Alcançando o carro, Max abriu a porta do passageiro. — Venha, entre.

— Oh, Max, obrigada. E você vai ficar comigo um pouco? Você não vai apenas me deixar lá e ir embora?

Ótimo, porque ele só tinha cerca de um milhão de outras coisas para fazer hoje. Ah, bem, tarde demais para se preocupar com isso agora. Stella não era uma amiga próxima, mas eles se conheciam havia anos por causa dos negócios complementares e ele gostava dela; ela era mandona, impetuosa e superconfiante. Na maior parte das vezes. Ela estava perdendo o controle agora. Era impossível não se apiedar da situação.

— Vou ficar — prometeu Max. — Um pouco.

DE VOLTA À CASA MODERNA, superlimpa e arrumada, Stella abriu uma garrafa de vinho branco e engoliu a primeira taça de uma vez só.

— Isso vai fazer você se sentir melhor? — Max franziu a testa.

— Não sei. Eu conto quando descobrir. Estou acabada, Max. *Acabada*! — Ela sacudiu a cabeça, desesperada. — Quando acordo de manhã, tudo *dói*. Aquela mulher roubou meu marido.

Ela não estava mesmo com uma aparência muito boa. O rosto estava manchado e a maquiagem perfeita estava faltando. Isso é o que o ciúme faz nas pessoas. Ele destrói a confiança e corrói a aparência como uma larva invadindo uma maçã.

Max disse:

— Ela não fez isso, você sabe. Você tem que acreditar nela.

— Mas *nunca* vou acreditar, porque sei que não é verdade. — O maxilar de Stella estava rígido, ela estava irresoluta; até onde sabia, por que outro motivo Fergus a teria deixado? Max sabia que não adiantava tentar convencê-la do contrário.

— Você precisa continuar com a sua vida. Viver bem é a melhor vingança.

— Mas como vou *conseguir*?

— Sendo feliz, oras!

— Mas a única coisa que me faria feliz é um bebê! É tudo o que eu quero.

— Então, faça isso.

O olhar de Stella estava estranho. Ela encheu a taça mais uma vez e sacudiu o sapato.

— O quê? — perguntou Max.

— Você faria?

— O quê? Se estivesse no seu lugar?

— Não. Quero dizer, você me daria um bebê?

Oh, merda!

— Você não está falando sério.

— Estou, sim! Max, você não vê? Faz todo o sentido. — Do jeito que ela olhava para ele, parecia *mesmo* que ela acreditava naquilo. — Eu gosto de você. Você gosta de mim. E você é um ótimo pai para Louisa.

— E ainda sou *gay* — disse Max.

— Não completamente. Não, não comece a balançar a cabeça! Pense. Nós nos damos bem juntos. Há anos que estou a fim de você. Além do Fergus, você é o único homem com quem eu conseguiria ir para a cama. Poderíamos tentar! Quem sabe, você pode até gostar e decidir não ser mais *gay*.

— Stella, pare com isso, por favor.

— Se você fosse mesmo *gay*, já teria um namorado. Tudo bem — apressou-se Stella, quando viu que Max se levantava —, esqueça o relacionamento, em vez disso podemos fazer a coisa do esperma. Inseminação artificial, o que você acha? E você não teria que pagar pensão ou nada parecido. Não custaria um centavo para você. Você não entende, Max? Se eu procurar um banco de esperma, como vou saber o que vou receber? Deus, eles podem me passar para trás com qualquer porcaria velha próxima da data do vencimento. Seria muito melhor ter um bebê e saber com segurança quem é o pai. E adoraria que fosse você, realmente adoraria. Você é engraçado e gentil e mais bonito que o maldito Fergus. Imagine, nós teríamos um lindo bebê...

Max recuou. Ok, já chega. Ele só conseguia imaginar o bebê com um par de óculos esportivos sob um jogo completo de apliques, com sotaque pesado de Liverpool.

— Stella, você não está pensando direito, não está falando sério. Acredite em mim, você é uma garota ótima e vai achar a pessoa certa, assim que superar o Fergus. Mas você tem que me prometer que vai parar de perturbar a Erin.

— Mas isso me faz sentir melhor — disse Stella.

— Querida, isso não é digno. — Naquele momento, a portinhola do gato se moveu e Bing passou para dentro. Aproveitando a chegada do gato, Max olhou para o relógio e franziu a testa. — Olhe, sinto muito, mas preciso ir agora. Vou encontrar com um novo cliente esta tarde e não posso deixá-lo esperando. Você promete que não vai se decapitar?

Stella, louca de amores pelo gato, inclinou-se e tomou Bing nos braços.

— Isso só tornaria as coisas mais fáceis para eles, não é? A Erin e o Fergus. — Acariciando Bing e despejando beijos na orelha peluda, Stella continuou, no seu antigo tom: — Não se preocupe, não darei essa satisfação a eles.

— Boa garota. — Max aprovou com a cabeça.

Ela sorriu e balançou os cabelos.

— Especialmente porque acabei de refazer meus apliques. Engula esta: eles me custaram trezentas libras.

CAPÍTULO 25

Jamie Michaels e sua noiva haviam acabado de se mudar para uma mansão de seis quartos e oito banheiros imitando o estilo Tudor em um condomínio fechado nos arredores de Birmingham.

— Meu colega indicou você. O Cal Cavanagh, sabe? Ele disse que você é o cara. E, quando a patroa descobriu que foi você que fez a casa deles, disse que precisávamos ter você também.

— O que é bom o bastante para os Cavanaghs é bom o bastante para nós — riu Tandy. — E temos muitas ideias. Mal posso esperar para começar. Posso oferecer uma bebida antes? Temos champanhe Cristal gelado, se vocês quiserem. Oitenta libras a garrafa!

Tilly segurou o riso, pois Max a prevenira de que qualquer risinho de zombaria causaria demissão por justa causa. Ele também explicara que o fato de alguns jovens jogadores de futebol da primeira divisão terem mais dinheiro do que bom-senso não era motivo para fazer cara feia para as ideias deles. "Eles pagam um bom dinheiro pelo nosso serviço e o nosso trabalho é dar o que eles querem. Alguns decoradores tentam forçar a própria versão de bom gosto a clientes que não compartilham essa visão. Na maioria das vezes, sou chamado para refazer o serviço seis meses depois. As pessoas têm o direito de viver com um resultado de que elas gostam".

O que era bastante justo. Tilly concordava totalmente com aquilo. Por sorte. Porque, enquanto eles seguiam Jamie e Tandy pela casa, eles com certeza teriam algumas ideias surpreendentes.

— Para a sala de jantar, estou pensando em, tipo, papel de parede xadrez em prata e rosa-metálico pintado à mão. Porque, quando eu era pequena, tinha uma Barbie com um vestido rosa e prateado. — Tandy era pequena, loira e parecia uma boneca, borbulhando de entusiasmo em uma minúscula saia branca e uma blusa bege. Ela cheirava a Chanel Nº 5 e bronzeamento artificial, e o anel de noivado que ela usava era do tamanho de uma noz. — E sabe o lustre que você colocou na cozinha do Cal? Bom, queremos um maior que aquele. E você pode fazer um daqueles pisos de dança que acendem, tipo o do *Embalos de Sábado à Noite*?

O trabalho de Tilly era anotar cada uma das ideias, enquanto Max fazia sugestões sobre como elas poderiam ser adaptadas, explicando que, se o lustre fosse maior, Jamie bateria com a cabeça nele cada vez que passasse por baixo, e um piso de dança era uma ideia fantástica, mas que tal colocá-lo na sala de karaokê em vez de na cozinha, pois, afinal era onde as pessoas dançariam.

Estampa de leopardo em turquesa e estanho no banheiro da suíte? Tandy cruzou os dedos; com certeza aquela era a maior ambição dela.

Perfeito, disse Max, ele conhecia todos os fornecedores. E que tal tapetes Versace?

Após duas horas, a reunião preliminar havia terminado. Tandy abraçou Max e chorou:

— Amei seus planos! Tudo isso é tão legal, mal posso esperar para ver tudo pronto!

— Espere — acalmou Max. — Vocês ainda não viram o orçamento. Pode ser que vocês se espantem quando souberem quanto tudo isso vai custar.

Jamie franziu a testa e passou a mão pelo cabelo espetado e descolorido.

— Mais que duzentos mil?

— Não. — Max negou com a cabeça. — Não tem nenhuma mudança estrutural. Vou voltar para casa e calcular os custos, mas estou pensando em algo em torno de cento e oitenta.

— Só isso? Beleza. Sem problemas. — Seu rosto se despreocupou. — Vamos fazer uma sessão de fotos para a revista *Hi!*, quando estiver pronto, por duzentos. A grana está garantida!

Uau, duzentos mil por uma sessão de fotos e entrevista.

— Vai ser uma grande festa para celebrar oficialmente o nosso noivado. — Tendo feito as contas, Tandy fez uma observação brilhante: — Vão sobrar vinte mil! Que tal construir uma linda igrejinha no jardim, para o nosso casamento?

— Ou — sugeriu Max —, por que não casar em algum outro lugar espetacular e usar o dinheiro para instalar uma hidromassagem gigante?

— Você é um gênio! — Tandy bateu palmas; então, abraçou Tilly. — E você também. Vocês dois precisam vir para a festa quando tudo estiver pronto. Todas as minhas amigas vão querer contratar vocês quando virem o que fizeram na nossa casa.

A campainha tocou e Tandy desapareceu pela escada para a sessão com a manicure. Jamie conduziu Max e Tilly até a saída, passando pela frente da casa, onde estavam estacionados um Maserati azul-noite, um Porsche vermelho-sangue e um SUV rosa-Barbie com volante cravejado de diamantes e assento acolchoado de veludo rosa.

— Ela tem dezenove anos — admirou-se Tilly. — Foi aí que errei.

— Arranje um jogador de futebol. Vire uma maria chuteira — disse Max.

Mas Tilly sabia que não gostaria de ter que ser daquele jeito; o bronzeamento artificial infinito, as viagens ao cabeleireiro e a manicure a deixariam louca.

— Acho que sou mais uma maria velha e preguiçosa.

— E que tal assim? — Sempre prestativo, Max sorriu enquanto destravava o carro e brincou: — Maria sem graça? *Ai.*

— Oh, desculpe — murmurou Tilly. — Meu pé escorregou.

QUANTO MENOS VOCÊ quer encontrar certa pessoa, é aí que a Lei de Murphy diz que você vai encontrá-la. Alguns dias depois do encontro com Stella Doida, Erin foi à farmácia depois do trabalho e passou relaxados dez minutos testando sombras e batons nas costas da mão, feliz e inconsciente da presença de Stella na loja.

Ela só tomou conhecimento da presença de Stella quando estava na fila do caixa para pagar o provocante *gloss* labial bege, o lápis de olho bronze brilhante e o pacote chiquérrimo de absorventes. Momentaneamente distraída pelos frascos de vitaminas prometendo olhos mais brilhantes e pele mais clara, ela não percebeu que o homem na frente já havia sido atendido. Chamada de volta à Terra pela voz da mulher do caixa, perguntando "Posso ajudá-la, querida?", Erin abriu a boca para responder, mas uma voz atrás dela interrompeu:

— Bem, ela está tendo um caso com o meu marido, por isso ela deve ter parado aqui para repor o estoque de preservativos.

Aquela voz arrastada, sarcástica e tão familiar. Erin experimentou o arrebatamento de medo, o fluxo de sangue no rosto e a sensação de mortificação que sempre a acompanhava...

Na verdade, não. Dane-se. Por que ela *tinha* que sentir todas aquelas coisas? Por que *ela* deveria ficar lá e aceitar aquilo? A adrenalina emergiu de algum lugar desconhecido e Erin se virou devagar para travar contato visual com Stella. Chega de rodeios. Ela era o centro da atenção de todos na loja, não era? E Stella, segurando uma cesta com um *spray* de cabelo, analgésicos e um condicionador caro, tinha *certeza* de que estava com as cartas na mão.

Em um tom tão alto e claro como o de Stella, Erin respondeu com doçura:

— Preservativos? É mesmo! É surpreendente a quantidade que usamos.

— NÃO ACREDITO que disse aquilo.

Quando Fergus chegou ao apartamento uma hora depois, Erin ainda estava trêmula.

— E o que aconteceu depois?

Ela se arrepiou com a lembrança.

— Stella deixou cair a cesta no chão — *pá*! — e berrou "Eu não sei como você consegue viver consigo mesma". Depois, ela desapareceu.

Fergus a tomou nos braços.

— Ah, querida, shhh. Você não fez nada errado.

— Antes, talvez não. Mas agora, sim. Eu fui cruel. — A parte da frente da camisa dele cheirava a sabão em pó e escritório. — É como se ela estivesse me arrastando para o nível dela. Pensei que revidar fosse fazer eu me sentir melhor, mas agora me odeio.

— Não faça isso. Meu Deus, sinto muito. Você não deveria passar por esse tipo de incômodo. Vou falar com o meu advogado para ver o que podemos fazer.

— Não, não precisa. — Balançando a cabeça, Erin imaginou mais e mais pessoas se envolvendo e a situação saindo de controle, cada amarga discussão sendo citada no tribunal e sua própria réplica maliciosa voltando para assombrá-la. Ela não poderia viver com essa vergonha. — Deixe para lá. Vamos para um lugar bem longe daqui.

Fergus parecia preocupado.

— Você quer fazer isso mesmo?

— Não. — Ela conseguiu dar um meio sorriso. — Só quero que isso acabe.

Fergus beijou a cabeça dela e reforçou:

— Desculpe. Amo você.

— Amo você também.

Apesar de todo o horror, a felicidade ainda a inundava. Desistir do relacionamento com Fergus não era uma opção; ele era tudo o que ela sonhara, desde a personalidade gentil até a ternura natural e a bondade inata. Melhor ainda, ele era atraente sem ter um físico perfeito, o que devia ter irritado todos os fios de cabelo de Stella, mas era maravilhoso e tranquilizante para quem não era um modelo de graciosidade.

Não que ela só gostasse dele (o amasse) por isso. Mas não ter que murchar a barriga e fingir ser um tamanho menor era um bônus maravilhoso.

— Sabe, podemos ir para qualquer lugar. — Enquanto falava, Fergus esfregava a mão em círculos nas costas dela, de maneira reconfortante.

— Mas eu gosto de morar aqui. Honestamente, não acho que devemos sair do país. — Nossa, ele sabia como esfregar as costas de alguém. — E temos algumas pendências aqui, como elas se chamam, mesmo? Ah, sim. Empregos.

— Estava pensando em algo menos drástico. Olhe, as próximas duas semanas serão caóticas no trabalho, mas tenho certeza de que consigo uma semana de folga depois disso. Que tal tirarmos umas férias? Algum lugar quente, por minha conta.

Erin se virou para olhá-lo, incapaz de falar por um momento.

— E então? — perguntou Fergus. — Merecemos umas férias, não é?

— Merecemos. — Ela concordou, sem ação. O que ela tinha feito para merecer um homem tão maravilhoso? — Merecemos mesmo.

— Você consegue alguém para substituir você na loja?

Era possível, ela esperava que sim, talvez... talvez não... mas, que inferno, algumas ofertas eram boas demais para serem recusadas.

— Se não encontrar ninguém, posso fechar durante uma semana. — Ai, Deus, uma semana de férias era *tudo* de que ela precisava naquele momento. — Podemos relaxar sem nos preocupar com quem vai aparecer para causar problemas. — Beijando o queixo adorável de Fergus, com a barba por fazer, Erin disse: — Amo você. Obrigada.

— Certo, então vamos. Escolha o destino. Marbella, Florença, Paris, Roma. Só me diga para onde e eu faço todas as reservas.

— Qualquer lugar?

— Qualquer lugar.

— Sempre quis ir para Gdansk.

— Verdade?

Essa era outra razão para amá-lo. Erin sorriu e o beijou.

— Não. Mas com certeza sempre quis ir para Veneza.

CAPÍTULO 26

ERA SEXTA-FEIRA À NOITE e Max estava levando Kaye para um jantar com velhos amigos em Bristol.

— Eles estão comemorando o aniversário de casamento — explicou Max para Tilly, enquanto vestia o paletó. — Casamos na mesma época.

Kaye estava compenetrada verificando o colar de turmalinas no espelho da sala de estar.

— Mas Paula teve sorte. O marido dela não era *gay*.

— Talvez não, mas ele é tão chato quando começa a se gabar no golfe. Se ele mencionar de novo o taco nove — ameaçou Max —, vou cantar alguma canção de musical.

Kaye replicou, bem-humorada:

— Você odeia musicais.

— Eu sei, mas, se for para irritar o Terry, é o que vou fazer. Bem no meio do restaurante. Sobre a mesa, se for necessário.

— O motivo da vida dele é deixar o Terry constrangido — contou Kaye para Tilly. — Certo, podemos ir agora? Onde está a Lou?

— Nããão! Não vão embora antes de me ver! — Lou desceu as escadas correndo e aterrissou com um golpe no corredor. — E então, o que acham?

Era a terceira troca de roupa em trinta minutos, em honra à festa na escola daquela noite. Depois de trocar uma calça *jeans* com camiseta roxa por uma calça *jeans* um pouco diferente e uma blusa azul cortada, ela estava vestindo uma camiseta listrada de cinza e branco, *jeans* cinza e tênis Converse.

Bem, a festa do 9º ano era um evento importante.

— Você está adorável, querida. — Kaye parecia esperançosa. — Mas não quer usar um vestido bonito?

Lou fez uma cara horrorizada.

— Mãe, claro que não quero usar um vestido bonito! E também não quero parecer adorável. Só quero parecer *comigo*.

Max disse:

— Nesse caso, você está perfeita. Eu seria capaz de reconhecer você na delegacia, sem problemas. Aquela ali, aquela com o cabelão ruivo e uma espinha grande no queixo, ela é a minha filha.

— Rá, rá, pai. Não tenho nenhuma espinha. Mas meu cabelo está muito armado? — indo ao espelho e agarrando os cachos com as mãos, Lou perguntou, preocupada: — Devo prender?

— Você está ótima. Não dê atenção a ele. — Kaye deu um abraço e um beijo barulhento na filha. — Divirta-se muito hoje. Seja boazinha.

Lou revirou os olhos.

— Eu sempre sou boazinha.

— Não vá se embebedar.

— Pai, é a festa da escola. Só tem Pepsi, Diet Pepsi e água.

— E sem safadezas.

— Pai! — gritou Lou. — Fique quieto.

— Sou seu pai. Dizer coisas constrangedoras é o meu trabalho. Nada de dançar mal também, hein? Se eu ouvir por aí que você fez a dança do passarinho...

— Tá, pode parar. Não tem nenhuma dança do passarinho na nossa festa, porque não somos *dinossauros*. E a única pessoa que dança mal nesta família é você.

— Isso é verdade. — Kaye jogou as chaves do carro para Max. — E chegaremos atrasados se não sairmos agora. Vamos, Matusalém.

O horário era um campo minado. A festa da Lou ia das sete e meia às dez. Mas apenas os perdedores, é claro, eram impopulares o suficiente para aparecerem às sete e meia. Por outro lado, se chegasse lá muito tarde, a noite acabaria antes que ela tivesse tempo de relaxar e se divertir. Ah, sim, fazer uma entrada perfeita no momento certo era crucial. Depois de uma troca de mensagens frenética, o consenso entre os amigos de Lou era que oito e dez era um horário perfeito.

O que deu à Lou tempo extra para descartar sua terceira escolha e voltar ao *primeiro* par de jeans, uma camiseta com gola canoa verde-oliva, rasteirinhas prateadas e um cinto pregueado de couro, verde e prata.

— Perfeito. — Tilly fez um gesto solene de satisfação; Lou estava desesperada para impressionar alguém.

— E os brincos? Balançando muito?

— Estão perfeitos também.

— Não... Espere. — Lou voltou a galopar escada acima. Dois minutos depois, voltou com argolas azul-claras de tamanho médio nas orelhas. — Assim fica melhor?

— Ótimo. — Achando divertido, Tilly perguntou: — Você não tem argolas prateadas?

— Tenho, mas aí fica tudo muito combinando, sabe? Como se eu estivesse me esforçando demais.

— Ah, tudo bem. Nesse caso, as azuis estão ótimas. — Tilly só esperava que Eddie Marshall-Hicks apreciasse todo aquele esforço envolvido em não parecer se esforçar demais.

Lou verificou o relógio.

— São quinze para as oito?

— Sim. Pronta para ir?

Ela respirou fundo.

— Estou bem mesmo? Devo trocar de sapatos?

— Se você trocar, seu cinto não vai mais combinar com nada.

— Aí ficaria completamente descombinado e isso não é bom. Certo — Lou se convenceu. — Estou pronta. Vamos.

✣

A CHAVE VIROU NA IGNIÇÃO e nada aconteceu.

Tilly tentou mais uma vez. O carro não pegava.

— Você está pregando uma peça em mim? — perguntou Lou.

— Não. Espere, não entre em pânico. — Em pânico por dentro, Tilly tirou a chave e encaixou-a novamente, talvez *melhore* agora, bombeou o acelerador e tentou mais uma vez.

Ainda nada.

— O que tem de errado? — Lou inquiriu.

Tilly acionou a alavanca do capô debaixo do painel e levantou do assento do motorista. Para saber o que havia de errado, ela precisaria ter estudado mecânica, mas havia uma minúscula chance de ser apenas algo gritantemente óbvio, como quando você gasta séculos imaginando por que o secador de cabelo não funciona e então descobre que é porque, em lugar do secador, você colocou a chapinha na tomada.

Era decepcionante, mas ela não encontrou nenhum secador de cabelo fora da tomada no motor. Tudo parecia sujo e oleoso e tão incompreensível quanto um motor normal. Com Lou ao seu lado, pulando agitada de um pé ao outro, ela puxou e cutucou com cuidado algumas coisas misteriosas que pareciam tubos.

Quando tentou virar a chave de novo, tudo o que conseguiu foram marcas de dedos sujos e oleosos no volante.

— Estou perdendo a festa. — Lou começou a suar. — Já começou há vinte minutos.

Fazer uma entrada elegantemente atrasada era reduzido à insignificância total se comparado a não fazer entrada nenhuma.

— Todo mundo vai se divertir sem mim — choramingou Lou.

— Tudo bem, vá lá dentro e pegue as Páginas Amarelas. Encontre o número da companhia de táxi do Bert e telefone para ele. Vou continuar tentando aqui.

Lou correu para dentro da casa e Tilly tentou limpar a chave com a camiseta, caso aquilo fizesse alguma pequena diferença. Bem, nunca se sabe, não é? Especialmente em se tratando de carros.

Quando Lou reapareceu, ela estava segurando as Páginas Amarelas em uma mão e o telefone sem fio na outra.

— Alô? Oi, Bert, é a Lou Dineen. Você pode vir em casa me pegar em, tipo, trinta segundos?

Tilly desanimou quando viu Lou fazer uma careta.

— Não, isso não é bom. Ok, obrigada, tchau. — Assim que finalizou a chamada, jogou o volume no colo de Tilly e revelou: — Ele está trabalhando em uma feira em Malmesbury. Você tem outro número? Ai, meu Deus, por que isso tem que acontecer sempre *comigo*?

Já passava das oito horas. A linha da próxima companhia de táxi estava ocupada o tempo todo e a espera para a terceira era de uma hora e meia. A amiga de Lou, Nesh, estava viajando com os pais no fim de semana. Desesperada, Tilly tentou ligar para Erin, mas ninguém atendia e o celular estava desligado.

— Isso é tão injusto! — Em pânico, Lou começou a folhear as Páginas Amarelas mais uma vez. — Isso conta como emergência? Será que a polícia ficaria muito brava se eu discasse 999?

Ela estava brincando, mas era a próxima alternativa. O telefone tocou no colo de Tilly e ela o agarrou, rezando para que fosse Erin retornando a ligação.

— Alô?

Não era Erin.

— Oi, sou eu. — No meio de todo aquele pânico, era estranho ouvir Jack tão relaxado. — Sei que Max já saiu, mas você pode dizer a ele que o eletricista vai terminar o serviço na Rua Etloe amanhã no período da manhã, então ele pode entrar com a equipe dele depois do meio-dia?

— Quem é? — Lou encontrou outro número de táxi para tentar e estava marcando-o com o dedo.

— Hum... certo. — Distraída, Tilly respondeu: — Não é a Erin.

— Então desocupe a linha — ordenou Lou.

— E, se você tiver uma caneta para anotar, achei o número de um novo fornecedor de mármore que pode ser do interesse dele.

— Diga que é assunto de vida ou morte. — Lou cutucou Tilly.

— Ahn... eu não tenho uma caneta...

— Está tudo bem? — interrompeu Jack.

— Hum... — Não era fácil se concentrar com Jack murmurando no ouvido esquerdo e Lou zunindo como uma vespa agitada à direita. — Desculpe, Jack, é que...

— Jack? — Lou soltou um grito e agarrou o telefone, quase junto com a orelha da Tilly. — Por que você não *disse*? Jack, onde você está? O carro não está pegando e estamos presas aqui e estou perdendo a minha festa...

O JAGUAR APARECEU sete minutos depois. Lou se jogou no lugar do passageiro e declarou:

— Você é a minha pessoa favorita de todo o *mundo*.

— Muito obrigada. — A visão de Jack fez o coração de Tilly pular na garganta. — Estávamos desesperadas.

— Não tem problema. Vou deixar Lou e volto para ver se consigo descobrir qual o problema do carro.

Tilly balbuciou:

— Ah, não precisa! Sério. O Max pode ligar amanhã para a oficina e...

— Com licença, podemos discutir isso outra hora? — Lou sacudia a cabeça, incrédula. — Estou com um pouquinho de pressa! Podemos *ir* agora, por favor?

CAPÍTULO 27

— **VOCÊ É UM HERÓI** — agradeceu Tilly quando Jack retornou trinta e cinco minutos depois. — Minha vida não seria digna de ser vivida se Lou tivesse perdido a grande noite dela. — Verificando o relógio, ela acrescentou: — Você foi rápido.

— Posso ser rápido quando é necessário. E Lou ficou sentada ao meu lado, gritando "mais rápido, mais rápido".

— Enfim, muito obrigada. E por voltar. Apesar de que não sei como você vai consertar o carro, agora que está escuro. Não consigo encontrar uma lanterna.

— Também não sei. — Jack sorriu enquanto a seguia para dentro da cozinha. — Não sei nada sobre carros. Tudo bem, podemos deixar isso para o Max. Coloque a chaleira no fogo. Temos até dez para as dez, porque Lou quer voltar logo depois das dez horas.

— Você não precisar ir buscá-la, posso chamar um táxi.

— Não tem problema. Não tenho mais nada para fazer esta noite. E meus preços são bem razoáveis.

Esse era um comentário provocativo? Ele estava esperando que ela perguntasse como poderia retribuir o favor?

— Chá ou café? — perguntou Tilly.

— Café, preto, uma colher de açúcar. — Ele sorriu levemente. — A gente se esquece de como são excitantes as festas quando se tem treze anos. Lembro que gostava de uma garota chamada Hayley e ficava imaginando como conseguiria separá-la das amigas para beijá-la.

Tilly passou o café para ele e sentou-se na mesa da cozinha.

— E você conseguiu?

— Ah, sim, fui muito sutil. Disse a ela que o diretor gostaria de vê-la lá fora e que eu teria que levá-la.

— Sutil e mentiroso. E o que ela fez quando você a beijou?

— Continuou mascando o chiclete dela e me pediu para comprar uma Coca-Cola. Não, não foi isso. — Jack parou, tentando se lembrar. — Ela me pediu para comprar Coca-Cola para ela e suas três amigas. Uma para cada.

Tilly começou a rir.

— E você comprou?

— Não! Disse que não tinha dinheiro o suficiente e ela disse que, nesse caso, não poderia bancá-la. E então ela voltou para dentro.

— Quer dizer que nem sempre você foi irresistível para as mulheres. — Ela adorava o jeito como ele contava uma história contra ele mesmo.

— Deus, não. Os primeiros anos foram desastrosos. Mas você cresce e aprende.

— Essa Hayley era bonita?

— Muito. Mas espero que ela não tenha envelhecido bem.

— Isso foi há tantos anos e você ainda guarda mágoas. — Sorrindo, Tilly apontou a colher para ele. — Você precisa tomar isso como experiência. Como o garoto que espalhou para todo mundo na escola que eu acolchoava meu sutiã com lenços de papel.

— Cruel — comentou Jack. — Saí com uma garota quando tinha quinze anos e ela contou a todas as amigas quando eu tropecei e caí de cara no chão na entrada do cinema.

Contar histórias embaraçosas era ótimo, mas Tilly não poderia compartilhar aquela sobre molhar as calças assistindo ao Mr. Bean. Havia uma coisa chamada informação em demasia.

— Um namorado me levou para conhecer a mãe dele e eu precisei fingir que gostava muito do ensopado que ela havia preparado para o jantar. Era horrível, cheio de cartilagem, artérias e coisas nojentas. — Tilly estremeceu com a lembrança. — A partir de então, a mãe dele cozinhava aquilo sempre que eu aparecia. Ela sempre dizia "Venha e sente-se, meu anjo, preparei seu prato favorito!".

Jack apontou a colher de chá para ela.

— A não ser que ela não te achasse boa o suficiente para o precioso filho dela e essa fosse uma forma de se livrar de você.

— Ai, meu Deus, nunca pensei nisso! — Em um momento de revelação, Tilly balançou as mãos, excitada. — E eu mesma já fiz isso! Há alguns anos, estava saindo com um cara e comecei a fazer pratos cada vez mais horríveis para ele, e só quando ele reclamou eu percebi que fazia de propósito!

Jack levantou uma sobrancelha.

— Você quer dizer que...?

— Não queria mais ficar com ele, mas também não queria magoá-lo. Não sou como você — disse Tilly —, não gosto de ser a pessoa que termina o relacionamento.

— Você deixa o trabalho sujo para o homem para não se sentir culpada. — Ele parecia estar se divertindo. — Mas o que acontece se eles não querem terminar com você? Se eles não querem deixar você ir?

Ela deu de ombros.

— É só fazer coisas cada vez mais horríveis, uma hora eles se vão.

Jack pegou o café.

— E foi isso que aconteceu com o último? Max me contou que você chegou do trabalho um dia e ele havia se mudado do apartamento.

Hum, então ele havia perguntado a Max sobre ela? Tilly confirmou:

— Isso, foi o que aconteceu.

— Por que você foi horrível com ele?

— Não diria horrível. Eu só estava... distante.

— Então, é por isso que você não ficou devastada quando aconteceu.

— Acho que sim. — Ela tomou um gole do café. — É que ele não era "o cara". Poxa, esse é um negócio engraçado, não é? Você pode enfileirar dez mil homens e saber de cara que nove mil, novecentos e noventa não fazem o seu tipo. Então, sobram dez possíveis e você precisa ir escolhendo os candidatos por eliminação. E isso pode transcorrer muito bem, você pode achar que alguém é perfeito de todos os pontos de vista, e então ele diz ou faz alguma coisinha que te faz perceber que você nunca poderia ter um relacionamento com ele.

O sorriso de Jack se alargou.

— Nunca pensei assim. Então, você acabou rejeitando dez mil homens antes de achar alguém de quem você gostasse. Meio exigente, não é?

— Não estou falando de encontrar alguém com quem você sairia. Estou falando de encontrar a pessoa com quem você vai compartilhar o resto da sua vida. À medida que ficamos mais velhos, é natural ficarmos mais exigentes. — Tentando se explicar, Tilly continuou: — Quando eu estava na escola, todas as garotas se imaginavam casando com os três ou quatro garotos mais bonitos da sala. Costumávamos escrever nossos novos nomes no livro de exercício para praticar. "Hum, Nick Castle é bem bonitinho, que tal Tilly Castle? Ou Liam Ferguson, com aqueles cílios longos. Espere, vamos tentar por comprimento, Tilly Ferguson..." — Ela rabiscou a assinatura no ar, com um floreio. — "Ei, parece ótimo, é com ele que vou casar!".

Jack disse, com um tom sério:

— Essa é a vantagem de ser um garoto. Nós nunca fizemos isso.

— Bem, vocês não sabem o que perderam. Era divertido! E havia outras coisas para descobrir se vocês seriam felizes juntos. Você podia escrever os dois nomes, um sobre o outro, marcar todas as letras em comum, então somar o número de letras que sobraram e dividir o número final do garoto pelo número da garota, e, se desse um número inteiro, vocês seriam um par perfeito.

O rosto dele era um retrato.

— Você está de brincadeira. É verdade que você fazia *isso*?

— Muitas, muitas vezes. — Ah, sim, ela estava se lembrando de tudo agora. — E, se você não encontrasse a resposta que estava esperando, dava para descobrir o nome do meio dele, decompor a equação e começar tudo de novo.

Jack parecia estupefato.

— Espere aí. As garotas na escola costumavam perguntar o meu nome do meio!

— Agora você sabe o porquê. Era isso que elas estavam fazendo. O lado positivo — disse Tilly — foi que esse trabalho infinito com números fez maravilhas pela nossa capacidade matemática.

Entretido, Jack perguntou:

— E as garotas ainda fazem isso?

— Não sei. Fazia anos que não pensava nisso. Precisamos perguntar para a Lou. — Tilly sorriu. — Sei com o nome de quem ela está fazendo contas. Eddie Marshall-Hicks.

— A Lou tem namorado? — ele parecia chocado.

— Ainda não. Pergunte e ela vai dizer que o odeia. Mas nós os vimos juntos na escola — contou Tilly. — Está rolando um clima, eles ficam se provocando e fingem que não está acontecendo nada. É tão lindo, óbvio que eles estão a fim um do outro, mas não conseguem admitir.

Jack concordou, compreensivo, e então virou a cabeça para encará-la.

— Você já fez isso?

Ei, aquilo era uma pergunta capciosa? Ele queria dizer, aqui? Agora? Com ele?

— Ah, sim! — Tilly concordou com veemência. — Quando tinha 15 anos, estava apaixonada por um garoto que pegava o mesmo ônibus que eu todas as manhãs. Ele olhava para mim. Eu olhava para ele. Isso se repetiu por semanas, e eu sabia que ele gostava de mim. Então, ele começou a sorrir e dizer oi, e todas as manhãs eu quase desmaiava de excitação. Não sabia nada sobre ele, mas ele era a coisa mais importante na minha vida. Imaginei que ficaríamos juntos para sempre. Nós nos casaríamos e teríamos três filhos, duas meninas e um menino. E, todos os dias, imaginava uma conversa que faria as coisas finalmente acontecerem. Mas, na vida real, ficava sentada esperando que ele desse o primeiro passo, pois e se eu dissesse algo primeiro e ele me esnobasse?

Nossa, de onde tudo aquilo tinha saído? Ela não pensava no garoto do ônibus havia anos. — Então, o que aconteceu?

— Nada. Por meses seguidos ele pegou o mesmo ônibus, todas as manhãs. Um dia, ele parou e nunca mais o vi. — Tilly balançou a cabeça, com pesar. — Gosto de pensar que ele foi abduzido por extraterrestres. Não conseguia acreditar que ele havia desaparecido daquele jeito, sem me dizer para onde estava indo. No fim, decidi que os pais dele fizeram planos para a família sair do país e só contaram no último minuto, colocando-o num avião, e por isso ele não teve chance de se despedir. Mas você não sabe o quanto isso me deixou chateada. Fiquei em frangalhos!

— E você nem sabia o nome dele. Se isso tivesse acontecido em algum filme, você o encontraria de novo.

— Mas não aconteceu, então, não o encontrei. Enfim, aprendi a minha lição. Agarre as chances. Não desperdice as oportunidades. Nunca deixe a ocasião escapar.

— E foi assim que você veio trabalhar para o Max e viver nesta casa. E você está feliz por ter feito isso, não é? — Ele recostou na cadeira, com os olhos brilhando. — É assim que funciona.

Distraída com o olhar dele, Tilly perguntou:

— E você, quando estava na escola? Já aconteceu de você gostar de uma garota e não saber como contar para ela?

Ele inclinou a cabeça para um lado.

— Por medo de ela me rejeitar? Ah, claro!

— Verdade? Ah, isso é tão meigo! Não esperava que você dissesse isso.

Jack parecia horrorizado.

— *Meigo*?

— Desculpe, mas é. Não consigo imaginar você tímido, nem mesmo na escola.

— Bem, eu era.

— E o que aconteceu? Depois de toda a espera, você conseguiu finalmente reunir coragem e convidá-la para sair?

Solene, ele fez que sim com a cabeça.

— Consegui. Mas ela me explicou que provavelmente não seria uma boa ideia, considerando que ela era minha professora de matemática.

Tilly se segurou para não cuspir o café.

— Sua professora! Quantos anos ela tinha?

— Vinte e cinco. E eu, dezessete. E foi isso, ela rejeitou o meu convite. — Jack fez uma pausa. — Mas, um dia, três anos depois, ela me ligou e perguntou se eu gostaria de sair para beber alguma coisa. Demorou um pouco, mas no final das contas consegui sair com ela.

Às nove e quarenta e cinco, eles deixaram Betty dormindo na cesta e foram buscar Lou.

— Espero que ela tenha se divertido. — Enquanto eles aceleravam na pista estreita, Tilly imaginava a cena no salão da escola. — E se Eddie a convidou para dançar? E se ele não tiver convidado? E se a música lenta começou e todas as amigas de Lou foram convidadas e Eddie estava tímido demais? — Ela fez uma careta assim que outro pensamento surgiu. — E se ele convidou outra garota em vez dela? Ai, Deus, pobre Lou, e ela foi deixada sozinha, escorando a parede, fingindo não se importar...

— Isso aconteceu com você, com certeza.

— Talvez só uma vez. Ou duas. *Cale a boca.* — pediu Tilly, enquanto ele sorria. — É uma situação horrível. E os garotos podem ser tão cretinos às vezes. Eles ignoram você de propósito, para que você se sinta pior. Não sabemos, Lou pode ter tido uma noite horrível, observando todos dançarem enquanto ela desesperadamente tentava não chorar... O que você está fazendo?

CAPÍTULO 28

Eles ainda estavam a quilômetros de Harleston Hall e Jack estava reduzindo. Ele estacionou em uma entrada coberta de vegetação, parou o carro e desligou os faróis. Será que todas aquelas xícaras de café tinham sido demais? Ele precisava fazer xixi atrás da cerca viva? Porque, se ele estava apertado, menos de dez minutos depois de ter deixado a Beech House, isso poderia cair na categoria de coisas que fazem a gente se desinteressar totalmente por um homem.

Talvez injusto, mas verdadeiro. E talvez decepcionante, de certa forma, mas era a melhor alternativa dentre as outras.

Click. Jack soltou o cinto de segurança e se virou para ela. Na escuridão, ela só conseguiu distinguir os ângulos do rosto e o brilho dos olhos dele. Por que ele não falava nada? Talvez envergonhado; estar de bexiga apertada não era exatamente viril, não é? Não era algo que você gostaria de sair anunciando por aí.

Para ajudá-lo, Tilly disse discretamente:

— Tudo bem, não vou olhar.

Pausa.

— Desculpe?

— Você não vai sair?

— Por quê?

Oh, meu Deus, será que ele estava ofendido? Ele agora iria fingir que não sabia do que ela estava falando? Por que os homens tinham que ser tão *orgulhosos*?

— Olhe, você que parou o carro. Deveríamos ir buscar a Lou, lembra? Não fique envergonhado — insistiu Tilly. — Não tem nada para se envergonhar. Se você precisar ir, vá.

Jack riu e balançou a cabeça.

— É isso que você está pensando? Mas que confusão. Se tem algo que eu não tenho é uma bexiga inadequada.

— Ah, que bom! — Sentindo-se uma tola, Tilly repetiu: — Mas nós ainda temos que ir para a escola. Lou vai ficar se perguntando onde nós estamos.

— Ou ela pode estar se divertindo como nunca e rezando para que nós não apareçamos tão cedo para acabar com a diversão.

— Mas...

— Tilly, não estou pedindo para ficarmos sentados aqui por duas horas jogando Banco Imobiliário. Só quis parar por alguns minutos. E você já gastou um deles dando o seu melhor para me expulsar do carro.

Indignada, Tilly protestou:

— Não estava expulsando você, só estava tentando ser compreensiva.

A voz de Jack se alterou.

— Você seria mais compreensiva se não ficasse tirando conclusões precipitadas.

No momento seguinte, ele ligou o carro de novo, saiu com facilidade da passagem e continuou a viagem para Harleston Hall. Antes de Tilly ter alguma chance de reagir. Se ela tinha sequer ousado adivinhar por que outro motivo ele poderia ter parado, suas esperanças haviam sido abruptamente arrancadas. Era como se o Papai Noel voltasse para seu quarto, levantasse o saco de presentes que havia acabado de deixar para você e sumisse com ele.

Ela se sentiria... traída. E, agora, ela nunca saberia se ele estava prestes a fazer o que, lá no fundo, ela esperava que ele fizesse.

Eles recuperaram a velocidade. As cercas vivas chicoteavam o ar e, às vezes, alguns galhos maiores batiam nos lados do carro. Em vinte segundos, eles alcançariam o entroncamento seguinte e virariam à esquerda na Rua Harleston. Tilly se assustou quando uma mariposa gigante apareceu na luz dos faróis e ricocheteou no para-brisa meio segundo depois. Pobre mariposa, não teve um fim de noite agradável. Eram dez e cinco agora; eles estariam lá em menos de...

— Que se dane! — Jack pisou no freio com força. Dessa vez, sem nenhuma entrada disponível, ele parou em uma passagem e desligou o motor. — Foi por *isso* que eu parei antes.

Ele a puxou para junto de si e o beijo, que ela passara meses imaginando, finalmente aconteceu. No final, o Papai Noel devolveu os presentes. Tilly sentia-se tonta, consciente dos lábios colados, os dedos apertando a nuca, o cabelo caindo sobre o rosto dela... Uau, ele beijava muito bem, aquilo era como ser derrubada por uma onda enorme e carregada para longe em um fluxo infinito de alegria.

Tudo bem, nem tão infinito assim. Depois de algum tempo, o beijo chegou ao fim. Esforçando-se para não ofegar ou parecer impressionada demais, Tilly questionou:

— Por que você fez isso?

— Estava curioso. — Pela voz dele, parecia que estava sorrindo. — Não me diga que você também não estava.

Como ela poderia respirar direito com o coração batendo mais rápido que castanholas? Como ela conseguiria falar direito, se ainda tinha o corpo formigando por sentir os lábios dele nos dela? Será que ele provocava esse efeito em todas as mulheres que beijava?

Ela respirou devagar. O relógio aceso no painel indicava que já eram quase dez e dez.

— Precisamos buscar a Lou.

Na escuridão, Jack concordou.

— Você tem toda a razão.

A festa tinha terminado. Uma fila regular de carros se movimentava devagar na rua arborizada em frente ao Harleston Hall e grupos de adolescentes aguardavam do lado de fora da escola, à espera de suas caronas. A primeira pessoa que Tilly reconheceu foi Tom Lewis, sem agasalho dessa vez, com os olhos nos grupos barulhentos de alunos agitados e um braço em volta de uma morena de vinte e poucos anos, incrivelmente bonita.

— Aquele é o professor de educação física da Lou, ali nas escadas. — Tilly apontou na direção dele. — Aquela deve ser a namorada dele. Lou nos contou sobre ela. Aah! E aquele é o Eddie!

— Qual deles?

— Calça jeans preta e justa, camiseta do Jackie Chan. — Enquanto eles observavam, Eddie se afastou do grupo de garotos com quem estava conversando e passou para o grupo de garotas do outro lado. — Lá está a Lou, atrás da garota de saia rosa. Ele está indo na direção dela... Ih, não deixe que ela nos veja!

Considerando que eles estavam parados em uma fila de carros, não havia muito o que fazer para se esconder. Tilly se encolheu no assento do passageiro e espiou pelos dedos; se houvesse algum tipo de amasso, Lou morreria ao saber que eles estavam olhando.

Mas não houve. Eddie disse alguma coisa para Lou, ela respondeu e foi só isso. Eddie retornou para os amigos. Lou jogou a cabeça para trás e olhou para o outro lado, despreocupada. Ah, Deus! Tilly se compadeceu; ela esperava que eles não tivessem brigado.

Finalmente, eles chegaram ao começo da fila. Jack deu um toque rápido na buzina e Lou, ao vê-los, correu para se atirar no banco de trás.

— Oiê!

Bem, ela parecia bem contente. Tilly virou-se para trás.

— Foi legal?

— Fantástico. Tomei três Pepsis e comi dois pacotes de batata frita.

Ainda bem.

— E não queijo com cebola? — disse Tilly, porque era a comida favorita de Lou. Quantos garotos gostariam de beijar alguém com bafo de queijo e cebola?

— Não tinha isso lá. Só batatas fritas.

— Então, você dançou?

— Pra caramba! — Animada, Lou continuou: — Você precisava ter visto a Gemma, ela fez o *moonwalking* pela pista de dança! E o DJ começou a tocar as músicas do *Grease* e todo mundo começou a dançar as coreografias. Foi fantástico.

— Os garotos também dançaram? — Caramba, as coisas tinham mudado bastante desde os tempos de Tilly. Ela imaginou com satisfação a festa, repleta de casais rodopiando e cantando, assim como no filme. Será que Eddie fora o Danny Zuko de Lou?

— Os garotos? Dançando *Grease*? Você deve estar de brincadeira! — O tom de Lou era depreciativo. — Eles estavam colados na parede. Os garotos na nossa escola preferem ficar pelados e se pintar de rosa a fazer algo assim.

— Ah... Mas e na hora das músicas lentas? Eles devem ter participado.

Lou disparou um olhar de garota de 13 anos sinalizando a Tilly que ela estava completamente maluca.

— Lógico que não! Algumas pessoas mais velhas dançaram, só isso. O Sr. Lewis e a namorada, a Sra. Thomsett e o marido, que tinha uma barba e parecia estar odiando *muito* fazer aquilo. Mais ninguém. O DJ perguntou se queríamos mais músicas lentas e todo mundo gritou que não, então ele tocou *Girls Aloud* — iupi! — e nós ficamos loucas!

— Então, nada de amassos. — Ao dizer isso, Jack olhou para Tilly.

— Eca, de jeito *nenhum*.

Ele sorriu.

— Ah, sim. Bom, mais sorte da próxima vez.

— Ergh, quem gostaria de fazer qualquer coisa com os garotos da nossa escola? Eles são todos nojentos.

Tilly não conseguiu resistir à provocação.

— Até o Eddie?

— Ah, não comece com isso de novo. Eu o odeio — disse Tilly sem rodeios. — Ele é detestável. Se eu fosse parar em uma ilha deserta com Eddie Marshall-Hicks, faria uma canoa com ele.

Vinte minutos depois, eles chegaram em Beech House.

— Obrigada, Jack. — Lou deu-lhe um exuberante abraço e um beijo no rosto. — Se você não tivesse vindo nos salvar, eu teria perdido esta noite.

Eles a observaram correr para dentro da casa para dizer olá para Betty, que havia acordado e estava latindo freneticamente para eles da janela da cozinha.

Tilly saiu do carro e reforçou:

— É, obrigada pela ajuda.

— Não tem problema. — Ele sorriu. — Foi um prazer.

Certo, momento estranho. Já dentro de casa, Lou era agora visível junto à janela acesa, segurando Betty e balançando as patas dianteiras para eles. Sentindo-se bastante constrangida, Tilly acrescentou:

— Você é bem-vindo para entrar e tomar outro café, se quiser.

— Obrigado, mas é melhor eu voltar. Tenho uma papelada para resolver.

Ela concordou. Papelada, claro que sim. Ele ainda conseguia sentir a sensação dos lábios se tocando pela primeira vez ou era só ela? Ai, meu Deus, a não ser que o beijo tenho sido uma *decep*ção...

— Tudo bem, ok. Bom, obrigada mais uma vez pela carona.

Lou e Betty ainda estavam acenando para eles. Jack acenou de volta e, então, fez uma pausa e virou-se para olhar nos olhos de Tilly.

— O que foi? — Bem, ela precisava dizer alguma coisa para quebrar o silêncio.

— Mais cedo, você perguntou se eu já havia passado pela situação de não saber como dizer a uma garota que gosto dela.

O estômago de Tilly deu um salto triplo e ficou suspenso no ar.

— E você me contou sobre a sua professora.

Jack sorriu de leve.

— Bem, também tem você.

O estômago de Tilly continuou na mesma posição, sem mostrar sinais de voltar ao seu lugar. Com a boca seca, ela só conseguiu dizer:

— Ah...

— Parece uma cantada, não é? — Ele parecia triste. — O tipo de coisa que você não levaria a sério, porque não pode ser verdade, porque você não confia em mim, porque tenho uma reputação ruim e já devo ter dito isso umas cem vezes.

A tontura competia com o estômago saltando. Como não poderia deixar de ser, Tilly se ouviu dizendo, petulante:

— Só cem vezes?

Ele encolheu os ombros e ligou o carro.

— Você está vendo? Mas e se eu nunca tiver dito isso antes? E se eu estiver falando sério?

Ele realmente esperava que ela acreditasse que estava falando sério? Esperava mesmo que ela respondesse àquela pergunta? Os dedos de Tilly ficaram brancos quando ela apertou a porta do passageiro, ainda aberta.

— E então? — perguntou Jack.

Droga, ele *estava* esperando.

— Diria que você precisa de muita persuasão.

— Certo. — O sorriso dele brilhou. — Faz sentido. Vamos ver se eu consigo ser persuasivo.

CAPÍTULO 29

Erin não via Kaye desde a última visita dela, no Natal. Encantada por vê-la de novo quando Tilly a levara à loja, ela atualizava Kaye sobre a história da Assustadora Stella enquanto a amiga, no provador, tentava caber em um vestido de verão amarrado nas costas, lindíssimo, mas dois números menor que ela.

— Stella. Não a vi desde que voltei. — Kaye fez uma careta. — Sabe de uma coisa? Ela sempre quis me intimidar. Fui uma vez à loja dela e ela me deu o telefone de um *designer* de sobrancelha. O que me fez sentir fantástica com relação às minhas sobrancelhas, como você pode imaginar.

— Ela ainda é a mesma. Com a diferença de agora dar o número do assassino local. O Fergus é um amor. — Erin suspirou. — Estamos tão felizes juntos. Mas é impossível relaxar e nos divertir se ficarmos para sempre imaginando qual o próximo passo da Stella.

— Não consigo entrar neste vestido — reclamou Tilly, ofegante, dentro do provador. — É muito pequeno! Isto não é um vestido para um ser humano, é do tamanho de uma Barbie!

— Achamos que ela pode querer sequestrar o Max e forçá-lo a fazer sexo com ela — disse Kaye com um sorriso perverso.

— Ai, meu Deus... — suspirou Erin; ela não tinha descoberto isso até o encontro com Stella na farmácia. — Sinto muito que ele tenha sido envolvido nisso.

— Não se preocupe com o Max, ele sabe se cuidar. Ah, isso aqui é um Von Etzdorf? — Ela jogou a echarpe de veludo devorê amarelo-sol em volta do pescoço. — E também não se sinta culpada pela Stella. Ela tratou o Fergus como cocô de cachorro por anos. — Kaye analisou sua imagem no espelho. — Gostei disto.

— Essa cor fica bem em você. — Erin não estava tentando obter uma venda; era a verdade.

— Ah, olhe o que a Stella me disse uma vez: "Coitadinha, é tão pálida. Aposto que você queria ter a pele bronzeada como a minha". Certo, vou levar este. Sabe, o que é genial em comprar roupas usadas é que você nunca se sente culpada, porque tudo é tão barato.

— E é uma forma de reciclagem. — A voz sem firmeza de Tilly flutuou até elas.

— Você está conseguindo aí? — perguntou Erin.

— Não.

— Aqui, tenho algo que pode te interessar. Chegou hoje de manhã. — Correndo até o quarto dos fundos, Erin retornou com um vestido de alcinhas de seda lilás, com a linha do busto ornada de madrepérolas. Ela o entregou pela porta do provador. — Prove este.

Tilly saiu dois minutos depois. O vestido ressaltava a cor da pele dela e coube como uma luva. Erin bateu palmas.

— Amo meu trabalho. Você está... fabulosa!

Enrubescendo de felicidade, Tilly comentou:

— Fiquei em pânico ontem. Estávamos na casa do Jamie Michaels e a Tandy começou a me perguntar o que eu vestiria na festa deles. Então, ela atendeu a uma ligação de outra maria chuteira e ouvi ela dizer que o maior pesadelo da vida dela seria se alguém aparecesse vestindo a moda da rua principal.

— Descarada! — Kaye estava indignada. — Isso me faria *querer* ir assim.

— Eu sei, mas tem outras pessoas envolvidas. É o trabalho do Max e não quero constranger ninguém.

— Tenho tantos vestidos maravilhosos nos Estados Unidos. — Com pesar, Kaye comentou: — Mas, na verdade, deveria vendê-los todos, já que vai demorar pelo menos mais cinquenta anos até que alguém me convide para outra festa.

Erin sentiu pena dela.

— Estamos no mesmo barco, né? Sendo acusadas de algo que não fizemos.

— Mas você tem sorte, pelo menos você tem o Fergus. Olhe para mim — disse Kaye —, minha carreira está em pedaços, estou morando numa casa de bonecas e a única atenção masculina que recebi desde o Natal foi do velho estrábico que recolhe os carrinhos de supermercado.

— Ele não é o único — protestou Tilly. — Tem o fã que enviou chocolates para você.

— Os quais eu nem consegui comer. E ele mora a quase dez mil quilômetros de distância. Além disso, nós não nos conhecemos. — Kaye contava os argumentos nos dedos. — Ele não conta.

— Agora você está me deixando culpada por contar minha boa notícia. — Tateando sob o balcão, Erin puxou um folheto de viagens. Ela o enrolou e bateu na cabeça de Tilly, para que ela parasse de se admirar no espelho de corpo inteiro. — Ei, você ouviu? Vou sair de férias!

Aquilo chamou a atenção da Tilly.

— O quê? Mas você não vai a lugar nenhum faz anos.

— Eu sei! — Erin piscava como uma lunática. — O Fergus vai me levar.

— Você sempre dizia que não podia deixar a loja fechada.

— Eu dizia, mas agora vou viajar de qualquer jeito. Precisamos de umas férias. Imagine, uma semana inteira fora, sem nos preocuparmos com a Assustadora Stella. E adivinhe para onde vamos?

— Alguma área de acampamento cheia de lama no Norte de Gales?

— Perto. Veneza!

— Ah, uau!

— Isso — comentou Kaye — é seriamente romântico.

— Eu sei. — Erin estava transbordando de felicidade. — É um lugar que sempre quis conhecer. Estou tão ansiosa! Olhem, esse é o lugar onde vamos ficar, é um *palazzo* com vista para o Grande Canal. — Ávida, ela mostrou o hotel no panfleto. — Século XIV, vista da Ponte de Rialto, tem até um jardim no telhado.

— É fantástico! — Tilly apertou o braço da amiga. — E você merece.

— Quando o Fergus me contou, me debulhei em lágrimas — contou Erin.— Vamos ficar uma semana, no fim do mês. Mal posso esperar.

— E você vai fechar a loja? — perguntou Kaye, assim que Tilly desapareceu atrás do provador para tirar seu novo vestido.

Erin concordou. Ela perguntara à Barbara, que já havia ajudado em outras ocasiões no passado, mas dessa vez Barbara não podia.

— Tudo bem, é só por uma semana.

— Porque eu posso cuidar da loja para você. Se você quiser — adicionou Kaye, quando viu o olhar surpreso no rosto de Erin.

— Você está falando sério?

— Por que não estaria?

Erin bateu palmas.

— Desculpe, é que não esperava por isso. Digo, você é uma estrela de Hollywood. Seria como entrar numa agência dos correios e ver a Judi Dench vendendo selos.

— Com a diferença de que Judi ainda tem uma carreira — argumentou Kaye —, e eu, não. Continuo sem empregabilidade pelo futuro próximo. E isso me deixa louca, ficar sentada sem fazer nada. Adoraria cuidar da sua loja por uma semana, se você confiar em mim.

— Meu Deus, você tem certeza?

— Absoluta. Adoro roupas. E aqui dentro é agradável, amistoso e tranquilo.

— Até que a Stella entre, gritando absurdos. Mas tudo bem — consertou Erin —, ela não vai fazer isso. Ela está atrás de mim.

— Não se preocupe. Caramba, já é tão tarde? Eu deveria estar no salão. — Enquanto pagava pela echarpe Von Etzdorf, Kaye comentou com uma careta: — Viu? Estou reduzida a isso, preenchendo meus dias vazios com visitas ao salão para retocar as raízes e pintar os cílios. Como isso é triste!

O telefone de Tilly começou a tocar. Ela revirou a bolsa e atendeu a ligação.

— Alô, aqui é a Sra. Heron, do Harleston Hall.

— Ah, oi! — A Sra. Heron, alta e terrível, era a diretora da escola da Lou. Inconscientemente, Tilly endireitou os ombros e ouviu com atenção. — Está tudo bem?

— Louisa está bem. Mas sinto informar que houve um... incidente. — A Sra. Heron estava escolhendo as palavras com cuidado. — Estive tentando entrar em contato com a mãe de Louisa, mas ela não atendeu o telefone.

— Ah, mas ela está aqui! — Cobrindo o telefone, Tilly perguntou a Kaye: — Onde está o seu telefone?

— Em casa, carregando. Quem é?

— A Sra. Heron. — Tilly jogou o celular nas mãos de Kaye.

— Alô? É a mãe da Lou. O que aconteceu?

Tilly e Erin observaram o rosto de Kaye ao ouvir com atenção. Finalmente, ela disse:

— Estamos indo para aí. — E desligou.

— Que tipo de incidente? — Tilly sentia o coração na boca.

— Ela disse que explicaria tudo quando chegássemos lá. Mas tem algo a ver com o Eddie Marshall-Hicks.

— O quê? — Nossa, Lou só tinha 13 anos. Com certeza eles não foram pegos fazendo algo sexual. — Eles estavam... hum, se beijando? — Isso seria suficiente para uma ligação da diretora?

— Não sei. Acho que não. — Chocada e preocupada, Kaye disse: — Ela disse que houve um tumulto.

Um tumulto. Bem, aquilo não soava como um beijo.

— É melhor ligar para o Max. — Tilly pegou o celular, mas Kaye o tirou das mãos dela.

— Não, não ligue. A Sra. Heron pediu para não avisá-lo. A Lou não quer que ele saiba.

CAPÍTULO 30

— **SÓ PORQUE DISSE** que não tinha nada para preencher meus dias vazios. — Depois de ligar para o salão, cancelando o agendamento, Kaye estava com a imaginação solta. — Se aquele garoto tentou fazer alguma coisa com a Lou, vou mandar prendê-lo! Melhor, vou arrancar o pescoço dele com as minhas próprias mãos.

Elas chegaram a Harleston Hall em tempo recorde. Freando em uma vaga fora da entrada, Tilly pulou do carro e correu atrás de Kaye, escada acima.

A secretária da escola estava aguardando na recepção. Ela as acompanhou até a diretoria e as acomodou em uma sala de pé-direito alto, revestida de madeira.

— Ai, meu Deus... Querida, o que ele *fez* com você? — O rosto dela estava pálido e machucado. A camiseta estava rasgada e suja de barro, e a meia-calça preta, esburacada. Com um soluço, Kaye cruzou a sala e abraçou a filha, levantando-a da cadeira. — Ah, meu bebê, não se preocupe, vamos chamar a polícia, aquele garoto vai pagar por isso, ele vai querer nunca ter nascido...

— Sra. Dineen... hum, Srta. McKenna, posso tomar a palavra, por favor? — Astrid Heron, imperiosa atrás da mesa, indicou com a cabeça que Kaye deveria se sentar ao lado de Lou. — Acredito que a senhora precise manter a calma e ouvir com atenção...

— Manter a calma? *A calma*? Como a senhora pode *dizer* isso? — berrou Kaye. — Minha filha foi atacada e nós vamos chamar a polícia aqui, *agora* mesmo.

— Mãe, não fui atacada — explicou Lou.

— Mas... mas... — Kaye olhava em desespero de Lou para a Sra. Heron e para Tilly. — A senhora disse que houve um tumulto.

A Sra. Heron confirmou, inflexível:

— Está correto. E sinto comunicar que sua filha foi a responsável pelo tumulto. Ela desferiu um sério ataque físico em outro aluno e infelizmente haverá consequências...

— Espere aí, você está dizendo que a minha filha atacou alguém? Lou! — Balançando a cabeça, sem acreditar no que ouvia, Kaye perguntou: — Isso é verdade? Você estava mesmo *brigando* com outra garota? Pelo Eddie Marshall-Hicks?

— Não, mãe! — Lou negou com a cabeça, com veemência. — Como você pode pensar isso? Claro que não estava brigando com outra garota!

— Ela atacou o Eddie Marshall-Hicks — revelou a Sra. Heron.

— O quê?

— Deixei o olho dele roxo. — Lou não parecia arrependida. — E *quase* quebrei o nariz dele.

Diabos! Tilly, observando do fundo da sala, ouviu o orgulho na voz de Lou. Kaye levou a mão à boca.

— Mas, por quê? Por que você fez uma coisa dessas?

— Porque ele mereceu.

— Mas pensei que você gostasse dele.

— Mãe, eu disse para você que o odiava. Ele é um babaca.

— *Louisa* — repreendeu a Sra. Heron. — Você já não tem problemas o bastante? *Não* vou tolerar esse tipo de linguagem na minha escola.

— Bom, provavelmente já estou expulsa, mesmo. — Lou deu de ombros e cruzou os braços. — Na verdade, que tal eu limpar o meu armário e ir embora agora?

— Pare com isso! — Kaye estava fora de si. — Pare de dizer essas coisas e explique por que você fez isso.

— Tá, você quer mesmo saber? Porque eu sempre aguentei esse idiota acéfalo fazendo comentários patéticos e dizendo coisas horríveis, e hoje decidi colocar um basta nisso. Disse a ele para parar. — Lou subiu o tom de voz. — E ele não parou, só deu risada. Então eu o *obriguei* a parar. E não me peça para ficar arrependida, porque não vou ficar. Odeio o Eddie Marshall-Hicks e hoje dei uma lição nele. Além disso, ele mereceu tudo aquilo.

— Ah, querida, o que ele andou dizendo para você? Ele estava tirando sarro do seu cabelo? — Desnorteada, Kaye continuou: — Das suas sardas?

Lou mordeu os lábios e continuou calada.

— Louisa. — Era a Sra. Heron, empregando sua voz de diretora autoritária. — Precisamos saber.

— Certo, não é sobre o meu cabelo ruivo. Ou minhas sardas. Acreditem ou não, não tem nada a ver com meu peito achatado, meus joelhos ossudos ou minhas horríveis pernas de galinha. Se vocês *querem* mesmo saber — continuou Lou, com um tom calmo —, tem a ver com o meu pai ser *gay*.

KAYE PEDIU para ver Eddie Marshall-Hicks, que estava em uma sala separada. Tilly ficou com Lou enquanto a Sra. Heron levava Kaye para outro escritório menor. Enquanto a porta se abria, ela se preparou para entrar.

Eddie estava sentando, olhando pela janela. O Sr. Lewis, professor de educação física, estava ocupando o lugar à mesa. Mas não era hora de admirar o estupendo físico dele.

— Olá, sou a mãe da Lou. — Kaye segurou sua bolsa; estender a mão não parecia apropriado. — Vim ver como você está.

Virando o rosto, Eddie respondeu:

— Não sei, como você *acha* que estou?

O sarcasmo poderia ser tolerado, dadas as circunstâncias. O olho esquerdo estava quase todo fechado, o nariz inchado e havia manchas de sangue na parte da frente da camiseta branca, fora da calça. Parecia que ele havia sido pego por um bando de criminosos.

Kaye experimentou um certo e secreto orgulho por saber que sua filha magrela de 13 anos havia sido a responsável por deflagrar tal destruição. Mais calma, ela disse:

— Sinto muito pelo que aconteceu. Mas entendi que a Lou foi provocada.

— Ela ficou louca. Começou a gritar e berrar. Depois, se jogou em cima de mim e começou a me dar vários socos. Foi como ser atacado por um animal selvagem — contou Eddie, furioso. — Olha o que ela fez com a minha cara!

Viva!

— Ele já foi examinado pela enfermeira-chefe — informou Tom Lewis. — O nariz não está quebrado. Não haverá nenhum dano permanente ao olho.

— Bem, isso é bom. Mas tenho certeza que você entende por que a Lou ficou brava — disse Kaye. — Parece que você anda fazendo comentários sobre o pai dela há meses.

O rosto de Eddie ficou vermelho e ele enfiou as mãos nos bolsos da calça.

— Foi só uma brincadeira.

— Para você, talvez. Ela ficou magoada. Muito.

— Ah, é? — Ele apontou para o próprio rosto. — *Pá*!

Nesse momento, o telefone começou a tocar no bolso dele. Eddie verificou quem estava ligando e atendeu.

— Pai? Hum... Isso, sei que você está ocupado. Desculpe. A escola disse que eu precisava ligar para você e avisar que entrei numa briga hoje. — Ele fez uma pausa, ouviu e respondeu: — Não, nada sério. Estou bem. E não fui eu quem começou, tá? A Sra. Heron está dizendo que preciso perguntar se você quer vir aqui e conversar sobre isso. — Outra pausa. — Não, tudo bem, pode ir para a sua reunião. Vejo você hoje à noite. — Eddie desligou o telefone e murmurou: — Ele está ocupado no trabalho. Mas ele não se importa com isso.

Tom Lewis pareceu aliviado; eles temiam que o pai de Eddie pudesse se enfurecer, empunhar armas e ameaçar entrar com um processo na primeira menção do ocorrido. Enquanto isso, Eddie estava oscilando entre a vergonha de ter sido atacado por uma garota e o desejo de vê-la ser punida por isso. Mas era claro que ela ainda não estava a salvo. O pai ocupado de Eddie poderia mudar de ideia ao ver o estrago feito no anteriormente lindo rosto do filho.

✣

— ELA NÃO QUERIA que você soubesse — contou Kaye a Max, quando ele voltou para casa aquela noite. — Mas eu disse que precisávamos contar. Ah, Max, ela está péssima!

Max fechou os olhos por um instante. E ele havia pensado que aquele dia tinha sido estressante, com Jamie Michaels e Tandy fazendo estardalhaço para concluir em seguida que os ladrilhos hidráulicos lápis-lazúli do lavabo do andar de baixo estavam no tom errado de azul.

Agora, aquilo. Ele imaginou Lou sendo atormentada na escola por causa dele, o que despedaçou seu coração.

Merda. *Merda*. Como ele nunca havia pensado que seu próprio egoísmo faria sua filha sofrer? Com o coração apertado, Max deixou Kaye e Tilly na sala de estar e subiu as escadas.

— Ah, papai, sinto muito... — Assim que Lou o viu, começou a chorar. — Pedi para elas não contarem a você.

Max atravessou o quarto. A melhor coisa em um abraço é que a pessoa que você está abraçando não pode ver se seus olhos estão cheios de lágrimas. Abraçando-a com força, ele a interrompeu:

— Não ouse se desculpar. A culpa é minha.

— Não, não é. A culpa é *dele*. Os garotos são tão imaturos. E ignorantes. Eu odeio, odeio, *odeio* o Eddie Marshall-Hicks! — Enxugando o rosto molhado furiosamente com a manga, Lou continuou: — Sei que não devia ter feito aquilo, mas, sabe de uma coisa? Queria ter arrancado os dentes da boca dele.

Max sentiu um nó na garganta. Ele a pegou pelos ombros magros.

— Você deveria ter nos contado.

— Não podia contar para você. E, quando tudo começou, a mamãe estava em Los Angeles. — Lou encolheu os ombros. — Depois de algum tempo, você meio que se acostuma a não dizer nada. Os garotos são horríveis, eles gostam de tirar sarro das pessoas. O engraçado é que as duas, mamãe e Tilly, acreditavam que eu gostava do Eddie, porque elas sempre nos viam juntos. — Ela curvou os lábios, num misto de menosprezo e ironia. — Mas era porque ele estava me insultando, dizendo coisas desprezíveis e sendo desagradável. Uma vez, elas me viram correndo atrás dele para pegar uma folha de papel e pensaram que fosse uma carta de amor. *Antes fosse*.

— O que era?

— Um bilhete horrível que ele tinha colado nas minhas costas. Nem me peça para dizer o que estava escrito.

— Ah, querida! — Max respirou devagar. — Como fiz você sofrer!

— Pai, não é sua culpa. Você é *você*.

Ele pensava que ser honesto e aberto com a situação deles havia funcionado muito bem. Max desejava agora, com todo o coração, ter simplesmente continuado a viver uma mentira. A boa aceitação de todos em Roxborough na frente dele, pelo menos, o envolvera em um falso sentimento de segurança. O maior erro fora acreditar em Lou quando ela dissera que todas as pessoas que *ela* conhecia também haviam aceitado bem.

— Não tenho vergonha de você. — Como se pudesse ler pensamentos, ela afirmou impetuosamente: — Tenho *orgulho*.

Ah, merda, ela havia parado de chorar e ele estava prestes a desmoronar. O que havia feito para merecer uma filha como ela?

— É só um garoto? — O tom de Max era áspero. — Ou tem outros?

Lou hesitou por um momento.

— Tem outros. Mas o Eddie é o pior.

— E as garotas?

Ela deu de ombros.

— Às vezes elas riem de algo que ele fala. Mas elas não se importam.

— Você quer mudar de escola?

— Não. — Balançando a cabeça e abraçando o pai, Lou concluiu: — Quem disse que alguma outra escola vai ser diferente? Sempre vamos encontrar pessoas idiotas e ignorantes demais para entenderem.

— Se você quiser sair, você pode. Estou falando sério.

Ela contorceu o rosto.

— Pode ser que eu *tenha* que sair. Ainda não sabemos. Talvez eu seja expulsa até a próxima semana.

— Vou garantir que isso não aconteça. Depois de tudo o que aquele idiota fez você sofrer? De jeito nenhum! Vou falar amanhã com a Sra. Heron. — Max fitou Lou com atenção. — De um jeito ou de outro, vamos resolver isso.

CAPÍTULO 31

O PROBLEMA DE ESTAR A FIM de um mulherengo é que isso faz você se preocupar mais com a sua aparência. Assim, se o encontrar por acaso, você pode ao menos relaxar sabendo que está maravilhosa.

E isso não se resume à maquiagem. É com as roupas também. Incluindo as de baixo. Tilly sabia como aquilo era ilógico, mas continuava mesmo assim. Em vez de pegar qualquer sutiã e calcinha velhos, ela estava escolhendo, bem, não os *melhores*, mas aqueles que não a envergonhariam, caso fossem vistos. Da mesma forma, ela estava vestindo roupas mais bonitas, cuidando mais do cabelo e da maquiagem, e aumentara a frequência da depilação de uma vez a cada dois meses, com sorte, para duas vezes por semana.

No começo, tentara fingir que não estava acontecendo nada.

Depois, admitiu e fingiu que estava fazendo aquilo para si mesma.

Quando Max notou e começou a provocar, ela disse que era porque ela se sentia tão desalinhada comparada à Tandy e todas as amigas dela, tão brilhantes e bem-cuidadas.

Mas Tilly sabia que era tudo por causa de Jack.

O que tornava o fato de ela não o ter encontrado nas duas últimas semanas ainda mais enfurecedor. Todos os dias ela se arrumava toda e ele não *apareceu* em nenhum maldito dia.

No final das contas, foi um desperdício total de conjuntos de *lingerie* e rímel.

Ela nem ao menos sabia onde ele estava. Max estava a todo o vapor com a reforma de Tandy e Jamie. Talvez Jack estivesse de férias em algum lugar. Ele poderia ter conhecido e se apaixonado por alguma garota que estava ocupando todo o tempo dele. Quanto mais Tilly considerava essa opção, pior ela se sentia. Ou talvez ele estivesse apenas muito ocupado, construindo seu império de propriedades... Sim, essa era uma perspectiva mais fácil de encarar. Ai, meu Deus, ela estava se transformando em uma Stella. Era assim que a loucura dominava uma pessoa? Um cipó rastejante de ciúmes, enrolando-se em silêncio até apertar seu pescoço?

— Ei! — Lou desviou-se do caminho quando Tilly, sem prestar atenção no que fazia, espirrou água nela sem querer com a mangueira.

— Desculpe, desculpe.

Mas era um dia quente, o mais quente do ano até agora, e por isso Tilly não se sentia tão culpada assim. De brincadeira, ela espirrou água de novo. Lou pulou para o lado, fazendo barulho e gritando, então voou para fora do campo de visão, atrás da garagem.

Alegre, Tilly voltou a enxaguar o carro. A qualquer minuto, Lou voltaria correndo para tentar virar a mangueira na direção dela, mas ela estaria pronta e à espera, e Lou não teria a chance de tomar o controle. Ela logo ouviu passos sorrateiros no cascalho atrás dela e segurou a mangueira com firmeza. Ah, agora era a hora, dessa vez ela iria ensopá-la da cabeça aos...

— Aaaaaaah! — Tilly soltou um grito quando uma corrente de água gelada quase a derrubou no chão. Cambaleando para trás, ela se virou e percebeu, tarde demais, que Lou havia derramado apenas a metade do conteúdo do balde nas costas dela. *Vush*, o resto da água encontrou seu alvo, encharcando a camiseta, as calças *jeans* e o cabelo dela.

— Certo, então é assim. Agora você está encrencada. — Com os cílios pingando e se sacudindo como um cachorro, Tilly virou o anel da mangueira de médio esguicho para superjato. Segurando a arma com as duas mãos e mirando o alvo no estilo de Clint Eastwood, ela se preparou para apertar o gatilho. — Você vai se arrepender de ter feito isso.

— Socorro! Abuso de menor! — Gritando e rindo assim que um jato gelado acertou sua perna, Lou berrou: — Alguém ligue para o Disque-Denúncia!

— Eu venci? — Tilly mirou a outra perna.

— De jeito nenhum! Ih, tem alguém vindo. Agora é você quem está encrencada! — Lou apontava de maneira exagerada para trás de Tilly, tentando fazer com que ela virasse de costas. — É a polícia, eles vieram para prender você.

— Tá bom! — O que Lou estava pensando, que ela tinha 5 anos de idade? — É claro que vou virar de costas, para você pegar a mangueira, porque sou *muito* ingênua.

Lou, pulando de um pé ao outro, acenou com os braços para o salvador imaginário e pediu de modo comovente:

— Socorro! Socorro!

Só depois de tirar a água dos ouvidos é que Tilly ouviu o som das rodas no cascalho e percebeu que, no final das contas, Lou não estava blefando. Contudo, ela esperava que não fosse a polícia. Mantendo Lou sob sua mira, com os joelhos dobrados e os braços estendidos, segurando a arma com firmeza, Tilly virou a cabeça devagar.

Oh, ela preferia que fosse a polícia!

Será que as outras pessoas conseguiam passar pela vida sem que esse tipo de coisa acontecesse com elas?

— Jack, me ajude, a Tilly está sendo *malvaaada*...

Tilly atirou um último jato de água em Lou antes de soltar o gatilho. Jack, saindo do carro, aproximou-se com os braços levantados em rendição.

Treze longos dias de rímel, base, batom, roupas combinando, calcinhas bonitas, depilação e perfume. Tudo isso para nada. E agora, aquilo. Ele tinha que aparecer naquela hora.

Nada como ser vista no seu melhor momento. E aquele era o *oposto* do melhor momento dela. Mas Jack, nem era preciso dizer, estava bronzeado e em forma, e lindo de doer.

— Tudo bem. Já parei com a malvadeza.

Será que ele tinha viajado? Devia ter viajado para estar tão bronzeado. Tinha ido com alguém? Eles se divertiram? E fizeram um sexo maravilhoso? Ai, Deus, ela estava parecendo Stella de novo. Pare, pare, *controle-se.*

— Fico feliz em ouvir isso. — Ele apontou para o Jaguar. — Você pode lavar o meu carro em seguida se quiser. O Max ainda não chegou?

— Ele está na casa do Jamie. Eles estão instalando uma fonte de golfinhos.

— Certo. Bem, minha serra elétrica quebrou, por isso eu vim pegar a dele emprestada. Você sabe se ela está na garagem?

— Eca, minhas calças estão nojentas! — Com uma expressão de nojo, Lou tirou os sapatos e disse: — Vou me trocar.

Assim que ela entrou pingando na casa, Tilly o conduziu à garagem.

— Para que a serra elétrica? Precisa decapitar alguns inquilinos problemáticos?

— Devo dizer que fico tentado às vezes — confessou Jack. — Essa é a desvantagem de ser o locador. Eles esperam que você faça todo o trabalho sujo por eles. Preciso derrubar algumas árvores e podar alguns galhos.

Não adiantava, ela precisava perguntar.

— Você viajou?

— Não. Por que, você sentiu a minha falta?

— Foi só uma suposição. Você está bronzeado.

— Estive trabalhando ao ar livre nos últimos dias, cuidando dos jardins de pessoas muito preguiçosas para fazerem isso elas mesmas. Quer dizer que você estava se perguntando por onde eu andei? Isso é encorajador.

Ele precisava mesmo dizer aquelas coisas? Tilly levantou a porta da garagem e olhou para as caixas empilhadas junto à parede.

— Certo, vamos procurar a serra elétrica.

— Na verdade, era o que eu estava esperando — continuou Jack.

O quê?

— Na *verdade* — ele consertou —, fiquei afastado de propósito.

Tudo bem, ela não conseguiria ficar parada como uma caipira ensopada. Com o pulso acelerado, Tilly perguntou:

— Por quê?

— Para ver se faria alguma diferença.

Ela engoliu em seco.

— E?

Aquele olhar, de novo.

— Acho que nós dois sabemos, não é?

Ai, meu Deus. Se ele a beijasse agora, Lou estava prestes a reaparecer, pulando para dentro da garagem como o Tigrão, com molas nos pés.

— Pelo menos, sei como *eu* me sinto — completou Jack. — Talvez seja diferente para você.

Mas, como não era estúpido, era óbvio que ele não acreditava naquilo. A química entre os dois era inevitável; havia tanta eletricidade no ar que só uma porta seria incapaz de perceber.

Ou uma garota de 13 anos com o poder de se trocar em um segundo.

— Não acredito que vocês ainda não encontraram. — Lou, vestindo agora uma camiseta seca e *shorts* de sarja desfiados, balançou a cabeça e mostrou a caixa com a serra elétrica. Impaciente, ela disse: — Está bem aqui, atrás do cortador de grama. Vocês dois são mais cegos que um morcego.

Por meio segundo, os olhos de Jack e Tilly se encontraram; então, Jack atravessou a garagem para pegar a serra elétrica. Ele se virou para Lou e a levantou.

— Quer aproveitar para cortar o cabelo?

— De jeito nenhum. Vamos para o casamento da tia Sarah esse fim de semana. — Lou pulou para trás quando ele deu um passo na direção dela. — Não quero ficar parecendo um espantalho.

— Casamento da Sarah? Na Escócia?

Tilly concordou com a cabeça; Sarah era prima de Max e se casaria no sábado em Glasgow. Max, Lou e Kaye iriam para lá de avião na sexta-feira à tarde, para passar um fim de semana de comemorações épicas, no estilo de Glasgow. Em honra à ocasião, Lou havia até concordado em usar um vestido.

Jack estava pensando o que ela esperava que estivesse pensando?

Felizmente, sim. Quando terminou de acomodar a serra elétrica no porta-malas do Jaguar, ele esperou até que Lou estivesse longe o suficiente e sinalizou para que Tilly se aproximasse.

Ela manteve uma expressão neutra de "não tenho a *menor* ideia do que você vai dizer". Bem, ela tentou. Por dentro, sentia-se linda e desejada, uma deusa.

— Quer dizer que eles vão deixar você aqui sozinha?

— Ahn-hã. — Tilly concordou, como uma deusa.

— Bem, se não tiver outros planos, que tal eu passar aqui para pegar você na sexta-feira? Às oito?

Era isso. Ele estava a fim. As coisas finalmente começariam a acontecer. Se Lou não estivesse atrás deles, terminando de lavar o carro, ela o teria beijado. Ela queria tanto. Bem, faltava pouco agora. Só dois dias.

— Tudo bem. — Ela deu um sorrisinho de deusa.

— Combinado. — Jack sorriu também.

Ele acenou para Lou ao ir embora. Lou acenou de volta e olhou para Tilly.

— Não me molhe de novo. — Tilly levantou as mãos, rendida.

— Não vou. Aliás, desculpe pela sua cara.

— Por quê? O que tem de errado com a minha cara?

Lou encolheu os ombros, desculpando-se.

— Está um pouco... você sabe.

Ah, não! Vendo seu reflexo no espelho retrovisor do carro, Tilly não se sentia mais como uma deusa.

— Não queria que isso acontecesse — desculpou-se Lou. — Encontrei o balde de água debaixo da torneira do jardim. Não sabia que ele estava cheio de óleo e lama.

CAPÍTULO 32

SE JACK NÃO HAVIA se incomodado em vê-la fantasiada de monstro do lago negro, era provável que ele também não se importasse se ela vestisse a blusa cinza-prateada ou a azul-marinho.

Mas isso importava para Tilly. Muito. Ela queria estar perfeita. Depois de tantas semanas de subterfúgios, imaginando se estaria cometendo um erro terrível, ela sabia que naquela noite as coisas iriam finalmente... bem, acontecer.

Sentia-se em queda livre só de pensar. Mas seria impossível negar sentimentos verdadeiros por tanto tempo. Jack também sabia disso, não é? Fora ele quem incitara aquele encontro. Aquela noite, tudo iria mudar. O relacionamento deles iria para outro nível. Agora, enfim, ela realmente confiava nele. Não era mais uma aventura insignificante. Havia sentimentos envolvidos, sentimentos verdadeiros. Ele finalmente descobrira que o tempo podia curar e que, quando você conhece a próxima pessoa certa, é possível seguir em frente.

Ok, toda aquela reflexão estava a deixando trêmula por antecipação, e mãos trêmulas só podiam resultar em rímel mal aplicado. Tentando esvaziar a mente e respirando fundo, Tilly terminou de secar o cabelo com a toalha e disse:

— O que você acha, Betty? Cinza ou azul?

Betty, deitada na cama com o nariz descansando sobre as patas dianteiras, levantou a sobrancelha espetada sem interesse e, em seguida, a abaixou.

— Tá bom, desculpe, o problema não é seu. Vou vestir a cinza. — Tilly fez um movimento rápido, colocando a blusa cinza em frente ao corpo. — Não, a azul. — Seu olhar estava preso nas roupas penduradas no armário. — Ou minha camiseta branca.

Mas que agitação desnecessária! Será que Jack estava enfrentando o mesmo problema para se arrumar ou ele havia tomado uma ducha, escolhido a primeira roupa limpa à mão e concluído que camiseta e *jeans* estavam ótimos?

Bem, era um pouco diferente com as mulheres. Havia tantas outras decisões a tomar, como brincos longos ou pequenos, esmalte discreto ou colorido, rasteirinhas ou sapatos, tanga ou fio dental.

Ou nenhum dos dois...

A TELEVISÃO ESTAVA LIGADA e o apresentador estava chegando ao final do noticiário, mas Jack não conseguiria repetir um assunto do programa. Os olhos estavam grudados na tela, os ouvidos ouviram a voz do apresentador e nada, *nada*, havia sido absorvido pelo cérebro. Porque ele só conseguia pensar naquela noite. E em Tilly. Merda, aquilo era sério.

E o pior é que ela não fazia ideia. Como poderia saber o que ele estava sentindo, como aquela noite mudaria a vida dele? Ela não compreenderia o que estava acontecendo dentro dele. Jack mal conseguia acreditar em si mesmo. Quando Rose morrera, seu mundo mudara para sempre. Fora como a porta de uma cela se fechando. É o que acontece quando você se permite amar alguém; quando essa pessoa é tirada de você, a dor e a mágoa são inimagináveis.

Ele havia jurado nunca mais ser feliz de novo, mantendo aquela porta privativa e fechada. Era tão fácil fazer o papel de mulherengo, divertir-se e evitar qualquer forma de envolvimento emocional. Com isso, acabara ganhando uma reputação ruim ao longo do caminho, certo, mas e daí? Sempre fora honesto. Nunca recorrera a falsas promessas.

Mas agora tudo estava prestes a mudar. Porque, a despeito de todos os esforços dele, Tilly havia destrancado aquela porta. E aquilo podia ser assustador, mas também era um sentimento fantástico, como sair da prisão depois de quatro anos.

A secadora desligou com um clique e Jack a abriu, tirando as fronhas, a capa de edredom e os lençóis *king size* verde-escuros, quentes e prontos para usar. Se Tilly sentisse o cheiro do amaciante neles, acharia que ele já havia previsto que ela acabaria indo para a cama com ele? Ela se sentiria ofendida? Mas, ao mesmo tempo, os dois não sabiam, no fundo, que ia acontecer *mesmo* naquela noite?

Ao levar tudo para o andar de cima, Jack imaginou o que ela estava fazendo. Tilly não era do tipo que ficava para lá e para cá, demorando séculos para decidir o que vestir. Na certa, estava passeando com Betty antes de voltar para casa, tomar uma ducha e vestir rapidamente uma calça *jeans* e uma blusa. Essa era uma das coisas maravilhosas dela: não era fútil e emperiquitada como a maioria das garotas da cidade.

A cama estava pronta. Ele deu um passo para trás para admirar o resultado final. O quarto estava organizado, tudo estava arrumado e a iluminação era discreta o bastante. De repente, aquilo pareceu muito importante; ele queria que Tilly se sentisse confortável ali e que aprovasse a aparência do quarto. No Natal anterior, Monica havia dado a ele uma caixa de velas em vidros decorativos coloridos, dizendo: "Você pode colocá-los nas prateleiras do seu quarto. Não há nada mais romântico que luz de velas no quarto".

As velas, desnecessário dizer, ainda estavam embrulhadas no papel de presente, dentro do armário. Por um momento, Jack pensou se devia desempacotá-las. Por um lado, queria impressionar Tilly, mas, por outro, não queria que ela se sentisse entrando no ninho de amor de Austin Powers.

Bem, sem velas. Talvez fosse o tipo de coisa que só uma garota usaria. Detendo-se por um instante na frente do espelho sobre a cômoda, Jack verificou se o cabelo não havia secado de modo estranho e então foi até a janela para fechar as cortinas. Assim que as alcançou, seu braço esquerdo resvalou no vaso de cerâmica azul e prata no parapeito da janela. Rose o comprara em uma loja de artesanato em Tetbury e o pintara com estrelas prateadas e bolinhas, tornando-o perfeito para colocar ramalhetes ou flores do campo. O que, aliás, ele nunca fizera. Desde a morte de Rose, o vaso permanecia vazio. Bem, ele era um homem. Homens não colhem flores *nem* acendem velas. Ele moveu o vaso para mais perto da janela e começou a fechar as cortinas.

Jack congelou quando viu um carro aparecer. Não um carro qualquer; aquele era um Audi vermelho, cuja placa ele não apenas reconhecia, mas sabia de cor. Não poderia ser, mas era. Por um momento, ele se esqueceu de respirar, porque ela sempre chegava no momento perfeito.

Então, ele se apoiou no parapeito da janela, arrebatado por uma enorme onda de choque, expectativa e náusea ao ver o Audi entrando pelos portões abertos.

Não era uma alucinação.

Era o carro de Rose.

CAPÍTULO 33

AQUILO ERA LOUCURA. Jack balançou a cabeça, tentando se acalmar. Rose estava morta. Podia ser o carro de Rose, mas não era Rose dirigindo. *Porque ela estava morta.*

Ele sabia disso. Era apenas o choque de vê-lo em um momento inesperado. Por meio segundo, o cérebro dele acreditou que o acidente nunca havia acontecido e que Rose ainda estava viva. O que bastou para fazê-lo se sentir culpado, pois ela pensaria que ele estava prestes a ser infiel. Dar a desculpa de que ele achava que ela estava morta *não* funcionaria com Rose.

Jack respirou fundo, recuperando a calma mentalmente. Ela não havia voltado. Era só o carro dela. Depois da morte de Rose, ele não sabia o que fazer com o Audi vermelho que ela tanto amava. Quando o velho Fiesta enferrujado dos pais dela fora reprovado com louvor na inspeção veicular, ele ficara feliz em entregar o carro a eles. Sem dúvida, desde então o Audi vinha sendo lavado, polido e cuidado toda semana com muito carinho, além de dirigido bem dentro do limite de velocidade.

Mas, Cristo! Ele quase tivera um ataque do coração. E por que eles resolveram aparecer justo naquele dia, justo naquela noite? Era quase como se Rose os estivesse mandando de propósito.

Na frente da casa, a porta do Audi se abriu. Bryn saiu primeiro, seguido por Dilys. Eles pareciam mais velhos, mais lentos e mais cansados por causa da dor. Jack, que não os via há dois anos, sentiu um frio na barriga ao avistá-los.

Talvez não ficassem por muito tempo.

Ele precisava buscar Tilly em uma hora.

BRYN SYMONDS tinha quase 70 anos, cabelos ralos e grisalhos, e um rosto derrotado. Ele já havia sido a alma da cidade: por trinta anos, fora proprietário de uma pequena loja de ferragens. Com o aumento das grandes lojas, o negócio de Bryn entrara em dificuldades. Conseguira manter a loja funcionando, com a ajuda dos fiéis clientes locais, mas era uma luta. Depois da morte de Rose, Bryn deixara de ser a alma da cidade. Havia desistido da loja e se aposentado.

Dilys nunca trabalhara fora. A orgulhosa dona de casa galesa se ocupava limpando janelas e paredes, esfregando degraus e assando pães. A casa deles era impecável.

E Rose, a amada filha única do casal, era a vida deles.

A campainha tocou quando Jack estava no meio das escadas. Ele atravessou o corredor e abriu a porta, temendo o que estava do outro lado e inundado pela culpa gerada por esse sentimento.

— Ah, Jack!

Dilys olhou para ele e se dissolveu em lágrimas, como fazia desde a morte da filha sempre que o encontrava. Claro que ele sabia o motivo. Ele a fazia se lembrar da vida feliz que Rose deveria ter, a vida que ela deveria estar conduzindo agora.

E quem poderia culpá-la? Não fosse o acidente, Bryn e Dilys seriam avós orgulhosos, aparecendo em um dia como aquele para visitar a filha e o genro, e mimar o adorado neto de três anos com presentes e carinho. Quem sabe, talvez Rose e ele já tivessem outro bebê e Dilys estivesse tricotando a todo o vapor. Bryn construiria estruturas complexas de Lego e meticulosamente consertaria tudo o que o neto quebrasse... Chega, não pense mais nisso, apague essas coisas da memória e *não* comece a tentar imaginar como seriam as crianças.

Ele abraçou Dilys, apertou a mão de Bryn e os convidou a entrar.

— Ah, obrigada, querido. — Dilys secava os olhos com um lenço bem passado quando Jack colocou uma xícara de chá na frente dela. — Desculpe termos chegado assim sem avisar. Espero não sermos um incômodo.

O que ele poderia dizer?

— Claro que não. É ótimo vê-los de novo.

Outra mentira, outra onda de vergonha.

— Bom, faz um tempão. — Bryn misturava devagar o açúcar na xícara de chá.

— Eu sei. Sinto muito.

— Vinte e três meses.

— Estive bastante ocupado por aqui. — Jack se sentia cada vez pior.

— Tudo bem, querido. Nós sabemos. Nós entendemos — disse Dilys. — Você precisa cuidar do seu trabalho.

— E vocês, como vão?

Ele odiava fazer aquela pergunta, pois já sabia o caminho que a conversa tomaria.

— Ah, não muito bem. — Com pesar, Dilys balançou os cabelos bem arrumados com permanente. — Nós tentamos nos manter ocupados, mas parece que nada ajuda.

Bryn interrompeu:

— Uns vândalos invadiram o cemitério e grafitaram todas as sepulturas.

— *O quê?*

— Ai, Bryn, não conte isso para ele. — Dilys segurou a mão de Jack. — Desculpe, querido, não era para você ficar sabendo.

— Mas ele deveria saber. É a sepultura da noiva dele. Escreveram palavrões — lamentou Bryn. — Ficamos muito tristes.

— Quando isso aconteceu? Dá para limpar? — Horrorizado, Jack perguntou: — Quem fez isso?

— Ninguém sabe. Uns moleques idiotas, eu acho. Mas tudo bem, esfregamos a sepultura até ela ficar limpa.

— Levou três semanas — contou Dilys. — O dia todo, todos os dias. Mas, no final, Bryn conseguiu. Esfregou tanto que machucou as mãos, né, meu bem?

— Não pararia enquanto a sepultura da minha filha não estivesse perfeita de novo. E as flores que plantamos ao redor dela estão bonitas também.

Jack concordou, imaginando a cena, incapaz de falar.

— Aqui, querido, você mesmo pode ver. Tiramos algumas fotos para te mostrar. Mas espero que não demore muito para você ver pessoalmente, né? — Dilys tirou um pequeno álbum de fotos da bolsa de couro creme e o entregou para Jack. — Gostaríamos muito que você fosse, né, Bryn? E você poderia ficar o tempo que q-quiser... Ai, Deus, cadê meu lenço?

Dessa vez ela desabou em lágrimas. Bryn, tentando consolá-la, disse a Jack:

— Estamos passando por um período difícil, entende? Sentimos que todos estão esquecendo a Rose. Costumavam nos perguntar como estávamos e conversar sobre ela. Mas, agora, é como se eles pensassem que devêssemos deixar tudo para trás. Seguir com a vida. Mas eles não entendem. Não podemos deixar tudo para trás e não queremos esquecê-la. Tem gente nova que nem conheceu a Rose mudando para a cidade. É como se ela não significasse nada para eles. Bom, acho que é isso mesmo. Mas, para nós, ela significa tudo.

— É por isso que precisávamos vir te ver hoje. — Ainda chorando, Dilys balançou a cabeça e secou os olhos vermelhos. — Porque você é a única pessoa que ama a Rose tanto quanto nós. Você é a única pessoa que entende, porque também sente falta dela. Sei que é inevitável, mas é como se ela estivesse d-desaparecendo, sendo apagada, ficando cada vez mais invisível. E todos vão vivendo como se ela nunca tivesse existido.

JACK ESCAPOU DA COZINHA e subiu as escadas. Já eram oito e meia e ele nem conseguia mais lembrar se devia buscar a Tilly às oito ou às nove. O luto de Bryn e Dilys Symonds o afetara. Era contagioso. Naquele momento, ele estava crivado de vergonha e culpa.

O QUE ESTAVA ACONTECENDO? Jack havia dito que estaria lá às oito. Se antes Tilly não sentia um pingo de ansiedade ao considerar que ele poderia não aparecer, agora ela estava em frangalhos. Passava das oito e ela não conseguia parar de andar pela cozinha. Toda arrumada para ir a lugar nenhum. Era como ter 18 anos mais uma vez e começar a perceber que o garoto de quem você estava a fim há meses, que disse que te encontraria no ponto de ônibus, resolvera te deixar plantada.

A descrença se misturou à aflição quando, devagar e desagradavelmente, o ponteiro do relógio deslizou para oito e meia. A cada minuto, ela se sentia compelida a verificar se o telefone estava funcionando. Às oito e trinta e um, ela fixava todas as esperanças em um acidente de carro. Não muito sério, só o bastante para deixar Jack preso no veículo, incapaz de alcançar o telefone. Assim que os bombeiros conseguissem tirá-lo das ferragens, ele ligaria para ela, talvez um pouco dolorido e machucado, mas sem ferimentos graves, e pediria *tantas* desculpas, e ela diria "não seja bobo", ele estava bem e era tudo o que importava, mas ele continuaria a se desculpar, mesmo com os paramédicos pedindo que ele desligasse o telefone para que pudessem examiná-lo, e então ela ouviria Jack dizer a eles: "Só tem uma pessoa que eu quero que me examine, e ela está do outro lado da linha!".

Trrriiiimmm. De volta ao mundo real, o telefone da mesa de café finalmente tocou e Tilly se atirou sobre ele como um jogador de rúgbi. É claro que ele ligaria. Com certeza havia uma desculpa genuína. Ele provavelmente estava telefonando para dizer que estava a caminho e que chegaria em dois minutos...

— Alô?

— Oi, sou eu. Olhe, desculpe, mas não vou conseguir sair hoje à noite. Aconteceu um imprevisto.

Era a voz de Jack, mas não soava como Jack. Ele estava distraído, distante, não parecia ele mesmo.

— Você está bem? — Tilly sentia a palma das mãos suando. — Está doente?

Ao fazer a pergunta, ela ouviu uma porta se abrindo e, ao fundo, uma voz feminina se desculpando: "Ah... desculpe".

— Não, estou bem. Hum, não posso falar sobre isso agora. Sinto muito por hoje. Ligo para você amanhã. Tchau.

— Espere...

Mas era tarde demais, ele já havia desligado. Ela olhou para o telefone, tentando imaginar o que poderia ter acontecido para que ele fizesse aquilo.

Mas...

Mas ela sabia a resposta, não sabia? Tinha algo a ver com outra mulher. Ou mulheres, no plural. Porque, convenhamos, as mulheres eram o foco da vida de Jack Lucas. Ele se cercava delas, se divertia com elas e arrasava seus corações.

E ela estivera perto, *muito perto*, de mergulhar nessa loucura. Estivera a ponto de se entregar, se juntar ao harém, se fazer de boba. Porque Jack estava programado para ferir as mulheres que passavam pela vida dele; era tão automático quanto respirar. Enquanto ela se ocupava em fantasiar sobre como as coisas seriam diferentes agora, ele estava riscando o nome dela da lista de tarefas.

Porque era o seguinte: ele não estava interessado em qualquer tipo de relacionamento decente e significativo. Rose fora seu grande amor e ele a perdera. Desde então, ele se imunizara contra o risco de deixar aquilo acontecer de novo. Segurança na quantidade, era isso. O que era bastante justo, razoável até. *Na teoria*. Contanto que você não seja a pobre garota inocente do outro lado da equação.

Como ela quase havia se tornado.

Ai, Deus, e ela quisera *tanto* que aquilo acontecesse. Que dor!

Que desgraça!

Tilly fechou os olhos. E, se ela se sentia desgraçada agora, bem, então ela realmente escapara por pouco.

CAPÍTULO 34

CADA VEZ QUE A CAMPAINHA TOCAVA, o estômago de Erin se contraía de medo com a possibilidade de ser Stella. Quando aconteceu, às dez horas da noite, ela olhou para Fergus.

— Ai, meu Deus. É ela?

— Deixe comigo. — Fergus se levantou do sofá e desceu as escadas.

Logo ele estava de volta.

— É alguém um pouco menos assustador.

— Tilly! — O alívio se transformou em preocupação. — Nossa, o que aconteceu? Você está péssima!

— Gentileza sua. Trouxe vinho. — Deixando o corpo cair no sofá com um suspiro de desânimo, Tilly deu a garrafa para Fergus. — Uma taça cheia para mim, por favor. Ai, desculpe, sentei no seu lugar?

— Não tem problema. — Erin deu um tapinha no braço de Tilly.

Uma das coisas legais sobre Fergus era que, se uma amiga necessitada aparecesse inesperadamente, ele não ficaria ressentido com a intrusão.

Em alguns segundos, elas ouviram o barulho da rolha saindo da garrafa. Fergus retornou da cozinha com duas taças cheias até a borda. Tilly pegou uma.

— Obrigada. Você pode tomar também, sabe.

— Estava de saída para buscar o jantar. Pedimos comida indiana. Quer que eu peça algo para você ou vai dividir conosco?

— Estou muito agitada para comer. — Tilly bebeu um gole de vinho. — Bom, talvez alguns pãezinhos crocantes. Já que me deixaram plantada.

— Quem foi? — perguntou Erin.

— Fui uma estúpida.

— Quem foi?

— Uma ingênua.

— *Quem foi*?

— É tudo culpa minha. Eu deveria ter adivinhado.

— Vou pegar o seu vinho se você não me disser.

— *Não*. — Tilly tirou a taça do alcance. — Tá, tá bom. Foi o Jack.

— Jack *Lucas*?

— Você não tem permissão para dizer "eu avisei". Já sei disso. — Tilly olhou para Fergus, pairando desajeitadamente junto à porta. — Um grande erro, certo?

— Sinto muito. O Jack é um sujeito legal, mas...

— Talvez não para um final feliz.

Fergus dirigiu uma expressão solidária a ela.

— Ele tem essa reputação.

— Você nem me contou! — Erin estava surpresa. — Não acredito que você nem me contou!

— É porque não tinha nada para contar. Não aconteceu... nada, sabe. — Bem, não havia por que se fazer de tímida. — Era para ter acontecido hoje — contou Tilly —, mas ele me ligou, cancelando. Justo quando eu estava começando a me preocupar, achando que ele havia batido o carro. E a pensar que eu era diferente de todas as outras. Eu acreditei mesmo que nós tínhamos uma conexão.

O olhar no rosto de Erin disse tudo o que ela precisava saber. Cada uma das conquistas de Jack acreditava que era diferente do resto. As habilidades de sedução dele eram tão bem ajustadas que todas pensavam ter uma conexão com ele.

— O que ele disse quando ligou para você?

— Nada. Só que ele não conseguiria sair, só isso. Que houve um imprevisto. *Tu-tu-tu*... — A reconstituição do som fez Tilly dar uma risada amarga. — Ele desligou bem rápido. Mas não o suficiente. Ouvi uma voz de mulher no fundo.

— Ele deve ter tido uma boa razão.

Mas as duas sabiam que Erin estava dizendo aquilo para fazê-la se sentir melhor.

— Vindo para cá, passei pela casa dele. Ele está em casa. As luzes estão acesas e tem outro carro estacionado na entrada.

Fergus perguntou:

— Que tipo de carro?

— Um vermelho. Enfim, não importa. Eu só precisava de companhia. E vocês dois foram os escolhidos. Azar. Agora, vocês vão ter que me aguentar pelas próximas horas, enquanto fico choramingando feito uma menininha. — Tilly tomou mais um gole do vinho e apontou o dedo para os dois. — E vocês não podem contar para ninguém. Não quero toda a população de Roxborough sabendo do papel de tonta que eu fiz. Jurem pelas mães de vocês, vivas ou mortas. Essa é uma informação secreta. — Aborrecida com sua capacidade de estar, ao mesmo tempo, com o coração destruído e uma fome voraz, Tilly disse: — Tá bom, melhor mandar trazer uma porção de *samosas* de legumes.

Os FARÓIS ILUMINAVAM a estrada enquanto Jack dirigia. Bryn e Dilys se despediram às onze e meia. Todas as emoções que ele pensava estarem finalmente sob controle voltaram à tona com aquela visita. Quando Dilys olhara em volta da sala de estar e perguntara com a voz trêmula: "Ah, Jack, cadê a foto da Rose?", ele se sentira um assassino perverso. A tentativa de explicar a razão de não haver nenhuma foto à mostra só aumentara a tristeza e a decepção deles. A culpa o contorcia cada vez que sua mente era invadida por pensamentos sobre Tilly. De jeito nenhum poderia contar a Dilys e Bryn que havia enfim encontrado alguém importante para ele; eles considerariam aquilo o pior tipo de traição à filha. Conforme os ouvia falar mais e mais sobre Rose, os antigos sentimentos afloraram novamente, até Jack perceber que estava concordando com eles, que eles tinham razão e que o relacionamento no qual estivera prestes a embarcar com Tilly teria sido muito errado.

Na hora que os acompanhou para fora da casa, a dor e o luto eram tão intensos como se Rose houvesse acabado de morrer de novo. Ao se despedir, Jack prometeu visitar o túmulo dela em breve.

Mas o sono estava além do seu alcance. Exausto e emocionalmente atormentado, não conseguia relaxar. A culpa de ter falhado com Rose lutava dentro dele com a culpa pelo modo como havia tratado Tilly aquela noite. Ela devia estar pensando que diabos havia acontecido. Ele devia ao menos uma explicação. Ainda que ele mesmo não conseguisse entender.

Jack sabia que estava dirigindo muito rápido, mas a estrada estava deserta. Ao se aproximar da Beech House, ainda não sabia o que fazer. Não era o que ele havia planejado para aquela noite. Havia tentado ligar antes, mas ninguém atendera e, de qualquer modo, ela merecia mais que um telefonema. Freando bruscamente, ele parou o carro na frente da casa. Era provável que Tilly não ficasse muito feliz em vê-lo.

Merda, a vida era tão mais fácil sem envolvimento emocional.

E, no fim das contas, Tilly nem estava lá. Ao fazer a curva, Jack viu que a garagem estava vazia. O carro dela não estava lá. Ela podia estar em qualquer lugar. E quem poderia culpá-la?

Ele deu a volta com o Jaguar. Tudo bem, que ótima ideia fora aquela. Talvez fosse melhor mesmo que eles não se encontrassem aquela noite, dado o estado mental dele.

Hora de voltar para casa.

— Olhem ele lá! É *ele*! É o carro dele! — gritou Tilly ao reconhecê-lo e se jogou para o lado.

Fergus, lutando para não perder a direção, disse:

— Não toque a...

Biiiii!

— Idiota — berrou Tilly. — Pare o carro!

Eles estavam sobre a ponte na Rua Brockley. Fergus freou e Jack fez o mesmo.

— Ah, que ótimo... — Fergus parecia resignado. — Agora ele vai querer me jogar no rio.

Mas Tilly, encorajada pela bebida, já estava se arrastando para fora do carro. Ao se aproximar do ponto mais alto da ponte, a porta do motorista do Jaguar se abriu e Jack saiu, iluminado pela luz prateada da Lua quase cheia atrás dele.

O fato de ele parecer tão perfeito tornou tudo mais fácil para Tilly. Como ela pudera imaginar que eles teriam um futuro juntos?

— Obrigada por hoje. — A voz clara dela atravessou a distância entre os dois.

Jack balançou a cabeça.

— Sinto muito. Eu disse que sentia. Acabei de passar na sua casa para te ver, mas você não estava. Tentei ligar também.

— Não precisa se desculpar. Não estou sendo sarcástica. Estava falando sério — insistiu Tilly. — Obrigada por me dar um bolo hoje. Estou feliz por você ter feito isso. E tenho certeza de que você também se divertiu bastante com quem quer que tenha aparecido. Era alguma do seu harém habitual ou uma nova e interessante? Não que eu ligue para isso. — Ela levantou as mãos antes que ele tivesse a chance de falar. — Só estou curiosa. Na verdade, deve ter sido uma da sua velha gangue, porque uma completa estranha não apareceria de repente na sua porta, né? Mas quem sabe eu esteja errada. Talvez, quando se é Jack Lucas, elas apareçam! Enfim, o importante é que você tenha se divertido.

— Oi? Tenho permissão para falar? — O tom de desculpa de antes havia diminuído de intensidade. Seco, ele se defendeu: — Não foi nada disso.

— Ah! Tá, sei. Eu ouvi a voz dela, Jack.

— Os pais da Rose apareceram.

Ai.

Tilly odiava quando isso acontecia, quando você está a todo o vapor para entrar em um bate-boca e a outra pessoa diz algo que te faz desligar os motores. Ela fechou os olhos e se sentiu girando; esse era o outro problema, ela bebera vinho demais para ter uma discussão coerente.

— Você podia ter dito isso antes, quando me ligou. — Ela se sentia mal por Jack e os sogros dele, claro que sim. Mas isso significava que deveria perdoá-lo automaticamente? Ele nem havia mencionado que eles estavam lá.

— Talvez. — Jack inclinou a cabeça de leve. — Mas estava distraído. Dilys estava chateada. Foi uma noite terrível.

— Hum... Lamento interromper — chamou Fergus, do carro —, mas esta é uma passagem estreita e nós a estamos bloqueando.

— Tudo bem. Estou indo. — Tilly se virou e começou a andar em direção ao carro.

— Não tem problema. Posso te levar. — Jack olhou para Fergus e insistiu: — Eu dou uma carona para ela.

Tilly, de costas para Jack, balançou a cabeça para Fergus.

Fergus respondeu, desconfortável:

— Obrigado, mas está tudo bem. Vou deixá-la em casa.

— Tilly. Desculpe por hoje. Falo com você amanhã.

— Não precisa.

— Precisa, sim. Precisamos conversar. — Ele respirou, frustrado. — Eu *não queria* que isso acontecesse.

— Eu sei. — Tilly entrou no carro de Fergus. — Mas aconteceu. Não estou tentando te punir, Jack. Estou fazendo isso para me proteger.

ALGUMAS PESSOAS têm sorte: ao acordar com uma ressaca insuportável, elas conseguem voltar a dormir. Simplesmente fechar os olhos e deslizar de volta para o inconsciente até tudo acabar.

Não funcionava desse jeito com Tilly. Suas ressacas sempre a acordavam mais cedo e insistiam que ela permanecesse acordada para aproveitar cada minuto. Quando Betty subiu as escadas e empurrou a porta do quarto com o nariz às sete horas, Tilly já estava acordada havia uma hora e meia.

Era tão injusto.

Não só a ressaca.

Ai, Deus, que noite horrível! Justo quando você pensa que sua vida está seguindo em uma direção, ela dá um cavalo de pau. Era como se posicionar no centro do palco do London Palladium para cantar *Nessun Dorma* e então descobrir que a orquestra começou a tocar a *Dança do Passarinho*.

Às 11 horas, as aspirinas fizeram efeito. Tilly não sentia mais dor de cabeça e estava decidida. Quando a campainha tocou, ela tomou forças e foi atender.

Mas não era Jack.

Dave, o carteiro, estava parado do lado de fora, segurando um pacote retangular, baixo e comprido.

— Tudo bem, querida? Oi, Betty!

— Oi, Dave. — O pacote continha com certeza uma caixa gigante de chocolates, que poderiam animá-la. — Presente para mim?

Não que parecesse.

— Foi mal, querida. — Depois de coçar com entusiasmo a orelha de Betty, ele se levantou e entregou o pacote. — É para a Kaye. Foi endereçado aos cuidados de Max. E veio lá dos Estados Unidos. — O fato de que cartas e pacotes pudessem voar entre países e continentes era uma eterna fonte de fascinação para Dave.

— Obrigada. — Tomando o pacote nas mãos e sacudindo-o para analisar o conteúdo, Tilly esperou que não fosse um chihuahua esmagado. — Estão todos viajando durante o fim de semana. Eu entrego para a Kaye quando ela voltar.

Sobre os ombros de Dave, ela avistou o Jaguar entrando pelo portão. Ao ouvir o som dos pneus no cascalho, Dave se virou para olhar também. Então, voltou a dar as costas para o Jaguar e lançou um olhar suspeito para Tilly.

— O Max e a Kaye estão viajando? Isso significa que tem alguma coisa entre vocês dois?

— Não. — Por acaso ser intrometido fazia parte do trabalho? — Não, não tem nada entre nós. Absolutamente nada — confirmou Tilly, resoluta.

— Ah, bom. Melhor assim. — Baixando a voz, Dave se inclinou para perto dela. — Esse aí recebe uma tonelada de cartões de Dia dos Namorados.

— Tenho certeza de que sim. Mas não meus.

Dave voltou para a van dos correios, cumprimentando Jack com um aceno de cabeça e um olá quando passaram um pelo outro. Então, ele olhou para Betty, que havia permitido que o carteiro coçasse suas orelhas, mas que agora corria pelo cascalho e se jogava toda feliz sobre o novo visitante, como uma beldade agitada. O último olhar que Dave dirigiu à Tilly dizia tudo; cadelas ou garotas, não importa. Todas elas amavam Jack.

CAPÍTULO 35

— **MAS EU ME DESCULPEI!** — Na cozinha, Jack franzia a testa. — Sei que te decepcionei ontem à noite, mas foi por uma razão. Tenho certeza de que você é capaz de entender como eu estava me sentindo. Tudo veio à tona mais uma vez e eu pensei que estava traindo a Rose. Mas era só a culpa. Tive tempo de pensar melhor sobre isso, e não tem que ser assim. Hoje de manhã eu realmente refleti sobre as coisas. — Ele balançou a cabeça, tentando tranquilizar Tilly. — Esse não precisa ser o fim para nós dois.

Tilly não cedeu.

— Não dá para terminar algo que não começou.

Por dentro, ela estava impressionada com a força da própria voz. Era uma questão de necessidade. Na noite anterior, estava furiosa e meio bêbada. Hoje, estava sóbria e resignada, pois aquela era uma das coisas mais difíceis que ela já tivera que fazer. Mas ela sabia que era para o seu próprio bem. Autopreservação. O relacionamento nem mesmo havia começado e ela já estava envolvida demais emocionalmente. E, quando um final triste era inevitável, quem seguiria em frente, a não ser uma masoquista convicta?

— Você não pode fazer isso. — Era claro que Jack não estava acreditando na atitude dela. — O Bryn e a Dilys apareceram do nada. Não foi minha culpa. O que eu deveria fazer? Expulsá-los de casa?

— Não foram eles que me fizeram mudar de ideia. Eles só me deram tempo para pensar. E acho que nós devemos esquecer... você sabe, *essas* coisas. — Tilly fez um gesto vago indicando o aspecto romântico. — Vamos ser só amigos, tá? É o que eu quero.

Jack continuava a encará-la.

— Sério?

Por que ele tinha que olhar daquele jeito? Ela concordou.

— Sério.

— Por quê?

Por quê? Difícil de explicar. Porque, na noite anterior, ela havia observado a interação entre Erin e Fergus, visto como eles eram felizes juntos e reconhecido o amor realmente incondicional e a confiança que nutriam um pelo outro.

E ela sabia que alcançar aquele nível de relacionamento era concebível nos limites do possível, mas nunca iria, ou poderia, acontecer com Jack.

Que ironia saber que a própria Stella fizera de tudo para criar problemas no novo relacionamento de Fergus e, no caso de Jack, eram os pais de Rose que agiam em nome dela. Mesmo sem perceber o que fizeram, sem dúvida ficariam deliciados ao saber de seu êxito.

Tilly sentiu o coração batendo cada vez mais rápido e mais forte; eles fizeram um *favor* a ela. Porque uma noite, uma semana ou um mês com Jack nunca seriam suficientes, e o que ela queria de verdade nunca iria acontecer. Mais cedo ou mais tarde, ele recuaria, como sempre, deixando-a amarga e mordida de ciúmes, como Stella. Com o coração ferido e virando motivo de piada da cidade.

Ele ainda estava esperando uma resposta. Tilly deu de ombros, respondendo sem ênfase:

— Porque sim.

— Você está disposta a ser persuadida do contrário? — perguntou Jack.

— Não, não. — Ela negou com a cabeça, ao mesmo tempo aliviada e totalmente desolada. — Tenho certeza. É isso mesmo.

✦

— Ooooh, Bettynha querida, como *você* está? — Kaye pegou Betty no colo e rodopiou. — Você foi boazinha durante o fim de semana?

— Nós duas fomos. — Tilly, que passara um dia honrado limpando a casa, perguntou: — Como foi o casamento?

— Muito barulho, muita bebida e muitas danças com homens peludos de *kilt*. Esses escoceses sabem fazer uma festa.

— E um deles me mostrou o que ele tinha debaixo do *kilt* — complementou Lou.

— Meu Deus, sério? Que nojento.

— É, supernojento. Uma cueca *boxer* gigante e cor-de-rosa com corações azuis. — Lou espiou com interesse o pacote na mesa da cozinha. — O que é isso? Alguém me mandou um presente?

— Não, é para a sua mãe.

— Para mim? Aah, eu amo presentes! — Colocando Betty no chão, Kaye se aproximou para dar uma olhada. Ela desanimou ao ver o selo dos Estados Unidos. — Pode ser que seja uma pilha de documentos do Denzil e da Charlene me processando até meus olhos se arrebentarem.

— Vou abrir — anunciou Lou, rasgando a embalagem. Ela desenrolou um pedaço de plástico bolha e finalmente retirou uma pintura enquadrada com uma moldura preta simples.

— Ai, meu Deus, é um Dinny Jay! — Kaye soltou um grito de descrença e agarrou a pintura das mãos de Lou. — Quem me enviou isso? Eu *amo* Dinny Jay.

Tilly observou a pintura, tamanho A3 e carregada de detalhes peculiares, representando patinadores no gelo no Central Park. Ela nunca havia ouvido aquele nome.

— Tem um envelope preso no verso — notou Lou.

Kaye destacou o envelope, abriu-o e começou a ler a carta em voz alta.

Prezada Senhorita McKenna,

Lembro de ter lido há algum tempo, em uma revista, uma entrevista na qual você menciona seu apreço pelo trabalho de Dinny Jay. Vi esta obra em uma galeria na semana passada e pensei que você poderia gostar dela. Espero que aceite este pequeno presente da minha parte, o qual espero também que chegue em segurança até você. Soube pelos jornais da sua mudança para o Reino Unido, por isso envio este pacote por meio do seu ex-marido, cujo endereço encontrei no website *dele. Não se preocupe, eu não a estou perseguindo. Sou alguém que deseja o seu bem e que você saiba que não é universalmente odiada nos Estados Unidos.*

Continue bem e feliz.

Com os cumprimentos de

P. Price.

P.S. Espero que tenha gostado dos chocolates e das flores.

— Então ele *está* perseguindo você. — Tilly fez uma careta. — Alguém que alega não ser um perseguidor com certeza é um.

Kaye estava com os olhos fixos, adorando a pintura.

— Ele pode ser um homem bom, só isso.

— Quanto isso deve ter custado?

— Não sei, preciso checar na internet. Três ou quatro mil dólares, algo assim.

— Não é melhor devolver?

— Ai, meu Deus, não sei. Eu devo? Gostei tanto! E eu magoaria os sentimentos dele se fizesse isso. Se você compra um presente perfeito para alguém, como se sentiria se a pessoa o jogasse de volta na sua cara? Acho que a melhor coisa a fazer é aceitar com gratidão e escrever uma linda carta para ele. Ao menos, agora tenho o endereço. E ele mora em Nova York, então, tudo bem, é seguro.

Max entrou com as malas.

— Até que ele apareça na porta da sua casa com um machado.

— Tudo bem. Não vou dar meu endereço, né? — Kaye apertou a pintura contra o peito e olhou para ele. — Vou continuar usando o seu.

✣

FALTAVAM DOIS DIAS. *Menos* de 48 horas, na verdade! Em quarenta e seis horas e meia eles estariam embarcando no voo e partindo do aeroporto de Bristol em direção a Veneza, tra-lá-lá. Era a viagem mais necessária, mais esperada, mais romântica de toda a sua vida.

Desejando que o dia acabasse, Erin verificou o relógio. Duas e meia. Mais três horas até ela poder fechar a loja, subir as escadas e continuar os preparativos. As malas estavam abertas na sala de estar e ela tinha gastado séculos fazendo sua lista, entre uma e outra cliente. Ela adorava fazer listas e as colecionava desde a infância, escrevendo com frequência *levantar* e *escovar os dentes* e *tomar café*, pela simples satisfação de poder riscar as linhas e experimentar aquela adorável sensação de completude, de um bom trabalho realizado. Listas proporcionavam o controle da situação. As pessoas que não faziam listas não tinham ideia do que estavam perdendo. E listas de férias eram especiais, parte integral da impetuosa e emocionante experiência de viajar.

Além disso, elas diminuíam a probabilidade de você chegar em um palácio fabuloso do século XIV sem sua chapinha.

Aah, protetor térmico em *spray*, mais um item que ela precisava adicionar à lista! E era melhor comprar um novo; imagine chegar lá e descobrir que sua marca preferida não é vendida em Veneza?

A porta da loja se abriu e Erin deixou cair a caneta, assustada. Lá, parada junto à porta com um sorriso maldoso e uma expressão quase robótica, estava Stella. Ai, Deus, era como aquelas histórias terríveis no jornal, em que o amante rejeitado tem um ataque de fúria e sai matando as pessoas por aí.

— Preciso falar com o Fergus.

Até a voz dela soava estranha, como se estivesse ensaiando uma nova.

— Ele não está aqui.

— Sei que ele não está aqui. E o telefone dele está desligado. Onde ele está?

Erin não ousava se abaixar para pegar a caneta do chão. E se Stella aproveitasse a oportunidade para atacá-la?

— Não sei. Talvez com um cliente. — Certo, *diga, diga logo*. — Você pode sair da minha loja, por favor? Não quero você aqui.

— Certo, então vou ter que contar para você. — Stella não se movia. — Preciso que o Fergus cuide do Bing. Estou de viagem, então ele precisa buscá-lo em casa hoje, depois do trabalho. Vou deixar a comida, a cesta dele e...

— Espere, o Fergus não vai poder. — Erin expeliu as palavras, sua indignação sobrepondo o medo. — Você vai ter que arranjar outra pessoa para cuidar do seu gato.

— Ele precisa fazer isso. Não tem mais ninguém.

— Coloque-o em um hotel de animais. É para isso que eles existem.

Stella cerrou os dentes.

— Bing não vai para um hotel. Ele não gostaria de ficar lá. — Com os olhos flamejantes, ela adicionou com frieza: — E ele não é um *animal*.

— Bom, o Fergus não vai mesmo poder cuidar dele. Porque ele não vai estar aqui. — Erin sentiu uma fisgada no estômago. — Nós vamos viajar também.

Ah! *E agora*?

Stella ficou parada, olhando, como se tivesse sido nocauteada.

— Viajar?

— Sim.

— Por quanto tempo?

— Uma semana. — Como se *fosse* da sua conta.

— Mas eu *preciso* de alguém para cuidar do Bing.

Aquilo era inacreditável.

— Então peça para alguma das suas amigas. A Amy — sugeriu Erin.

— A Amy está muito ocupada com o novo namorado. — Stella cerrou os dentes mais uma vez. — Ela estava louca para se livrar de mim ao telefone.

— Bom, e que tal...

— Olhe, não tem mais ninguém, certo? Ninguém para me ajudar. E *não* vou colocar o Bing em um hotel de animais, ele não suportaria. Aliás, para onde vocês estão indo?

Ah, que maravilha, ela estava planejando pedir a eles para levar o Bing junto? Erin disparou:

— Veneza.

— Veneza. Que ótimo! — A voz de Stella era tão frágil quanto vidro.

— Olhe, sinto muito. Se não estivéssemos de saída, cuidaríamos do Bing para você.

Caramba! Quem diria, cinco minutos atrás, que ela estaria afirmando aquilo, e falando sério? Mas Stella estava totalmente desesperada. Parecia péssima. Por baixo de toda aquela maquiagem pesada e do terninho creme estiloso, ela estava tão tensa e nervosa como um cachorrinho.

— Certo. Tudo bem. Bom, diga ao Fergus que eu... não, não precisa.

Por um segundo, lágrimas cintilaram nos olhos de Stella, antes que ela saísse de modo abrupto, deixando a loja.

Erin a observou pulando para dentro do carro estacionado de qualquer jeito do outro lado da rua, em lugar proibido. No momento seguinte, o carro saltou para frente, quase acertando uma senhora de cadeira de rodas com uma sacola de compras xadrez. Em seguida, projetou-se para trás, subiu na guia e bateu em um poste de luz atrás dele.

Quando Erin a alcançou, Stella estava sem ar e balançando para frente e para trás dentro do carro, gemendo:

— Não sei o que *fazeeeeeer*...

— Stella, o que está acontecendo? Diga.

Stella sacudiu a cabeça com força.

— Nãaoo.

— Você não pode dirigir nesse estado. Você acabou de bater em um poste.

— Quem vai cuidar do Bing?

Erin levantou o tom da voz.

— Para onde você precisa ir?

— Para nenhum lugar agradável, como você. — Cobrindo o rosto, Stella murmurou alguma coisa que parecia com hotel.

Ai, pelo amor de Deus.

— *O quê*? Que hotel?

Stella soltou as mãos e disse, sem forças:

— Não é hotel. É hospital. Vou para o hospital hoje à tarde.

— Por quê? — Erin a encarou.

— Cuide da sua vida. Que diferença faz para você? Você vai para Veneza com o meu marido. Divirtam-se bastante.

— Diga por que você vai para o hospital — insistiu Erin.

— Ah, nada de mais. Tenho câncer, só isso. Você pode fechar a porta agora, por favor?

— *O quê*?

— Feche a porta. — Lágrimas escorriam pelo rosto de Stella, deixando rastros brancos na base.

— Você está com câncer? É verdade?

— É. Juro que... — Stella parou de repente, balançou a cabeça. — Enfim, preciso ir.

— Você não pode dirigir assim. O seu para-choque está amassado.

— Acredite, amassar o carro não é o fim do mundo.

— Mas, se você atropelar e matar uma pessoa, será o fim dela. Espere aqui. — Para garantir, Erin se inclinou para dentro do carro, alcançou o lado do motorista e pegou a chave. — Vou te levar. Só me dê dois minutos para fechar a loja.

CAPÍTULO 36

O CARRO ERA AUTOMÁTICO, felizmente, ou Erin teria dirigido tão mal quanto Stella. Enquanto fazia o caminho por Roxborough, passou pela cabeça dela que talvez Stella estivesse mentindo. E se aquilo fosse uma armadilha e ela estivesse sendo levada para a casa de Stella...?

Mas não era, ela sabia. Stella havia contado a verdade.

Nossa, *câncer*.

— Sinto como se estivesse caindo de um precipício em câmera lenta — disse Stella. — Acho que estou em choque. Todas essas dores e cãibras, eu as ignorei por séculos. Tomava mais analgésicos, bebia mais vinho. Pensei que o motivo de me sentir tão horrível era porque meu casamento havia acabado. Quero dizer, faz sentido, né? O amor machuca. Você descobre que seu marido está saindo com outra, então se sente um lixo. Só marquei a consulta com o Dr. Harrison para ver se ele me receitava um antidepressivo. Mas, como perdi peso, ele começou a me cutucar e examinar. Vire à esquerda aqui, é a casa no segundo poste de luz, com a porta de entrada verde.

Agora que Stella havia começado a falar, era como uma torneira impossível de fechar. Erin estacionou o carro próximo à guia e elas saíram.

— Então, ele disse: que tal uma tomografia para garantir? Aí fiz uma na segunda só para calar a boca dele e hoje à tarde retornei com o Dr. Harrison para que ele me desse finalmente meu Prozac. Foi quando ele me contou. Tenho câncer. Quero dizer, não faz sentido, né? Esse tipo de coisa não acontece *comigo*. — Com as mãos trêmulas o suficiente para não conseguir encaixar a chave na fechadura, Stella continuou: — Ainda quero acordar e encontrar tudo de volta ao normal. Já é ruim o bastante essa coisa de câncer, e agora você está aqui também, entrando na minha casa, o que é ainda mais surreal.

— Deixa que eu faço isso.

Assumindo a chave, Erin abriu a porta e deu um passo para o lado, deixando Stella entrar primeiro. Stella emitiu um soluço alto e profundo quando Bing veio recepcioná-la, com o corpo peludo cinza-azulado sinuoso como uma cobra. Levantando-o nos braços, Stella desabou completamente enquanto Bing, com os olhos verde-claros despreocupados, piscava impassível para Erin, como se dissesse: "Ai, Deus, o que é *agora*?".

Esses eram os gatos. Sem dúvida, ele estava suportando toda aquela atenção e se perguntando o que havia para comer.

Uma hora depois, com a mala de Stella pronta, elas partiram para o hospital. Dessa vez as listas não serviram para manter o controle da situação. Enquanto Erin dirigia, Stella disse:

— Estou com medo. Com tanto medo. É normal ter medo?

— Qualquer um ficaria assustado. É normal.

— Quero minha mãe.

— Onde ela está? Você quer que eu telefone para ela?

— Ela está morta. — Stella enxugou as lágrimas. — Mas eu ainda a quero.

Ai, Deus. Erin sentia o nó na garganta.

— Isso não era para acontecer, sabe? Não quero ter câncer. Quero um *bebê*.

Sentindo-se impotente, Erin argumentou:

— Mas milhares de pessoas têm câncer e conseguem se curar. Você ainda pode ter um bebê depois disso. Veja os tratamentos que existem hoje em dia. Dá para curar praticamente qualquer doença!

— Quem vai cuidar do Bing? Ele vai se perguntar onde estou.

— Vou dar um jeito nisso, prometo. — Elas chegaram ao hospital. Erin seguiu as placas até a entrada do bloco para onde Stella deveria ir. Ela parou o carro e disse, sem jeito: — Bom, chegamos.

Stella verificou o rosto no espelho retrovisor, limpando manchas de rímel com um lenço. Então, olhando para Erin, pediu, ainda mais sem jeito:

— Você vem comigo? Não quero entrar sozinha.

O HOSPITAL TROUXE um milhão de memórias, poucas delas felizes. Erin havia passado semanas praticamente morando na cadeira ao lado da cama da mãe após o primeiro derrame. Depois disso, a vida dela fora pontuada por retornos infindáveis à unidade de reabilitação de derrame, no departamento de fisioterapia, no ambulatório. Horas de espera, sentada, tentando desesperadamente passar uma imagem alegre, quando não havia nada com que se alegrar. Sempre tentando inventar conversas, ainda que unilaterais, quando não havia mais nada a dizer. Revistas gastas, o cheiro de urina, outros pacientes incapazes de falar, murmurando frustrados, ficar presa em um corredor estreito atrás de alguém com um andador a dois quilômetros por hora, o odor penetrante de desinfetante e vegetais supercozidos...

A morte da mãe de Erin havia, ao menos, significado o fim das visitas intermináveis ao hospital. Ela ficara feliz por nunca mais ter que pisar naquele lugar.

Enfim. Ala diferente, equipe diferente, paciente diferente. Só as cadeiras eram as mesmas. Erin sentou-se em uma de plástico moldado, laranja vivo, desconfortável, e uma enfermeira jovem e loira empoleirou-se na outra, enquanto Stella ocupou a cama. A enfermeira estava preenchendo a página de informações da ficha de Stella com uma letra cuidadosa e circular. Muuuuuito devagaaaar meeeeesmo.

— Bom, religião?

— Nenhuma — disse Stella.

— Certo. Vamos colocar anglicana, então? — Ela levou trinta segundos para escrever. — Ótimo. E quem é o seu parente mais próximo?

Stella estava ocupada enrolando e desenrolando a ponta do lençol do hospital entre os dedos. Parecia estar se segurando para conter as lágrimas.

— Mãe? Pai? — ajudou a prestativa enfermeira. — Irmão ou irmã?

— Não tenho parentes. — Aumentando a velocidade dos dedos, Stella olhou para Erin e disse de uma vez: — Ela pode colocar o seu nome?

— Tudo bem. — O tom de voz da pequena enfermeira era suave. — Quem é você?

— Ela é a namorada do meu marido — disse Stella.

— Ah! Bom, não deveria ser ele o parente mais próximo?

— Não sei. Ele não dá a mínima para mim. E ele não serve para nada em hospitais, de qualquer jeito. — Balançando a cabeça, Stella ordenou: — Coloque o nome da Erin. Por quanto tempo vou ficar aqui?

— Aah, bom, isso quem vai decidir são os médicos, né? — A enfermeira tinha um jeito confortável de evitar perguntas desagradáveis e um sorriso acolhedor. — O Dr. Wilson virá em breve para vê-la.

— Preciso de mais analgésicos. — O tom de Stella era seco.

— Sem problema. Vamos resolver isso também.

Fora do hospital, Erin sentou-se em um banco e, com os joelhos trêmulos, tentou mais uma vez o telefone do Fergus. Dessa vez ele atendeu.

— Oi, meu anjo, como estão indo os preparativos? — Era tão estranho ouvir a voz dele soando alegre e normal. — Será que você tem um adaptador de três pinos? Porque não consigo encontrar o meu e...

— Fergus, peraí, aconteceu uma coisa. — Tarde demais, Erin percebeu que não havia ensaiado o que diria. — É sobre a Stella.

— Ah, meu Deus, o que ela fez agora? Tá, isso já deu, chega! Onde você está?

— Estou no hospital.

— *O quê*? Você está machucada? Ela te atacou?

— Ela está doente, Fergus. Ela não me atacou. Ela foi internada para fazer exames.

— Tá bom. — Confuso, Fergus continuou: — Mas não entendo, o que *você* está fazendo aí?

❖

DE VOLTA À ALA, as cortinas laranjas e azuis estavam fechadas em volta da cama de Stella. De repente, elas foram puxadas com um floreio e de lá surgiu um homem alto e bonitão, o casaco branco esvoaçante. Ao avistar Erin rodeando a cama, ele apontou e perguntou:

— Você é a amiga da Stella?

Essa era a última descrição que esperava ouvir de si mesma. Erin concordou, com a garganta seca, e ele fez um sinal para que ela o seguisse.

— Vamos conversar um pouco enquanto colhem o sangue da Stella, pode ser? Sou o Dr. Wilson.

Ele a conduziu para fora da ala, corredor abaixo, a um escritório pequeno e sem janelas, cercado por livros e arquivos. Ofereceu uma cadeira. Sentou-se na frente dela e disparou:

— Bom, não vou fazer rodeios. Sua amiga Stella vai precisar de todo o seu apoio. Sinto muito, e é claro que ainda vamos colher biópsias durante a tarde, mas, pela ressonância magnética, o câncer parece estar bastante avançado. Você vai precisar ser forte também. Sinto muito, sei que é um choque para você.

Para Erin, era como se ela estivesse na televisão. Como se, de algum modo, tivesse ido parar inadvertidamente em alguma série médica dramática. Aquele não era o momento apropriado para revelar ao médico que, na verdade, ela não era amiga de Stella, e precisava mesmo voltar para casa e terminar seus preparativos de viagem.

— Mas é tratável, né? — Incapaz de encarar o olhar do médico, ela se fixou nos longos e ágeis dedos dele.

— Vamos verificar com cuidado cada opção, naturalmente. Mas preciso avisar que a situação não é boa. No mínimo, estou preocupado. O câncer fez metástase. A tomografia mostrou evidência de comprometimento do intestino, dos pulmões e do fígado. É uma forma bastante agressiva.

Bem, alguém como Stella não teria um câncer tímido e reservado, não é? Erin pegou um lenço na caixa que estava sobre a mesa e secou as palmas das mãos. Pensamentos horríveis, vergonhosos e indignos estavam lutando pelo primeiro lugar no pódio da mente dela. Pois é claro que ela sentia muita pena de Stella, mas Stella, por sua vez, havia tornado a vida dela um inferno... E o que ela faria com Veneza e o maravilhoso *palazzo* do século XIV com o fabuloso jardim no telhado e a inigualável vista do Grande Canal?

Ai, Deus! Fígado. Intestino. Pulmões. *Forma agressiva.*

Ela estava enjoada.

Sério, que escolha ela tinha?

— CÂNCER? — Fergus, que sabia o quanto ela estivera esperando por aquilo, olhou para Erin como se ela tivesse enlouquecido. — A Stella está doente e por isso você quer mesmo cancelar *nossas* férias?

Eles estavam fora do hospital. Erin segurou as mãos dele; não era bem questão de *querer*.

— Nós temos que cancelar. Ela não tem mais ninguém. Estive com ela durante a tarde enquanto ela ligava para as amigas. Sabe, a Deedee e a Kirsten?

— Sim, sei quem são — disse Fergus, contorcendo os lábios.

— Bom, então. Elas estão ocupadas demais para vir visitá-la. Acontece que a Deedee ganhou alguns quilos recentemente, por isso não ousaria perder a aula da noite na academia. A Kirsten está muito ocupada com o trabalho e precisa supervisionar a equipe que está montando a nova cozinha dela. E a Amy arranjou um namorado. Bom para ela.

Erin fizera de tudo para não tomar o telefone do hospital das mãos finas e benfeitas de Stella, e gritar para as pretensas amigas que levantassem aqueles traseiros ossudos e egoístas da cadeira e fossem até lá *agora*.

— Olhe, também estou chocado. Mas são as nossas férias. E a Stella sempre foi cruel com você. — Fergus franziu a testa, admirado pela súbita mudança de atitude de Erin. Depois do telefonema dela, ele havia dirigido direto para o hospital, abalado e com o estômago revirado. Stella sempre fora a rainha do drama. Era provável que aquilo fosse apenas algo simples e tratável. Ele estava tocado pela preocupação de Erin. Poxa, quantas mulheres fariam o que ela fizera depois do modo como Stella a tratara? Mas não havia necessidade de ir tão longe. — Olhe, é fantástico que você se ofereça, mas vai ficar tudo bem. Nós só vamos ficar fora por uma semana. Se ela ainda estiver aqui, podemos visitá-la. Mas, nunca se sabe, ela pode não estar. Até lá, ela pode já ter ido para casa!

Mas Erin não parecia aliviada. Seu rosto estava tenso e pálido, seu corpo, inteiramente rígido.

— O médico falou comigo. O câncer é grave mesmo, Fergus. — Quase sem voz, ela concluiu: — Está espalhado por *todo* o corpo.

CAPÍTULO 37

QUEM JÁ FOI JOGADO no olho do furacão? O que soara tão simples e prático no outro dia, quando Erin havia explicado o que ela precisava saber, agora parecia alarmante e complicado. Com Erin no hospital cuidando de Stella, Kaye foi empurrada para o trabalho um dia antes e, conforme se provou, totalmente despreparada. Ao meio-dia, ela já havia conseguido ofender mortalmente uma mulher mandona de meia-idade ao não oferecer pelas calças masculinas de *tweed* a quantia que a mulher achava merecida.

— *Quanto*? Não é suficiente! — As sobrancelhas cerradas tremelicavam de indignação. — Paguei noventa libras por elas!

Com certeza, fora em alguma loja da Savile Row[9]. As calças eram horríveis. Ninguém em sã consciência as compraria. Kaye, observando a mulher sair furiosa da loja, percebeu que Erin devia ser mais hábil na arte da

[9] *Savile Row* é uma rua de compras, no centro de Londres, famosa pelas lojas de roupas masculinas sob medida. (N. T.)

rejeição, enquanto ela pertencia à turma de Simon Cowell[10]. Talvez aprender a ser um bocadinho mais diplomática não fosse nada mal.

Droga, mas era tão difícil não ofender as pessoas quando elas experimentavam roupas que não serviam ou eram cegas aos defeitos das roupas que queriam dispensar. Depois de algumas horas, ela já tinha irritado mais quatro clientes. Quando Tilly apareceu à uma e meia, Kaye a cumprimentou com alívio.

— Oi! Você está fantástica!

Tilly olhou para ela com estranheza.

— Estava usando uma lixadeira de piso. Estou coberta de pó.

— Ah, mas eu adoro essa camiseta! E esses *jeans* caem tão *bem* em você. Mas, também, com um corpinho assim, você fica bem em qualquer roupa! E a cor da camiseta realça os seus olhos.

— Você está começando a me assustar — disse Tilly. — Tem alguma câmera escondida aqui?

Kaye contorceu o rosto.

— Estou praticando como ser simpática. Fazer elogios. Os clientes não gostam de experimentar alguma coisa e ouvir que estão parecendo hipopótamos.

— Você precisa dizer isso delicadamente. Erin é ótima nisso. Ela é honesta, mas cuidadosa.

— Bom, eu não sou. Se mais alguém trouxer roupas para vender, vai ser assim. A partir de agora, vou pedir para deixarem as coisas aqui para que a Erin dê o preço.

Tilly suspirou.

— Não acredito que ela não vai para Veneza. Cancelar a viagem daquele jeito, de última hora.

Kaye concordou com a cabeça e entregou a ela a chave da casa de Stella.

— Não acredito que estamos mesmo nos revezando para cuidar do gato da Assustadora Stella.

[10] Simon Phillip Cowell é um executivo britânico da gravadora BMG e jurado áspero e exigente de programas de talentos musicais na televisão. (N. T.)

Como Bing era muito mimado, foi decidido que ele ficaria na própria casa. Quatro ou cinco vezes por dia, uma delas passava para verificar se o gato estava bem, para repor a ração e a água, e garantir que a caixinha de areia estivesse meticulosamente limpa. Porque Bing era o bebê de Stella, sua prioridade número um, e ela havia decretado que o melhor era mantê-lo em um ambiente familiar.

Além disso, se a caixa de areia não estivesse impecável, ele sujaria o carpete.

Portanto, Erin tomara a dianteira, organizando tudo. E quando Tilly ousara sugerir, apenas hipoteticamente, que elas colocassem Bing em um hotel de animais enquanto Stella estivesse no hospital, já que ela não ficaria sabendo de nada, Erin dissera: "Podemos fazer como eu disse, por favor? A última coisa de que a Stella precisa é se preocupar com o gato".

— Certo — disse Tilly para Kaye. — Vou passar lá e ver se o Bing está bem. Tente não acabar com a loja até as cinco. — Apontando o dedo, ela aconselhou: — Lembre-se: honestidade e delicadeza.

— Com certeza — concordou Kaye. — Algo como: que sorte o seu nariz ser tão grande, ele realmente desvia a atenção da sua papada.

— Isso mesmo. Perfeito.

Uma hora depois, uma mulher alta nos seus 60 anos entrou na loja. Ela examinou Kaye com surpresa.

— Você não é a moça de sempre.

— Sou a equipe reserva.

— Mas você também entende de moda. Espero que sim, porque sou uma inútil com isso. Bom, duas coisas. Preciso de um vestido de festa, nada com babados ou flores, tamanho 42. Mas também gostaria da sua opinião. — Enquanto falava sem parar, a mulher colocou uma sacola sobre o balcão. — Juro a você que me sinto terrivelmente culpada fazendo isso, mas é que estamos um pouco desesperadas. Sabe, a sogra do meu filho me deu isso de presente de Natal. Sei que é de grife e caríssimo, porque ela tem barris de dinheiro e fica se vangloriando do preço das coisas que compra. Mas é um pouco demais para mim e acabamos de perder um dos melhores prêmios do nosso leilão beneficente, então decidi oferecer isso no lugar. — Ela abriu a sacola e olhou com esperanças para Kaye. — Estava pensando se você não poderia estimar o valor dela, e então nós poderíamos anunciá-la como "Maravilhosa Bolsa Hermès", custando seis milhões de libras. Bem, talvez não seis milhões, mas algum preço excelente!

Ai, meu Deus. Honestidade e delicadeza. Tentando ganhar algum tempo, Kaye examinou a alça e puxou um fio solto.

— Olhe, sinto muito, mas esta não é uma bolsa Hermès. É uma cópia.

— Ai, não! Sério? E quanto ela vale?

Kaye balançou a cabeça, agonizando por ter que responder, enquanto se admirava secretamente da incapacidade da mulher para diferenciar o original de uma cópia.

— Nada. É mais uma dessas imitações baratas. Você está vendo esta costura malfeita aqui? E o bolso lateral torto. E isso não é couro, é plástico.

Aquilo quase fora doado para um leilão beneficente. Que horror!

— Certo. Bom, obrigada. Que pena! — A mulher suspirou.

— Sinto muito mesmo.

— Oh, não se preocupe, não é sua culpa. Vamos arranjar outra solução. E o lado positivo é que isso significa que não preciso me sentir culpada por dispensar o presente! Cá entre nós, não suporto a sogra do meu filho. Ela sempre está ostentando os milhões dela. Que mulher pernóstica! Bem, vamos esquecê-la. Podemos ao menos encontrar um vestido para mim. — Detendo-se e franzindo a testa, a mulher olhou com mais atenção para Kaye. — Tenho a impressão de que já nos conhecemos. Você não acha?

— Acho que não.

— Mas você me é muito familiar. Já trabalhou em outras lojas?

— Hum, não. — Kaye começou a vasculhar o cabide de vestidos de festa, escolhendo um imponente tafetá azul-noite. — O que você acha deste aqui? A cor cairia muito bem com...

— Hotéis, então? Restaurantes? Acho que reconheço sua voz também. — A mulher balançou a cabeça, perplexa. — Não me leve a mal, mas... acho que já vi você chorando.

— Bom, morei nos Estados Unidos durante os últimos anos.

— Nós passamos um mês no Texas no ano passado! Você também estava lá?

— Não, em Los Angeles. Sou atriz — explicou Kaye.

— Minha Nossa Senhora! *Over the Rainbow*! — A mulher soltou um grito animado ao reconhecê-la. — Costumávamos ver você nesse seriado, você era a mulher cujo marido fugia com a irmã!

— Isso mesmo. — Kaye sorriu, porque ela nunca imaginaria que a mulher poderia ser uma fã do seriado.

— Ai, nós amávamos *Over the Rainbow*. Imagine só, você está aqui agora! — A mulher bateu palmas, encantada, porém sem o menor interesse pelo vestido que Kaye havia escolhido para ela. — Sabe de uma coisa? Isso é o destino!

Destino. Sério?

— Por quê?

— Porque você é uma atriz famosa de Hollywood! E você poderia me fazer um grande favor, se estivesse disposta.

Kaye observou-a com cautela. Ela tinha apenas uma única bolsa de grife e a amava com paixão. Por caridade ou não, ter que dá-la a essa mulher a deixaria arrasada.

Com cautela, ela perguntou:

— Que tipo de favor?

— Bom, a razão de todos os meus problemas é que uma garota cancelou a participação no nosso evento. Antonella Beckwith? A cantora? Você já ouviu falar dela?

Aquilo era como perguntar sobre os Rolling Stones. Eles são uma banda? Já ouviu falar deles? Antonella Beckwith era jovem, glamorosa e, nos últimos dois anos, havia vendido cerca de cinco milhões de CDs. Kaye concordou com a cabeça, a ansiedade desenrolando-se em seu estômago.

— Bom, eu mesma não sei muito sobre essa garota. Mas, aparentemente, tivemos sorte por conseguir a participação dela. Uma das tias dela é amiga de uma organizadora e elas combinaram tudo. Mas agora, é claro, a duas semanas do evento, a desgraçada sumiu e cancelou a participação. Parece que ofereceram algo mais sofisticado em Londres, o que a fez dispensar nosso evento beneficente como um papel usado. Desde então, estamos tentando fazer de tudo para conseguir outra celebridade, mas todas as que contatamos têm outros compromissos. O que significa que estamos oficialmente desesperadas!

— Certo. Duas coisas. Primeiro — listou Kaye —, não sou uma celebridade. Pelo menos, não por aqui. Ninguém sabe quem eu sou.

— *Eu* sei quem você é! E meu marido também! Nós vamos falar para todo mundo que você é uma estrela de Hollywood!

Bem, até aquele momento, estava sendo muito constrangedor.

— Em segundo lugar, faz pouco tempo, estive envolvida em um tipo de acidente e a imprensa está me criticando muito. — Kaye estava desconfortável. — E não estou mais trabalhando em *Over the Rainbow*. Eles me demitiram. É por isso que estou morando aqui.

— Mas você não vê? Isso é perfeito! — Enquanto falava, a mulher retirou um cartão de visitas. — Se as pessoas não conhecem você, elas também não vão saber disso, vão? E não será um problema!

A mulher era um furacão, uma força incontrolável. Examinando o cartão, Kaye viu que o nome dela era Dorothy Summerskill.

— É no próximo sábado, no Hotel Mallen Grange — disse Dorothy.

Certo, esse era o momento de lançar um olhar desolado e exclamar, desculpando-se: "Ah, não, no próximo sábado? Que *pena*!", e inventar uma desculpa plausível para não participar. Mas duas coisas a detiveram. Ela não conseguiu ser rápida o suficiente para pensar em uma desculpa. E, mesmo que conseguisse, desconfiava que Dorothy não acreditaria nela.

— É por uma boa causa — continuou Dorothy, persuasiva. — A organização se chama Combate ao Alzheimer.

— Ah! Tenho um amigo que contribui para essa organização! Jack Lucas.

— Você conhece o Jack? Mas que maravilhoso! E ele estará lá, o que deixará tudo mais perfeito!

— Tá bom, eu vou. — Kaye percebeu que ela não tinha outra escolha. Poderia até ser divertido. E a agente dela não havia sugerido que ela se envolvesse com alguma instituição beneficente? Talvez as pessoas parassem de odiá-la depois disso. — E o que vou fazer? Só abrir o evento?

— Ah, sim! — Dorothy concordou alegremente. — Isso também. Mas é claro que a atração principal será o leilão.

Leilão? Oh-oh, pânico. Preocupada, Kaye disse:

— O negócio é o seguinte: sei que algumas pessoas são brilhantes conduzindo leilões beneficentes, mas acho que não consigo fazer isso.

— Ah, querida, não pediríamos para você conduzir o leilão! Você substituirá Antonella como o item em destaque!

O quê?

— O destaque da noite — continuou Dorothy. — As pessoas vão dar lances para um jantar com você. Será fabuloso!

— Não será fabuloso se não houver lances.

Minha nossa, a mulher estava delirando; comparada a Antonella Beckwith, ela atrairia tanta excitação quanto uma... uma *formiga*.

— Não seja boba, vai dar tudo certo. Quem não se agarraria à chance de jantar com uma genuína estrela de Hollywood?

— Você nem sabe o meu nome — protestou Kaye.

— De qualquer forma, prometo que você não ficará constrangida. Nossos colaboradores são pessoas generosíssimas. E o leilão será após o jantar, então eles terão tido tempo de beber bastante! — Dorothy brilhava, feliz por ter resolvido o assunto. — Ótimo, combinado. Agora, você só precisa me ajudar a encontrar um vestido para o evento. E não fique tão preocupada — ela adicionou sorridente, tomando nas mãos o vestido de tafetá azul-noite de Kaye —, você vai se divertir!

CAPÍTULO 38

STELLA SAÍRA DO ESTADO DE CHOQUE para a negação absoluta. Erin sabia que o médico havia conversado com ela sobre o resultado das biópsias, mas Stella havia decidido que não queria ficar doente e esquivara-se de qualquer menção sobre o prognóstico. Em vez disso, ela insistia em conversar sobre suas futuras viagens, enquanto, sentada na cama, aplicava quantidades gigantescas de maquiagem. Em menos de uma semana, houvera mudanças pronunciadas na aparência física dela. Observá-la dia após dia era horrível, e ainda mais terrível era ter que fingir não notar nada. Erin precisava tomar coragem cada vez que entrava na ala; aquilo era como uma sequência de fotografias reproduzidas em alta velocidade. Quando Stella mencionara a palavra "câncer" pela primeira vez, Erin imaginara a doença arrastando-se por anos a fio. Mas a situação era diferente. Stella já estava com a pele amarelo-esverdeada e os olhos fundos, perdendo peso a cada hora. Mesmo com os movimentos mais lentos, dificultados pela dor, ela ainda insistia em retocar o batom, reforçar a sombra e polvilhar uma quantidade generosa de pó bronzeador no rosto e no colo.

O médico conversou mais uma vez com Erin, explicando nos mínimos detalhes o que ela também não queria ouvir.

— Sinto muito, mas a situação é a pior possível. Podemos controlar a dor, mas infelizmente o câncer não é tratável. Tentei abordar o assunto, mas a Stella não quis ouvir. O marido dela precisa estar ciente disso. — Ele dirigiu um sorriso curto e solidário a Erin. — É bom que você e a Stella estejam se dando tão bem.

Isso porque ela era praticamente a única pessoa a visitar Stella. Erin não contara a verdade ao médico.

— E vamos mantê-la aqui — acrescentou ele. — Não vale a pena movê-la para qualquer outro lugar. É uma questão de dias.

Nem mesmo semanas. *Dias*. Erin fechou os olhos; ela não fazia ideia de que o câncer pudesse ser tão rápido.

— Você errou um pouquinho — Stella tinha um tom queixoso.

No leito de morte e insatisfeita com a forma como suas unhas estavam sendo pintadas.

— Desculpe — disse Erin, refazendo a ponta da unha.

— Quero ficar linda para o Max. Por que ele ainda não chegou?

— Ele deve estar tentando encontrar uma vaga. Às vezes, é um pesadelo.

As portas da ala se abriram.

— Aí está você — anunciou Stella. — Atrasado.

Max se aproximou da cama; se estava chocado com a mudança na aparência de Stella desde a última visita, conseguira disfarçar bem.

— Sempre briguenta, mesmo depois de todos esses anos. Que inferno, mulher, dê um tempo, tá? Tem pessoas que precisam trabalhar, discutir com marias chuteiras. — Ele se inclinou e a abraçou. — A Tandy está fascinada com os poderes dos cristais. Ela está convencida de que quer ter na entrada uma pirâmide de cristal azul de dois metros e meio. Enfim, como você está se sentindo?

— Uma porcaria. Odeio este lugar. E a Erin está estragando minhas unhas. — Elevando o rosto para receber um beijo, Stella perguntou: — Estou bonita?

— Você está fabulosa. Tenho certeza de que andou paquerando todos os médicos.

— Talvez. Mas todos eles estão obcecados com as minhas repugnantes funções corporais. — Stella fez um beicinho e arrumou o cabelo. — Digo, eles começam ótimos, com uma conversa cheia de charme e piscadinhas, mas no momento seguinte estragam tudo perguntando se meus intestinos funcionaram hoje.

— Odeio quando isso acontece — disse Max. — O clima vai por água abaixo. Aqui, trouxe algumas revistas.

— Obrigada. Já li esta. E aquela.

Max balançou a cabeça.

— Era melhor eu não ter me dado ao trabalho. Ninguém nunca te ensinou que, quando você ganha alguma coisa, é de bom tom ao menos fingir que ficou contente?

Stella sorriu, os dentes branqueados contrastando de modo bizarro com a tez marrom-amarelada.

— Como se você soubesse o que é ser educado. Desculpe. Não li as outras. — Puxando uma das revistas, ela analisou a capa. — Você escolheu esta de propósito?

— Não. Por quê?

Max olhou para Erin, e era claro que os dois pensavam a mesma coisa: meu Deus, não diga que é um artigo com sugestões de coisas para fazer quando se tem só uma semana de vida.

Stella apontou com uma das unhas recém-pintadas de vinho para o título *Relógio biológico chamando? Ligue para um amigo gay!*.

— Pensei que esse era o seu jeito de me dizer que mudou de ideia.

— Não.

— Mas você pode mudar.

— Não, de jeito nenhum — insistiu Max.

— Agora não, é claro. Mas quando eu melhorar. — Stella o fitou com atenção. — Quero um bebê, Max. *Por favor*.

Erin olhou para ele e Max balançou a cabeça.

— Sei que você quer, mas não vai ser comigo. Desculpe, você vai precisar arranjar outro trouxa para fazer isso.

— Está certo. É o que vou fazer. — Criando coragem para outro curto sorriso, Stella se vingou: — Não gostaria mesmo que algum filho meu herdasse um nariz como *esse* aí.

Max ficou por mais quarenta minutos trocando insultos, contando as fofocas de Roxborough e comendo não só o conteúdo da tigela de frutas de Stella, como também meia dúzia de biscoitos da mulher da cama ao lado.

Quando ele saiu, Stella o observou e então afundou nos travesseiros atrás dela com um suspiro.

— Ele é ótimo, não é?

— Hum... — Erin encolheu os ombros e concordou parcialmente, por dentro ainda indignada com a atitude anterior de Max. Poxa, custava ele ter ao menos *fingido* que...

— Ele me faz sentir tão melhor.

Ah, que ótimo! Max dava o ar de sua presença e fazia toda a diferença do mundo, enquanto algumas pessoas cancelavam suas viagens e gastavam toda a semana ali. Não era fantástico que uma rápida visita dele ajudasse tanto?

— Sinto que sou boba por dizer isso, mas ao menos agora eu sei que não estou morrendo.

— *O quê*?

— Ah, bom, você sabe. — Encabulada, Stella explicou: — Quando você está muito mal e as pessoas ficam te tratando bem, isso acaba passando pela sua cabeça. E é assustador, né? Mas, se eu estivesse morrendo, o Max teria concordado com tudo o que eu falei, não teria? Ele teria cedido à minha ideia, prometido quantos bebês eu quisesse. Pegue um daqueles para mim. — Ela fez um gesto fraco na direção dos lenços de papel, assim que as lágrimas começaram a rolar pelo rosto. — Mas ele não cedeu. Ele foi duro comigo. Isso quer dizer que estou bem.

— Ah, que bom! — Erin não sabia o que dizer.

— Meu Deus, que alívio! Tudo o que eu preciso fazer agora é ficar mais forte para eles começarem o tratamento. E quando você e o Fergus estão planejando se casar?

Erin estava com dificuldades para acompanhar a conversa.

— Não conversamos sobre isso ainda. Vocês ainda não se divorciaram.

— Isso vai ser rápido. Podemos resolver. Não ligo mais para o Fergus, você pode ficar com ele. Só quero que me prometa uma coisa.

Socorro, o que ela queria agora?

— Prometer o quê?

— Que você vai me convidar para o casamento. Aí eu posso aparecer fantástica, em um vestido maravilhoso. Estarei magra, elegantérrima, lindíssima — imaginou Stella — e todo mundo vai ficar se perguntando por que o Fergus se divorciou de mim.

— Sabe de uma coisa? — interrompeu Erin. — Tenho uma estranha intuição de que o seu convite vai se perder no correio.

— Não se preocupe, posso entrar de penetra. — Stella estremeceu de dor, mas em seguida alargou um sorriso de satisfação. — Ah, roubar a cena no casamento do seu ex-marido. Que divertido!

CAPÍTULO 39

— **ADIVINHE O QUE FIQUEI** fazendo o dia todo? — Tilly apareceu na loja e levantou os braços acima da cabeça. — Você nunca vai adivinhar.

Kaye, que estava tirando cuidadosamente as bolinhas de um pulôver de caxemira Brora, viu Tilly com os braços no ar e disse:

— Imitando um orangotango? Pulando de galho em galho? Ah, eu sei, aprendendo a ser uma trapezista de circo!

— Qualquer uma dessas opções teria sido muito mais divertida. Fiquei colando cristais Swarovski em um teto azul escuro. Duzentos metros quadrados de teto. Quinze mil cristais Swarovski. Minhas mãos estão cheias de cola e não consigo sentir os dedos. — Estremecendo ao abaixar os braços, Tilly continuou: — E tive a brilhante ideia de passar um rolo de cola pelo teto e depois só jogar os cristais para cima, mas o Max não deixou.

— Ele é um carrasco malvado.

— Nem me fale. Ah, e você precisa ver o website da instituição contra o Alzheimer. — Tilly passou por ela e balançou o mouse para acender a tela do computador. — O Jack ligou para o Max mais cedo, dizendo para ele dar uma olhada.

— Ai, meu Deus! — gritou Kaye quando a página da instituição foi carregada. Tilly, que já havia visto a página no *laptop* do Max, deu um aperto solidário no braço dela.

Abaixo da manchete *NOTÍCIA DE ÚLTIMA HORA!*, vinha o informe: "Devido a circunstâncias inesperadas, Antonella Beckwith precisou cancelar sua participação em nosso leilão beneficente. Entretanto, é com emoção e prazer que anunciamos a todos que ela será substituída por uma celebridade genuína. A sensacional, amada e premiada superestrela de Hollywood KAYE McKENNA!".

— Ai, meu Deus — repetiu Kaye em um gemido, cobrindo o rosto. — Isso é tão constrangedor.

— Não parece mal.

Bem, às vezes era necessário mentir.

— É, sim. É como se um milhão de pessoas aparecesse no estádio de Wembley para um *show* da Madonna e então você pisasse no palco e contasse para eles que você vai cantar.

— Mas isso não seria fantástico? — Entusiasmada, Tilly disse: — Cantar em Wembley sempre foi meu sonho secreto.

— Só que você não teria a menor chance, porque o público te destroçaria, membro por membro, antes que você pudesse abrir a boca. E é isso que vai acontecer comigo. — Kaye golpeou a testa com o punho. — Velhos furiosos, se sentindo enganados e me vaiando para fora do palco, jogando dentaduras em mim. E garanto que o Max acha isso hilário.

— Só um pouquinho.

— Não acredito que a Dorothy fez isso comigo. Ela me perguntou se eu tinha algum Emmy ou Oscar, e eu respondi que o único prêmio que ganhei em toda a minha vida foi pela corrida com prato de gelatina, aos sete anos.

— Bem, é pela caridade. As pessoas não vão se importar.

— Eles podem não se importar, mas quem vai pagar para passar algumas horas comigo? — Mostrando a loja com as mãos, ela continuou, impotente: — Qualquer um que queira pode vir aqui e falar comigo de graça. A única coisa que peço em troca é uma ajuda com as bolinhas.

A porta se abriu e duas mulheres, que Tilly reconhecia vagamente, entraram na loja. Bem-cuidadas e com trinta e poucos anos. Ela já as havia visto em algum lugar. Provavelmente no Lazy Fox. Elas tagarelavam entre si. Tilly observou Kaye preparar um sorriso simpático de boas-vindas e esperar que as potenciais clientes sorrissem e a cumprimentassem de volta.

Bem, isso não aconteceu. Ignorando-as, as duas mulheres começaram a vasculhar os cabides. Kaye encolheu os ombros sutilmente e voltou para o computador. Tilly verificou o relógio; ela deveria estar a caminho de Harleston para buscar Lou na escola.

— Quero dizer, você acredita nisso? Sei que ela sempre foi uma oferecida, mas não saber quem é o pai do seu bebê é... meu Deus, é tão *baixo*.

— Ah, mas aposto que adivinhamos de quem ela espera que seja.

Tilly trocou um olhar com Kaye; sério, elas deviam estar vestindo algum tipo de capa invisível. Mesmo assim, aquilo tinha um valor como entretenimento. Como Erin havia comentado no passado, trabalhar em uma loja era ótimo para ouvir a conversa dos outros.

— Bem, se for do Andrew — sugeriu a mulher alta e loira —, vai nascer com perninhas gordas e esquisitas.

— E se for do Rupert — a morena fez uma careta —, Deus o ajude! Vai nascer careca, com cabelos brotando das orelhas pontudas e vestindo calças de veludo cotelê mostarda!

As duas romperam em gargalhadas com a ideia. Oferecida ou não, Tilly sentiu pena da garota que estava sendo motivo de gozação. Batendo no relógio de pulso, ela disse em voz baixa para Kaye:

— É melhor eu ir andando...

— Ah, dá para imaginar por que ela está preocupada! Pelo menos ela sabe que não vai parecer uma gárgula se for do Jack. Acho que devemos torcer para que seja ele, pelo bem do bebê. O que você acha dos botões desta camisa? Fica com muita cara de escritório?

O estômago de Tilly se retorceu, o coração parou. Há um minuto, os órgãos dela estavam bem. No minuto seguinte, eles ficaram doidos. Como em *Tom e Jerry*, quando Tom fica suspenso no ar por um segundo antes de se espatifar no chão. Ela olhou para Kaye, igualmente surpresa e com os olhos fixos nas mulheres.

— Esses ombros parecem um pouco quadrados. E não tenho certeza sobre a gola. Se for do Rupert — disse a morena, entre risos —, pode nascer dando uma risada como a dele, como uma hiena com gás hélio.

Sobre quem elas estavam falando? Sobre *quem*?

— E, se for do Andrew, vai nascer com meias listradas nojentas.

Tilly fechou os olhos. Por favor, que seja algum outro Jack.

— Meu Deus, ela deve estar desesperada para ser do Jack. Ah, olhe isto! — Triunfante, a mulher puxou um vestido de crepe cinza cortado em viés. — É da Ghost!

Tilly estava pálida, enjoada e com o coração batendo forte.

— Além disso — complementou a loira —, pelo menos ele tem um sobrenome decente. Imagine se ela se casasse com o Rupert!

— Nunca pensei nisso. Nossa, que *horrível* — chiou a outra mulher. — Ela seria Amy Pratt!

Amy, ah, meu Deus, não! Tilly ainda tinha a viva lembrança de ser interrogada pela esquálida Amy e seus saltos agulha na noite do aniversário de Declan no pub. Naquela época, ela estava maravilhada com Jack. Agora, ela estava grávida e havia chances de o bebê ser dele. Como Jack pudera ser tão descuidado?

Se bem que essa era uma pergunta retórica, não é? Porque ele era um homem. Quando se trata de sexo, eles não se dão ao trabalho de considerar as possíveis consequências. Tilly ficou tonta e, para seu horror, com uma pontinha minúscula de ciúmes.

— E qual é a opinião do novo namorado da Amy? — A loira ainda estava examinando com cuidado o vestido Ghost.

— Você não ficou sabendo? Ele terminou tudo. Ela foi chutada de lado feito uma pedra. Olhe só, você pode usar os seus Kurt Geigers dourados com esse.

— Então ela vai sair à caça dos três.

— Pobres sujeitos. Aposto que agora eles estão desejando que tivessem ficado de calças.

— Hum, com licença. — Franzindo a testa, Kaye perguntou: — Vocês estão falando do Jack Lucas?

As duas mulheres se viraram para olhar para Kaye, com as sobrancelhas erguidas o máximo que o Botox permitia.

— Isso mesmo — confirmou a loira. — Você o conhece?

— Sim, conheço. — Kaye estava consternada. — *Muito* bem.

— Aaah... — A morena inclinou a cabeça concordando, bem devagar. — Você é mais uma delas. Bom, a lei das probabilidades diz que isso teria que acontecer algum dia. Quero dizer, sei que é culpa dele, mas não dá para não sentir pena.

Tilly engoliu em seco. Havia uma chance em três de Jack ter engravidado Amy por acidente, e a notícia a havia pego de surpresa.

A outra mulher balançou a cabeça.

— E você sabe como é a Amy quando se trata de dinheiro. Ela deve estar rezando para o bebê ser do Jack. Se for, aquele advogado dela vai trabalhar dia e noite para arrancar cada centavo que ela puder.

CAPÍTULO 40

DESCONFORTÁVEL, Fergus mudou de posição na cadeira laranja do hospital. A visão daquela mulher que outrora fora sua esposa, encolhida, sem cor e visivelmente mais fraca, dia após dia, o sufocava com uma mistura de emoções difícil de definir. Há alguns anos, ele havia amado Stella a ponto de se casar com ela. Mas o amor deles nunca fora o tipo de relacionamento simples e natural que ele tinha agora com Erin. O enorme ego de Stella, a alta consideração que tinha por si mesma e a infinita capacidade de criticar os outros conseguiram desgastar aquele amor. Mas vê-la daquele jeito era doloroso; ele se sentia culpado, envergonhado, ressentido e... ah, Deus, culpado mais uma vez, pois, se ela não tivesse atribuído os sintomas físicos ao abandono do marido, poderia ter ido ao médico meses antes, a tempo de descobrir o câncer antes de ele se espalhar...

— Vamos lá, vamos lá, você tem que saber puxar conversa. — Mesmo assim, Stella ainda conseguia zombar dele.

E era verdade; ele era um corretor imobiliário, um vendedor. A arte de puxar conversa sobre qualquer coisa na face da Terra era algo que ele deveria dominar, e normalmente dominava *mesmo*. Mas ali, naquele hospital, era difícil, quase impossível. Ele não sabia como Erin fazia. Erin, a pessoa que Stella mais havia maltratado. Era incrível como ela havia deixado tudo aquilo para trás. Quatro horas por dia, ela ficava lá e fazia companhia para Stella, conversando sobre a equipe do hospital, os médicos e enfermeiras favoritos, os outros pacientes, roupas, TV, os dias de escola, tudo e qualquer coisa.

— Você está parecendo uma dessas pessoas com problemas esperando para ver o gerente do banco — disse Stella.

Fergus fez um esforço para se animar. Mas era assim mesmo que estava se sentindo. Verificando o relógio na parede, viu que faltava pouco. Erin chegaria logo, graças a Deus. E ele poderia voltar para o trabalho. Observando Stella, imaginou se, no fundo, ela sabia que estava morrendo. E, se sabia, como era aquele sentimento? Havia tantas perguntas que ele queria fazer, mas não conseguia. Deus, quem imaginaria que algo assim aconteceria?

— Sabe, poderíamos brincar de adivinhação — continuou ela, sarcástica.

Mais culpa. Ele estava sendo uma péssima visita de hospital.

— Você quer?

— *Não*. — Ela revirou os olhos.

— Daqui a pouco a Erin vai chegar.

— Graças a Deus. Ela é uma companhia muito mais agradável que você. Acho que até uma parede seria melhor que você.

— Desculpe.

— Gosto da Erin, sabe? Ela é simpática.

Fergus concordou com a cabeça, devagar. Ao menos isso.

— Vou ao casamento de vocês, ela contou? — Stella sorriu. — Quando chegar aquela parte em que o padre pergunta se alguém sabe de alguma razão que impeça o casamento, vou levantar e dizer que sim, porque você usa *lingerie* na cama.

Era a vez de Fergus sorrir. Não era verdade, mas ele conseguia imaginar Stella se levantando e dizendo aquilo, com certeza. Mas ela não teria a chance, não é? Porque, até lá, ela já teria... ah, Deus, não, não, não comece a chorar...

Mas ela já havia tomado conta do corpo dele sem aviso: uma imensa onda de emoções. Com um grasnado alto, parecendo um ganso assustado, Fergus enterrou a cabeça nas mãos e desatou a chorar. Ele soluçava e soluçava, incapaz de se controlar, e a mulher na cama da frente mandou o marido levar a eles uma grande caixa de lenços.

Por fim, ele conseguiu se acalmar. Secou as lágrimas do rosto, assoou o nariz ruidosamente e levantou os olhos para Stella, recostada nos travesseiros e observando-o, impassível.

— Desculpe. — Fergus balançou a cabeça, envergonhado pela explosão. — Não sei de onde isso veio.

Stella sabia que estava morrendo? Ou, se não sabia antes, será que ele havia acabado de entregar o jogo?

Ela deslizou o braço magro pela cama e segurou na mão dele. A pele dela estava seca como papel, muito frouxa para os ossos que cobria.

— Tudo bem, sei por que você está chorando. — Com um indício de sorriso, Stella disparou: — Você acabou de perceber que está preso com a Erin agora. E queria ainda estar comigo.

Em se tratando de Stella, era impossível saber se aquilo era uma piada ou se ela estava falando sério.

Fergus, sem intenção nenhuma de descobrir, verificou o relógio mais uma vez e disse:

— Ela vai estar aqui em um minuto. Vou encontrar alguém para nos ajudar, daí colocamos você em uma cadeira.

Juntos, ele e uma enfermeira disposta conseguiram transferir Stella da cama para uma cadeira de rodas. Ela se contorceu e estremeceu de dor, mas não reclamou. Por último, com a bolsa de medicamento intravenoso balançando no gancho sobre a cabeça dela, estavam prontos para ir.

Mais uma das ideias da Erin, esse era o ponto alto do dia de Stella. Fergus a empurrou para fora da ala e pelo longo corredor abaixo, até alcançar a entrada principal. Fora do prédio, fumantes se reuniam sob o sol. Sentada no banco em frente, embaixo de uma castanheira, Erin estava esperando por eles.

Dessa vez foram os olhos de Stella que se encheram de lágrimas. Fergus a posicionou na frente do banco e Erin abriu a porta da caixa de transporte ao lado dela. Bing serpenteou para fora, miando com impaciência, e pulou no cobertor sobre o colo magro de Stella.

— Ah, Bing, meu bebê.

Stella o acariciou com amor e Bing, com seu usual olhar maligno, submeteu-se aos beijos dela. Ele tolerava aquilo como um adolescente feroz forçado a visitar a avó desgrenhada e incontinente.

Pelo menos ele ficou parado, não tentou fugir. Erin observava Stella ninar o gato e murmurar agrados no ouvido dele. Trazer Bing para vê-la havia melhorado muito o ânimo de Stella, além de ser um momento pelo qual ela esperava todos os dias, mesmo que o fato de convencer Bing a entrar na caixa de transporte e aguentar os uivos e miados indignados durante a viagem de carro fosse um teste definitivo de paciência para qualquer um.

— Tudo bem, bebê, a mamãe vai voltar para casa logo. — Stella beijou as patas dianteiras dele. — Você está com saudades, hum?

— Ele comeu uma lata de salmão ontem à noite. — Bem, usar o verbo *comer* era expressar o fato de uma maneira otimista. Quando Erin colocara a tigela no chão, Bing lançara um olhar totalmente desdenhoso, como se fosse um grande *chef* servido de comida barata por algum cozinheiro amador inútil, dera as costas e fora embora. Mesmo assim, pela manhã, a tigela estava quase vazia.

— Ele prefere salmão defumado, cortado em pedacinhos de dois centímetros e meio. Ah, querido, eles fizeram você comer algum enlatado velho e nojento? Meu pobre bebê, eles são tão *malvados* com você.

Erin não se ofendeu; seria demais esperar por gratidão. Ela se sentou novamente e ficou apenas observando as idas e vindas na entrada do hospital. Então, virou-se para acompanhar o progresso de um garoto de muletas passando pelos portões.

Espere aí. Quem era aquela pessoa ali, logo à frente do garoto?

Não era...?

Caramba, *era*.

— Stella.

— Ah, olhe só os seus lindos bigodes, eles estão tão *sedosos*.

— Stella. — Erin cutucou de leve a lateral da cadeira de rodas. — Parece que você tem outra visita.

— O quê?

— Alguém veio te ver.

Atrasada, mas antes tarde do que nunca. Contente por Stella, Erin apontou a visita. Amy, vestindo uma blusa amarelo-narciso com decote em "V", *jeans* creme e sandálias de salto, vinha caminhando na direção deles.

Stella sorriu, claramente aliviada por ver a amiga depois de tanto tempo.

Amy se aproximou. Reconhecendo primeiro Erin, depois Fergus, ela os cumprimentou com um breve movimento de cabeça.

E, então, continuou caminhando.

Perplexos, eles continuaram observando e ouvindo o barulho dos saltos no chão, até ela alcançar as portas de vidro deslizantes da entrada principal do edifício.

— *Amy* — Fergus chamou, interrompendo-a. Assim que ela se virou, ele avisou, redundante: — Estamos aqui!

Confusa, Amy olhou para ele, depois para Erin. Por fim, avistou Stella na cadeira de rodas e sua expressão se alterou, expressando horror no momento em que a reconheceu. Tarde demais, Erin percebeu que Amy não estava ali para visitar Stella; o fato de que ela poderia cruzar com Stella aquele dia nem havia passado pela cabeça dela.

— Stella? Como você *está*? — Sem se mover, Amy acenou a distância, como se estivesse cumprimentando uma conhecida em um dia de corrida de cavalos em Ascot. — Que bom ver você! Você está... hum...

— Maravilhosa — murmurou Stella com ironia. — Eu sei.

— Gente, eu adoraria parar para bater um papo, mas estou atrasada para a minha consulta! Minha primeira ultrassonografia. — Amy estava radiante e ansiosa.

— Erin contou que você está grávida — disse Stella. Ela fez uma pausa. — Parabéns.

— Obrigada! Bom, é melhor eu ir, não quero deixar o médico esperando. Me desejem sorte — disse Amy, cantando. — Vejo vocês por aí!

Eles observaram em silêncio quando Amy passou balançando pela porta de vidro. Stella continuou acariciando Bing. Por fim, falou:

— Pobre bebê. Imagine não saber nem quem é o pai. Vocês acham que vai dar para ver na ultrassonografia se ele tem as orelhas do Rupert?

CAPÍTULO 41

NAQUELE DIA, o estacionamento da escola já estava em plena atividade às 7 horas da manhã. Max parou em uma vaga e puxou do banco de trás do carro a mala azul-turquesa de Lou.

Ela atirou os braços em volta dele, deu-lhe um beijo de cada lado do rosto e um abraço extra para dar sorte, um hábito que eles mantinham desde que ela era bem pequena e do qual ele esperava que ela nunca se desfizesse. Se alguém contasse quantos abraços extras ele havia ganhado em todos esses anos, a soma total daria, meu Deus, algumas dezenas de milhares. E ele não os perderia por nada nesse mundo.

— Obrigada por me trazer tão cedo. — Os cachos de Lou fizeram cócegas no nariz dele. — Amo você. Tchau, pai.

— Espere um segundo.

Desfazendo-se do abraço, Max caminhou até a traseira do carro e abriu o porta-malas.

— Por quê? O que tem aí? — Lou franziu ainda mais a testa quando o viu puxar outra mala. — O que está acontecendo? Para quem é isso?

O ônibus já estava quase lotado de alunos e professores; em dez minutos, eles partiriam em viagem para Paris.

— Para mim — respondeu Max.

— Por quê? Você não vai comigo.

— Vou.

— Ah, pai, não!

Lou parecia estar chateada e em pânico. Max sabia o motivo e compreendia essa reação.

— Ei, tudo bem. Vai dar tudo certo.

— Não vai dar certo! O Eddie Marshall-Hicks vai estar na viagem, e o amigo dele, o Baz... Eles podem *dizer* coisas...

— Se eles tentarem, vou pegar as cabeças deles, bater uma na outra e jogá-los da Torre Eiffel. Bem — corrigiu Max —, é o que eu faria, se pudesse.

Pais e filhos se aglomeravam ao redor deles. Lou observava apreensiva a chegada de cada carro, claramente descontente com a situação.

— Pai, eles são desprezíveis. Vai ser horrível.

O que só comprovou que, ao contrário do que ela havia prometido a ele, os comentários irônicos *não* tinham cessado.

— Querida, você acha que não sou capaz de lidar com um par de garotos mal-educados e mimados? Participar da viagem foi minha ideia, depois de conversar com a Sra. Heron. Ela concordou comigo.

— Então, você decidiu isso há semanas e nem pensou em me contar? — Lou se lamentou: — Pai, esta é a *minha* viagem da escola.

— Por isso mesmo que não contamos. Você teria implorado para eu não ir.

— Estou implorando *agora*.

— Tarde demais. Já estamos aqui. Ah, não me olhe desse jeito... — Max rezou para não ter cometido um erro terrível. — Não estou fazendo isso para te castigar. A Sra. Heron acha que é uma ótima ideia.

Lou apertou os olhos.

— É claro que ela acha, né? Você não é pai *dela*.

Mas não havia mais nada que ela pudesse fazer; a decisão já fora tomada. Durante os quinze minutos seguintes, quarenta crianças e quarenta e quatro itens variados de bagagem tomaram seus lugares no ônibus. Astrid Heron apareceu para se despedir de todos. Ela se posicionou na parte dianteira do ônibus, de frente para os ansiosos alunos, e fez um breve discurso de diretora.

— Bom, todos já conhecem a Srta. Endell e o Sr. Lewis, então deixem-me apresentar a vocês dois pais que serão auxiliares voluntários. A Sra. Trent, mãe da Sophie.

Ao lado de Max, Fenella Trent colocou-se radiante sobre os pés adequadamente calçados, acenou com entusiasmo e disse, cantando:

— Oi, pessoal!

— E o pai da Louisa, o Sr. Dineen.

Ok, ele definitivamente não iria acenar radiante. Max levantou-se, observou o mar de rostos e disse:

— Oi, vocês podem me chamar de Max.

Não era necessário ser um gênio para descobrir onde Eddie e seu escudeiro estavam sentados. Todos no ônibus ouviram os risinhos no fundo e o cochicho alto:

— Ou de boneca.

— Quem disse isso? — gritou a Sra. Heron, indignada.

— Tudo bem. — Max a deteve com um breve sorriso; eles não haviam concordado antes em lidar com o problema do jeito dele? Dirigindo-se ao fundo do ônibus, ele respondeu amavelmente: — Vocês até *podem* me chamar assim, mas não vão gostar da minha resposta.

Agora parecia que Astrid Heron estava se arrependendo da própria decisão.

— Certo. Bem. Tenham uma viagem maravilhosa, todos vocês. E lembrem-se, vocês estão representando Harleston Hall, portanto, comportem-se! Sejam o nosso orgulho! *À bientôt! Bonne chance! Au revoir!*

Quando finalmente se livraram dela, o ônibus seguiu pela pista cercada de árvores, com o Sol passando por entre os galhos. Max se recostou na poltrona, imaginando se o "*comportem-se*" também se aplicava a ele. Se a travessia de balsa fosse difícil, e se ele tivesse a oportunidade, seria muito errado empurrar Eddie e o escudeiro engraçadinho pela amurada, para dentro do canal?

Ao lado dele, Fenella, toda contente, ajustou a tiara e comentou:

— Bem, estamos a caminho! Isso vai ser tão divertido!

— Espero que sim.

Ela se inclinou levemente na direção dele e baixou a voz.

— O que foi aquilo agora há pouco? Não entendi nada.

— Dois garotos estão fazendo piadas comigo — explicou Max. — Porque sou *gay*.

As sobrancelhas de Fenella quase se uniram à tiara.

— Você está brincando comigo?

— Não.

— Mas... mas você é o pai da Louisa!

Max encolheu de leve os ombros.

— Ainda assim, sou *gay*.

Tendo evidentemente levado uma vida bastante convencional, Fenella enrubesceu e se encolheu para longe dele.

— Bem, eu... eu não fazia ideia disso... Que horror!

— É. Chocante, né? — comentou Max.

MEU DEUS, ficar de olho em quarenta crianças de 13 e 14 anos extremamente agitadas era desgastante. Após uma tarde de passeio pelos pontos turísticos, Torre Eiffel, Louvre, Arco do Triunfo, todos eles jantaram em mesas do lado de fora de uma grande pizzaria (*pizza? Oui, naturellement!*). Agora, estavam conversando, trocando de lugar e observando outros grupos de adolescentes ao redor. Alguns garotos estavam chutando bolinhas de papel-alumínio, fazendo dribles entre as mesas e exibindo suas habilidades.

Max tomava seu café preto e observava a linguagem corporal da animada Josie Endell, conversando com Tom Lewis. Já na segunda taça de vinho *très* ousada!, ela se inclinava para a frente e arqueava as costas para expor um pouco mais do decote, usava muito as mãos para ilustrar o que dizia e era um tanto, um grande tanto, provocativa. Para esclarecer algo, ela tocava no braço dele. Cada vez que ria, jogava o cabelo para trás. Ah, sim, o clássico ritual de acasalamento da professora de história, com direito a olhos brilhantes e cabelos jogados para trás. Sem dúvidas, o interesse da Srta. Endell pelo Sr. Lewis não era tão secreto.

E ela não era a única. Entretido, Max observou a cena ocorrer na frente dele. Garotas adolescentes esvoaçavam em volta de Tom Lewis como mariposas, fazendo perguntas e comentários engraçados, e em geral praticando suas amadoras habilidades de flerte da maneira mais inofensiva possível com alguém atraente, mas seguro.

— Senhor? O senhor pode cuidar do meu Zen[11]?

Outra coisa interessante era observar a interação entre...

— Senhor?

— Ah, desculpe. — Um pouco atrasado, Max virou para a esquerda. — Não percebi que você estava falando comigo. Ninguém nunca me chamou de senhor. Claro, posso cuidar dele. — Ele colocou o eletrônico dentro do bolso. — Mas seria mais fácil se você me chamasse de Max.

— Tudo bem, senhor... Max — balbuciou a garota.

— Agora parece melhor. Senhor Max. Gostei. — Ele concordou com a cabeça. — Aliás, o que você está achando da viagem? Está se divertindo?

— Ah, sim, Paris é muito legal! Gostei de ver a *Mona Lisa* hoje à tarde. Uma vez, vi um programa na televisão sobre o Leonardo da Vinci, e ele fez tantas coisas brilhantes.

Uma das bolinhas de papel-alumínio havia acabado de parar debaixo da cadeira de Max. Eddie Marshall-Hicks, puxando-a habilmente com o pé, deu uma risada zombeteira e disse:

— Leonardo da Vinci era *gay*.

A garota revirou os olhos.

— Eddie, você é um idiota.

[11] Leitor de MP3 da marca Creative. (N. T.)

— Mas ele era! — Ele se fez de inocente. — Só estava *dizendo*.

— É verdade. Ele era um gênio — acrescentou Max. — Uma das pessoas mais talentosas que já existiram.

Assim que Eddie chutou a bolinha improvisada de volta para o jogo na calçada, disse em voz baixa:

— E um veado.

A garota balançou a cabeça, revoltada.

— Sinto muito por isso, senhor... Max. Ele é muito imaturo.

— Sabe de uma coisa? Já notei isso.

— Foi ótimo o dia que a Lou deu um soco nele. Enfim, não somos todos como o Eddie. Acho você legal.

— Sabe de outra coisa? — Max sorriu. — Você está absolutamente certa.

Quando a garota voltou a se reunir com os amigos, Tom Lewis levantou a mão, interrompendo o flerte de Josie Endell, e perguntou a Max:

— Você está bem? Quer que eu fale com ele?

— Não, obrigado, estou bem.

Max confirmou com um breve aceno de cabeça e sinalizou à bela garçonete que gostaria de mais um café. Ao trazê-lo, o olhar dela deslizou para apreciar tentadoramente o corpo sólido e bem treinado do professor de educação física. Tom Lewis, vestindo uma camisa cáqui com o colarinho aberto e jeans pretos, transpirava virilidade e boa forma em um grau apavorante, que as mulheres achavam irresistível.

— *Non, merci.* — Tom balançou a bela cabeça quando a moça perguntou se ele também gostaria de alguma coisa, e Josie Endell, talvez sem nem perceber, disparou para ela um sorriso possessivo de "tire os olhos, ele já é meu".

Max terminou de misturar o açúcar no café. Era o Superman que tinha visão de raios X, que podia olhar para as pessoas e ver sob as roupas delas? Porque era assim que ele se sentia, sendo o único a saber, sem sombra de dúvida, que Josie estava perdendo seu tempo.

Certeza absoluta. *Gaydar* era algo maravilhoso.

CAPÍTULO 42

AO SUBIR NO ÔNIBUS na manhã seguinte, Max estava quase simpatizando com as crianças. Quando se tem 13 ou 14 anos, não é fácil ficar entusiasmado com o fato de ir visitar o Palácio de Versalhes se há uma Disneylândia nas vizinhanças.

Mas, enfim, aquela era uma excursão escolar. Quem disse que tinha que ser divertida? E essa estava prestes a ser pior para Eddie Marshall-Hicks.

— Certo, hoje vou sentar aqui atrás. Você — Max indicou Baz — pode se mudar lá para a frente e mostrar para a Sra. Trent todo o charme da sua conversa.

— Hein? — Com a boca aberta e uma expressão estúpida, Baz olhou para ele.

— E eu vou sentar bem aqui, ao lado do Eddie Venenoso.

— O quê? — Eddie se eriçou. — Por quê? Não quero que você fique sentado do meu lado!

— Sinto muito. É o seu castigo por todos os comentários humorísticos de ontem. E eu estou aqui como auxiliar, então você tem que fazer o que eu mandar.

A garota do dia anterior, que ele sabia se chamar Saskia, exultou:

— *Yeah*, senhor Max! É isso aí!

Baz e Eddie olharam um para o outro, repugnados. Como um gorila irritado, Baz se arrastou para fora de seu lugar e caminhou pisando pesadamente até a frente do ônibus. Fenella tinha uma surpresa para ele.

Com o canto do olho, Max viu de relance a expressão ansiosa de Lou sobre o topo da fila de assentos em frente. Ela conseguia lidar com Eddie do jeito dela, mas não estava feliz que o próprio pai, a razão do conflito, se intrometesse e se envolvesse na situação.

Max a ignorou e se sentou. Se antes ele tinha um plano de ganhar Eddie com sua personalidade cordial, perspicaz e irresistível, bem, agora sabia que isso não funcionaria. Não em três dias.

Desse modo, o plano B era definitivamente preferível. Mas o êxito do plano B dependia da intervenção divina para gerar algum acidente terrível, no qual Eddie se encontrasse em perigo de morte e Max, precipitando-se heroicamente ao resgate, salvaria a vida dele.

E as chances disso acontecer, devia-se admitir, eram mínimas.

O que significava que a última opção era o plano C. Max não estava orgulhoso de si mesmo, mas às vezes é necessário fazer uso do que se tem. As táticas podem ser desleais, mas, se funcionarem, bem, quem se importa?

Enquanto isso, Eddie havia se deslocado pela poltrona de forma ostensiva e já estava grudado na janela.

— E então, animado para Versalhes?

Uma sobrancelha era capaz de zombar de alguém? A de Eddie estava conseguindo.

— Não.

— É espetacular, sabe?

— Para quem gosta de lustres, espelhos e cortinas extravagantes. Eu não gosto.

— Bem, esse é o meu trabalho. A Lou contou para você que sou decorador?

Eddie riu.

— Que surpresa.

— Pois é. Bem, não é uma carreira ruim. Dá para conhecer pessoas interessantes.

— Tipo quem? Lawrence Llewellyn-Bowen[12]?

Max deu de ombros e desdobrou o jornal do dia anterior. Assim que o ônibus saiu do pátio do hotel, ele começou a fazer as palavras cruzadas. Vinte silenciosos minutos depois, pegou o celular e ligou para casa.

— Tilly? Oi, querida, sou eu. Escute, o pessoal terminou de azulejar o piso daquele banheiro ontem?

— Eles terminaram às dez da noite — disse Tilly. — Como está tudo por aí?

— Ah, bem! Estamos nos dando muito bem. — Max sorriu. — Todos me adoram.

Ao lado dele, Eddie deu um barulhento suspiro de irritação do tipo "ah, que engraçado".

— Agora você está mentindo — reconheceu Tilly, alegre.

— Obrigado. Aliás, sobre o banheiro. Jamie está contente com ele, não está? — Baixando um pouco a voz, Max continuou: — E Tandy?

De repente, Eddie parou de puxar os fios soltos da calça *jeans* rasgada.

— Eles estão muito felizes. A Tandy chorou quando viu.

— A Tandy chorou? Nossa, essa garota não bate bem da cabeça. Quando ela vir a conta do trabalho completo, aí é que ela vai querer chorar.

— Não, porque eles já têm os custos cobertos, lembra?

Max riu.

— Deus abençoe a revista *Hi!*. Bem, estamos chegando a Versalhes em um minuto, então vou precisar desligar. Ligue se aparecer algum problema.

— Coitado, não consigo imaginar nada mais chato.

12 Lawrence Llewellyn-Bowen (Londres, 11 de março de 1965) é um decorador e consultor de interiores famoso por participar de programas da televisão britânica. (N. T.)

— Eu sei — disse Max. — Não conte ao Jamie, ele vai ficar deprimido. Certo, falo com você mais tarde. Tchau.

Ele desligou o telefone. Eddie continuou olhando para fora da janela, com o perfil esculpido e perfeito como uma estátua de Rodin. Max voltou sua atenção às palavras cruzadas. Para que elas *serviam*, exatamente? Qual era o objetivo de desgastar preciosos neurônios para encaixar letras estúpidas em quadrados? E, falando em estúpido e inútil, Eddie pretendia dizer alguma coisa ou ficaria só olhando para fora do maldito...

— E... sobre o que você estava falando?

A-há! Mordeu a isca!

— Hum? Desculpe? — Max olhou por cima do jornal, avistando o garoto sobre seus óculos. — Ah, só estava em contato com a minha assistente. Verificando se os clientes estão satisfeitos.

— Tá. — Eddie deu de ombros, displicente. Mas, dessa vez, era quase possível sentir a curiosidade queimando através da camiseta do Led Zeppelin. — E... quem são eles, mesmo?

Isso era ótimo com Jamie e Tandy. Eles eram reconhecidos pela menção dos dois nomes, em conjunto. Estavam prontos para ser o novo casal Posh and Becks[13], o novo Wayne e Coleen[14]. Bem, só dependia de Tandy.

— Não devo ficar falando dos meus clientes. — Max hesitou, e em seguida confessou, relutante: — São só um jogador de futebol e a namorada dele.

Eddie estava encarando Max.

— Jamie Michaels e a namorada dele? Sério, é para eles que você está trabalhando?

— Shhh! Não conte para todo mundo.

— Caramba. E você já conheceu os dois? Digo, de verdade?

— Claro que sim.

— Mas o Jamie Michaels não é... você sabe, *gay*.

— Não, ele não é. — Max se admirava com a lógica da mente de um

[13] Posh and Becks é o apelido dado pela mídia para o casal de celebridades Victoria (Posh Spice, do grupo Spice Girls) e David Beckham (jogador de futebol). (N. T.)

[14] Refere-se ao jogador de futebol inglês Wayne Rooney e sua ex-esposa, Coleen. (N. T.)

garoto de 14 anos. — Reformei a casa do amigo dele no ano passado e esse amigo recomendou o meu trabalho para o Jamie e a Tandy.

— Quem era esse amigo?

— Colin, acho. — Franzindo a testa, como se estivesse se esforçando para lembrar, Max disse: — Não, era Cal. Cal Cavanagh.

Eddie deu um pulo na poltrona e gritou:

— Você está de brincadeira! Cal *Cavanagh*!

— Será que você pode falar mais baixo?

— Mas... mas ele é, tipo, o jogador mais genial do planeta.

— Ah, é? Não sei muito sobre futebol. Grande Cal.

Eddie apertou os olhos. Ele estava visivelmente ofegante.

— Isso é alguma pegadinha?

— Por que seria? — perguntou Max, encolhendo os ombros.

Finalmente convencido, Eddie inclinou a cabeça contra o encosto acolchoado e aveludado da poltrona.

— Isso é tão fantástico! Não fazia a menor ideia. O Cal Cavanagh e o Jamie Michaels jogam no melhor time do mundo e você os *conhece* de verdade. A qualquer momento, seu telefone pode tocar e podem ser eles do outro lado da linha. Torço pelo time deles, sabe? Desde pequeno. Estava com uma camisa ontem.

Max sabia, embora tivesse demorado um pouco para perceber. Ele não havia mentido sobre sua falta de interesse pelo futebol.

— Não acredito — continuou Eddie. — Todo esse tempo e a Lou nunca disse nada.

— Ela também não se interessa por futebol.

— Poxa, Cal Cavanagh. Ele mora, tipo, em uma mansão gigante?

— Bem grande. — Max concordou. — Com portões elétricos. Oito quartos, nove banheiros, uma sala de sinuca e uma piscina coberta com os nomes Cal e Nicole escritos com tijolos dourados no fundo da piscina.

Eles estavam entrando no parque de Versalhes.

— Cal e *Nicole*? — Eddie arregalou os olhos. — Mas eles terminaram há seis meses! Ele a dispensou!

Max fez um breve aceno de cabeça.

— Eu sei. Já tinha avisado que aqueles tijolos dourados eram um erro.

NA NOITE DE SÁBADO, eles jantaram do lado de fora, no pátio do hotel. A Lua quase cheia brilhava no céu claro, repleto de estrelas, e o aroma das flores de primavera, do alho e de cigarros Gauloise se mesclava ao do 9º ano de Harleston Hall, uma combinação menos exótica de adolescentes e tênis suados.

Enquanto as crianças estavam a todo vapor, jogando *pétanque*[15] contra times de adolescentes franceses, Max e Fenella Trent estavam sentados em uma mesa longa de cavalete com Tom Lewis e Josie Endell. Por um bom tempo, o tema da conversa havia sido Versalhes. Completando sua própria taça e a de Josie, Max conseguiu mudar o tema para filmes favoritos, graças à versão suntuosa de *Maria Antonieta* feita por Sofia Coppola.

— *A Felicidade Não Se Compra*! — O cabelo brilhante de Fenella balançava de um lado para o outro enquanto ela batia palmas com animação. Diabos, e ela estava só no suco de laranja. — Aah, *Nas Águas da Esquadra*! Ou *O Picolino*! Qualquer um com Fred Astaire e Ginger Rogers! — Em êxtase, com a mão no peito, ela exclamou: — Poderia vê-los *para sempre*.

Caramba, quantos anos ela tinha? Noventa?

— Não vou convidar você para ir ao cinema, então. — Com seu jeito simples e lacônico, Tom Lewis se recostou na cadeira e contou nos dedos. — Certo, os três melhores. *O Exterminador do Futuro*. *Gladiador*. *Rambo*.

Josie Endell bateu no braço dele, brincalhona.

— Você e sua testosterona. Sério, você é tão *homenzinho*.

Por meio segundo, Max captou o olhar de Tom e algo não dito se comunicou entre eles. Tom sabia que ele sabia. O reconhecimento silencioso estava ali. Então, o momento passou e Tom deu de ombros.

[15] Um jogo de bocha tradicional do sul da França. (N. T.)

— O que tem de errado? É o tipo de filme que eu gosto de ver.

— Audrey Hepburn — tagarelou Fenella.

Max manteve uma expressão séria.

— Ela estava no *Rambo*?

— Não, bobinho! *Bonequinha de Luxo*!

Josie concluiu, confortavelmente:

— Garotos gostam de filmes de garotos, garotas gostam de filmes de garotas. Meus favoritos são *Simplesmente Amor* e *Harry e Sally — Feitos um Para o Outro*. Nada é melhor que uma boa e velha comédia romântica. — Com as covinhas à mostra, ela se dirigiu a Tom: — E aposto que a Claudine é igual, não é?

Claudine, então, era ela. Max se lembrava de Lou ter contado sobre a namorada superatraente do Sr. Lewis. A pergunta era se Claudine sabia que o namorado era *gay*.

— Meu Deus, isso mesmo, essas coisas de mulher. — Tom tomou mais um gole de cerveja *lager*, secando a mão molhada pela água condensada na calça *jeans*. — Ela vê os filmes dela enquanto estou fora, treinando. E eu vejo os meus enquanto ela está comprando bolsas ou fazendo o cabelo. Tem só um filme de que nós dois gostamos, que é *Fugindo do Inferno*. — Ele olhou para Max e perguntou: — E você?

— Bem, sinto dizer que sou um tanto purista quando se trata de cinema. Para mim, só filmes em preto e branco, com legendas. Fassbinder — citou Max —, Wenders, Almodóvar, Truffaut. — Ele interrompeu, com uma expressão pensativa e intelectual. — Mas acho que, se fosse forçado a reduzir a lista, teria que admitir que meus três preferidos são *Borat*, *E.T.* e *Mr. Bean*.

Tom sorriu. Josie agarrou o pulso de Tom e gargalhou. Eddie e Baz, que estavam passando perto deles, se aproximaram. Fenella olhou para Max com simpatia.

— São todos estranhos em busca de aceitação, não é? É por isso que são seus filmes preferidos, porque você se identifica com os protagonistas?

— Não, são meus filmes preferidos porque me fazem rir — disse Max. — Da mesma forma que gostar de *Bonequinha de Luxo* não significa desejar se tornar uma prostituta.

Tentando abafar o riso, Eddie e Baz puxaram um par de cadeiras e se juntaram a eles à mesa.

— *Mr. Bean* é engraçado — opinou Eddie. — Ele é hilário. Você viu um em que ele é um espião?

— Gosto desse também — concordou Max.

— E *Alien, o Oitavo Passageiro*? — interrompeu Baz, ávido. — Aquele em que eles estão em uma nave no espaço e, tipo, um *alienígena* sai da barriga de um cara?

— Pelo amor de Deus! — Chocada, Fenella protestou: — Não acredito que seus pais deixem vocês assistirem a esse tipo de filme.

— É brilhante — argumentou Eddie em defesa.

— A sequência é ainda melhor — complementou Max.

— Ah, me poupe — bufou Fenella.

— Eles têm 14 anos — disse Max. — A molecada de hoje vê essas coisas.

— Não a minha Sophie! Não deixo! Só vemos programas educativos na TV.

O que de certa maneira explicava o fato de a pequena, afetada e protegida Sophie parecer andar para lá e para cá, sempre infeliz pelos cantos, observando os outros adolescentes se divertirem. Como um herói, Max se controlou e não opinou em voz alta. Em vez disso, olhou para Eddie e Baz, e continuou:

— E o Bruce Lee? Já viram algum filme dele?

— *Yeah*! Bruce Lee, fantástico! — Eddie fez uma pose e começou a miar como um gato.

— Tenho tudo dele em DVD. Na verdade, *Operação Dragão* deveria fazer parte dos meus três preferidos de todos os tempos.

— Três não é o suficiente. — Tom balançou a cabeça. — Nem mencionamos James Bond ainda.

— James Bond é bom. — Max interceptou a careta de Eddie. — Mas prefiro *Shrek*.

— *Shrek* é legal. — Concordando vigorosamente com a cabeça, Eddie perguntou: — Hum, senhor? Você conhece uns jogadores de futebol, não é?

Então, você também conhece, tipo, algum ator de cinema famoso?

Max avistou Tom, do outro lado da mesa. Mais uma vez, aquela centelha de cumplicidade. Ele pensou por um momento e, então, encolheu os ombros.

— Acho que talvez um ou dois.

CAPÍTULO 43

— **AAAI, PRECISO FAZER XIXI,** estou *morrendo* de medo — Kaye choramingava quando elas chegaram de táxi à frente do hotel.

Tilly não a culpava. Se estivesse prestes a ser leiloada pela caridade, ela estaria petrificada. Mas, como era para isso que existiam amigos, Tilly a consolou:

— Vai ser ótimo, todo mundo vai dar lances por você. A Dorothy não vai deixar que alguém *não* dê um lance.

— Ah, certo... — Kaye ainda não havia se convencido. — Vai ser constrangedor. Meu Deus, por que não sou a Beyoncé, ou a Helen Mirren, ou qualquer mulher por quem os homens babam?

— Ei, relaxe. Vamos nos divertir. — Arrastando-a para fora do táxi, Tilly continuou: — E é tudo por uma boa causa, não é? Mesmo se você só arrecadar cinquenta libras para a caridade, ainda são cinquenta libras a mais do que eles teriam sem você.

— Cinquenta libras! — Kaye soltou um grito de angústia.

— Certo, foi só um exemplo. Você vai conseguir muito mais que isso, você sabe que vai.

— Mas esse é o problema. Eu *não* sei. Ai, meu Deus, desse jeito eu mesma vou dar lances.

Dentro do hotel, a atmosfera ruidosa as envolveu. Alguns rostos vagamente familiares do baile apareceram. Tilly avistou Dorothy e Harold, e puxou Kaye na direção deles. Eles a cumprimentaram efusivamente e então arrastaram Kaye, que parecia uma foca bebê prestes a ser golpeada até a morte, para conhecer e cumprimentar interessados.

Coitadinha.

— Ela vai ficar bem — disse uma voz atrás de Tilly.

O coração dela deu uma pirueta de golfinho dentro do peito. Ao virar--se, parou de sentir pena de Kaye para sentir pena de si mesma. Ela sabia que Jack estaria lá aquela noite. Havia se preparado mentalmente para o momento de revê-lo e, mesmo assim, ele conseguira pegá-la de surpresa.

O negócio de Jack era arrasar corações. Ele era um homem destruído, marcado pelas cicatrizes do luto e incapaz de se entregar de forma plena a alguém. Sim, ele ainda era irresistível, mas ela havia tomado sua decisão. Resistiria a ele, porque era o único caminho a tomar. A ironia da situação não passou despercebida; nunca tinha sido capaz de rejeitar um namorado ao se cansar do relacionamento, mas agora era forçada a rejeitar Jack, que significava mais para ela do que qualquer outro homem.

Mesmo assim, era questão de autopreservação. A dor poderia ser infernal, mas era a melhor alternativa, sem dúvida. Jack Lucas não era uma pessoa confiável. Ele era avesso a compromissos. Era encrenca em todos os sentidos.

E se fosse necessária qualquer outra evidência disso, bem, era só olhar para Amy.

Se ele pudesse colocar um sino em volta do pescoço, já seria de grande ajuda também.

E agora ele estava esperando que ela dissesse alguma coisa. Droga, sobre o que eles estavam falando, mesmo? Ah, sim, Kaye.

— Ela está apavorada — disse Tilly.

— Observe. — Movendo-se para o lado dela, Jack apontou com a cabeça assim que Dorothy começou a apresentar Kaye para um grupo barulhento de homens. — Ela vai passar para o modo atriz a qualquer momento. Ah, olhe lá. Viu?

E ele tinha razão. Kaye metaforicamente havia acionado o botão e começado a funcionar. Aos espectadores, ela agora parecia confiante, encantadora, totalmente à vontade ao rir, bater papo e ganhar um grupo de completos estranhos.

— Belo truque — admirou-se Tilly. — E, por dentro, uma manteiga derretida.

— Isso se chama fingimento.

Tilly engoliu em seco. O que ele pensava que ela estava fazendo naquele exato momento? Ela conseguiu dar um sorriso alegre.

— Não me diga que você está desacompanhado esta noite.

Jack negou com a cabeça.

— Minha acompanhante está atrasada. Ela vai chegar mais tarde. Está vendo o cara grande de cabelos brancos? — Ele indicou os homens aglomerados em volta de Kaye. — Aquele é o Mitchell Masters. Ele é dono de metade das casas noturnas desta parte de Londres. Cheio da grana.

Pode ser, mas a barriga dele era do tamanho da do Papai Noel. Sem pensar, Tilly brincou:

— Ele parece um pouco grávido.

Oooops.

— Não se preocupe. — Jack parecia se divertir. — Tenho certeza de que ele não está.

Ele tomou um gole de bebida, parecendo não se preocupar com a gafe dela. Ele achava que ela não sabia das notícias? Ai, socorro, depois de começar, ela não conseguia mais parar. Tilly disparou:

— Então, o que está acontecendo com a Amy, hein?

— Ouvi dizer que *ela*, sim, está grávida. — Jack analisou-a fixamente.

— E você conversou com ela?

— Não — negou Jack, dando de ombros.

— Mas você pode ser o pai! — Aturdida pela atitude "não é problema meu" de Jack, Tilly subiu o tom de voz, sem querer. — Ela está grávida de doze semanas! Foi quando você dormiu com ela. E se o bebê for seu?

Um casal que passava virou para olhar. Jack murmurou:

— Você tem certeza de que não quer um megafone?

Ai, Deus, ela estava se tornando uma megera. Com esforço, Tilly se controlou.

— Mas pode ser. Isso não chateia você?

Com certeza, Jack não parecia chateado.

— Ouvi que ela dormiu com outros caras também. Duvido que o bebê seja meu.

Como ele poderia *ser* assim?

— Então, só porque você usou preservativo, acha que está fora de cogitação? Nada é cem por cento eficaz — disse Tilly. — A não ser castração.

— Ai! — Ele parecia estar se divertindo.

— Isso não é *engraçado* — protestou ela. — O que você vai fazer se o bebê for seu? Vai se casar com a Amy?

Jack inclinou a sobrancelha.

— Com toda a certeza eu posso responder *não* para essa pergunta.

— Vai morar com ela?

Ele negou com a cabeça. Será que não percebia o quão irritante essa atitude era para ela? Se estivesse no lugar de Amy, ele estaria a rejeitando naquele momento. Desesperada, Tilly perguntou:

— E você vai ao menos *ver* o bebê?

Jack levantou as mãos.

— Você acha mesmo que sou tão canalha? Porque não sou. Ok, vou te fazer uma promessa. Se descobrir que sou o pai, prometo que vou ver o bebê e ajudar financeiramente. Palavra de escoteiro.

Como se só isso importasse. Ainda irritada, Tilly contestou:

— Dinheiro não é tudo.

Jack sorriu.

— Se você fizer essa pergunta para a Kaye neste momento, acho que ela vai discordar.

✣

A ATRAÇÃO PRINCIPAL da noite começou após o jantar. Era uma atividade agradável e interessante, acompanhada de muita bajulação, chantagem e riso. Os primeiros e menores itens a leilão eram um grupo eclético. Jantar para seis em um restaurante indiano, uma camisa de futebol autografada, um pulôver de tricô com seu personagem favorito de desenho animado.

— Vamos lá, Mitchell, mostre do que você é capaz! — Dorothy Summerskill, de cima do palco com o leiloeiro, estava a todo o vapor.

O obediente Mitchell Masters se recostou na cadeira e levantou a mão no ar, oferecendo duzentas libras e assegurando o item em questão. Ao descobrir que havia acabado de adquirir um mês de adesão a um clube de saúde e bem-estar, ele soltou um grito de desalento e precisou engolir um uísque duplo para se recuperar do terrível choque.

Mas mesquinharia não era um de seus defeitos. Minutos depois, ele estava de volta à ativa, dando lances generosos para aulas de salsa.

— E elas seriam úteis para você — cutucou Dorothy, do palco. — Não se esqueça, todos nós testemunhamos suas chamadas habilidades de dança.

— Que afronta! Vou te mostrar minha premiada dança do passarinho.

— Ai, meu Deus — Kaye cochichou para Tilly quando ele ganhou as aulas de salsa. — Ele não pode parar de gastar dinheiro? Não vai sobrar nada para mim.

Os itens seguintes foram leiloados. Kaye ficava mais e mais nervosa. Tilly havia acabado de colocar na boca uma bala de menta pós-jantar quando Jack apareceu na mesa delas.

— Como você está? — Ele colocou a mão no ombro nu de Kaye, deixando a pele de Tilly com cócegas só de imaginar a sensação.

— Posso parecer calma da cintura para cima. Mas, debaixo da mesa, estou cavando um túnel de fuga.

Ele apertou o ombro dela, consolando-a.

— Max me ligou agora da França. Ele me disse para dar lances por você, se ninguém der.

— Melhor que nada, suponho — disse Kaye, pessimista.

— Ei, você vai ficar bem. Eu daria, mesmo se ele não me pedisse. Caramba, o que foi *isso*?

O barulho era Tilly quebrando a bala de menta ao meio com uma mordida.

— Nada, só a minha bala. E a sua acompanhante apareceu?

— Ah, sim, ela está aqui. Por que, você está preocupada comigo? — Sorrindo, Jack perguntou: — Você achou que ela havia furado comigo?

Tilly virou o rosto, arrependida pela pergunta. Ainda pior foi quando Jack voltou para a mesa no fundo do salão e ela descobriu que era impossível ver quem era sua acompanhante. A não ser que ela subisse em uma cadeira e espiasse sobre a cabeça de todo mundo, mas aí ele a veria fazendo aquilo.

— Ai, meu Deus, por favor, não deixe acontecer isso comigo — rezou Kaye enquanto, no palco, o leiloeiro se esforçava para conseguir um lance inicial para um almoço com uma escritora local. A pobre escritora, piscando como uma coruja em um vestido soltinho roxo, parecia petrificada.

— Prestem atenção, senhoras e senhores, esta é a chance de conhecer uma verdadeira escritora, em carne e osso! Marjorie escreveu um livro maravilhoso sobre antigos cemitérios de igrejas inglesas! Ela vai inclusive conceder um exemplar autografado! Muito bem, quem me oferece trinta libras?

Incapaz de suportar outro momento da agonia da mulher, Kaye gritou:

— Eu!

Tilly engoliu em seco. Trinta libras, aquilo era trágico demais. Parecia um lance de dó. Se ninguém mais participasse, a pobre mulher se sentiria totalmente humilhada.

— Temos um lance de trinta libras. — O leiloeiro parecia aliviado, mas ainda não satisfeito. — Alguém disse quarenta?

Ai, inferno. Tilly levantou a mão no ar. O olhar de alívio e gratidão no rosto de Marjorie valia a pena.

CAPÍTULO 44

— **E LÁ VAMOS NÓS** — exultou o leiloeiro. — Muito bem para a dama à frente, de rosa. Ótimo começo. Agora, alguém disse cinquenta?

— Sim. — Uma voz masculina no fundo da sala. Provavelmente era Jack.

— Excelente! Sessenta?

Tilly se viu acenando de imediato. Por alguma razão que ela era incapaz de explicar, parecia vital naquele momento tirar algo de Jack, que havia sido tão enfático em sempre conseguir o que queria.

— Tenho sessenta. Setenta?

— Sim.

Sem dúvida era Jack; todos os pelos do braço dela se eriçaram ao reconhecê-lo.

— Oitenta?

— *Sim*!

— Noventa? — O leiloeiro estava com sorte.

Pausa. Jack falou devagar:

— Sim.

— *Cem.* — Triunfante, o leiloeiro voltou sua atenção a Tilly. — Alguém disse cem libras?

Tilly começou a ofegar; na verdade, cem libras era muito dinheiro, especialmente em se tratando de fundos próprios. Seu coração estava inclinado a vencer Jack, mas sua cabeça estava tendo um completo ataque de pânico. O que ela estava fazendo?

Nada que fizesse sentido, isso era certeza. Com a intenção de balançar a cabeça e admitir a derrota, Tilly se pegou concordando, ao contrário.

— Cem libras — anunciou o leiloeiro, triunfante. — Excelente!

Ai, mas que droga, o que ela tinha feito? Isso era ridículo. Ela realmente não podia pagar aquilo tudo. Se Jack não desse outro lance, ela teria que escrever um cheque que colocaria o limite dela...

— Duzentas libras. — A voz de Jack viajou desde o fundo do salão, mostrando a todos sua irritação.

Ai, graças a Deus. Tilly se sentiu como um peixe fisgado desenganchando--se por um milagre e nadando para a liberdade. Ela balançou a cabeça para o leiloeiro, tomou um gole de vinho e suspirou, aliviada. Se Jack precisava tanto ganhar aquela, que ele ficasse à vontade.

Não houve mais lances. Com Marjorie quase chorando de alívio, o leiloeiro bateu o martelo e passou para o lote 15.

— Ai, Deus, depois desse sou eu. — Empurrando a cadeira para trás, Kaye avisou: — Vou precisar fazer xixi de novo.

Assim que ela saiu, Jack apareceu e se sentou na cadeira vazia.

— Muito obrigado.

— O quê? — Indignada, Tilly questionou: — Você queria ganhar, não queria? Você teve o que mereceu.

— Estava tentando te ajudar. Por que você deu o lance?

— Porque fiquei com dó da mulher!

— E você tem quarenta libras?

— Na verdade, não.

— Exatamente. Então, o meu lance era para te livrar. — Jack balançou a cabeça. — Não era para você continuar dando lances.

— Ah... — Agora ela percebia. — Nossa. Pensei que você queria só ganhar de mim.

— Queria. Mas por uma boa causa, porque Max acabou contando ao telefone que você está dura. Estava tentando te ajudar.

— Tudo bem. Desculpe.

E isso acabara custando a ele duzentas libras.

— Não acredito que você continuou aumentando — disse Jack.

— Não queria que você ganhasse.

— Bem, você me deve mais uma. — Ele deu um leve tapa na mão dela. — Na verdade, você pode me fazer um favor.

As possibilidades eram infinitas. Tilly o examinou com cautela.

— Que tipo de favor?

— Almoçar com a escritora.

— É realmente uma gentileza da sua parte. Mas eu não poderia aceitar.

— Por que não?

— Porque não quero! Ela escreveu um livro sobre cemitérios de igrejas inglesas! Eu morreria de tão chato.

— Mas eu também não quero almoçar com ela — disse Jack.

— Azar. Você deu os lances e venceu.

— Mas...

— É culpa sua. Você não pode voltar atrás agora. Ah, olhe, ela está tão animada, acenando para você!

— Quem está acenando para ele? — De volta do banheiro, Kaye expulsou Jack da cadeira.

— Marjorie. Ali, na lateral do palco. — Tilly apontou e eles observaram a idosa escritora gesticulando com entusiasmo e mandando beijos para Jack.

— Você que fez isso — comentou Kaye.

— Hum, parece que esse dinheiro vai valer a pena... — Ele piscou para as duas. — Melhor voltar para minha mesa antes que minha acompanhante fique com ciúmes.

Tilly não se aguentou.

— E quando você for almoçar com a Sra. Cemitério de Igreja, tente não deixá-la grávida.

— Vou me esforçar — prometeu Jack.

O próximo item foi vendido. Agora, era a vez de Kaye. Dorothy fez uma tremenda apresentação e então a convidou para subir ao palco, liderando os aplausos. Algumas mesas depois de Tilly, Mitchell Masters enfiou os dedos de salsicha na boca e deu um ensurdecedor assobio lisonjeiro. Parecia promissor. Do palco, Kaye dirigiu a ele um sorriso de agradecimento.

— Kaye quem? Nunca ouvi falar dela — reclamou uma mulher atrás de Tilly.

Tilly sentiu as mãos coçando de vontade de jogar uma colher na cabeça da mulher, mas se controlou e, em vez disso, aplaudiu com mais força.

Mais uma vez, Kaye escondeu o nervosismo e o leiloeiro iniciou o jogo de persuasão. Felizmente o momento de silêncio constrangedor não voltou a acontecer antes dos lances. Mitchell Masters deu início aos procedimentos e algumas pessoas participaram. Então, quando o valor chegou a trezentas libras, Tilly ouviu Jack fazer um lance do fundo do salão.

— Quatrocentas! — gritou Mitchell.

Tilly relaxou. Agora, Kaye poderia parar de se preocupar. Quatrocentas libras era uma quantia bem respeitável; ela não seria humilhada em público, saindo do palco como motivo de riso.

— Quinhentas? Alguém disse quinhentas libras? *Sim* — anunciou o leiloeiro, apontando para o fundo da sala. — Obrigado, senhor. Temos quinhentas libras.

Caramba, Jack estava mesmo com a intenção de aumentar o lance de Mitchell.

— Seiscentas — gritou Mitchell.

— Setecentas no fundo — confirmou o leiloeiro e as pessoas exclamavam com entusiasmo.

— E ela vale cada centavo — interrompeu Dorothy.

— Oitocentas — Mitchell parou, balançou a cabeça e gritou em seguida:

— Não, que se dane! Ofereço mil!

Tilly respirou fundo. O sangue frio de Jack foi admirável. Ele conseguiu o que queria. Agora, poderia relaxar e...

— Mil e duzentas — anunciou o leiloeiro, apontando o martelo na direção de Jack.

— Mil e quinhentas — rosnou Mitchell.

— Mil e oitocentas — contou o leiloeiro.

Misericórdia, do que Jack estava brincando? De cima do palco, Kaye estava visivelmente atordoada. Incapaz de se conter, Tilly ficou de pé e espiou por cima das cabeças dos convidados que aplaudiam. Ela localizou Jack assim que Mitchell disse em voz alta:

— Duas mil libras!

Jack a viu olhando para ele. Do palco, o leiloeiro perguntava:

— Cavalheiro do fundo? O senhor oferece duas mil e duzentas?

Tilly fitou Jack sem acreditar. Jack encolheu os ombros como resposta, sinalizando sua perplexidade. Então, ela viu um homem mais velho atrás dele fazendo um sinal positivo e levantando uma mão retorcida para o leiloeiro. O homem tinha uns 80 anos, segurava uma lata de cerveja e vestia um pulôver cinza largo e um par de chinelos. Nossa, não era à toa que Kaye estava horrorizada. Quem era ele? E se fosse algum morador de rua alcoólatra que havia entrado por acaso?

— Duas mil e duzentas!

— E quinhentas — uivou Mitchell, que pelo visto odiava ser ultrapassado.

— Três mil libras!

— Quatro!

— Cinco mil! — rugiu o leiloeiro. — Temos cinco mil libras no fundo do salão!

— Ah, que se dane! — Mitchell balançou a cabeça, suspirou e engoliu o conteúdo do copo de uísque. — Desisto. Estou fora.

E assim foi. O homem velho de pulôver venceu. Todos no salão saudaram e aplaudiram com entusiasmo. Tilly esperou o vencedor andar em direção ao palco para ser apresentado à Kaye.

Em vez disso, depois de uma rápida troca de palavras com uma das organizadoras, ele passou por entre as portas duplas e desapareceu. A organizadora foi ao palco e conversou com Kaye e Dorothy. Momentos depois, Kaye voltou à mesa para se reunir com Tilly.

— Ai, meu Deus! — Tilly havia preenchido as duas taças. — Quem era ele? Ele estava só se intrometendo? Para *onde* ele foi?

— Sabe a mulher que é dona deste hotel? Ele é o pai dela.

— Ele é muito velho! Ah, bom, ao menos você sabe que ele não vai tentar nada com você. — Um horrível pensamento passou pela cabeça de Tilly. — Esperamos que não.

— Não vou sair com ele. Ele estava fazendo lances em nome de outra pessoa.

— É mesmo? De quem?

Kaye ainda estava tremendo e ofegante pela experiência.

— Alguém que não pôde vir hoje.

— Não! — Tilly estava surpresa. — Max ofereceu cinco mil libras?

— Alguém que não pôde vir hoje porque mora em Nova York. O nome dele é Price — disse Kaye. — Parker Price.

Um momento. Aquele nome parecia familiar. Price... Price...

— Ai, meu Deus! — Tilly deu um pulo na cadeira e derrubou vinho no colo. — O perseguidor!

Entorpecida, Kaye concordou.

— Eu sei.

— Quem é ele? — Jack reapareceu, de braços dados com sua acompanhante. Era Monica, com a mesma sombra turquesa e brilhante combinando com o vestido de elastano no estilo Mae West.

— O sujeito que mandou coisas para ela. — Tilly balançou a cabeça para Kaye. — Bom, ele não pode querer que você voe até Nova York para jantar com ele. Isso é estúpido.

— Eu não vou. Ele vai vir até aqui. Só temos que combinar uma data.

— Mas... mas ele está te perseguindo! Ele pode ser um lunático! Não, não. — Tilly sacudiu a cabeça com força. — Você não pode encontrá-lo.

— Eu preciso. Ele pagou todo esse dinheiro. Ainda não acredito que ele descobriu sobre o evento... É tão bizarro...

— Foi anunciado na internet, não é? — A sempre prática Monica, com sua voz *sexy* e rouca, disse: — Ele deve ter seu nome no Google Alert, querida. Eles podem rastrear cada movimento seu.

Jack franziu a testa.

— Você escreveu agradecendo por aquela pintura que ele enviou?

— Claro que sim. Fui bastante educada e grata. Mas juro que não o encorajei. — Kaye trançou os dedos, agitada. — Nunca imaginei que ele faria algo assim.

— Não me leve a mal, querida. Mas você tem que tomar cuidado — aconselhou Monica. — Ele está pagando cinco mil para sair com você. Se quiser saber o que eu acho, digo que esse homem é algum tipo de maníaco.

CAPÍTULO 45

JÁ ERAM ONZE E QUINZE e Lou não conseguia dormir. Todo mundo fora mandado para os quartos às dez e meia, mas os adultos tinham ficado no bar. Decidida, ela pulou da cama silenciosamente, tomando cuidado para não acordar Nesh, colocou uma camiseta e uma calça *jeans* e saiu do quarto.

O bar ainda estava funcionando, mas ela não avistava Max em lugar nenhum. Ou o Sr. Lewis. Apenas a Srta. Endell e a Sra. Trent estavam lá, sentadas a uma mesa pequena e sendo paqueradas por dois franceses de meia-idade. O que, para começar, já era nojento. A Srta. Endell parecia estar se divertindo, enquanto a Sra. Trent pressionava o suco de laranja contra o peito. Imaginando se seu pai e o Sr. Lewis tinham ido para outro bar, Lou hesitou junto à porta por alguns segundos; então, foi em direção à mesa.

— ... ah, não, não são nossos maridos, Deus não permita! — A mãe de Sophie Trent parecia escandalizada com a ideia. — Estamos aqui em uma excursão escolar. Sou uma mãe voluntária! E o de óculos é *gay*!

— E não sou casada com o outro. Ainda — Era visível que a Srta. Endell havia entornado muitas taças de vinho. Ela riu e piscou (sim, *piscou*) para os franceses. — Mas estou trabalhando nisso! Ele tem uma namorada no momento, mas acho que posso tirá-la do jogo, sem problemas!

O que era hilário e *definitivamente* não aconteceria, já que Claudine, a namorada do Sr. Lewis, era muito mais bonita que a Srta. Endell.

— Ah-ham! — Ao avistar Lou, a Sra. Trent tossiu e disse em voz alta: — Olá, Louisa. Você deveria estar no seu quarto, dormindo.

Lou manteve uma expressão séria. Ah, quão constrangedor era aquilo para a Srta. Endell?

— Desculpe, queria falar com meu pai. Pensei que ele estava aqui com vocês.

A Srta. Endell se atrapalhou para fechar o botão da camisa, misteriosamente aberto.

— Ele subiu... hum, há uns vinte minutos. Com o Sr. Lewis — disse a Sra. Trent. — Os dois estavam cansados. Acho que seu pai já deve estar dormindo a esta hora. Siga o exemplo, mocinha.

Siga o exemplo, mocinha. Sério, só a Sra. Trent poderia soltar uma frase daquelas. E ela estava com o dedo em riste, como se Lou tivesse 6 anos.

— Tudo bem, vou subir. — Lou agradeceu a todos os anjos da guarda por não ser filha da Sra. Trent.

— Direto para a cama! — O vinho podia estar espirrando para fora da taça inclinada da Srta. Endell, mas ela estava enunciando as palavras com cuidado. — Vá dormir. Vemos você pela manhã.

— Sim, senhorita. — "Só que eu não vou ter uma ressaca gigantesca", pensou Lou, "você, sim".

De qualquer forma, é claro que o pai dela não estava dormindo. Ainda eram onze e meia e ele nunca ia para cama antes da meia-noite. Subindo as escadas, Lou chegou ao terceiro andar e caminhou pelo corredor silencioso de carpete grosso. Ela contou as portas à esquerda. Quarto 303, esse era do Sr. Lewis. O próximo era o 305, da Srta. Endell. Então, o 307, com a honra de ser ocupado pela Sra. Trent. Finalmente, ela alcançou o 309, de seu pai. Lou bateu à porta. Precisava vê-lo.

Nada. Será que ele caíra no sono tão cedo? Ela tentou bater mais uma vez.

— Pai? Sou eu.

A porta se abriu.

— Olá, meu amor — disse Max. — O que foi? Está tudo bem?

— Tudo bem, obrigada. — Lou o seguiu para dentro do quarto. O pai terminou de escovar os dentes no banheiro e então voltou. Ele estivera lendo na cama. Ela pegou o volume gasto e perguntou: — Isto é bom?

— Muito melhor que ficar sentado no bar com a Fenella e a Josie. — Ele deu de ombros e voltou para debaixo das cobertas. — Tive que dar o fora de lá.

— Eu sei. Acabei de vê-las. A Srta. Endell está totalmente bêbada e de conversa com uns franceses. Mas não é por isso que estou aqui. — Lou pulou sobre a cama de joelhos.

— Ai! Deixa eu adivinhar: você está aqui para esmagar todos os ossos do meu pé.

— Seu molenga. O Eddie me alcançou nas escadas quando estávamos indo dormir.

— E? — Max a observava com atenção.

— Ele me deu um empurrãozinho nas costas. Como nos velhos tempos. Então eu me virei para dar um tapa na orelha dele e empurrá-lo escada abaixo, mas ele desviou.

— Aquele merdinha — rosnou Max.

— Peraí. Daí, ele disse: "Ei, dá um tempo, só queria dizer uma coisa". Então eu perguntei: "O que, seu besta?". E ele olhou para mim como se estivesse realmente ofendido e respondeu: "Só queria te dizer que conversei com o seu velho. Bastante, na verdade. Sabe de uma coisa? Seu pai é superlegal".

Max ajustou os óculos.

— Ele disse isso?

— Disse mesmo. — Interrompendo-se com um sorriso, Lou pulou para a frente e deu-lhe um abraço. — Sério, você não faz ideia. É como se o P. Diddy dissesse que ama... meu Deus, sei lá, a Dot Cotton[16]!

16 Refere-se a um personagem de ficção interpretado pela atriz June Brown da novela *East-Enders*, no ar pela BBC desde 1985. (N. T.)

— Ah, que ótimo! Então, agora, você está me comparando a uma velha louca que fuma um cigarro atrás do outro?

— Você entendeu o que eu quis dizer. Não acreditei que estava ouvindo aquilo. Ele até disse que te achava engraçado.

— Insolente. Eu *sou* engraçado.

— Enfim, ele gosta de você.

— É porque é impossível não gostar de mim — disse Max.

— Hum. Só achei estranha uma coisa. Ele parece achar que você é amigo íntimo de várias pessoas famosas.

— Cal Cavanagh. Jamie e Tandy. — O pai encolheu os ombros, modesto.

— Sem falar no Johnny Depp. — Lou levantou a sobrancelha.

Ele puxou uma mecha do cabelo dela.

— Provavelmente é melhor não falar no Johnny Depp, então.

— Pai! Você *mentiu*. Que feio!

— E daí? — disparando um sorriso livre de arrependimentos, Max continuou: — E como ele descobriria a verdade? Se o moleque é superficial o suficiente para ficar impressionado com algo desse tipo, eu sou superficial o suficiente para dizer isso.

✣

O ÔNIBUS BARULHENTO subiu a rua do Harleston Hall às dez horas da noite de domingo. Quarenta adolescentes exaustos e felizes desembarcaram para serem encontrados pelos pais. Na escuridão, todos se aglomeravam à espera das malas. Max, ajudando a tirá-las do compartimento de bagagens, encontrou a sua própria e passou-a para Lou.

— Aqui. — Ele jogou a chave do carro para ela; Lou estava cansada e começava a chover. — Coloque a minha no porta-malas e me espere no carro. Já vamos terminar aqui.

Ela concordou, deu um largo bocejo e caminhou pelo escuro, com as rodas da mala chacoalhando atrás dela. Ao lado de Max, Tom Lewis puxou uma mala verde-escura e previu:

— Ela vai dormir antes de vocês chegarem em casa.

— Essa é a minha. — Eddie se espremeu na frente de Tom e alcançou a mala verde. — Obrigado, senhor. — Então, virando-se, disse: — Tchau, Max. Até a próxima. Que viagem legal, né?

— Muito legal — concordou Max, mantendo uma expressão séria. — Tchau, Eddie.

— E se algum dia você precisar de ajuda com... você sabe, se você estiver muito ocupado com um trabalho e precisar de uma mão, pode me ligar.

— Obrigado — disse Max, gravemente. — Vou me lembrar disso. É a sua carona ali?

— Sim. — Satisfeito consigo mesmo, Eddie alongou a alça da mala e saiu.

— Muito bem. — Tom Lewis sorriu de leve. — Você conseguiu.

— Eu trapaceei. — Max retirou uma mala azul com lantejoulas prateadas na alça e observou Eddie. O garoto havia alcançado uma Mercedes brilhante e estava sendo abraçado pela mãe, enquanto o pai colocava a bagagem no porta-malas do carro.

— Bom, se funcionou... — Tom franziu a testa ao ver uma mochila preta da Nike. — Esta aqui está sem nome.

Uma das garotas, hesitante ao lado de uma pilha de malas, esclareceu:

— É do Eddie. O senhor pode pegar a minha, por favor? É a xadrez lá no fundo.

— Vou ver se o alcanço. — Pegando a mochila, Max começou a correr pelo estacionamento. A Mercedes já estava partindo, com os faróis acesos, mas ele viu que Eddie o avistou do banco de trás. No momento seguinte, a porta do motorista se abriu e o pai do menino correu para encontrá-lo.

— Oi. Muito obrigado. Ted Marshall-Hicks. — O tom era jovial; o aperto de mão, bem firme. O pai de Eddie tinha uma voz distinta e de alta classe, além de um impressionante bigode. — Estávamos ouvindo falar de você! Acredito que foi sua filha a responsável pelo olho roxo do meu filho.

Max concordou com um aceno de cabeça.

— Essa é a minha garota.

— Bom para ela, hein? Nada mal para um moleque levar uma lição de um membro do sexo oposto. — Ele pegou a mochila Nike das mãos de Max e continuou, alegre: — Bom, está tudo resolvido agora. Parece que meu garoto já reconheceu o erro. Tudo parte do amadurecimento, hein?

— Claro que sim — confirmou Max.

— Um bom homem, você. E, caso esteja se perguntando, ele não herdou aqueles pontos de vista de mim, ah, não! — Ted Marshall-Hick balançou a cabeça como um grande urso e então baixou a voz. — Claro, agora tenho mulher e filhos, mas, nos meus tempos de colégio interno, nós, garotos, tivemos nossa cota de experiências juntos! Muita diversão depois que apagavam as luzes, se é que me entende. Bons tempos! Enfim, melhor voltar para casa. Fico feliz em conhecê-lo. — Ele apertou a mão de Max mais uma vez com entusiasmo; então, deu meia-volta e correu para o carro.

No banco de trás, Eddie acenou para ele. Assim que a Mercedes voltou a se mover pela rua, Max levantou a mão, como uma resposta automática.

Bem, bem. Max sorriu de leve ao caminhar de volta para o ônibus. Mas que inversão de papéis! Durante os tempos de escola, as experiências dele haviam sido sempre com garotas.

CAPÍTULO 46

No momento em que Tilly pôs os olhos em Max na quarta-feira de manhã, ela sabia do que se tratava.

Ele sempre se levantava ridiculamente cedo, tomava banho, vestia-se e estava perfeito para sair. Hoje, descendo as escadas de roupão, ele parecia ter passado a última semana na balada.

Apesar de estar prestes a dizer o que estava pensando em voz alta... Bem, ela deveria escolher melhor as palavras.

— Odeio ter que dizer que eu avisei — mentiu Tilly.

Ele se arrastou até a cadeira mais próxima e sentou-se com um murmúrio.

— Mas é o que você vai fazer.

— Mas a culpa é sua! Não acredito que você achou que isso não aconteceria! — Tilly suavizou: — Ai, meu Deus, você está horrível. Está muito ruim?

Max fez que sim, com a pele pálida e esverdeada.

— Vou processar aquele maldito restaurante.

— Bom, você não pode fazer isso. Não é culpa deles que você tenha deixado as sobras fora da geladeira durante a noite toda e terminado de comê-las de manhã.

— Não gosto de jogar comida fora. E o gosto estava bom. — Ele suspirou e apertou o estômago. — Meus músculos estão doloridos. Sabe quantas vezes já vomitei?

— Não *quero* saber, obrigada. Estou só imaginando como vamos fazer hoje. Não vou conseguir cuidar do Jamie e da Tandy sozinha.

— Eu sei, eu sei. Leve a Lou para a escola e eu vou pensar em alguma coisa.

Max se esticou sobre a mesa da cozinha para pegar o celular e levantou-se, cansado. Nesse exato momento, Lou entrou na cozinha de repente e recuou ao vê-lo.

— Eeeeca, pai, você está verde!

— Também te amo.

— Isso foi o frango *sichuan*?

— É possível — concordou Max.

— Ah, papai, coitadinho! Mas nós avisamos que você iria passar mal.

— Sim, obrigado por me relembrar. Mais uma vez.

— E você ficou dizendo que estava tudo bem. O que significa que nós estávamos certas — insistiu Lou — e você estava errado.

— Sabe de uma coisa? — Max mirou um fraco golpe nela e errou. — Ainda posso te colocar para adoção.

Quando Tilly voltou depois de deixar Lou na escola, Max já fizera todos os arranjos necessários.

— A agenda está muito apertada para cancelamentos. Então, eu liguei para o Jack. Ele está vindo.

Era tudo de que ela precisava. Agora, Max não era o único passando mal. Mas, sob as circunstâncias, ela não tinha outra escolha.

Jack chegou dez minutos mais tarde. Max abriu seu portfólio de projetos e seguiu para a lista de trabalhos que precisavam ser terminados.

— Sem problemas. Vamos cuidar disso. — Depois de verificar os planos detalhados, Jack colocou o portfólio sob o braço.

— Obrigado — murmurou Max.

— É um prazer vir para o resgate e salvar o dia.

— Ah, claro! Você só quer xeretar a casa do Jamie Michaels.

— Isso também. — Jack sorriu. — Sabe, você está ficando mais verde.

— Ai, Cristo, lá vamos nós de novo. — Expulsando-os, Max resmungou: — Vocês dois, para fora. Deixem eu ficar doente em paz.

Enquanto eles estavam colocando tudo o que era necessário na van de Jack, o telefone dele tocou. Tilly foi forçada a ficar e ouvir enquanto alguma mulher se esforçava para convencer Jack a sair com ela no dia seguinte. Ele a rejeitou, gentil, porém firme.

— Está vendo? — Ele colocou o telefone de volta no bolso, zombando de si próprio. — Consigo dizer não quando quero.

— É um milagre.

— E o que rolou no sábado à noite? Admita — continuou Jack —, você estava esperando que eu aparecesse com outra pessoa, não é? Mas não foi o que aconteceu. Monica disse que o evento parecia divertido, então eu a convidei e nós...

— Na verdade, podemos *não* fazer isso? — Recuando, Tilly uniu as mãos. — Temos que trabalhar juntos hoje, sem problemas, mas podemos nos restringir a assuntos profissionais? Porque eu não quero mesmo ouvir sobre a sua vida social.

— Mas...

— Não, estou falando sério. Sinto muito. — Ela sorriu e se desculpou, tentando amenizar a pancada. — Mas você tem que me prometer, senão eu nem entro na van.

Espantado, Jack disse:

— Nem mesmo...

— Nem mesmo nada. É sério.

Tilly permaneceu firme, confirmando com um aceno de cabeça que estava decidida. E ela estava *mesmo*; ficar na companhia dele já era difícil o suficiente sem ter que se preocupar com assuntos pessoais.

Jack ficou olhando para ela por vários segundos. Ela não vacilou. Por fim, ele deu de ombros e concordou:

— Beleza.

O PRIMEIRO SINAL de que alguma coisa estava acontecendo era o nível de atividade fora dos portões.

— Sempre tem tantos *paparazzi*? — perguntou Jack, assim que eles dirigiram pela multidão aglomerada.

— Não.

Reconhecendo Tilly e a van, o segurança abriu os portões e os deixou passar.

— Oi! O que está acontecendo hoje? — perguntou Tilly, puxando conversa, quando Tandy abriu a porta. Então, ela viu os olhos inchados e vermelhos de Tandy e colocou a mão na frente da boca. — Ai, meu Deus, o que *aconteceu*?

— O noivado terminou. Jamie andou transando com alguma vagabunda nojenta. Entre. — Devagar, Tandy levantou os olhos e avistou Jack, descarregando da van as esculturas de parede feitas de chapas de platina. — Quem é esse?

— Jack Lucas. O Max está com uma intoxicação alimentar. Meu Deus, não posso acreditar nessa coisa do Jamie. Ele está aqui?

Deprimida, Tandy balançou a cabeça. Lágrimas novas surgiram.

— Ele foi embora ontem à noite. Eu disse que nunca mais queria vê-lo de novo. Não acredito que você não sabia. Chá?

Tilly a seguiu pela vasta cozinha, onde a mesa central estava inundada de jornais do dia. O rosto de Tandy, feliz e sorridente, ilustrava cada capa. A Tandy real, pequena e sem maquiagem, se aconchegou dentro do moletom pink fluorescente e enxugou o rosto com uma manga longa.

— Ah, olhe para você! — Com uma terrível pena dela, Tilly a envolveu em um abraço. — Que canalha! Você não merece isso.

— Eu sei. E ela, tipo, nem é bonita, esse é que é o problema. É só uma vadiazinha desesperada que trabalha como *stripper* e se acha o máximo. É tão... ai, meu Deus, é tão *humilhante*.

Tilly bateu no ombro dela. E pensar que ela havia invejado Tandy por ter conhecido e se apaixonado por Jamie. Com apenas 19 anos, ela estava vivendo o que pensava ser um sonho e, agora, tudo havia desmoronado.

— Como ele pôde fazer isso *comiiiiigo*? — uivou Tandy. — Só quero *gritaaaaaar*!

Ai! Um pouco perto demais dos tímpanos.

— Claro que sim. — Tilly se afastou um pouco, consciente de Jack estava esperando junto à porta. Ela se virou e disse: — As esculturas de parede vão para o quarto principal. Suba as escadas e vire à esquerda. É a quarta porta à direita.

— Oi. Sinto muito pelo Jamie. — Dirigindo-se à Tandy, Jack disse: — Isso significa que a festa de sexta-feira está cancelada?

Meu Deus, que insensível! Tilly não estava acreditando; como se a festa fosse do interesse dele, de qualquer forma.

— Claro que está cancelada! — Tandy lançou um olhar de pedra para ele. — Era para ser uma festa de noivado. — Ela levantou a mão esquerda, privada de anéis. — E não estou mais noiva, né?

Sem festa, então. Tilly sentiu pena de Tandy, mas também um pouco de si mesma. Comprou um vestido novo e pensou em se arrumar toda para se misturar às celebridades? A primeira e única chance de ela aparecer na *Hi!* tinha ido por água abaixo.

Enquanto isso, Jack balançava a cabeça.

— Então... desculpe, mas o Max disse que uma revista compraria os direitos de divulgação da festa e que o pagamento cobriria a conta dele.

— Iiiiiisso. — Tandy acenou de leve.

— Então, sem festa, sem pagamento da revista. Não quero parecer rude — disse Jack —, mas isso causaria algum tipo de problema?

Tilly estremeceu. Ela não havia pensado naquilo.

— A festa está cancelada. — Tandy levantou o pequeno queixo pontudo. — Mas ainda vou fazer dezesseis páginas para a revista, então não se preocupe com o dinheiro do Max. Na verdade, minha agente negociou um aumento no meu cachê.

— O que, só pelas fotos da casa?

Tilly estava atônita. O olhar que Tandy dirigiu a ela era cheio de piedade. Ela levantou a mão magra e começou a contar nos dedos.

— Para começar, será uma entrevista exclusiva. Minha decepção com a traição do Jamie. Pensei que éramos tão felizes juntos, vivendo um conto de fadas, mas agora ele fez essa coisa terrível e eu estou *devastada* e *tomada pela mágoa*. — Ela parou, pensando por um momento. — E achei que estivesse grávida e fiquei tão feliz porque sempre quisemos um bebê, mas, quando descobri sobre essa outra garota, sofri um trágico aborto.

— Peraí! — Impressionada, Tilly disse: — Você sofreu um aborto *ontem*? Você não deveria estar no hospital?

— Por quê?

— Porque, depois de um aborto, as mulheres não precisam fazer um procedimento de curetagem?

— Eu pensei que *poderia* estar grávida — disse Tandy, em defesa própria. — Minha menstruação estava um dia atrasada. Enfim, nunca vou conseguir superar isso. E tudo aconteceu depois do meu esforço para criar nossa casa dos sonhos, então eles vão tirar um monte de fotos minhas pela casa. Tudo precisa estar perfeito.

— Nesse caso, é melhor continuarmos o que viemos fazer aqui. — Jack levantou as esculturas nos braços e subiu as escadas.

Quando ele estava fora do campo de audição, Tilly disse em tom consolador:

— Sei que parece o fim do mundo agora, mas você vai superar isso, prometo. Você vai encontrar alguém e ser feliz de novo.

— Não vou. — Tandy sacudiu a cabeça com veemência.

— Você *vai*.

— Não vou, porque não *quero* encontrar ninguém.

— Ah, você pensa assim agora, mas se dê um tempo — continuou Tilly — e você vai mudar de ideia, com certeza.

Tandy olhou para ela de um jeito estranho.

— Não, você não está entendendo. Quero dizer que não preciso encontrar ninguém porque o Jamie e eu vamos reatar na semana que vem.

— Como?

— Ele andou aprontando. Foi pego. Eu poderia matá-lo pelo que ele fez.

— Tandy respirou fundo, exalando o ar devagar. — Mas ele não quer se separar. Ele não está apaixonado por essa outra garota. Foi ela que se atirou nele, só isso.

Tilly balançou a cabeça.

— Você vai perdoá-lo?

— Ah, não me olhe assim! Você não entende? Eu *preciso* perdoá-lo! Porque, se eu não fizer isso, o que vai acontecer comigo?

— Mas...

— Sem o Jamie, serei só mais uma ex-maria chuteira. — As lágrimas brilharam nos olhos de Tandy. — Vou ter que voltar a morar com a minha mãe. E ela vai querer que eu arranje um emprego. Todos vão ficar dando risada pelas minhas costas. E se eu não conseguir outro jogador? E se eu tiver que me contentar com um cara chato que trabalha em alguma loja de departamentos e dirige um... um Ford Fiesta velho?

Tilly estava atordoada.

— Mas, se você ficar com o Jamie, não vai ficar se perguntando para sempre se ele vai fazer isso de novo?

— Não sei. — Tandy deu de ombros. — Acho que sim. Mas esse é o preço que se paga.

— E o Jamie saberia que ele pode fazer qualquer coisa, dormir com quem ele quiser, que você continuaria aguentando tudo.

— Mas não sou só eu. É o que as todas as outras garotas fazem.

A voz de Tilly se elevou.

— *Eu* não faria!

— Não estou falando de garotas como você — revidou Tandy. — Estou falando de garotas como eu, que saem com os jogadores de futebol da primeira divisão. É assim que funciona. Nós armamos o maior barraco quando eles aprontam, mas depois os perdoamos. Porque, se não perdoarmos, há uma fila de outras para tomar nosso lugar.

— E você acha mesmo que vale a pena? — perguntou Tilly.

Tandy balançou a cabeça como uma menina de 5 anos.

— Olhe esta casa. Olhe a minha coleção de sapatos. Moro com o Jamie

Michaels e milhões de garotas gostariam de estar no meu lugar. Estou vivendo um conto de fadas ou não?

Tilly abriu a boca para protestar, mas a fechou logo em seguida. Jack havia descido as escadas e estava lançando um olhar de aviso para ela.

— Está, sim. — Ela desistiu. Tandy sabia do acordo que ela havia feito consigo mesmo e, lá no fundo, ela sabia que estava errada. — Bem, é melhor eu voltar ao trabalho.

Jack carregou o resto das esculturas escada acima e eles começaram a organizá-las nas paredes. Depois de dez minutos trabalhando, ele disse:

— Uma vez ouvi um ditado: quem casa por dinheiro acaba merecendo cada centavo.

— Hum... — Por dentro, Tilly ainda estava com raiva de toda aquela injustiça, da incapacidade de Jamie manter as calças no lugar e da explicação de Tandy sobre perdoá-lo, quase como se aquilo já fosse previsto...

— Você está zangada com ela?

— Não diria zangada. — Ela alcançou e segurou uma das grandes e complexas esculturas firme no lugar enquanto Jack, atrás dela, furava a parede para colocar o parafuso de fixação. — Eu diria furiosa.

Quando ele riu, ela sentiu respiração úmida dele no seu pescoço.

— Foi o que eu pensei.

— Jamie vai arrasar o coração dela. — Consciente da proximidade dele, Tilly segurou a segunda parte da escultura. — Quero dizer, ele já arrasou e vai continuar fazendo isso, para sempre.

— Se te interessa saber, concordo com você. — A mão de Jack roçou no braço dela quando ele se preparou para fazer o furo seguinte. — Estou do seu lado.

— Aham.

— Sempre fui fiel à Rose.

— Bom, é o que você diz — disse Tilly, com alguma parcialidade.

Brrrrrrrrrr, fez a furadeira elétrica, perfurando a parede.

— Porque é verdade. — A boca de Jack estava agora a uma distância perigosa do ouvido dela.

— Tudo bem. Acredito em você. — Tomando extremo cuidado para evitar qualquer contato físico, Tilly soltou a escultura e escapou da posição entre o corpo de Jack e a parede. — Bom, podemos continuar com o resto dos trabalhos? Tem muita coisa para fazer e eu preciso buscar a Lou na escola às quatro.

CAPÍTULO 47

O FIM ESTAVA PRÓXIMO. As cortinas ao redor da cama eram agora mantidas fechadas e Stella estava oscilando entre adormecer e despertar. Pelas últimas 48 horas, ela parecera um relógio cuja bateria estivesse a ponto de acabar. Para Erin, sentada junto à cama e acariciando a mão dela, os períodos de silêncio estavam durando cada vez mais. Em volta delas, havia a conversa entre enfermeiras e visitas, e o estrondo dos carrinhos arrastados sem cuidado. Mas, dentro daquele espaço cercado de cortinas, havia somente o ruído áspero e lento da respiração de Stella, e o barulho intermitente da bomba eletrônica, administrando morfina pelo tubo no braço dela.

Quando ela se mexeu e resmungou algo ininteligível, Erin inclinou-se e perguntou:

— O que foi?

Stella abriu os olhos com a parte branca amarelada e as pálpebras pesadas.

— Não estou com medo.

— Que bom.

Erin sentiu um nó crescer na garganta. No dia anterior, pela primeira vez, Stella havia admitido: "Sei o que está acontecendo. Só não quero dizer". Agora, ela murmurava:

— Não estou sentindo dor. Isso é bom, né? Eu me sinto como se estivesse flutuando.

— Tudo bem. Você está bem. — Erin apertou a mão dela com carinho.

— Pena que vou perder o enterro. — Depois de uma tentativa de sorriso, a voz de Stella ficou mais forte. — Ouvir as pessoas dizerem coisas boas sobre mim. Mesmo que elas mintam.

Como não havia resposta para aquilo, Erin apenas continuou acariciando a mão dela.

— Nada de preto — disse Stella, após um momento.

— Como?

— Não quero ninguém vestindo preto no meu enterro. Avise todo mundo. Só cores vivas.

— Certo — concordou Erin. — Cores vivas e alegres.

— Ah, minhas falsas amigas não estarão tão alegres. Elas só vão a enterros para parecerem magras e maravilhosas de preto. Dê a essas vacas o que elas merecem. — O barulho da bomba eletrônica ecoou mais uma vez. — E garanta que o Bing fique bem. — Os olhos de Stella começaram a se fechar.

— Sim.

— Prometa. — A voz dela estava enfraquecendo.

— Prometo, com certeza.

— Boa... casa.

Boa casa? O que ela queria dizer? Stella estava querendo que ela, Erin, desse a Bing uma boa casa? Ou ela entendia como seria difícil para Erin mantê-lo, então ela poderia arranjar uma boa casa para ele, com outra pessoa?

— O que você disse?

Sem resposta.

Erin se inclinou mais perto e deu uma pequena sacudida em Stella.

— Stella? Você quer que eu encontre alguém que dê uma boa casa para o Bing?

Nada. A respiração de Stella estava devagar e uniforme. Ela não conseguiria uma resposta naquele momento. Teria que esperar até Stella acordar, puxar o assunto mais uma vez e cruzar os dedos, torcendo pela segunda alternativa.

Depois de uma hora, Stella abriu os olhos inexpressivos, fitou o teto e então os fechou, sem que Erin pudesse perguntar a importante questão. Uma das enfermeiras, aparecendo um pouco depois para ver se estava tudo bem, colocou a mão no ombro de Erin e disse com discrição:

— É melhor você ligar para o Fergus. Não vai demorar muito.

O coração de Erin deu um salto de pânico.

— O quê? Mas tem uma coisa que eu preciso perguntar para a Stella!

— Acho que é melhor você chamá-lo aqui.

— Sim, mas e a minha pergunta? É muito importante.

A enfermeira fez um aceno solidário com a cabeça, mas não cedeu.

— Não se preocupe com isso. Bom, você vai ligar para ele ou prefere que eu ligue?

✣

FERGUS CHEGOU QUARENTA minutos depois, com o terno cinza cheirando ao mundo exterior, onde a vida continuava indiferente. A respiração de Stella já estava muito lenta. Durante tempestades, Erin sempre contava o número de segundos entre cada raio e o subsequente barulho do trovão para calcular a distância da tempestade. Agora, ela estava fazendo o mesmo entre cada respiração áspera e demorada. Havia uma terrível sensação de inevitabilidade sobre aquilo... nove... dez... onze...

O peito de Stella subia e descia.

— Vai acontecer? — sussurrou Fergus.

Triste, Erin concordou com a cabeça.

— Ah, meu Deus! — Ele puxou uma cadeira e se sentou. — Ela não está sentindo dor, está?

Erin fez que não, e então deu um pulo quando alguém do outro lado da cortina gritou:

— Odeio você, odeio tanto você, *saia da minha vida*!

— Ops, perdão. — A mulher da cama ao lado se desculpou pela cortina e rapidamente diminuiu o volume da televisão.

Dez... onze... doze... Erin segurava a própria respiração ao contar, determinada a não ser atrapalhada pelas duas atrizes de *EastEnders* discutindo furiosamente a menos de dois metros de onde Stella estava deitada.

— Ah, meu Deus... — Fergus estava com os olhos fixos no peito imóvel de Stella.

Quatorze... quinze... dezesseis...

Erin continuou acariciando a mão de Stella. Ela parou de contar quando alcançou o número trinta e arrumou uma mecha de cabelo sobre a testa de Stella, lisa como mármore. Aconteceu. Era o fim. Stella não estava mais com eles.

Para onde ela havia ido?

Era estranho não saber a resposta.

A bomba eletrônica se acionou mais uma vez, despejando sua dose de morfina em um corpo que não precisava mais daquilo.

✣

AO ATENDER O TELEFONE, Tilly perguntou, alegre:

— Oi, como estão as coisas?

Erin puxava as camadas de tinta verde descascada da parede do corredor em frente a ela.

— Stella se foi.

— *Ah*... — A voz de Tilly se derrubou num instante. — Ah, Erin, sinto muito.

Erin sentiu um doloroso nó na garganta. Por um momento, nenhuma delas falou nada, mas as duas reconheceram a ironia daquelas duas últimas palavras. Mas Tilly estava sendo sincera e Erin era grata pelas condolências. Desfazendo o nó da garganta, Erin disse:

— Ela se foi em paz, sem dor.

— Bem, isso é bom. O Fergus está com você?

— Está. Ele também está chateado.

— Ah, querida. Ela teve sorte por ter você ao lado dela. Vou falar com o Max, tá? E avisar as outras pessoas.

— Obrigada. Isso seria ótimo. — As lágrimas começaram a rolar pelo rosto de Erin e ela se recostou à parede. — É estranho dizer que vou sentir saudades dela?

— Shh, claro que não. — Do outro lado da linha, Tilly a consolou suavemente. — Não é nada estranho.

CAPÍTULO 48

— **Lembra o dia** do leilão na semana passada, quando eu pensei que estava com medo?

— Porque você estava preocupada achando que ninguém daria nenhum lance — lembrou Tilly.

— Agora, depois de todos os lances, estou com *mais* medo. É cinquenta vezes pior! — Os olhos de Kaye se moviam rápidos pelo hotel, os dedos agitados mexiam na franja da echarpe de seda. — Parece que vou pular do *bungee jump* mais alto do mundo.

— Calma, vai dar tudo certo. Estamos todos aqui, não estamos? Nada pode acontecer.

— Estou passando mal. E preciso fazer xixi.

— Você está completamente segura. — Tilly lançou um olhar censurador para Max; era graças à imitação dele de Anthony Perkins em *Psicose* que Kaye estava uma pilha de nervos e não parava de falar.

— Vai para o banheiro? Verifique se ele não está escondido atrás da porta.

— Pai, cale a boca — ordenou Lou. — Você não está ajudando.

Eram dez para as oito e os quatro estavam no bar do White Angel, um restaurante bastante frequentado em Tetbury, com uma cozinha de boa reputação. Max havia organizado tudo, escolhido o local e decidido o horário. Parker Price deveria chegar às oito. Enquanto ele e Kaye jantassem, os três ficariam sentados em uma mesa próxima, de olho nos dois e prontos para intervir no momento em que o maior fã de Kaye fizesse ou dissesse qualquer coisa que fosse motivo de preocupação.

Naquele momento, o telefone de Max tocou. Ele verificou a tela e disse:

— É ele.

Kaye arregalou os olhos. Todos puderam ouvir a parte de Max da conversa que se seguiu, contendo uma série de palavras como *certo*, *ok*, ótimo, *sem problemas* e *se você acha melhor*. Por fim, ele se despediu:

— Então, tchau.

— Ele vai se atrasar? — Lou estava indignada.

— Ele não vem.

— O quê? — Tilly se ajeitou na cadeira. — Por que não?

— Ele não está se sentindo bem. — Max encolheu os ombros. — Então, decidiu não aparecer. Por mim, tudo bem.

— Você está falando sério? — Kaye levantou a voz. — Não está tudo bem, nada! Eu fui... meu Deus, eu fui deixada na mão por um perseguidor!

— Pensei que você ficaria aliviada — disse Max.

— Bem, *não* fiquei. Passe esse telefone para mim. — Tomando o aparelho dele, Kaye pressionou os botões. — Alô? Alô? É você? Claro que sou eu! Ah, muito bem, Einstein, eu *estou* irritada, sim. Como você *ousa* fazer isso?

Lou se perguntou se Kaye havia enlouquecido. Ela observou enquanto a mãe ouvia a explicação de Parker Price.

— Não, eu *não* aprecio isso. Nunca fui tão insultada na minha vida! Onde você está agora? — Pausa. — Bem, venha para cá agora mesmo. Você pagou para jantar comigo e isso é o que você vai fazer.

Todos pensaram que Kaye estava doida, mas ela não se importou. Depois de se arrumar toda para conhecer aquele homem e suportar a dor de estômago de ansiedade, não passar por aquilo teria sido um *desperdício*.

✣

Parker Price não parecia um fanático. Parecia perfeitamente normal. Seu cabelo era escuro, com alguns filetes prateados nas têmporas. Tinha quarenta e poucos anos, pele um pouco bronzeada, olhos verdes cordiais e o início de uma papada. Os dentes eram bonitos, assim como as mãos, e ele estava vestindo um terno cinza-chumbo bem cortado.

No momento em que ela bateu os olhos nele, o nervoso de Kaye se dissipou. A calma a invadiu. Não havia nada com que se preocupar. Do outro lado do salão, Max, Tilly e Lou estavam observando como águias, mas, na mesa, ela estava sob controle.

— Então, diga por que você tentou cancelar.

Parker Price contorceu o rosto.

— Meu Deus, sinto muito. Não acredito que você estava tão irritada ao telefone.

— Eu que não acredito que você veio até aqui, dos Estados Unidos, e de repente decidiu cancelar tudo no último minuto. Quero dizer, por que você faria isso? É estranho.

— Certo, vou ser franco com você. Estava no hotel hoje à noite, me preparando para vir e realmente, *realmente* ansioso para te conhecer. Então, de repente, me dei conta. — Parker sacudiu a cabeça e disse: — Pensei em como você estaria se sentindo sobre me conhecer e percebi que você deveria estar apavorada. — Ele fez uma pausa. — Eu estava certo?

— Sim, talvez. Talvez não *apavorada* — corrigiu Kaye. — Eu diria... cautelosa.

— Você só está sendo educada. Assim como seria durante esta noite. Mas, vamos admitir, eu poderia ser um psicopata total. Ainda posso ser, pelo pouco que você sabe.

— Você não é. — A confiança de Kaye era absoluta.

— Sei que não sou. — Ele sorriu. — Mas você não sabe. E o fato de eu ter dado um lance de cinco mil libras para jantar com você é algo preocupante. Enfim, por isso eu decidi de repente que não poderia vir. Não suportaria ver você odiando cada minuto do jantar e desejando estar em qualquer outro lugar. O dinheiro não importa. Só queria te livrar disso, porque qualquer coisa seria melhor que saber que você estava com medo de mim.

— Não estou mais com medo — disse Kaye. — Juro.

— Fico feliz por saber disso. E obrigado por não me deixar cancelar. — Ele estava mais relaxado na cadeira. — É muito bom te conhecer.

— É bom te conhecer também. — Kaye não conseguiria descrever como se sentia em relação àquele homem sensível e atencioso; só sabia que ele era alguém a quem ela confiaria a própria vida.

— Estamos sendo observados — comentou Parker.

— Eu sei. Desculpe.

— Sua equipe de segurança. Podemos convidá-los para se juntarem a nós, se você quiser. Se pedirmos com jeitinho, os garçons podem rearrumar as mesas para sentarmos juntos.

— Não, obrigada, eles estão bem onde estão. — Kaye não queria que Max e Lou ficassem interrompendo a todo o momento, perguntando coisas e estragando a noite. — Aliás, nem consigo dizer o quanto eu gostei daquela pintura que você enviou. Está na minha sala. Foi tão gentil da sua parte.

— O prazer é meu. Você passou por uma situação terrível. Julgada por tabloides. Só queria te animar um pouco — disse Parker.

— Você não deveria ter gastado tanto.

— Dinheiro não é um problema. — Ele encolheu os ombros. — Como você deve ter percebido. Enfim, fico feliz que você tenha gostado da pintura.

Ele tinha os olhos mais encantadores, amáveis e brilhantes, que se enrugavam nos cantos a cada vez que ele sorria. Kaye, que não tinha o hábito de fazer perguntas impertinentes, disse:

— Como você ficou tão rico?

Bem, ela queria saber. Colocar o nome Parker no Google não resultou em nada útil. Ela só esperava que ele tivesse ganhado o dinheiro pelo próprio esforço em lugar de herdá-lo.

— Sou arquiteto. Não é muito emocionante, mas temos um escritório bastante famoso. P. K. Price, na Rua Hudson. — Tirando a carteira do bolso, ele retirou um cartão de visitas. — Residencial, comercial, grandes e pequenos edifícios, o que você precisar. É só dizer que nós projetamos.

— E ninguém se importou de você tirar uma folga para me ver?

— Importar? Eles adoraram se livrar de mim. Não, não tem problema. Acabei de finalizar um projeto grande, então precisava de uma pausa.

Ele parecia tão normal, mas o que havia feito passava dos limites do incomum. Kaye disse com franqueza:

— Até que valor você teria subido os lances no leilão? — Nossa, ela não acreditava que estava perguntando aquelas coisas. E o melhor era que ele estava respondendo.

— Vinte mil. Dólares — acrescentou ele com rapidez, ao ver que ela arregalava os olhos. — Dez mil libras, foi o que eu falei para o homem no telefone. O que foi extremamente tenso, mas eu precisava estabelecer um limite para ele. Sem querer ofender, mas eu não poderia correr o risco de ele voltar ao telefone e dizer que tinha oferecido meio milhão por você.

— Com certeza eu não valho meio milhão. — Kaye balançou a cabeça. — Não acredito que você achou que eu valia dez mil! — Ela olhou para ele, já sem medo nenhum, e disse: — Por quê? Por que você veio até aqui?

A garçonete trouxera o cardápio dez minutos atrás e eles ainda nem haviam dado uma olhada nele. Parker explicou, calmo:

— Não posso dizer. Soaria... — Ele parou e balançou a cabeça. — Não, desculpe, não posso dizer o porquê.

Kaye gostava do fato de ele não poder dizer. Ele não estava enrubescido, mas parecia estar quase lá. Ao avistar a garçonete, circulando a uma distância discreta, ela disse:

— Estamos segurando a cozinha. Vamos decidir o que comer. Você está com fome?

— Na verdade, não. — O sorriso dele estava encabulado.

Os olhos de Kaye rodopiavam.

— Nem eu.

CAPÍTULO 49

— **Olhe para eles.** — Eram dez e meia e Max estava ficando de saco cheio. — Não pararam de tagarelar a noite toda. Diabos, ele está fazendo valer o dinheiro dele, não é?

— Pai, fique calmo. Ele pagou *bastante.*

— Mas está tarde e você precisa ir para a escola amanhã cedo.

— Eu sei — disse Lou —, mas tem dobradinha de geografia nas duas primeiras aulas. Todo mundo dorme.

✣

— Lá vem a cavalaria — comentou Parker. — Cavalgando ao seu resgate. Parece que meu tempo acabou.

Verificando o relógio, Kaye não acreditava que já eram onze horas. E lá vinha Max, caminhando determinado pelo restaurante quase deserto.

— Tudo bem, eu trato disso.

— Olá, boa noite. Precisamos ir agora — avisou Max, sem preâmbulos.

— Tudo bem, podem ir. Vou ficar um pouco mais.

— Não, não, não. — Ele balançou a cabeça. — Você não pode fazer isso.

— Posso sim. — Kaye sinalizou com os olhos que estava tudo bem. — Estamos tendo uma noite adorável e não quero ir embora agora. Posso pegar um táxi quando estiver pronta.

— Não, você *não* vai — disse Max —, porque combinamos que viríamos aqui para ficar de olho em você e seria loucura te deixar sozinha com um estranho que pode ser um maníaco. Sem ofensas.

— Mas isso foi antes de o conhecermos. O Parker não é um maníaco, então vocês não precisam mais se preocupar!

— Ei, tudo bem. — Parker ergueu a mão. — Ele tem razão. Tivemos uma noite maravilhosa, mas já é hora de ir.

Kaye se sentiu como uma adolescente em uma festa, sendo buscada pelo pai antes da hora. Ela suspirou e pediu a Max:

— Só mais dois minutos.

— Certo. Dois minutos. — Max disparou um olhar de "você está maluca?" e repetiu: — Não mais que isso.

Assim que ele estava longe, Kaye disse:

— Sinto muito pelo meu ex-marido. Tato nunca foi o ponto forte dele.

— Ele está cuidando de você. Isso é muito bom.

Ela fitou Parker, cujas feições se tornavam mais maravilhosamente familiares a cada minuto que se passava. Eles haviam conversado sobre a infância, férias, velhos amigos de escola, experiências constrangedoras, comidas de que não gostavam, os presentes de Natal mais bizarros que já receberam, filmes favoritos e as piores cantadas, pulando de um assunto para o outro, porque simplesmente havia muito para conversar. E ainda tanto a conhecer. Era esse o sentimento de encontrar sua alma gêmea?

Sem mesmo parar para pensar sobre aquilo, Kaye disse:

— E então, vamos nos ver novamente?

A expressão de Parker se iluminou.

— Você só está sendo educada?

— Não, de forma alguma.

Ele relaxou de forma visível.

— Eu adoraria.

— Amanhã à noite?

— Hum... — Sorrindo, Parker fingiu pegar algo no bolso do paletó. — Preciso checar minha agenda para ver se estou livre.

— ATÉ QUE ENFIM! — resmungou Max quando Parker saiu do restaurante e Kaye se reuniu a eles no bar. — Missão cumprida. Vamos. Pensei que estaríamos fora daqui às dez horas.

— Como ele é? — Tilly estava curiosa.

Kaye sabia que estava radiante.

— Muito, muito legal. — Como ela poderia explicar como estava se sentindo sem fazê-los pensar que havia *pirado*? Ao mesmo tempo, quem se importava com o que eles pensavam? — Na verdade, ele foi legal até agora. Vou vê-lo de novo amanhã à noite.

— Só por cima do meu cadáver — bufou Max.

— Ok. — Apontando dois dedos para ele, ela disparou. — Bang, você está morto.

— É você quem vai morrer quando ele fizer isso com você. Jesus Cristo, você não entende? — Max estava incrédulo. — Você não faz ideia de quem é esse homem. Tudo o que sabe é que ele mandou umas coisas, te perseguiu e pagou uma quantidade maluca de dinheiro para cruzar o Atlântico e jantar com você. Então, me diga, isso parece normal?

Kaye deu de ombros.

— Ainda vou encontrar com ele amanhã à noite. Você não precisa me dar cobertura.

— Claro que preciso! Alguém precisa! Diabos, não acredito que isso está *acontecendo* — gritou Max.

"Nem eu", pensou Kaye alegremente, "mas está. Não é ótimo"?

✣

HÁ ALGUMAS coisas que você não espera ver no seu caminho para o trabalho às sete e quarenta e cinco da manhã de uma quinta-feira. Jack Lucas segurando um bebê berrando seminu e de braços esticados é uma delas.

Ao parar no posto de gasolina para abastecer, Tilly entrou na fila atrás de uma van branca e observou os acontecimentos com uma mistura de emoções. O carro de Jack estava estacionado junto a uma das bombas. Um Fiat vermelho, com as portas totalmente abertas, estava parado na área das vagas. Uma criança pequena gritava no assento do carro e a atormentada mãe tentava acalmá-la com uma caixinha de suco de groselha. Completada a tarefa, ela voltou a atenção para o bebê, puxando o macacão branco ensopado pelas pernas que chutavam desvairadas, com cuidado para não sujar a camisa polo de Jack com vômito de bebê. Missão finalmente cumprida, ela jogou o macacão em uma sacola plástica. O bebê, só de fraldas e ainda segurado por Jack, vomitou mais uma vez, errando a calça *jeans* de Jack por um fio de cabelo. Devolvendo-o para a mãe, ele voltou para o carro e reapareceu com um pacote de lenços, que a mulher aceitou com gratidão.

A van branca saiu. Tilly avançou e começou a abastecer o carro com gasolina. Mais à frente, na fila de bombas, Jack estava fazendo o mesmo. Depois de esfregar com o lenço o bebê que ainda berrava e colocá-lo de volta na cadeirinha dentro do carro, a mulher agradeceu Jack, o cavaleiro de armadura brilhante, e partiu.

Tilly estava dividida. Metade dela reconhecia que ele havia feito uma boa ação. Mas a outra metade morria de frustração porque ela realmente não entendia como ele poderia ser tão prestativo em um minuto e tão egoísta no outro.

Acenando com a cabeça para ela, Jack disse alegre:

— Bom dia!

— Bom dia.

Emoções conflituosas continuavam a brigar dentro do peito de Tilly. Com uma camisa polo cor de areia, *jeans* desbotados Levi's e botas de cano alto, ele estava... Nossa, em ótima forma. O cabelo escuro reluzia com o Sol matinal e, como ele estava segurando a mangueira de combustível, ela podia ver como os músculos se moviam sob a pele lisa e bronzeada do antebraço dele. Digamos o seguinte: se alguém colocasse no YouTube um vídeo com Jack abastecendo o carro, você o veria sem parar. Fisicamente, ele era perfeito. O que só tornava o outro lado dele uma decepção maior ainda.

— Você viu como eu escapei agora há pouco do incrível bebê vomitante?

Ah, pelo amor de Deus, agora ele a estava provocando de propósito?

— Sim, vi. Que grande herói você é. Mas quem pode dizer que o bebê não era seu mesmo?

— Na verdade, não era. — Ele parecia se divertir. — Nunca vi aquela mulher na vida.

— Ah, bom, você pode tirá-la da sua lista, então. Mas você falou com a Amy?

O sorriso de Jack desapareceu.

— Não.

O total desinteresse no rosto dele já dizia tudo.

— Então, você para o que está fazendo para ser prestativo com o bebê de uma completa estranha, mas não está nem aí para um que pode ser do seu próprio sangue. — O tanque de Tilly estava cheio e ela enfiou com violência a mangueira de volta no suporte. — Você não vê como isso é cruel? Não sei como você consegue dormir.

Jack balançou a cabeça; agora ela realmente o tinha irritado. Bem, vamos lá. Alguém tinha que dizer.

— Certo, deixe-me dizer uma coisa para você. A razão pela qual não falei com a Amy é porque não sou o pai do bebê dela.

— Mas...

— E tenho certeza disso, porque não dormi com ela.

Tilly ficou paralisada. O quê? *O quê*?

Ele estava falando sério?

— Quer dizer que... vocês *não* fizeram sexo?

A mulher mais velha na bomba ao lado estava ouvindo com avidez.

— Esse é outro modo de dizer — confirmou Jack.

— Como assim, *nunca*?

— Nunca.

— Mas... mas ela disse que vocês fizeram!

Ele deu de ombros e se virou. Tilly estava incrédula.

— Por que ela diria isso se não fosse verdade?

— Quem vai saber? — gritou o homem no Volvo atrás dela. — Mulheres desgraçadas, só veem o próprio umbigo, deixam qualquer um doido. E você é uma delas. — Irado, ele apontou o dedo para ela. — Fica aí parada, tagarelando sem se importar com o mundo enquanto as outras pessoas ficam na fila esperando você *tirar a porcaria do seu carro daí*!

Ai! Tilly olhou em volta e viu que ele tinha razão. Corada, ela entrou no carro e estacionou em uma das vagas. Na bomba, Jack estava encaixando a mangueira no suporte e fechando a tampa do tanque de gasolina. Tilly seguiu para a loja de conveniência para pagar pela gasolina, esperando que ele a seguisse e a encontrasse, para que ela pudesse terminar o interrogatório. Dez segundos depois, pela janela, ela viu o Jaguar desaparecer pela rua.

Tilly soltou um grito de surpresa, fazendo a mulher no caixa erguer uma sobrancelha e levantar o rosto.

— Alguém acaba de sair sem pagar — berrou Tilly.

A caixa parecia entediada.

— É porque aquela é a fila expressa, querida. Você coloca seu cartão de crédito antes de abastecer.

Ah! Certo. Então, nenhuma frota de carros de polícia seria enviada para perseguir Jack e trazê-lo de volta. Que pena...

O que havia acontecido, afinal, entre ele e Amy? Por que os dois mentiram sobre aquilo? Tilly não conseguia entender, mas uma coisa era certa: ela precisava descobrir.

CAPÍTULO 50

QUANDO VIERA DE LONDRES para trabalhar com Max, como ela adivinharia que parte do trabalho dela seria segurar vela?

— Tenho um compromisso com o Matt e a Lizzie Blake em Bath hoje à noite — disse Max, mais cedo. — Você vai precisar vigiar a Kaye.

— Ok. — Tilly encolheu os ombros. Bem, havia jeitos piores de se passar a noite. — Lou? Quer vir e me fazer companhia?

— Se você não se importar de eu ser expulsa. — Lou fez uma careta. — Tive que cumprir um castigo hoje por não ter prestado atenção na aula de geografia e hoje à noite preciso fazer o trabalho de francês, além do de história e um montão de exercícios de matemática. Cálculo, *eca*! — Confiante, ela sugeriu: — A não ser que você queira escrever uma carta ao meu coordenador dizendo que não pude fazer nada disso porque fui *obrigada* a ir com você.

E foi assim que Tilly terminou, solitária, em uma mesa no jardim do Horseshoe Inn, nos limites de Roxborough. Bem, não completamente solitária. Betty estava com ela. Mas, por mais adorável que fosse, quando se tratava de conversar, Betty não tinha nenhum talento.

Do outro lado do jardim, Kaye e o perseguidor estavam absortos tagarelando, rindo e, no geral, se divertindo bastante. Além disso, uma dúzia ou mais de mesas de madeira estavam ocupadas por clientes que aproveitavam o fim da tarde quente de verão do lado de fora de um pitoresco *pub* de Cotswold. Todos eles pareciam estar se divertindo também. Só porque não estavam acompanhados de uma criatura que havia passado a última hora farejando a grama atrás de migalhas velhas.

Dez minutos depois, Jack surgiu do *pub* e o coração de Tilly rodopiou na velocidade máxima. Enquanto ele parava para observar a cena, Betty abandonou a caça às migalhas e correu em direção ao seu herói, cumprimentando-o como uma fã em êxtase.

Viu? Até a Betty estava enfeitiçada.

Mas Tilly estava contente por ele ter aparecido. Max deve ter avisado que ela estava sozinha e Jack viera lhe fazer companhia. O que significava que ela poderia interrogá-lo para descobrir o que realmente havia acontecido entre ele e Amy. Ela estava *morta* de curiosidade.

Jack se aproximou com Betty pulando ao redor dele.

— Oi. — Tilly sorriu. — Deixe-me adivinhar, o Max ligou para você.

— Sim — concordou Jack.

— Betty, deixe o Jack em paz. Deixe-o sentar.

Ansiosa, Tilly tirou do caminho o copo de suco de laranja, o pacote vazio de salgadinhos e a bolsa.

— Não posso ficar. — Balançando a cabeça, ele explicou: — Tenho novos inquilinos mudando para o apartamento da Rua Farrow esta noite. Disse que os encontraria em meia hora.

O quê? Ela teve que proteger os olhos do Sol que estava se pondo atrás dele.

— Então, por que você veio?

— Porque Max me pediu. — Jack inclinou uma sobrancelha. — Tudo bem, sou muito bom em primeiras impressões. Cinco minutos vão ser suficientes para vê-lo e dar a minha opinião.

Certo, então ele não estava lá por causa dela. Que papel de estúpida ela fizera. Colocando Betty no colo, Tilly observou Jack caminhar em direção à mesa de Kaye e do perseguidor. Ele cumprimentou Kaye com um beijo e apertou a mão de Parker, sentando-se junto com eles. Em quatro minutos, ele estava de volta.

— Estou indo.

— Só uma coisa antes de você ir — Tilly disparou a questão; aquilo a estava corroendo durante o dia todo. — Porque tem algo que eu *realmente* não entendo. Por que a Amy diria que dormiu com você, se ela não dormiu?

Ele balançou a cabeça e deu um leve sorriso.

— Não sei.

O que significava que ele *sabia*.

— E, se é verdade que você não dormiu com ela, por que não me contou isso antes, em vez de me deixar pensando o contrário?

— Tá, agora me ouça. — Jack a fitou com firmeza. — O que eu te disse há alguns meses? Disse que nunca discutia minha vida sexual. Nunca discuti e nunca discutirei. Porque tenho algumas regras. — Os olhos dele brilharam. — Se você e eu tivéssemos... qualquer tipo de relacionamento, você ficaria feliz se soubesse que eu estava contando para todo mundo? Regalando as pessoas com cada detalhe? Bem, você gostaria?

Tilly enrubesceu e balançou a cabeça.

— Não.

— Não, você não gostaria. Nenhuma garota gostaria. Eu respeito isso e não digo nada. — Pausa. — Não deveria ter contado sobre a Amy hoje de manhã, mas esse negócio de bebê estava ficando fora do controle. Aí está sua resposta. Contente agora?

Bem, aquilo fez efeito. Sentindo-se completamente castigada e frustrada, sem nenhuma informação nova, Tilly afastou com a mão um inseto que pairava no ar e murmurou:

— Sim.

— Ótimo. — Jack puxou a chave do carro do bolso, pronto para ir embora. Com uma piscadela, ele acrescentou: — E quem diria que eu tinha princípios? Diga que você não está secretamente impressionada.

Depois daquela punição? Sem chance. Ignorando-o, Tilly perguntou:

— Qual é o veredito sobre o perseguidor da Kaye?

— Parece ok. Não está sendo óbvio. A Kaye está interessada.

— Só um pouco.

— Certo, já vou. — Ele se inclinou para bagunçar as orelhas de Betty. No mesmo instante, ela rolou no chão, contorcendo-se de prazer e balançando as pernas no ar sem a menor vergonha.

— Tchau.

Tilly fez uma cara valente. Você sabe que está em apuros quando tem vontade de trocar de lugar com um cachorro.

DIZER QUE KAYE estava interessada em Parker era suavizar os fatos. Ela estava encantada. Quando ele se despediu e deixou o Horseshoe depois que o *pub* fechou, dava para perceber que ela esperava um beijo. Se Tilly não estivesse lá, era provável que ele a tivesse beijado. Mas uma vela não faria seu trabalho se permitisse isso; então, em vez de ser discreta e esperar na esquina, Tilly ficou lá parada.

O táxi de Parker o levou de volta para o hotel e Tilly e Kaye caminharam com Betty a curta distância até o centro de Roxborough.

Bem, Tilly e Betty caminharam. Kaye estava flutuando a alguns centímetros da calçada. E conseguir a atenção dela era como tentar fazer um gato ler um livro.

— Ele é adorável, né? Você gosta dele, não gosta? Sinceramente, não consigo lembrar a última vez que me senti tão confortável na companhia de um homem, é como se nos conhecêssemos há *anos*...

— Com licença. — O tom de Tilly era acusador. — Você acabou de dar um pulinho?

— Como?

— Pulinho. Você sabe. — Ela apontou para as sandálias vermelhas de Kaye. — Ai, meu Deus, você fez isso, não fez? Você realmente deu um *pulinho*.

Em vez de parecer culpada e envergonhada, e inventar de imediato alguma desculpa esfarrapada, Kaye sorriu e balançou o cabelo.

— Bem, acho que não consigo evitar. É como estou me sentindo!

— Você precisa manter o bom-senso. — Tilly sentia que era um dever dizer aquilo. Afinal de contas, ela era uma vela.

— Eu sei, eu sei. Estou mantendo! — Kaye executou outro pulinho de felicidade e o emendou com um rodopio.

— Posso perguntar uma coisa?

— Sobre o Parker? Qualquer coisa!

— Não, sobre o Jack.

Kaye parou de rodopiar.

— O que o Jack disse sobre ele?

— Nada, quero dizer, ele disse que tudo bem.

— Você acredita que o Max o mandou só para examinar o Parker?

— Esse negócio sobre o Jack — tentou Tilly mais uma vez. — Não tem nada a ver com o Parker. Então, lembra quando você rompeu com o Max?

Kaye torceu o nariz.

— O que tem?

— Você me disse que foi para a cama com o Jack.

— Si-im?

— Bem, você foi mesmo?

— Como? — Kaye parecia confusa. — Fui o quê?

— Para a cama com o Jack.

— Claro que sim. — Incrédula, Kaye perguntou: — Por que eu diria que fui, se não tivesse ido?

Bem, exatamente. *Exatamente*. E não havia por que não acreditar em Kaye. Mas o problema era que ela também acreditava em Jack. Tilly puxou Betty para longe de um papel de chocolate no chão e esperou Kaye perguntar por que ela estava tão interessada.

— Mas, enfim, ouça só isso. Parker veio para passar uma semana de férias, mas ele vai ver se consegue esticar por duas semanas! Não é *fantástico*?

Curiosidade zero. Era evidente que Kaye tinha questões muito mais importantes na cabeça. Tilly sorriu e disse:

— Ótimo.

✦

Max já estava de volta da reunião em Bath, fritando ovos e bacon e espalhando uma generosa quantidade de molho no pão. Ele balançou a espátula para cumprimentá-la e disse:

— A Lou foi para a cama. Como foi com o perseguidor?

— Tudo bem. Ela vai vê-lo amanhã de novo. Mas disse que não quer ninguém segurando vela, porque ela é já bem crescidinha. E que você não é o pai dela e algum dia vai precisar deixar os dois saírem sozinhos.

— Ok.

— É mesmo? — Tilly estava pasma. Não esperava que ele cedesse tão rápido.

Max encolheu os ombros.

— Eles podem sair juntos, mas não ficar em casa.

— Bom, já é um começo. Kaye vai ficar contente. — Admirada com a mudança de atitude, ela perguntou: — Tem bacon suficiente para mim e para a Betty?

— Sim. — Assim que ele começou a sacudir as tiras de *bacon*, o telefone de Max tocou na mesa da cozinha. — Você pode ver quem é?

Tilly espiou a tela.

— É a Kaye. Posso atender?

Era impressão ou ele estava tentando segurar o riso?

— Fique à vontade.

— O Max está aí com você? Ai, meu Deus, você não vai acreditar no que ele fez — gritou Kaye pelo telefone. — Diga que ele é um desgraçado!

— Você é um desgraçado — reportou Tilly, obediente. — Por que, o que ele fez?

— Só ligou para o escritório do Parker e interrogou todo mundo que trabalha com ele! Estou tão *constrangida* — gritou Kaye. — O que eles vão *pensar*? Ele já recebeu ligações de dois colegas arquitetos, da secretária e até do faxineiro. Eles nunca vão esquecer isso, vão infernizá-lo até o dia que ele morrer!

— Certo. — Tomando o telefone, Max disse laconicamente: — Estou ouvindo você se esgoelando no telefone, mas cheguei à conclusão de que essa era a providência mais sensata a tomar. Poderia ter ligado para eles e ouvido: "As namoradas do Parker? Ah, é tão estranho, depois de uma semana, mais ou menos, elas parecem sumir da face da Terra... Ah, sim, agora que você mencionou, tem sim um cheiro estranho vindo do piso do apartamento dele".

O sotaque nova-iorquino de Max estava em funcionamento. Escondendo um sorriso, Tilly assumiu a frigideira com o bacon. Agora era a vez dele ouvir os chiados indignados de Kaye.

— Não. — Max voltou à voz normal. — Acontece que eles não disseram isso. Eles disseram que ele é um cara normal, de quem todo mundo gosta e sem histórico de esquartejar mulheres em pedacinhos. — Pausa, outro pequeno chiado. — Bom, achei que você ficaria feliz por ouvir isso. — Pausa, outro chiado. — Olhe, só quero que você esteja em segurança, e tenho certeza de que o Parker concorda com isso. Nenhum deles tinha nada de ruim para falar sobre ele... Sim, sim, eu sei, ao contrário de mim. E o Jack também acha que não tem problema. Então, agora que sabemos de tudo isso, fico tranquilo em deixar você sair sozinha com ele amanhã à noite. — Outra pausa, mais um curto chiado. — Ah, mas que elegante!

— O que ela disse? — Tilly, ocupada, empilhava tiras crocantes de bacon nas fatias de pão enfileiradas.

— Ela me chamou de algo *bem* rude. — Max fez uma cara magoada para Betty, cuja única preocupação era não haver bacon suficiente para ela também. — E depois desligou. Eu praticamente salvei a vida dela e é esse o agradecimento que recebo.

CAPÍTULO 51

TILLY EXAMINOU O OFÍCIO fúnebre que tinha nas mãos e sentiu, não sem culpa, um vazio de emoções. Parecia um tanto desonesto participar do enterro de alguém que você conhecia pouco e de quem nem gostava muito.

Ai, meu Deus, até isso era um exagero. Ela mal conhecia Stella e não gostava nem um pouco dela. Mas Erin havia implorado por sua presença naquele dia e ela não tivera coragem de dizer não. Petrificada com a probabilidade de o comparecimento ser lamentável, Erin havia atormentado praticamente todas as pessoas que conheciam Stella, determinada a assegurar que a igreja estivesse cheia.

E, felizmente, por Erin e não por Stella, estava cheia. Mais de cem pessoas apareceram. O desastre foi evitado. As falsas amigas que não visitaram Stella no hospital estavam todas lá. Ou Erin as fizera sentir um remorso verdadeiro ou a oportunidade de aparecer glamorosa de preto era simplesmente muito boa para deixar passar. A exigência de usar cores vivas havia sido ignorada pela maior parte das mulheres; preto era *muito* mais estiloso e elegante.

Tilly, olhando de modo furtivo pela igreja enquanto esperava o começo do ofício, reconheceu colegas lojistas de Stella entre a congregação reunida, misturados com diversos vizinhos e vários rostos familiares do Lazy Fox. A equipe da imobiliária de Fergus estava lá também, incluindo a secretária, Jeannie, que ela sabia não se dar bem com Stella.

E lá, no fundo da igreja, estava a ainda magra, mas visivelmente grávida, Amy, de óculos escuros (talvez ela pensasse estar em Hollywood) e um elegante vestido envelope de veludo preto. Tilly ainda não havia tirado da cabeça a charada de Amy. Será que Jack a havia deixado muito bêbada? E ela acordara no dia seguinte com uma dor de cabeça lancinante e amnésia para ser informada por Jack que eles haviam feito o serviço, *quando na verdade não haviam feito nada*?

Ele a hipnotizara e a fizera acreditar que havia feito sexo selvagem com ele?

Tilly engoliu em seco. Ah, agora ela estava imaginando o sexo selvagem com Jack, o que era totalmente inapropriado para um enterro... *Pare agora mesmo...*

Ouvindo a respiração sufocada dela, Max a cutucou e murmurou:

— Tudo bem com você?

Ela fez que sim, com a boca seca. A luz do Sol fluía através dos vitrais da igreja, voltados para a face Oeste, criando arco-íris de luzes coloridas dentro da congregação. Ela se forçou a expirar o ar devagar e inspirar os aromas do lugar, uma mistura de pó e madeira polida aquecida pelo Sol com a antiga pedra de Cotswold. E, falando no demônio, lá estava Jack entrando na igreja. Tilly se esforçou para parecer que não estava olhando.

Por outro lado, será que fazia algum sentido, uma vez que todas as outras estavam?

Cumprimentando com um aceno de cabeça todas as pessoas conhecidas, mas não Amy, como ela notou, Jack continuou andando e então se juntou a Declan do Fox em um banco à direita. Ele estava vestindo um terno cinza-escuro, camisa branca e gravata preta. Apenas a visão dele já era suficiente para acionar a reação de sempre. Tilly pensou se aquilo cessaria algum dia.

A vida seria tão mais simples, seria mesmo. Não poderia ser bom se sentir daquele jeito por outro ser humano e não se permitir fazer nada a respeito.

Certo, respire. Respire. Claro que doía, mas manter-se a distância não era mais seguro a longo prazo? Sem dúvida, era. E respire mais uma vez. Isso era um milhão de vezes menos doloroso que a outra opção.

De qualquer forma, aquilo não importava agora. O vigário estava se preparando para começar o ofício. Chegaram Fergus e Erin, os últimos a entrar na igreja, movendo-se devagar um ao lado do outro, como no exato oposto de um casamento. Fergus, ironicamente, também era um viúvo agora. E Erin estava corajosa, mas mordeu o lábio inferior ao ver o caixão de Stella. Quando eles se sentaram no primeiro banco, o vigário limpou a garganta e sinalizou ao organista para parar de tocar.

Era hora de dizer adeus para Stella Welch.

✣

Havia um bom público no Fox logo depois, graças ao fato de o enterro ter sido realizado às três horas da tarde. Quando terminou, ninguém se sentiu obrigado a voltar correndo para o trabalho; era mais confortável suavizar o golpe da mortandade com alguns drinques. E era um choque pensar que alguém conhecido havia morrido antes dos quarenta. Meu Deus, quarenta não era nada. De repente, você percebe que não é mais seguro presumir que um dia vai se aposentar. Qualquer coisa poderia acontecer com qualquer um, a qualquer hora. Tal perspectiva induziu uma atmosfera de atrevimento quase de tempos de guerra e Tilly, observando de longe, viu as amigas solteiras de Stella incrementarem os esforços nos flertes com os homens disponíveis. Uma garota exótica com cabelos pretos na cintura era a atual monopolizadora de Jack. Os colegas corretores de Fergus eram alvos também. Até Declan, trabalhando duro atrás do balcão, se viu como objeto de atenção. Todos estavam bebendo um pouco mais rápido que o usual. Bem, por que não?

Assim que um barman se aproximou com uma garrafa aberta de Moët[17], Tilly estendeu a taça para ser preenchida. Kaye havia se voluntariado para buscar Lou na escola aquele dia, então ela podia. Sem querer, o olhar dela deslizou na direção de Jack mais uma vez.

— Tudo bem, querida? Um centavo pelos seus pensamentos.

Tilly se virou, sorriu para Fergus e decidiu, depois de refletir, que não contaria o que estava ocupando sua cabeça.

— Só estava pensando se Stella estaria satisfeita com tudo isso.

— Ela estaria, sim. — Fergus concordou com a cabeça. — A maior parte disso é graças à Erin, que reuniu todos aqui hoje. Ela tem sido maravilhosa.

— Claro que ela é maravilhosa. Ela é minha melhor amiga! — Tilly olhou com carinho para Erin, conversando do outro lado do salão com uma mulher imponente de cabelos brancos nos seus sessenta anos. — Você tem sorte por tê-la.

— Ela está se sentindo culpada. Nós dois estamos. Sem advogados litigiosos, sem um divórcio caro e problemático. Podemos nos casar agora, quando quisermos. E eu *quero*, mas a Erin diz que não podemos porque pegaria mal. Ela nem ao menos discute isso, diz que não quer que as pessoas nos chamem de Charles e Camilla... Ah, oi, que bom que você veio...

Fergus havia sido capturado pelo proprietário da loja de antiguidades algumas casas acima da loja de Stella. Executando uma escapada diplomática, Tilly foi em direção à Erin.

— Bom, se o Fergus não for se mudar de volta para a casa, espero que ela fique com uma boa família. Não queremos nenhum adolescente arruaceiro fazendo barulho de *skate*.

O tom intimidante pertencia a uma das vizinhas de Stella. Tilly se lembrava de ouvi-la pela cerca em um dos turnos dela para alimentar Bing. Erin estava concordando com a cabeça, parecendo ansiosa e presa em uma cilada.

— Vou dizer ao Fergus. Tenho certeza de que ele vai fazer o que for melhor.

[17] Refere-se a Moët & Chandon, empresa francesa produtora de vinhos espumantes do tipo *champagne*. (N. T.)

— E o gato? Quem vai ficar com o Bing?

Agitada, Erin gaguejou:

— Hum... Bom, é provável que nós...

— Stella queria que ele fosse para uma boa casa. — Tilly se intrometeu. — Foi o último desejo dela.

— Sério? — O queixo da mulher estremeceu. — Bem, perguntei isso porque, se você não tiver alguma outra pessoa em vista, eu não me importaria em ficar com ele.

Como Erin estava hesitante, Tilly respondeu rapidamente:

— Isso seria fantástico, brilhante. Não seria, Erin? A solução perfeita. Era bem o que a Stella teria desejado.

Quando a mulher se afastou, Tilly murmurou, triunfante:

— Pronto. Resolvido.

— Mas e se isso não for o que a Stella queria? — Erin estava preocupada. — E se ela estivesse tentando dizer que queria que *eu* desse uma boa casa para o Bing?

— É o que você acabou de fazer.

— Ah, você sabe o que eu quis dizer!

— Você não quer um gato morando com você. — Muito menos Bing, que tinha aquele perpétuo ar de desprezo.

— Eu sei, mas se era o que a Stella queria, talvez eu deva tentar...

— Não. — Tilly balançou a cabeça com firmeza. — Não, não, *não*. Escute o que vou dizer. Você já fez o suficiente pela Stella. Dez vezes mais do que o suficiente. Você fez mais do que ela merecia e agora pode parar. Deixe alguém tomar conta do Bing.

Vagarosamente, como uma folha desenrolando-se, os ombros de Erin relaxaram de alívio.

— Tudo bem. Eu vou deixar. Obrigada.

— Você não precisa se sentir culpada.

— Eu sei. Na teoria. — Erin deu um sorriso sem graça e tomou um gole de vinho. — Mas não consigo evitar. Porque eu ainda estou aqui e Stella não está, e eu vou viver a vida que ela queria viver.

Casar com alguém que você ama, ter bebês, vê-los crescer e ter seus próprios filhos, continuar casada até que a morte os separe... Bem, esse era o conto de fadas de milhões de pessoas, mas com que frequência acontecia? Não havia garantias. Veja Max e Kaye, Jamie Michaels e Tandy, e o que falar de Jack e Rose?

O olhar de Tilly foi puxado inevitavelmente para o outro lado do salão. A garota exótica ainda estava ocupada com seu flerte, jogando os longos cabelos como um pônei.

— Quem é aquela conversando com o Jack?

— Ah, a Stella era membro de uma academia em Cheltenham. Fui lá na quarta-feira à noite para comunicar a todos sobre o enterro hoje. Acho que ela dá aulas de Ashtanga yoga.

Humm. Flexível, então.

Ainda os observando, Erin comentou, entretida:

— Parece que o Jack já conseguiu o divertimento de hoje à noite.

Ela estava redondamente certa. Tilly estava determinada a não imaginar as posições acrobáticas, selvagens e improváveis que uma professora de yoga seria capaz de praticar. Então, sua atenção foi chamada para a conversa acontecendo à direita delas, entre uma loira curvilínea em um vestido de verão verde-esmeralda e uma morena de preto, magra como uma flauta.

— Quero dizer, sei que não se deve falar mal dos que se foram, mas ela conseguia ser bem intimidadora às vezes — confessou a loira.

— Você está brincando? — disse a amiga. — Eu ficava apavorada com ela.

Erin deu um leve cutucão em Tilly, indicando que também estava ouvindo.

— A Stella me disse que eu deveria processar o cirurgião que havia me deixado com um nariz assim. — A morena balançou a cabeça. — Eu disse que não tinha feito plástica no nariz. Então *ela* disse que já era tempo de eu fazer uma!

— Mas se você tentasse dizer que ela estava sendo cruel, ela ficava surpresa de verdade. — A loira vistosa concordou com a cabeça. — Até onde ela sabia, ela só estava tentando ser honesta. Ela era tão *confiante*, né?

— Vou te contar mais esta — confidenciou a morena. — Minha tia Jean sempre faz meu cabelo. Ela o corta e pinta na cozinha dela. Mas quando a Stella me perguntou a que salão eu ia, sabia que ela riria se eu dissesse a verdade. Então eu disse Toni and Guy.

Tilly sorriu para Erin. Stella era tão intimidante assim?

— Bem, adivinhe o que eu fiz — contou a loira. — Ela queria que eu fosse com ela para aquele novo *spa* em Cirencester no ano passado. Sabe, dá até para imaginar, a Stella maravilhosa em um biquíni, eu com a minha celulite balançando nos trajes de banho, e a Stella apontando meus rolos de gordura e dizendo que deveria fazer alguma coisa com aquilo. Eca, não, obrigada! Então eu disse que não podia ir porque precisava visitar minha avó no hospital em Dundee. Mas aí a Stella não foi para o *spa* e eu precisei me esconder em casa durante todo o fim de semana para não correr o risco de ela descobrir que eu estava aqui.

— Que pesadelo — concordou a morena.

— Eu que o diga. Depois, ela me perguntou como estava a minha avó e eu não conseguia lembrar se tinha dito que ela sofreu um derrame ou um ataque cardíaco, então precisei fingir que ela tinha sofrido os dois. Meu Deus, consegue imaginar? As mentiras deslavadas que contei! Sem contar as forças do destino. Como eu me sentiria se minha avó *tivesse* realmente sofrido um derrame?

— Péssima. — A morena balançou a cabeça em solidariedade. — Mesmo assim, acho que foi gentil da parte da Stella perguntar sobre ela. — Então, ela se endireitou. — Ah, olhe lá, o Declan está trazendo mais daquelas coisas com salmão defumado. Vamos pegar algumas antes que acabem com tudo.

Elas se apressaram. Tilly franziu a testa, se sentindo como se estivesse no meio do supermercado e esquecesse algo essencial. Ela vasculhou a mente, procurando por uma pista para ativar a memória...

— O que foi? — perguntou Erin.

— Não sei. — Era como despertar e tentar agarrar um sonho que escorregava para o nada. Se ela pudesse apenas se concentrar um pouco mais e pegá-lo antes que ele evaporasse de uma vez... Quase lá, *quase lá*...

E então apareceu. A conexão que ela estava tentando estabelecer. Não era uma resposta definitiva para sua dúvida, mas uma explicação possível, tão bizarra e ao mesmo tempo tão verossímil que poderia... *poderia*... ser verdade.

Meu Deus. Será que era?

Erin estava com os olhos fixos nela.

— Tilly? O que foi?

— Certo, preciso que você me faça um favor. — O esboço de um plano ricocheteava como uma mosca presa dentro da cabeça de Tilly. Ela verificou o número de pessoas. Sim, havia Deedee, havia Kirsten e aquela de cabelo ruivo, que era mais uma. — Quando eu falar com você, não faça nenhuma pergunta, só me acompanhe e concorde com tudo o que eu disser.

— Por quê?

— Porque tive uma ideia.

— Sobre o quê?

— Espere e verá. — Tilly virou a taça de uma vez, para ganhar coragem. — Mas, se não funcionar, vou fazer papel de palhaça.

— Certo. Desde que não envolva ter que tirar a roupa — avisou Erin.

CAPÍTULO 52

ELAS NÃO PRECISARAM esperar muito. Depois de vinte minutos, Deedee e a amiga ruiva foram juntas ao banheiro.

— Lá vamos nós — murmurou Tilly, empurrando Erin na mesma direção. De propósito, ela não olhou para Jack, nem para Max, no balcão. Se estivesse errada sobre aquilo, viraria motivo de riso da cidade.

As duas cabines estavam ocupadas quando Tilly e Erin entraram. Abrindo a bolsa e retirando a maquiagem, Tilly disse:

— Olhe, preciso confessar uma coisa. Não sei por que menti para você. É que eu me senti tão constrangida.

Uma das qualidades de Erin era conhecê-la tão bem; era só jogar a bola e ela a pegava.

— Então, agora você vai me contar a verdade? Vá em frente. Estou ouvindo.

Tilly mexeu nos cosméticos, escolhendo e abrindo um batom.

— Você sabe que eu saí com o Jack semana passada. — Ao dizer isso, fez um sinal negativo com a cabeça.

Sorrindo para ela no espelho, Erin continuou o jogo e disse:

— Sim.

— E você lembra que eu disse que o sexo foi fantástico.

— Siiimmm — confirmou Erin, fazendo uma careta do tipo "ai, meu Deus".

— Bom, era mentira.

— *O quê*? Quer dizer que foi horrível?

— Não, não, quero dizer que não teve sexo. Não fomos para a cama. Sinto muito. — Fazendo uma cara de incrédula, Tilly movimentou os lábios dando a deixa para Erin: *Por quê*?.

— Não entendo! — Erin levantou a voz. — Por que você *mentiria* sobre algo assim?

— Ai, meu Deus, por que você acha? O Jack é tão lindo, ele já saiu com centenas de garotas e *sempre* vai para a cama com elas. O problema é que tivemos uma ótima noite juntos, achei que iria acontecer — Tilly gritou —, mas não aconteceu! Ele me deixou em casa, me deu um beijo e desejou boa noite! Nunca fui tão humilhada na minha vida! Quero dizer, ser a única por quem ele não se interessou, o que pode ser pior? Rejeição total! — Pausa. — Então, sinto muito, mas eu estava muito envergonhada. Por isso, menti.

E então apenas silêncio. A pobre Erin, ainda totalmente no escuro, procurou dicas na expressão de Tilly de como deveria reagir, mas Tilly balançou a cabeça e colocou o dedo nos lábios.

Espere.

Espere.

Ai, meu Deus, será que ela havia acabado de cometer um terrível engano?

Então, elas ouviram o som da descarga e a porta da primeira cabine se abriu devagar, revelando a garota ruiva. Momentos depois, Deedee apareceu na cabine ao lado. Primeiro elas se entreolharam, encabuladas, e depois fitaram Tilly, que prendeu a respiração.

— Certo — lançou Deedee. — Não foi só com você.

A ruiva colocou a mão na boca e soltou um grito incrédulo:

— *O quê*? Você está falando sério? *Eu* estava prestes a dizer a mesma coisa!

Yeah. Bingo. Expirando o ar devagar, Tilly enviou uma prece em gratidão às propriedades amolecedoras de língua do Moët.

Deedee e a ruiva se encararam.

— Com você também?

— Comigo também! Pensei que eu fosse a única! Estava me sentindo um *monstro*... — Começando a gargalhar, incrédula, a ruiva exclamou: — Mas eu não poderia admitir, né? Então, só fingi que havia acontecido...

— E todo mundo sempre diz que ele é espetacular na cama, então eu disse a mesma coisa. — Deedee balançou a cabeça.

— E assim ele provavelmente não vai dizer que você está mentindo — observou Tilly.

— Esperem um segundo. — Confusa, Erin as examinou. — Vocês têm certeza de que estão falando da mesma pessoa?

— Claro que estamos. Jack Lucas. — Os olhos de Deedee pareciam discos voadores. — Ai, meu Deus, isso é inacreditável. Nós três passamos pela mesma situação!

— Somos quatro. Não você — corrigiu Tilly quando Erin a encarou, atônita. — A Amy. Ela também não foi para a cama com ele.

— Sabe de uma coisa? Estou me sentindo *muuuito* melhor — gritou a ruiva quando a porta se abriu e outra mulher entrou no banheiro. — Kirsten! Ouça isso! Você sabe que todas nós transamos com o Jack, não é? Então, é mentira! Nenhuma de nós transou!

A expressão de Kirsten, com seus olhos azuis emoldurados de rímel, disse tudo. A culpa se misturou ao alívio e ela disse:

— Ai, graças a Deus. Pensei que havia algo errado comigo.

Então elas começaram a tagarelar todas ao mesmo tempo. Gritinhos e gargalhadas ressoavam pelas paredes de azulejo. Erin olhou para Tilly e sussurrou:

— Como você sabia?

— Eu não tinha certeza. Mas sabia que a Amy não havia dormido com ele. — No espelho sobre a pia, Tilly viu que suas bochechas estavam coradas. — Então nós ouvimos aquelas garotas falando sobre como a Stella as intimidava e como elas mentiram sobre o cabeleireiro e a avó, e de repente eu pensei, *e se...*?

— E você estava certa. Meu Deus! — Erin refletiu e em seguida cogitou, perplexa: — Isso significa que Jack é... *gay*?

Ela disse aquilo em voz baixa, mas não baixa o suficiente. Kirsten se virou e gritou:

— É isso! Claro que ele é *gay*! Isso explica *tudo*.

— Ah, não é de admirar que ele se dê tão bem com o Max Dineen. — Deedee estava triunfante.

Ops, aquilo estava ficando fora de controle. Tilly só imaginava a reação de Jack quando ele ouvisse quem havia acidentalmente revelado aquilo. Sem hesitar, ela interrompeu:

— Ele não é *gay*. Ele foi para a cama com uma amiga minha. — Era melhor não dizer que a amiga era Kaye, cujo histórico em diferenciar héteros de homos não era bem exemplar.

Mas o problema que a havia incomodado por meses estava finalmente solucionado. Graças às inseguranças femininas e à determinação delas de estar no mesmo nível que a vizinhança, Jack havia adquirido a reputação de um sedutor lendário e não fizera nada para desmentir a opinião pública.

Bem, e por que ele faria isso? Os rumores que estavam espalhando sobre as habilidades dele na cama eram ótimos.

— Voltei. — Kaye se aproximou de Max no bar. — Deixei a Lou em casa e dei comida para ela. Disse que você estaria em casa em uma ou duas horas.

— Ótimo. E para onde você vai? — Max levantou uma sobrancelha, reparando a troca de roupa, o perfume e a maquiagem refeita.

— O Parker está a caminho, de táxi. Ele vai me pegar e vamos jantar no Hinton Grange.

— Talvez seja melhor eu ir junto. Só para garantir.

— Max, não precisa. O Hinton Grange é seguro.

— Tá, mas fique de olho — concordou Max. — Se você ficar preocupada por qualquer motivo, ligue para mim. Ou grite por socorro. E, aconteça o que acontecer, não o deixe reservar um quarto.

— Não se preocupe, não vou deixar — concordou Kaye, obediente.

— Muito bom. — Max virou o uísque.

— Tudo bem se eu mesma reservar o quarto? — Ah, olha a cara dele. — Brincadeirinha!

— Sem brincadeirinhas. *Atriz de Hollywood assassinada por perseguidor.* O que você acha desse epitáfio?

— Você tem razão. Vou manter o bom-senso. Sem reservar quarto, sem correr riscos. Mas estou te dizendo — continuou Kaye —, ele não é assim. Ele é um cara legal.

— Que deu lances por você. — A armação de aço dos óculos de Max reluziu sob a luz do balcão. — Só estou dizendo que não é o jeito normal de iniciar um relacionamento.

— Shhh, ele está aqui. Certo, estamos indo.

— Oi! — Parker cumprimentou Max da porta e Kaye correu para junto dele.

— Divirtam-se — disse Max, e, dirigindo-se a ela: — Direto para casa, depois.

Ela revirou os olhos.

— Sim, *papai*.

No táxi, Parker se inclinou para a frente e disse para o motorista:

— Certo, vamos para o Hinton Grange, é...

— Continue até o fim desta rua — interrompeu Kaye — e vire à esquerda.

O taxista obedeceu. Depois de virar à esquerda, ele continuou pela rua.

— Aqui está bem — disse Kaye. — Pode parar do lado da caixa de correio.

Parker olhou para ela.

— Esse é o seu chalé, não é? Você esqueceu alguma coisa?

Meu Deus, ele era mesmo adorável. Tão adorável que ela nem estava nervosa, e essa seria a primeira vez.

— Não. Eu decidi uma coisa.

— O quê?

— Que não estou com fome. Não quero ir para o Hinton Grange.

— Não quer? — Ele parecia decepcionado.

Ela se inclinou e tocou o rosto dele.

— Ah, não me olhe assim! Não estou te abandonando. Também não quero que você vá para o Hinton Grange.

O táxi partiu e Kaye conduziu Parker pela mão para dentro do pequeno chalé. Primeiro, ela mostrou a pintura que ele havia comprado para ela, na parede da sala de estar. Então, ela o levou pelas escadas.

— Você tem certeza? — Ele examinou o rosto dela quando estavam frente a frente.

— Sabe de uma coisa? — Kaye entremeou suas palavras com beijos. — Nunca tive mais certeza em toda a minha vida.

MAIS TARDE, ela deitou sobre os travesseiros, observando o teto. Uma lágrima escorregou do olho à orelha dela.

— Ah, meu Deus, você está chorando.

— Desculpe.

— Eu fui tão horrível assim?

Ela sorriu de leve, porque só um homem certo de que não havia sido horrível na cama perguntaria algo assim.

— Acho que cometi o maior erro da minha vida.

Parker enxugou docemente um dos olhos dela.

— Ei, shh. *Como* o que acabamos de fazer pode ser um erro?

— Porque você só vai ficar aqui por mais alguns dias. Depois, você vai voltar para os Estados Unidos. — Olhando para ele, Kaye já se sentia desolada. — Sei que não deveria estar falando isso, mas não consigo.

— Sabe de uma coisa? — Ele estava abraçando Kaye e acariciando o rosto dela. — Posso te contar uma coisa? Eu te amo.

Ela se agarrou a ele e desabou em lágrimas.

— Eu também te amo.

Parker encostou a testa dele contra a dela e disse, rindo:

— O seu ex-marido não vai ficar contente com isso.

— Não me importo. Nem acredito que isso esteja acontecendo comigo. Estou tão feliz! — Kaye fechou os olhos quando ele a beijou novamente. — Que bom que você deu aqueles lances. Imagine se você não tivesse dado!

— Bem, agora vou te contar outra coisa. Não pude contar antes — continuou Parker. — Você ficaria aterrorizada. Mas, agora que tudo isso aconteceu, vou contar. Quarenta e cinco anos atrás, em Nova York, meu pai estava fazendo compras de Natal. Ele estava caminhando pela Bloomingdales quando viu uma garota de casaco vermelho. Ela estava conversando e rindo com as moças do departamento de chapéus, enquanto experimentava alguns modelos na frente do espelho. E, naquele exato momento, meu pai sabia que ele queria se casar com aquela garota. Foi amor à primeira vista.

— Ai, meu Deus, já adoro essa história! Então ele foi em direção a ela e...

— Shh, não, ele ainda estava pensando em como se aproximar, quando a garota foi embora. É claro que ele a seguiu para fora da loja na Avenida Lexington, mas havia muita gente nas ruas e, no meio da multidão, ele a perdeu de vista. Ela havia sumido, desaparecido no ar. Meu pai não podia acreditar. Aquela era sua futura esposa e ele a havia encontrado e perdido no espaço de cinco minutos.

Kaye não suportou aquilo. Ela havia pensado que seria uma história com final feliz e, em vez disso, havia se transformado em uma de oportunidades perdidas e arrependimento.

— Então ele nunca mais a viu? Isso é...

— Quer parar de me interromper e me deixar contar o resto? — Divertido com a impaciência dela, Parker continuou: — Meu pai fez a única coisa possível e voltou para o departamento de chapéus. A garota estava conversando com as moças que trabalhavam lá; ele imaginou que, se ela fosse uma cliente regular, deveria ter uma conta na loja e, nesse caso, ele poderia persuadir as moças a dizer o nome dela. Mas ela não tinha uma conta. — Ele pausou. — Em compensação, também trabalhava na Bloomingdales, no departamento de moda feminina no andar de cima.

— Ah! — Kaye apertou o peito, aliviada. — No fim das contas, *realmente* adoro essa história.

— Aquela era a tarde de folga dela. Bom, meu pai não dormiu naquela noite. Ele voltou na manhã seguinte e revistou todo o departamento até encontrá-la. Então, as coisas ficaram um pouco complicadas, porque ela pensou que ele queria comprar um vestido para a namorada, mas depois ele abriu o jogo e disse a ela por que estava lá. Deixando de lado a parte do amor à primeira vista, é claro. Mas ele pediu que ela o encontrasse para um café depois do trabalho. Ela gostou dele, então, aceitou. O nome dela era Nancy, ele soube depois. Ela morava com a família no Brooklyn e tinha 21 anos.

Agora Kaye entendia por que ele estava contando aquilo.

— Nancy é a sua mãe.

— É. Eles ainda estão juntos e ainda são muito felizes, depois de todos esses anos. Mas meu pai sempre disse que a mesma coisa aconteceria comigo algum dia. Que eu veria uma garota e seria ela. Amor à primeira vista. — Ele respirou fundo. — E sabe de uma coisa? Ele tinha razão. Aconteceu. Vi uma mulher linda e soube que ela era tudo o que sempre quis.

As lágrimas estavam ameaçando cair novamente. Mas eram lágrimas de felicidade. Só para garantir, Kaye confirmou:

— E era eu?

— Sim, era. Mas você não estava na minha frente quando aconteceu. Você estava na TV. O que era, no mínimo, inconveniente. — O tom de Parker era realista. — Amor à primeira vista é maravilhosamente romântico no mundo real. Mas, quando acontece por meio de uma tela de TV, faz você virar um perseguidor.

— Michael Caine fez isso. Ele viu a Shakira[18] na televisão e foi atrás dela, e eles estão casados há séculos.

— Bom, só funcionou porque era o Michael Caine. Quando você é um ator famoso no mundo todo, pode fazer qualquer coisa. Não é tão fácil

[18] Refere-se a Shakira Caine, ex-modelo e atriz de ascendência hindu, nascida na Guiana. (N. T.)

quando você é um arquiteto desconhecido de Nova York. — Sorrindo, Parker disse: — Mas, enfim, posso dizer que te conhecer pessoalmente não foi uma decepção. Se eu achava que te amava antes, agora eu tenho *certeza* disso.

Esse era um dos melhores momentos da vida dela? Com certeza.

— E se eu tivesse que escolher entre você e o Michael Caine, escolheria você. Na verdade — continuou Kaye —, entre você e *qualquer um*, ainda escolheria você. — Ela se aconchegou mais perto e o beijou no nariz. — E a história sobre os seus pais é linda. Mas ainda não sei o que vai acontecer com a gente. — Frustrada, ela disse: — Maldito Oceano Atlântico!

Parker a abraçou e acariciou o cabelo dela.

— Ei, vamos dar um jeito. Não se preocupe com isso agora.

CAPÍTULO 53

— **DESCULPE, ESTOU** me sentindo péssima. Não está nada divertido, não é? — Depois de tossir e espirrar durante a última hora no Fox, Erin balançou a cabeça e se desculpou: — Podemos considerar a noite encerrada?

Tilly sentiu pena das duas, da Erin e dela mesma. Depois de todo o estresse das últimas semanas, Erin havia sucumbido a um vírus e com certeza preferia estar em casa, deitada na cama. O que não era culpa dela, mas mesmo assim era decepcionante quando você estava ansiosa por uma noite de amigas na sua folga de sexta-feira. Lou passaria o fim de semana na casa de Nesh para ajudar a amiga com a festa de aniversário de 14 anos. Max estava em casa, trabalhando em uma complexa proposta para a reforma de um hotel. Ao sair, ela dissera a ele que voltaria em torno da meia-noite.

Bem, ainda eram umas nove horas. Mas que diversão!

Na verdade, eram nove e meia quando ela voltou para a Beech House, depois de acompanhar Erin até a casa dela e fazer uma parada para comprar fritas com *curry* para viagem. Com uma porção extra de fritas para Max e Betty, ou eles roubariam metade das batatas dela e isso a deixaria doida.

Havia morcegos esvoaçando em volta da casa em alta velocidade. Incapaz de se convencer de que eles eram inofensivos e espertos o bastante para não se enroscarem no cabelo dela, Tilly saiu do carro e correu pelo cascalho. Segurando os pacotes de batata frita contra o peito, ela destrancou a porta da frente e — *ops*!

A bicicleta que havia sido escorada na parede caiu com tudo no chão, quase levando-a junto. Tropeçando e soltando um grito de susto, Tilly pensou três coisas em seguida:

Primeiro, que lugar estúpido para deixar uma bicicleta.

Segundo, quem teria pedalado até aqui às nove e meia de uma sexta-feira à noite?

Terceiro... *Caramba, nossa, impossível.*

Então uma porta se abriu sobre as escadas e Max apareceu de roupão.

— Meu Deus, sinto muito! — Tilly queria evaporar no ar.

— Bem, pelo menos é só você. — Max parecia aliviado. — Você tinha dito meia-noite.

— Erin estava doente. Sinto muito mesmo... vou sair de novo...

Max balançou a cabeça.

— Tudo bem, ele já estava mesmo de saída. Hum, desceremos em um minuto.

Mortificada, ela esperou na cozinha. Mantendo a palavra, Max desceu as escadas menos de três minutos depois, seguido de Tom Lewis, visivelmente constrangido.

— Bem, isso é embaraçoso. — Max foi direto ao ponto. — Vamos ser honestos aqui? Esta foi a primeira vez. Pensei que não seríamos pegos. Tom está deixando Harleston Hall no fim do semestre. Ele está se mudando para dar aulas em uma escola em Dundee em setembro. Pelo bem dele, espero que possamos confiar em você para manter isso que aconteceu... esta noite... em segredo.

Tilly enrubesceu. Como se ela fosse divulgar aquilo aos quatro ventos.

— Claro que sim. Não vou contar nada para ninguém, muito menos para a Lou.

— Obrigado — disse Tom. — Bom, preciso ir. Tchau. Não se preocupe, conheço a saída.

— Espero que a sua bicicleta esteja bem.

Era um concurso para saber quem estava mais vermelho, ela ou Tom.

— Tenho certeza de que ela está bem. — Com um breve sorriso, ele se foi.

— Ai, meu Deus, me desculpe — murmurou Tilly mais uma vez, quando a porta se fechou atrás dele.

— Ei, ele já estava de saída mesmo. Ele apareceu dez minutos depois de você sair para encontrar com a Erin.

Bom, pelo menos eles tiveram uma hora e meia juntos, antes que ela aparecesse para arruinar tudo.

— Não acredito que ele é *gay*. Ai, meu Deus, a Lou me *contou* que ele terminou com a Claudine. Foi por isso? Ela descobriu?

Max balançou a cabeça.

— A Claudine nunca foi namorada dele. Ela era sua colega de quarto e o ajudou quando precisou apresentar uma namorada.

Mesmo nos dias de hoje, ainda existe muita pressão para que as pessoas escondam sua sexualidade. Tilly pensou em todas as mães da escola desejando e flertando em vão com o professor bonitão dos filhos.

— Ah, Max! E agora ele vai para a Escócia. Você gosta mesmo dele?

Ele deu de ombros.

— E dá para não gostar? Mas nós dois sabemos que não poderíamos ir em frente. Pobre da Lou, já foi traumático para ela pensar que a mãe poderia tentar alguma coisa com ele.

Ele tinha um bom argumento. Na frágil tentativa de oferecer paz, Tilly entregou um dos pacotes quentes de batata frita.

— Aqui, este é para você e para a Betty. — Outro pensamento a arrebatou. — Coitada da Kaye também. Ela realmente estava a fim dele.

— Eu sei. Não vamos contar para ela, certo?

— É melhor. Todos os homens pelos quais ela fica atraída acabam jogando no outro time. Ai, meu Deus... — Tomada por um pensamento ainda pior, Tilly exclamou: — Não me diga que o Parker também é *gay*?

Max sorriu e comeu uma batata.

— Não se preocupe, alguns de nós têm um *gaydar* melhor que o da minha ex-mulher. O Parker é totalmente hétero.

SÁBADO À NOITE, era a vez de Tilly ficar sozinha em casa, acompanhada apenas de Betty. Max havia tomado o trem para Londres, onde se encontraria com os proprietários do hotel West Kensington, que ele havia sido contratado para reformar, e estaria de volta na hora do almoço do dia seguinte. Lou continuava na casa da amiga Nesh e Kaye havia levado Parker para um passeio turístico em Oxford, seguido de compras e uma noite inesquecível na maravilhosa suíte presidencial do hotel Randolph.

Bem, supostamente maravilhosa. Não que Tilly já houvesse tido a sorte de verificar o lugar com os próprios olhos. Enfim, havia jeitos piores de passar um sábado à noite do que ficar em casa em um sofá confortável, com uma TV de tela plana na sua frente e uma cachorra fofa no seu colo. Lá fora, a chuva caía forte e rajadas de vento chacoalhavam os galhos das árvores. Enquanto que lá dentro estava quente e seco, e um dos seus filmes favoritos estava prestes a começar.

Com uma noção de tempo impecável, Betty se espreguiçou, pulou do colo dela e caminhou em direção à porta da sala. Ela virou para Tilly e lançou um olhar suplicante.

— Tá bom, mas seja rápida. — Desdobrando as pernas, ela levantou para atender Betty. O problema dos cachorros era que eles não entendiam como era desagradável perder os primeiros cinco minutos de um filme enquanto eles ficavam farejando o jardim em busca do lugar perfeito para fazer xixi. Assim que ela abriu a porta da cozinha, um pouco de chuva acertou o rosto de Tilly. — Ai, vou esperar aqui. Nada de passear por aí, certo? — Ela esperava que, com um tempo daqueles, Betty fosse fazer o que precisava e voltar para dentro.

A cachorrinha passou obediente por ela e foi para o jardim escuro.

— Mais rápida que uma bala de canhão — disse Tilly.

Mais tarde, ela pensou se aquilo não havia provocado o destino. Em um segundo, dava para ouvir só o vento e a chuva. No seguinte, um estouro de latidos agudos, sons de um embate furioso e Betty correndo pela grama, seguida de perto por uma raposa. Soltando um grito de alerta, Tilly avistou o longo e peludo rabo da raposa perseguindo Betty, *mais rápida que uma bala de canhão*, pela grama e no meio dos arbustos no fim do jardim.

Ai, meu Deus, *Betty*...

Tilly correu descalça atrás delas, mas as duas já haviam desaparecido pelo muro de pedra, em direção ao bosque. Ofegando e em pânico, ela gritou o nome de Betty várias vezes. Na semana anterior, uma velha e grande raposa-vermelha conseguira fazer um túnel e entrar no galinheiro da Fazenda dos Barton, deixando dezesseis galinhas mortas. O pobre Esme Barton estava inconsolável. Raposas eram criaturas sórdidas que matavam por prazer e Betty era muito pequena, um terço do tamanho da raposa que a havia assustado e perseguido pelo muro.

Será que raposas também matavam cachorros? O coração de Tilly batia forte contra o peito. Ela nunca havia ouvido nada do tipo. Mas ela nem sempre havia morado na cidade, então, como saberia?

E aquilo aconteceu enquanto Max estava fora. Ela correu para dentro da casa, pegou um par de galochas e encontrou uma lanterna na gaveta da cozinha. Não funcionava. Depois de procurar por todos os cantos, ela encontrou o Game Boy de Lou e, com os dedos trêmulos, transferiu as pilhas para a lanterna. Certo, deixe a porta dos fundos aberta, caso Betty volte para casa enquanto ela está fora... Ai, por favor, por favor, não deixe que a raposa a tenha estraçalhado em pedaços...

Vinte minutos depois, Tilly estava de volta, ensopada da cabeça aos pés e rouca de tanto gritar por Betty. Sua garganta estava queimando, ela estava molhando todo o chão da cozinha e Betty não havia voltado para casa. Aquilo era grave. Desesperada de preocupação e sem ar, ela tomou uma caneca de água e alcançou o telefone. Não havia dúvida de que ela precisava de ajuda, mas de quem? Ligar para Lou e arruinar a festa de aniversário de

Nesh? Contatar Max, que estava a centenas de quilômetros? Kaye no Randolph, em Oxford? Ou que tal Erin, mas ela ainda estava de cama, doente...

Certo, ela sabia o que tinha que fazer. Tilly passou pelos nomes armazenados no telefone até encontrar um único número que ela poderia chamar. Erin poderia estar doente, mas Fergus não estava. Ele viria e ajudaria. Mas Betty não conhecia Fergus; e se ela estivesse morrendo de medo, escondida ou machucada em algum lugar, e ouvisse um estranho chamar por ela, sairia do esconderijo?

Talvez não. E eles não poderiam correr aquele risco. Entretanto, havia uma pessoa que Betty adorava tanto a ponto de rastejar sobre cacos de vidro para encontrar com ela. Da mesma forma que muitas mulheres em Roxborough.

— Jack? — A voz de Tilly falhou de emoção quando ele atendeu ao telefone. Ela afastou uma gota de chuva que pingava do nariz com a mão trêmula. — Sinto muito, mas a Betty sumiu. Você pode me ajudar?

Ela não perguntou se estava interrompendo algo, o que ele estava fazendo às dez da noite de um sábado, e Jack também não disse nada. Nem perdeu tempo. Chegando em menos de oito minutos depois que ela desligou, ele ouviu com uma expressão séria a descrição da raposa que perseguira Betty pelo jardim e pegou no carro uma lanterna bem mais potente que a dela.

— Certo, vamos começar pelo bosque e nos espalhar depois. Está com o seu celular?

Tilly fez que sim e bateu no bolso da jaqueta.

— Ok! — Levantando o colarinho do casaco impermeável, Jack disse: — Vamos lá.

Ele era tão forte e protetor. Em uma situação como essa, quando você precisa desesperadamente de ajuda, não havia ninguém melhor que Jack.

CAPÍTULO 54

À MEIA NOITE, as esperanças de Tilly estavam se esvaindo rapidamente. A chuva ainda caía forte, ela nunca estivera tão molhada na vida e o vento uivava como um lobo por entre as árvores. Não havia nenhum sinal de Betty. Eles a procuraram e a chamaram sem parar e a teriam encontrado se ela estivesse viva.

Ai, meu Deus, era insuportável pensar naquilo. Lou ficaria desolada... todos ficariam. Tropeçando pela escuridão, Tilly tentou não imaginar o sofrimento de Betty. Dentes afiados afundando no pescoço dela, sangue espirrando, a carne sendo destroçada...

O telefone tocou no bolso dela. Temendo pelo pior, ela se atrapalhou com a aba do bolso e se preparou. Ela imaginou Jack se agachando na chuva, sob um corpo inerte e sem vida. Ela deixou o telefone tocar mais uma vez, paralisada pela covardia, atrasando o momento em que teria que ouvir dele que Betty estava morta.

— Sim?

— Encontrei a Betty. Ela está bem.

As palavras reverberaram pelo cérebro dela. Por um momento, ela não tinha certeza de tê-lo ouvido bem. Batendo os dentes, perguntou:

— Ela está viva?

— Viva e bem enlameada. — Jack parecia sorrir. — Encontro você em casa.

Tilly correu de volta. Jack e Betty chegaram dois minutos depois.

— Ah, Betty, *olhe* para você... — derramando lágrimas de alívio, ela estendeu os braços, mas, como já era previsto, a cachorra preferiu ficar com Jack. — Por onde você *esteve*?

— Ela estava presa em uma toca de coelho. Deve ter caído lá quando estava fugindo da raposa e não conseguiu subir de volta. Ouvi um latido baixo enquanto estava gritando o nome dela — disse Jack. — A grama estava abafando o som. Tive que estender o braço até conseguir pegar as patas dianteiras dela para puxá-la. Foi como ajudar uma vaca a parir um bezerro.

— Ah, querida, que horrível! — Tilly acariciou com amor as orelhas da cachorra; ela estava coberta de lama da cabeça aos pés. — Precisamos te dar um banho.

— Obrigado. — A boca de Jack se contraiu.

— Não você! — Tilly fez uma pausa. — Mas graças a Deus você veio. A Betty teria morrido se você não a tivesse encontrado. Você salvou a vida dela. — No momento em que as palavras ecoaram, ela percebeu o significado delas. Meu Deus, que ironia. Rose também havia salvo a vida do cachorro dos pais dela e morrido durante o processo.

Jack não comentou nada a respeito, ainda bem. Ele só a observou e disse:

— Vou te ajudar.

No andar de cima, eles esfregaram e ensaboaram Betty na banheira. Incomodada em receber o esguicho do chuveirinho, Betty reclamou um pouco, mas, em vinte minutos, estava limpa. Jack a enrolou em uma toalha de banho e a secou delicadamente. Betty, cansada de se debater, estava quase adormecendo.

No andar de baixo, com cuidado, ele colocou Betty, já roncando, na cesta dela. Observando seu próprio reflexo na janela da cozinha, Tilly se supreendeu com a capacidade de Jack parecer resplendoroso e irresistível quando estava molhado, enquanto que ela própria se assemelhava a uma refugiada imunda. Não que aquilo importasse. Ela havia passado da fase de se arrumar para ele.

— Bom, obrigada mais uma vez. — Agora que o drama havia ficado para trás, ela estendeu o casaco de Jack, ansiosa para vê-lo longe. — Espero não ter arruinado a sua noite.

Ele pegou o casaco impermeável da mão dela.

— Então eu vou embora agora? Cumpri meu dever e agora você está me mandando embora.

Sim. Porque não é fácil, sabe.

— Já é tarde. Você deve estar querendo ir para casa. — disse Tilly em voz alta. — Estou exausta — acrescentou, antes que ele pudesse dizer que não estava com pressa, e fingiu um bocejo, para reforçar.

O olhar de Jack sinalizou que ele sabia reconhecer quando algo era fingido.

— Tilly. — Ele balançou de leve a cabeça. — Por que você ainda está bancando a durona comigo?

Ai, meu Deus.

— Não estou. Só estou cansada. — Movendo-se em direção à porta, ela a abriu. *Por favor, vá embora. Por favor, vá embora.*

Jack a seguiu até a porta, então se virou e colocou a mão no pescoço dela. Ele inclinou a cabeça, puxando-a para perto dele, e a beijou.

Era como voltar para casa. A sensação da boca dele, quente e seca, era ao mesmo tempo a experiência mais perfeita da vida dela e a mais agonizante. Tudo aquilo era demais para ela. Seu corpo o desejava, mas seu cérebro gritava que ela não podia, *de forma alguma*, deixar aquilo acontecer. Durante toda a vida, ela havia se resguardado por isso. O medo de se machucar a obrigava a estar no controle de qualquer relacionamento e, até aquele momento, ela estivera. A perda do controle era uma perspectiva assustadora demais, especialmente quando envolvia alguém que poderia ter a mulher que quisesse.

Por qual motivo essa pessoa escolheria você, dentre todas as outras mulheres do mundo? Mesmo agora, com o coração galopando loucamente e a adrenalina fazendo seu corpo queimar e formigar, ela sabia que a incalculável infelicidade que se sucederia seria capaz de superar os fugazes momentos de alegria.

Com a mão subindo da nuca à cabeça dela e o outro braço envolvendo-a pela cintura, Jack murmurou:

— Está vendo? Não sou assim tão ruim, sou?

Tilly fechou os olhos. Seria tão fácil concordar. Ela estava se equilibrando em uma corda bamba, oscilando para um lado e para o outro. Com o menor deslize, ela cairia desamparada no chão. E não seria algo de que ela se recuperaria com facilidade.

Vamos lá, vamos colocar na balança. Uma noite, talvez algumas noites, até mesmo uma semana inteira com Jack. Contra meses e anos de infelicidade e arrependimento lacerantes. Porque era como ela se sentiria e era exatamente o que aconteceria.

— Quero que você vá embora.

— Mesmo? — De novo aquele olhar, uma fração da sobrancelha levantada, mostrando que ele sabia a verdade.

— Sim, mesmo. — Tilly empurrou o peito dele com a mão, forçando-se a ficar calma.

— Por quê?

— Porque é o que eu quero.

— Tá, eu não entendo. — Jack a encarou com um olhar firme. — Você odiava pensar que eu havia dormido com milhões de garotas. Agora, você sabe que isso não é verdade. Pensei que tivesse ficado feliz com isso. — Ele balançou a cabeça, incrédulo. — Meu Deus, pensei que você tivesse ficado *muito* feliz.

Ela engoliu em seco; era compreensível que aquele irresistível fragmento de fofoca não tivesse demorado muito para se tornar de conhecimento comum e chegar aos ouvidos dele.

— Mas não se trata só disso, né? — É claro que, por um lado, era ótimo descobrir que ele não havia transado com quase todas as mulheres de Roxborough, mas esse não era o fator-chave. Tilly continuou: — Confiança e comprometimento. Eu sei que nunca poderia confiar em você e *você* sabe que tem um problema com compromissos. Bom, nós dois sabemos. E, depois do que aconteceu com a Rose, não o culpo. Mas, ao mesmo tempo, não quero me envolver com alguém sabendo que nunca vai dar certo.

— Quem disse que não vai? Pode dar. — Ele lançou um sorriso persuasivo; era evidente que ele não se contentaria com um não. — Eu acredito mesmo que daria certo. Meu sentimento por você... bom, é diferente. Escuta, não sou bom em dizer essas coisas, mas acho mesmo que há algo especial entre nós. E você também acha.

Exatamente o que você espera de um homem que não aceita um não como resposta.

— Acho que você quer que eu acredite nisso. Mas mesmo assim não vai acontecer nada.

— O que eu posso fazer para você mudar de ideia? — Irritado, Jack estendeu os braços.

Aquilo era muito triste. Tilly balançou a cabeça.

— Nada.

— Uma noite. Um encontro. Só diga sim e vou te provar que não estou mentindo. Escolha um dia — disse Jack. — Qualquer dia.

— Um encontro? Bem, eu *poderia* dizer amanhã à noite...

— Ótimo, que bom. — Ele concordou com a cabeça, com o cabelo ainda molhado caindo sobre os olhos. — Amanhã.

— Mas *não* vou dizer isso — continuou Tilly —, porque não faz sentido eu me arrumar ou até mesmo esperar alguma coisa acontecer, se o mais provável é que você não apareça.

— Isso aconteceu *uma vez*. — Jack respirou ruidosamente. — Eu não sabia que os pais da Rose iam bater na minha porta, sabia?

Tudo bem, aquilo já era jogo sujo. Ela estava sendo injusta. Mas fora naquela noite que ela percebera que não poderia suportar a agonia de ser rejeitada por ele. Aquilo a partiria ao meio.

— Bom, vamos apenas dizer que não estou interessada em me tornar outro nome a ser adicionado à sua lista de conquistas. Quer você tenha dormido com elas ou não — acrescentou Tilly, porque o sexo era irrelevante, na verdade. Ainda assim, eram conquistas.

— Você não vai ser.

— É impossível afirmar isso agora. Mas olhe o seu histórico!

— Desse jeito, eu saio sempre perdendo. — Com os olhos brilhando, Jack disse equilibradamente: — Você é a pessoa que eu quero, mas você não confia em mim porque está convencida de que sou incapaz de manter uma relação normal, feliz e comprometida. Então, a única forma de te fazer mudar de ideia sobre mim seria ter uma relação normal, feliz e comprometida com outra pessoa.

Sim, ela *sabia* que aquilo era irônico. De uma forma estranha, porém, era verdade.

— Isso resolveria as coisas? — Jack insistiu. — Isso te faria feliz?

Tilly engoliu em seco. Ela se sentia mal só de pensar, mas o que mais poderia dizer?

— Tudo bem. Vou fazer isso, então. — Desafiando-a, Jack se moveu para a porta. Ele parou, com uma expressão indecifrável nos olhos escuros, esperando que ela mudasse de ideia.

Não ceda, *não ceda*. Faça o que fizer, não diga nada.

Mas ela precisava.

— Jack... — A voz dela ressoou.

— Sim?

Tilly limpou a garganta dolorida.

— Obrigada por ter encontrado a Betty.

Jack olhou para ela. Então, girou a maçaneta, saiu e, *click*, fechou a porta atrás dele.

CAPÍTULO 55

SEM CONSEGUIR DORMIR, Kaye deitou nos braços de Parker, fitando o teto do quarto. Em quatro dias ele estaria voando de volta para Nova York e ela não suportava pensar que ficaria longe dele. Em tão pouco tempo, ele havia se tornado... Deus, quase uma *parte* dela. Por três anos, ela havia sido solteira e solitária. Agora, havia encontrado alguém que a fazia se sentir completa mais uma vez, e tudo seria perfeito se não houvesse o inconveniente de ele morar em outro continente.

Por que a vida não podia ser simples? Por que ela não se apaixonara por um colega ator enquanto morava e trabalhava em Nova York? Ou, depois de se mudar para cá, por que alguém da cidade não ficara de olho nela, algum fazendeiro forte de Cotswold, quem sabe, ou um encanador simpático?

Mas não, assim teria sido fácil demais. E, além disso, nenhum deles seria Parker. Sorrindo e virando a cabeça, Kaye o observou dormindo em paz ao lado dela, sem roncar, graças a Deus, somente respirando suavemente e...

— Caramba, o que foi *isso*? — Acordando em sobressalto e sentando-se sobre a cama, Parker colocou a mão no peito assim que um ruído sinistro e agudo preencheu o quarto.

— Está tudo bem, desculpe, desculpe, é o meu telefone.

Pegando o aparelho do criado-mudo, Kaye se admirou com a própria estupidez por ter deixado a filha escolher um novo toque. Ela só havia pedido algo sutil e Lou selecionara algum cantor de *thrash metal* gritando *ateeeeeendeeeee*! a plenos pulmões.

— Kaye?

— Quem é? — Kaye franziu a testa, sem reconhecer aquela voz.

— Kaye, querida, é a Macy!

Macy Ventura, uma das colegas que estrelavam *Over the Rainbow*. Kaye resmungou e se recostou de volta nos travesseiros. Macy, casada cinco vezes, sem se dar ao trabalho de considerar a diferença de fuso horário, estava ligando para deliciá-la com as últimas reviravoltas da montanha-russa que era a vida amorosa dela.

— Macy, é uma da manhã. Todo mundo está dormindo. — Ela acariciou o braço de Parker, se desculpando.

Macy, totalmente sem escrúpulos, gritou:

— Não tem problema! Adivinhe o que eu tenho aqui nas minhas mãos?

Pensar naquilo não valia a pena.

— Macy, diga de uma vez.

— Ah, querida, se prepare. — Agora Kaye *realmente* esperava que Macy estivesse se referindo a ela. — Tenho algo que vai revolucionar a sua vida. Você vai *amar* isso. Na verdade, eu diria que...

— Diga antes que eu desligue — ordenou Kaye.

— Tudo bem, vamos lá. Tenho aqui na minha mão uma pequena fita que contém a gravação das câmeras de segurança com você atropelando o Ovelhinha. Ou melhor, o atropelando *acidentalmente*.

— *O quê*?

— Está tudo na fita, claro como o dia. Você está conduzindo devagar pela pista, o cachorro aparece do nada, você freia o mais rápido possível, mas é tarde demais, não dá para desviar dele.

— Sei disso. — Kaye se sentou ereta, com o coração acelerado. — Mas como você conseguiu a fita? Não *havia* gravação nenhuma, aquela câmera não estava ligada quando tudo aconteceu.

— Ah, é aí que você se engana! — Triunfante, Macy disse: — A câmera estava funcionando muito bem. Charlene viu o acidente acontecer da janela do quarto. A primeira providência dela foi mandar o Antonio, um dos seguranças, tirar e destruir a fita.

— E por que ele faria isso? — Kaye fechou os olhos.

— Oi? Estamos falando da Charlene! Ela estava transando com ele, né? Além disso, ela ameaçou mandá-lo para o olho da rua se ele não a obedecesse. Então, ele pegou a fita e disse que estava tudo resolvido.

— A Charlene estava dormindo com esse segurança? Mas ela estava furiosa comigo, pensando que eu dava em cima do Denzil! — Kaye estava indignada; sério, que hipócrita!

— É, bom, ela estava se sentindo rejeitada porque o Denzil havia parado de ir para a cama com ela. Ela estava convencida de que era porque ele estava com outra. O que parece que era mesmo verdade — continuou Macy. — E agora ele está se divorciando da Charlene para se casar com seu único e verdadeiro amor. Então a Charlene saiu da casa, o segurança não precisou mais se preocupar em perder o emprego e, sendo um bom católico e tudo mais, a consciência acabou pesando. Então ele confessou tudo para o novo amor da vida do Denzil e ela soube de imediato o que deveria fazer. Ela precisava ligar para a Kaye McKenna e contar que ela está prestes a ser totalmente inocentada.

— Bem, ela ainda não me ligou. — Kaye continuava indignada. — Quando isso tudo aconteceu? Ela sabe como entrar em contato comigo? Você pode dar o meu número para ela?

— Ai, querida, você não está mesmo com os neurônios funcionando, né? Ela tem o seu número — disse Macy alegremente — e ela ligou para você. Na verdade, ela está ao telefone agora mesmo.

— Você, *o quê*?

— Ah, muito bem, finalmente você entendeu. Não é a notícia mais fabulosa? O novo amor da vida do Denzil sou eu!

TILLY SEGURAVA A XÍCARA de café com uma mão e passava o uniforme de educação física de Lou com a outra. Eram oito da manhã, Kaye e Parker tinham aparecido na porta meia hora atrás e Kaye ainda estava borbulhante como um balde de bicarbonato.

— Não era de admirar que a Charlene estivesse inquieta e paranoica! Durante todo o tempo ela pensou que o Denzil estava saindo comigo, mas era com a Macy!

— Então ele é um canalha traidor que deixou você pagar o pato. — Max estava singularmente indiferente. — Se eu o visse, quebraria o nariz dele.

— Sim, mas ele acreditou na Charlene quando ela disse que eu tinha atropelado o Ovelhinha de propósito. Ele se sente incrivelmente culpado agora que sabe da verdade. Falei com ele hoje de manhã e ele se desculpou tanto. O agente dele já está trabalhando. Eles estão distribuindo o vídeo para todos os canais de notícias. Sou inocente e todos vão saber disso. — Kaye abraçou Lou, sentando-se ao lado dela. — Todos vão se desculpar por terem sido cruéis comigo!

— Você pode processar todos eles — interrompeu Lou — e exigir milhões.

— Conte a eles o que o Denzil disse — lembrou Parker.

— Ele me quer de volta no programa. — Kaye sorriu e mordeu a torrada de Max. — Os roteiristas já estão trabalhando nisso. Enfim, não vou morrer afogada. Todos pensam que eu morri na piscina, mas, no fim das contas, fui resgatada no último minuto pelo meio-irmão que eu não via há muito tempo e que é um padre! E o Denzil vai quadruplicar meu salário. Vai ser uma publicidade fantástica para as novas séries. Você acredita? Eles estão desesperados para eu voltar!

Tilly desligou o ferro de passar e dobrou o uniforme de Lou, olhando para Parker. Ele estava se esforçando para parecer contente, mas dava para sentir a preocupação dele por estar a um passo de perder Kaye para a antiga vida de Hollywood.

— Bom, acho que eles são uns malditos descarados e você deveria mandá-los para o inferno. — Diferentemente de Parker, Max não se dava ao trabalho de esconder seus sentimentos. — Eles te deixaram na mão! Não sei por que você não está furiosa com eles.

Kaye sorriu e balançou a cabeça.

— Eu sei, mas agora tudo está resolvido. E como culpar a Macy e o Denzil? Meu Deus, ainda não acredito que eles estejam juntos. Ela já se casou e se divorciou cinco vezes.

— Mas não são só eles, né? — Max encolheu os ombros. — É toda a máquina de Hollywood. Eles caíram em cima de você como uma matilha de lobos. Se você voltar, é como se você os estivesse perdoando. Eu mandaria todos se danarem.

— Pai, educação.

— Lou — Max bateu no relógio —, escola.

— Tá. Duas coisas — disse Kaye. — Primeiro, eu sou atriz. Trabalho em Hollywood e dizer para Hollywood se danar seria como cortar o meu nariz fora para vingar o meu rosto.

— Mãe! Sinceramente, acho que vamos precisar de um jarro de palavrões.

— E, em segundo lugar — enquanto falava, ela pegou a mão de Parker —, se o resto dos Estados Unidos não estivesse me odiando, este homem maravilhoso não teria enviado flores e chocolates para me animar. Mesmo que eu nunca os tenha visto. E, se não tivesse voltado para cá, eu nunca teria sido leiloada, né? — Com os olhos brilhando, ela continuou: — Enfim, se nenhuma dessas coisas horríveis tivesse acontecido, acho que o Parker e eu não nos conheceríamos hoje. Então, como ficar brava? Faz anos que não me sinto tão feliz.

— Ah, mãe! Isso é muito fofo! — Lou a abraçou e então se levantou, foi até Parker e o abraçou também. — E eu nunca pensei que você fosse um perseguidor maluco, juro.

— Bom, obrigado — disse Parker, visivelmente emocionado.

— Eu pensei. — Max preencheu a xícara de café de Parker. — Mas estou preparado para admitir que estava errado.

— Então, o que vai acontecer? — Os olhos de Lou brilhavam. — O que vai acontecer com você e Parker quando você voltar para Hollywood? Ele vai morar lá também?

Ai, ai. Da boca de uma garota de 13 anos. Pelo jeito, Lou estava dando voz a uma questão que nem Kaye nem Parker haviam ousado perguntar. Pegando a chave do carro, Tilly disse:

— Vamos, pegue a sua mochila, você não quer chegar atrasada à escola.

— Na verdade, quero — disse Lou, entortando o nariz. — Esta é, tipo, uma ocasião especial, né? Os Estados Unidos estão prestes a parar de odiar a minha mãe. Tenho certeza de que posso chegar um pouquinho atrasada. E então, o que vocês vão fazer? — Fixando o olhar em Parker, ela inquiriu: — Vai desistir do seu negócio em Nova York e morar com a minha mãe?

Kaye se apressou:

— Querida, é muito cedo para pensar nisso!

— Não acho. — Lou começou a passar manteiga em mais uma torrada. — Você acabou de dizer que faz anos que não se sente tão feliz. E o Parker é louco por você, isso é óbvio. Então, vocês querem ficar juntos, né?

— Bem... Nós precisamos, hum, conversar sobre isso...

— Mãe, você está vermelha! Escute, você finalmente encontrou alguém adorável e...

— Muito obrigado — disse Max.

— Ah, pai, você entendeu o que eu quis dizer. Adorável, sem ser *gay*. — Lou se virou para Kaye. — Então vocês precisam decidir como vão organizar as coisas no futuro.

Tilly experimentou uma onda de inveja. De Lou, porque no mundo dela era tudo tão prático, um dilema existia apenas para ser resolvido. E de Kaye também, porque ela estava apaixonada por um homem que a amava e, apesar do início pouco promissor, dava para ver que, uma vez que aquelas lacunas fossem preenchidas, eles teriam um futuro feliz juntos.

— Querida, dê um tempo. Precisamos discutir muitas coisas. — Kaye ainda estava corada.

Quando se tratava de persistência, Lou competia de igual para igual com qualquer vendedor de tapete turco.

— Mas não dá para ser um casal de verdade se estiverem separados por milhares de quilômetros.

— Escola — anunciou Tilly, tirando Lou da cadeira com habilidade.

Porque Parker poderia não estar dizendo nada, mas, pelo olhar dele, não era necessário ler pensamentos para saber que ele não estava nada propenso à ideia de ter que deixar Nova York.

OS DIAS SEGUINTES foram completamente malucos. O vídeo de segurança foi colocado no ar na televisão americana, os Estados Unidos se apaixonaram mais uma vez por Kaye McKenna e Charlene Weintraub, transformada num piscar de olhos em bruxa má, retirou-se para um programa de reabilitação.

Kaye mal teve tempo de respirar. Jornalistas e repórteres invadiram Roxborough e o telefone não parava de tocar. Entrevistas e sessões de fotos duravam horas. Era ótimo ser inocentada, mas tudo o que ela queria era ficar com Parker e as férias estavam passando rápido.

Na noite do segundo dia, Kaye desligou o telefone e eles se esconderam no hotel dele.

— Denzil está me pressionando. Ele está desesperado para que eu assine aquele novo contrato. E ele aumentou a oferta mais uma vez.

— Bem, isso é ótimo, não é? — Parker acariciava o cabelo dela. — É o que você deseja.

— Eu sei. — Kaye concordou, sem entusiasmo. Mas ela desejava Parker com mais intensidade. Finalmente, reunindo coragem para perguntar o que atormentou os pensamentos dela pelas últimas 48 horas, ela respirou fundo.

— Você se mudaria para Los Angeles?

Pronto. Ela disse.

— Ouça. — Parker, que demonstrou uma paciência incrível durante toda aquela recente loucura, lançou o tipo de olhar que ela estava temendo. — Amo você. Você é o mundo para mim. Mas não posso abandonar a minha empresa. Não seria justo com a minha equipe ou com os meus clientes. Não posso deixá-los na mão. E não poderia ir morar com você sem trabalhar. Eu me sentiria um completo parasita. As pessoas pensariam que sou... Inútil.

Um nó se formou na garganta de Kaye. Ele estava totalmente correto e ninguém conhecia melhor a crueldade da máquina de fofocas de Hollywood.

— Sinto muito. — Parker a abraçou. — Obrigado por ter perguntado. Mas acho que é o tal do orgulho masculino. Construí um negócio de sucesso e tenho orgulho dele. Mas nós podemos nos ver, não podemos? Podemos fazer dar certo. De Nova York para Los Angeles são só seis horas de voo.

Parecia sensato quando ele dizia daquele jeito, mas eram somente seis horas na teoria. Considerando a viagem de ida e volta ao aeroporto, a passagem pela segurança e os vários atrasos que sempre a incomodavam como um bando de mosquitos, seriam mais de dez horas. Kaye olhou pela janela para a ondulação das colinas, o céu laranja e violeta, e o Sol que se punha devagar. E ela não era o tipo de pessoa que adorava viajar, de qualquer forma. Colocando na conta as horas de trabalho de Parker e a agenda exaustiva e corrida de filmagem dela, quanto tempo eles acabariam passando juntos de verdade?

Nem de perto o suficiente para um relacionamento de verdade, isso com certeza.

CAPÍTULO 56

— **Querida, ouça.** Preciso saber como você se sente sobre isso, e preciso que você seja absolutamente sincera.

— Ah, mãe, olhe para você, toda preocupada. — Sacudindo a cabeça com vigor, Lou disse carinhosamente: — Estou *bem*. Você tem o seu trabalho de volta e isso é ótimo. Com a quantia que eles estão oferecendo, seria uma loucura recusar.

Kaye ainda estava se sentindo culpada.

— Eu sei, eu sei. É que foi tão bom voltar para cá e ver você todos os dias.

— Mas eu ainda posso ir para lá nas férias. — Ao contrário de Kaye, Lou adorava viajar de avião. — Se você voltar para os Estados Unidos, ainda vamos manter contato, não é? Como fazíamos antes! Mãe, estou feliz aqui com a Tilly e o papai. — De repente, com o rosto três tons mais rosa, ela acrescentou: — E acho que estou quase arranjando um namorado, então não gostaria de ir embora, mesmo.

— É verdade, querida? — Kaye a abraçou, tomada de emoção. — Isso é fantástico. É alguém legal?

— Não, ele é completamente desprezível. — Lou sorriu e revirou os olhos. — É o Cormac.

— Ah, ele é da sua sala! — Lembrando vagamente do garoto, Kaye disse: — Cabelo claro, bastante atlético?

— Capitão do time de futebol. — Lou parecia orgulhosa. — Ele é bem legal. Mas nós não estamos *juntos*. Nós só trocamos muitas mensagens e almoçamos juntos. Mas isso já faz a escola ficar mais divertida. Então pare de ficar em pânico pensando que vou ficar triste se você voltar para os Estados Unidos, porque prometo que não vou. Estou mais preocupada em como você e o Parker vão resolver as coisas entre vocês.

— Eu também — admitiu Kaye com ironia.

— Gosto dele, mãe.

— Eu também.

— Você precisa convencê-lo a mudar de ideia sobre Nova York.

O que ela havia feito para merecer uma filha como aquela? Acariciando o rosto de Lou, Kaye disse:

— Eu sei, querida. Ainda estou trabalhando nisso.

ELES ESTAVAM EM sete reunidos na sala de visitas da Beech House, oito contando com a Betty, e ter Jack nas proximidades estava deixando Tilly nervosa. Os nervos, por sua vez, a estavam deixando faminta. Circulando ao lado da janela de batentes que dava para o jardim, ela dividiu outro pedaço de pão em quatro partes e mergulhou o primeiro pedaço na tigela de guacamole na mesa ao lado dela. Concentrar-se nos diferentes tipos de patê era mais fácil que olhar para Jack. Ela havia os experimentado em turnos. Queijo chili era o próximo, e então a salsa, depois a maionese...

— Eca, você está *fedendo* a alho. — Lou abanou as mãos em protesto.

Certo, maionese de alho. Você sabe que excedeu o limite de alho quando

Tilly fez que sim, tossiu, engoliu e secou os olhos úmidos.

— Não é romântico isso entre a Kaye e o Parker?

— É. — Oh, meu Deus, e agora Jack e Max estavam vindo; apertando a garganta como tentativa de desculpa, Tilly grasnou: — Engasguei... Migalhas... — e passou por eles a caminho do banheiro.

Subindo as escadas, no tranquilo banheiro de mármore, ela limpou a garganta e usou um lenço para limpar as manchas de rímel sob os olhos. Sem querer descer ainda, ela pegou as revistas que Lou havia deixado no chão depois do banho de manhã. Proclamadas na capa da revista *Hi!* estavam as palavras, "*EXTRA*!! Ele partiu meu coração mas eu o perdoo!", sobre uma foto de Tandy e Jamie. Os lábios rosa de Tandy estavam com as pontas curvadas em um sorriso triste, porém esperançoso, enquanto Jamie parecia bonito e devidamente arrependido em uma camisa da mesma cor do batom dela.

Tilly já havia lido a entrevista; ao virar as páginas brilhantes, ela havia se sentido dividida entre o sentimento de pena por Tandy e o desejo de sacudi-la até colocar algum bom-senso naquela cabeça. Ficar com Jamie era estar preparada para ser magoada e humilhada. E Jamie, percebendo que poderia ser infiel sem problemas, faria aquilo muito mais vezes. Dominada pela tristeza, Tilly desfez a dobra na capa e colocou as revistas na prateleira da janela.

Ela abriu a porta do banheiro e deu de cara com Jack. Ai, meu Deus, aquilo não era justo!

— Vim ver se você está bem. — Ele a observou. — Tudo bem?

Merda, por que ela não pensara em escovar os dentes? Dinamitá-lo com um bafo de alho de fazer chorar ou ocultar o hálito, mantendo a boca fechada e somente balançar a cabeça?

Tilly fez que sim com a cabeça.

— Certeza? — Jack deu uma olhada perspicaz.

Ela segurou a respiração e balançou a cabeça mais uma vez.

— Mmmm hummm.

— Então... você já mudou de opinião sobre mim?

Os dentes de Tilly estavam travados com força para evitar a eventual escapada de qualquer baforada mortal. Ela negou com a cabeça.

— Certo, escute. — Ele alterou o tom, ficando sério. — O problema é que você acha que sabe de tudo. Mas, só desta vez, eu sei que você está errada. E ficar atrás de uma garota que se faz de difícil não é do meu feitio, mas se eu não desisti de você até agora é porque *sei* que estou certo. Então, de verdade, o que eu preciso fazer para que você perceba isso também? — Jack levantou as mãos. — É só me dizer o que é e eu farei.

Ah, não, sem mais lágrimas, *por favor, não*. Tilly revirou os olhos, desesperada para que a água voltasse pelo cano de onde viera. Por algum tipo de milagre, funcionou. Ela até se lembrou de manter a boca fechada. Somente quando ele estava longe o suficiente e já na metade da escada, ela a abriu um pouco para dizer:

— Por favor, não, Jack.

Porque aquilo doía, de verdade, *fisicamente*, mais do que ela poderia ter imaginado algum dia. E ela não podia mais suportar aquela pressão.

Se Jack tinha fobia de comprometimento, ela também poderia ter.

— Cadê o Jack? — perguntou Erin, vinte minutos depois.

— Teve que sair, ver algum inquilino ou algo assim. — Max encolheu os ombros e encheu as taças enquanto algum telefone tocava na sala. — Hoje ele está um pé no saco. Não faço ideia do que está acontecendo. Deve ser algum problema com mulher. — Um pensamento passou pela cabeça dele. — Pode ter algo a ver com a fisioterapeuta bonita que se mudou para o apartamento da Rua Fallon. Você já a deve ter visto por aí com o MG[19] branco dela, né? Longos cabelos loiros, parece a Claudia Schiffer.

O estômago de Tilly ficou mareado. Então ele fora para lá? Os dois começariam então a...

— Ah, nããäooo! — Atrás dela, Lou olhava aterrorizada para o celular. — Não *acredito*!

[19] Refere-se a Morris Garages, uma fabricante britânica de automóveis esportivos.

— O que foi, uma mensagem do Cormac? — Max tentou espiar a tela, mas Lou a tirou do campo de visão com a destreza de uma menina de 13 anos. — Ele te deu um fora?

— Cale a boca, pai. Não, ele não me deu o fora. É sobre o Sr. Lewis. Ele acabou de comunicar que vai embora no fim do semestre.

Erin perguntou:

— Quem é o Sr. Lewis?

— Ele dá aulas de francês e educação física. Todo mundo gosta dele. — Lou, que tivera permissão para tirar a tarde de folga para a festa de despedida de Kaye, rolou a tela freneticamente para ler o resto da mensagem de Cormac. — Ele conseguiu outro trabalho em uma escola da Escócia. Ah, que pena, ele é tão legal! Faz pouco tempo que ele terminou com a namorada. Talvez por isso ele tenha decidido ir para longe, superar e começar de novo. Mãe? — Lou chamou Kaye e Parker. — Você não sabe o que aconteceu! O Sr. Lewis está indo embora! Ele está se mudando para Dundee! E você o achava bonito, lembra? — Ela fez uma cara engraçada. — Apesar de eu achar que você não faria o tipo dele.

— Ou ele não poderia fazer o meu. Essa coisa toda de ser superatlético — Kaye, que nunca havia pego o vírus da academia de Los Angeles, entrelaçou os dedos com os de Parker. Sorrindo de alegria, ela disse: — Além do mais, tenho outra pessoa agora. Que faz totalmente o meu tipo.

CAPÍTULO 57

— **Certo, de volta ao trabalho.** — Terminando o café, Max levantou e recolheu as pastas na mesa. — Vou encontrar os Petersons em Malmesbury e depois seguir para Bristol. Preciso que você encontre esses malditos eletricistas e diga a eles que precisamos de soquetes de cromo polido no apartamento da Rua Rowell, não de cromo escovado. E você precisa pegar as cortinas também. — A armação de aço dos óculos dele brilhava quando ele mexia a cabeça de lá para cá. — Posso dizer uma coisa? Você está um horror.

— Nossa, obrigada. — Tilly forçou um sorriso. *Diga algo que ainda não sei.*

— E você ainda está fedendo a alho.

Ela sabia disso também. Ter escovado os dentes duas vezes na noite anterior e três vezes de manhã havia sido um exercício inútil; só servira para machucar suas gengivas e dar um toque de menta ao odor fétido do alho. O que era como acrescentar um encantador enfeite de seda rosa em um macacão de descontaminação.

— Na verdade — disse Max —, é só dar uma bafejada nos eletricistas. Isso vai funcionar.

— Você sabe como fazer uma garota se sentir bem consigo mesma. — Na verdade, um macacão de descontaminação poderia ser a solução que ela estava procurando; se entrasse na roupa e fechasse o zíper, poderia esconder a cara e o hálito de todo o mundo.

— Desculpe, querida. Parece que você não dormiu bem.

— Não dormi.

Ela passara metade da noite se revirando e a outra metade observando o nascer do Sol. O fato de ter sido a manhã de junho mais bonita só servira para enfatizar a infelicidade dela. Às sete horas, as camadas horizontais e baixas de neblina matinal haviam se dispersado, o ar estava fresco, e, o céu, azul-celeste e sem nuvens. Em algum lugar lá em cima, Kaye e Parker estavam a caminho de Nova York e de uma nova vida juntos.

Por sua vez, Tilly se via em apuros com sua velha vida, cada vez mais difícil de guiar.

— Você e a Kaye realmente se deram bem, hein? Todos nós vamos sentir falta dela. Mas não esperava que você fosse ficar pior que a Lou. Ela estava bem quando você a deixou na escola?

— Ótima. Mais feliz do que nunca. — Tilly sorriu de leve ao lembrar-se de Lou perguntando se não poderia ser deixada no portão da escola, para que ela e Cormac pudessem caminhar juntos pela rua de árvores. — Ela já está animada para visitar a Kaye e o Parker em Nova York.

— Que bom! Certo, estou indo. Ah, espere, quase esqueci! — Mexendo na gaveta superior esquerda da cozinha, Max pegou uma chave. — Precisava ter dado isso para o Jack ontem; é a chave mestra da Rua Devonshire. Você pode deixar na casa dele antes de qualquer coisa?

A casa de Jack. Ela realmente não estava a fim de vê-lo naquele dia.

— Você não pode fazer isso?

— Está no seu caminho. Eu estou indo para a direção oposta. Você está *doente*? — Max a examinou com preocupação.

Os ombros de Tilly desceram. Claro que ela não estava doente.

— Não — respondeu, sentindo-se culpada.

— Ele não está em casa, tentei ligar mais cedo. Você só precisa jogar a chave na caixa do correio. Só Deus sabe onde ele está! — O tom de Max era lacônico. — O celular dele também estava desligado.

O que era, francamente, mais informação do que Tilly precisava saber, mas o que mais ela esperava? Pelo menos, não precisaria vê-lo.

— Tudo bem, eu deixo lá — confirmou, pegando a chave.

Max saiu, levando Betty com ele para ver os Petersons em Malmesbury, que adoravam cachorros. Tilly enfiou a chave da Rua Devonshire no bolso de trás do *jeans* com a barra cortada, deslizou os pés para dentro dos chinelos prateados e seguiu em direção ao carro. Primeiro, passar na casa do Jack, depois, na Rua Rowell em Cheltenham para infernizar os eletricistas.

Os portões estavam fechados e o caminho para a casa, vazio. Felizmente Jack ainda estava fora. Tilly saiu do carro e abriu o portão direito. Eram só nove e meia, mas o Sol já estava quente e ela sentia a camiseta branca grudada nas costas. Assim que alcançou a porta de entrada, deixou a chave cair dentro da caixa do correio. Certo, feito. Agora, os eletricistas. *Ai, Deus.*

A Lei de Murphy ditou, óbvio, que era Jack encostando o carro na frente dos portões. Enquanto ela olhava, imóvel e congelada na entrada da casa, Jack apareceu do lado do motorista, abriu os dois portões, entrou novamente e dirigiu para dentro. Como a lacuna entre o carro e os portões era muito estreita para ser vencida sem ser esmagada, agora o único meio de escapar seria pelo muro de um metro e oitenta. E, por um momento, ela ficou tentada.

Mas não, ela não deveria fazer aquilo. Ela não havia invadido a casa. E nem era atlética o suficiente para ter confiança de que aterrissaria na calçada com os dois tornozelos intactos.

Em vez disso, ela ficou pairando junto à entrada, esperando o Jaguar passar pelos portões, dando espaço para que ela se esgueirasse por eles e voltasse em segurança para o carro.

Mas Jack deixou seu carro onde estava, bloqueando a passagem. Por acidente ou de propósito? O pulso de Tilly estava martelando na garganta com um ritmo de mau agouro.

— Está aqui para me ver? — Ele saiu do carro mais uma vez. E vestia as mesmas roupas do dia anterior, calças cinza-escuras e uma camisa listrada de branco e azul. O queixo dele também estava um pouco escuro. Ele não havia feito a barba. O que isso queria dizer?

— Só vim deixar a chave mestra da Rua Devonshire na caixa de correio. O Max se esqueceu de entregá-la para você ontem. — Esgueirando-se em um longo arco em volta dele, Tilly pediu: — Na verdade, se você puder colocar o seu carro para frente, eu preciso ir para Cheltenham.

— Eu não mordo — disse Jack.

— Eu sei! Só estou com pressa, é só isso! — Ele estava a menos de quatro metros, mas mesmo ali, a céu aberto, ela sabia que ainda cheirava a alho. Até que distância aquele odor horroroso era capaz de fazer efeito?

Jack esfregou a mão no queixo áspero e fitou o chão. Então, ele levantou o olhar e fixou-o em Tilly.

— Estou chegando agora em casa.

— Eu percebi. — O irritante era que, mesmo quando Jack estava amarrotado e sem dormir, ele ainda era mais *sexy* do que nunca.

— Você não vai me perguntar onde estive?

Ele poderia perguntar também se ela não gostaria de enfiar um garfo no olho. Tilly se esforçou para parecer não se importar.

— Não sei. Onde você estava? — *Por favor, não o deixe começar a tagarelar sobre uma garota que parece a Claudia Schiffer.*

Jack permaneceu onde estava, em pé e com as mãos nos bolsos.

— Estava com a mãe de Rose. — Ele manteve o tom. — E com o pai dela.

O que não era de jeito nenhum o que ela esperava ouvir. Pega totalmente de supresa, Tilly exclamou:

— *Ah.*

— Dirigi até Gales ontem à tarde. Precisava vê-los. — O olhar de Jack era decidido. — Porque você não confia em mim. Você se recusa a acreditar quando digo como me sinto em relação à você. E acho que não posso culpá-la, com o meu histórico. Mas ontem, quando você nem ao menos conseguiu falar comigo, percebi que precisava provar que estou falando sério. Então, fui ver o Bryn e a Dilys. — Ele fez uma pausa, o músculo da mandíbula inquieto. — Nós visitamos o túmulo da Rose juntos e eles me convidaram para ficar para o jantar. Depois do jantar, contei a eles que conheci uma garota...

Tilly sentia que o chão havia sido puxado, como se fosse uma toalha de mesa. Os pés dela ainda estavam lá, mas ela não sabia como eles estavam conseguindo mantê-la de pé.

— E eu não sabia como eles reagiriam. — Jack balançou a cabeça. — A última coisa que eu queria era magoá-los, entende? Mas eles foram fantásticos. A Dilys disse que estava muito feliz por mim e que eles esperavam que isso acontecesse um dia. O Bryn disse que eles estavam orgulhosos e que a Rose teria querido que eu encontrasse outra pessoa.

Agora, parecia que o chão estava se inclinando sob os pés dela. A cabeça de Tilly girava e ela sentia o suor pingando nas costas.

— Foi então que a situação ficou um pouco estranha e eu precisei explicar a eles que as coisas não estavam bem a todo o vapor — disse Jack. — Mas eles ficaram do meu lado. O Bryn me disse que, se eu precisasse, ele escreveria uma carta de referência. Sabe, eles são um casal incrível. Perguntaram um milhão de coisas sobre você. Ficamos conversando até uma hora da manhã, e foi por isso que acabei passando a noite lá. — Ele fez outra pausa, os olhos brilhando contra a luz do Sol. — E eles concordam comigo. Eles acham que você e a Rose teriam se dado muito bem.

Tilly não conseguia falar. Ela deu um passo para trás, sob a sombra da amoreira. Ali estava melhor, não tão quente.

— E só voltei hoje de manhã. Com a bênção do Bryn e da Dilys. — Inclinando a cabeça na direção do carro, Jack completou: — Sem contar meio presunto assado enrolado em papel-alumínio, uma dúzia de bolinhos galeses e um filão de *bara brith*[20]. E então, isso é o suficiente para que você se convença de que estou falando sério?

[20] *Bara brith* significa "pão salpicado" em galês. É um tipo de pão com frutas secas, como passas e groselhas. (N. T.)

Tilly fechou os olhos por um momento. Ela queria acreditar nele, claro que queria. Mas quem garantia que Jack não mudaria de ideia na semana seguinte? E se ele só estivesse se deixando levar, porque ela era o único nome da lista que ele não havia riscado?

Quando ela abriu os olhos de novo, Jack estava se aproximando. Ai, meu Deus... Recuando, em pânico, ela bateu no tronco da árvore.

— Ainda não se convenceu, né? — Balançando a cabeça, Jack disse. — A Dilys achou mesmo que isso não seria o bastante. Certo, vamos então para o plano B.

— Não! — Tilly se esgueirou para o lado e cobriu a boca, aterrorizada, quando ele se aproximou. — Por favor, não...

— Ah, vamos lá, não sou tão assustador assim. — Ele franziu a testa, sem acreditar.

— Não é isso. — Profundamente envergonhada, Tilly inclinou a cabeça e murmurou: — É o alho.

— O quê? Não consigo te ouvir. Fale direito.

Ela tentou falar pelo canto da boca.

— Estou com hálito de alho.

— Você não está. — Ele já estava muito próximo. A menos de cinquenta centímetros do rosto dela. Totalmente dentro da zona de perigo. — Não estou sentindo nada.

— Mas eu estou. O Max me disse hoje de manhã. E eu levei a Lou para a escola com todas as janelas abertas. Eu mesma estou sentindo. — A pele dela pinicava de vergonha. — Está muito ruim.

Jack começou a sorrir.

— Que bom que eu jantei ontem com a Dilys e o Bryn, então. Cordeiro ao alho. Servido com batatas gratinadas porque ela sabe que são as minhas favoritas. — Ele deu mais um passo e disse: — Eu também estou cheirando a alho?

Apesar de tudo o que acontecia, Tilly sorriu também.

— Não faço ideia. Não estou sentindo.

Então era isso. Em se tratando de odor de alho, eles eram imunes entre si. Belo truque.

Por alguns segundos, ficaram juntos de pé sob a amoreira, fitando os olhos um do outro. Tilly esperou que Jack a beijasse. Mas não aconteceu nada.

Por fim, ela disse:

— Esse é o plano B?

— Não, o plano B é perguntar se você quer casar comigo.

Certo, agora o chão havia definitivamente desaparecido sob os pés dela. Os dedos de Tilly agarravam a casca áspera do tronco da amoreira.

— Você não acha que isso prova que estou falando sério? — perguntou Jack.

Ai, meu Deus, isso tinha que ser algum tipo de alucinação induzida por drogas. Alguém havia colocado alguma coisa na maionese do dia anterior? Trêmula, Tilly disse:

— Isso é loucura.

— Não? Não é o bastante? Ah, você *ainda* não acredita em mim, porque eu posso dizer isso hoje e esquecer tudo na próxima semana. Bom argumento. — Os olhos de Jack começaram a se enrugar nos cantos. — Isso nos leva ao plano C.

— Qual é o plano C? — Tilly engoliu em seco quando ele tirou os dedos dela do tronco com a mão direita para segurar firme a mão esquerda dela. Esperando que ele a levasse para dentro da casa, ela foi pega de surpresa quando ele seguiu em direção aos portões. Com o Jaguar ainda posicionado bem no caminho, eles precisaram se apertar para passar. Jack apontou a chave para o carro e trancou as portas. Quando ele a puxou atrás dele pela rua, Tilly disse, ofegante:

— Para onde estamos indo?

— Espere que você vai ver. — Jack acenou para o homem de meia-idade que podava suas rosas no jardim ao lado. — Bom dia, Ted, esta é a garota que acabei de pedir em casamento.

O quê?

Ted parecia igualmente pasmo.

— Verdade? Bem, hum, excelente. Bom trabalho, garoto.

— Ai, meu Deus, ai, meu Deus! — gritou Tilly assim que eles continuaram pela rua.

— Bom dia, Sra. Ellis, como vai? — Cumprimentando com alegria uma senhora caminhando com seu pequinês, Jack disse: — Esta é a Tilly, minha futura esposa, assim espero!

— Jack! — A Sra. Ellis parou, petrificada, quase estrangulando o cachorro. — Céus, que maravilhoso. Não fazia ideia!

— Este é o plano C? — perguntou Tilly assim que eles se aproximaram da rua principal.

— Ainda não. — Levando-a pela rua, Jack chamou dois adolescentes de bicicleta: — Ei, sabem de uma coisa? Acabei de pedir esta garota em casamento!

Os garotos viraram e lançaram um olhar de indiferença. O mais alto dos dois riu e disse:

— Idiota.

Tilly balançou a cabeça.

— Tá bom, você tem que parar com isso. Vai acabar sendo preso.

— Olhe o Declan ali! Ei, Declan! — Berrando pela rua, Jack anunciou: — Quero que conheça a minha futura esposa!

Declan olhou duas vezes e então levantou um copo imaginário para Tilly, encolhendo-se atrás de Jack.

— Quantas ele tomou, querida?

— Não, não bebi nada. Acabei de recuperar o juízo. Venha. — Jack apertou a mão de Tilly e a puxou. — Vamos continuar.

A loja de Erin era a próxima. Ele entrou sem aviso, assustando Erin e uma morena cheia de curvas provando um vestido de festa cor de cereja, sem alças.

— Jack! Há *quanto* tempo — gritou a morena, excitada por vê-lo. — Como você está?

— Nunca estive melhor. Acabei de pedir a Tilly em casamento.

— Como? — O queixo de Erin caiu.

Era possível ouvir a respiração da morena. Ela o encarou como se ele tivesse criado uma segunda cabeça.

— Você vai se casar?

— Bem, ela ainda não aceitou. — Jack sorriu. — Me desejem sorte. Lindo vestido — acrescentou, já de costas, puxando Tilly para fora da loja. — Certo, vamos para o plano C.

— Eu devia estar trabalhando agora. — Meu Deus, para onde ele a estava levando? Com a mente em um turbilhão, Tilly disse, sem fôlego: — Vou ter problemas com o Max.

— Deixe o Max comigo. — Jack parou assim que eles chegaram à joalheria Montgomery's e tocou a campainha para entrar.

O fato de ser necessário tocar a campainha para entrar era a razão pela qual Tilly nunca havia estado dentro da joalheria mais chique de Roxborough. Assim que o motivo de eles estarem ali começou a se materializar, ela hesitou.

— Jack, pare, isso é loucura.

Com um barulho, a porta se abriu e Jack disse:

— Esse é o plano C. Quero que você e todos saibam que estou falando sério. E quero te deixar avisada...

— O quê?

— Não tenho um plano D.

Dentro da loja, focos de luz em hábeis ângulos iluminavam os gabinetes polidos de joias antigas e modernas. O carpete de cor topázio era macio e aveludado, as paredes se revestiam de painéis de carvalho e, se a combinação do hálito de Tilly e Jack invadia de forma medonha aquela atmosfera rarefeita, Martin Montgomery era fino demais para demonstrar qualquer aversão.

Vinte minutos depois, por processo de eliminação e sem deixá-la ao menos espiar o preço de algum deles, Martin Montgomery havia conseguido reduzir a gama de anéis para dois. Pedras coloridas haviam sido descartadas. Múltiplas pedras também. Ouro amarelo havia sido preterido em favor da platina. Os dois diamantes solitários restantes, ambos impressionantes e projetando luzes brilhantes de todas as cores, eram tão lindos que Tilly mal podia respirar. Um era quadrado, em corte princesa, o outro era oval, em corte travesseiro. O quadrado era seu favorito, o formato do anel e o engaste concediam a ele um ar mais incomum, mas o diamante era maior. O que significava que ela precisava escolher o menor, porque só o pensamento de quantos milhares de libras cada um desses anéis custava era o suficiente para colocá-la em pânico.

Não era de se admirar que houvesse elegantes cadeiras douradas ao lado do balcão. Assim os clientes, ao ver as etiquetas com os preços, tinham onde se apoiar quando sentissem vontade de desmaiar.

Tilly olhou para Martin Montgomery.

— Se ele mudar de ideia na semana que vem e trouxer o anel de volta, você restitui todo o dinheiro pago?

Surpreso, Martin Montgomery balbuciou:

— Er...

— Não vou mudar de ideia. — Jack segurou os dois anéis. — Vamos lá, qual você prefere?

O maior, quadrado, é claro. O formato e o engaste ficavam bem na mão dela. Era o anel mais lindo que ela já havia visto na vida.

— Gosto mais do oval.

Jack levantou a sobrancelha.

— Você tem certeza?

— Absoluta. — Ai, meu Deus, a frustração jorrava no coração dela. O que era completamente ridículo, porque o oval era o segundo anel mais lindo que ela já havia visto na vida.

— Você não está dizendo isso só porque pensa que ele é o mais barato?

Tilly balançou a cabeça.

— Não.

— Porque não é, sabe?

Não era? A adrenalina correu por todo o corpo dela. Ela virou para Martin Montgomery.

— É verdade?

O joalheiro sorriu de leve e concordou.

— Veja bem, quando a claridade e a cor são colocadas em questão, *este* anel é na verdade de melhor...

— Certo! — Interrompendo antes que ele começasse a explicar sobre as cores, cortes e claridade mais uma vez, Tilly agarrou o diamante de corte princesa e disse, feliz: — Então vou querer este!

— Você não está dizendo isso só porque ele é o mais barato? — Os cantos da boca de Jack se retorciam.

— Não! Eu adorei este!

— Que bom! Eu também. É esse, Martin. Esse é o que vamos levar.

Quando Jack pegou o anel e o encaixou com cuidado e intenção no anelar da mão esquerda dela, Tilly sentiu os olhos se encherem de lágrimas. Porque agora ela sabia que ele estava falando sério. Ele estava falando sério, de verdade.

Diplomaticamente, Martin Montgomery se ocupou em colocar o diamente oval de volta no gabinete. Jack puxou Tilly para si e a beijou na boca. Meu Deus, ele era bom naquilo.

No ouvido dela, ele murmurou:

— E então, o plano C funcionou?

— Quer saber? — Tilly balançou a cabeça, sem conseguir acreditar. — Funcionou.

— Vou te levar para casa, agora. — Ele se amoleceu com um sorriso.

— Mas você ainda não pagou o anel — lembrou Tilly, com um arrepio de antecipação.

Ela manteve uma distância discreta enquanto Jack tirava um cartão da carteira e a transação era feita. De repente, sentiu o coração parar na garganta quando o telefone começou a tocar.

— Ops. É o Max. — Até segurar o telefone era uma desculpa para admirar o anel brilhando milagrosamente na mão dela.

— Aqui, deixa eu falar com ele. — Jack assumiu o controle e disse: — Olá, Max. — Em seguida, pressionou o botão de viva voz.

— O que está acontecendo? — A voz de Max indicava desconfiança. — Por que você atendeu o telefone da Tilly?

— Ela está comigo. Acabei de pedi-la em casamento. — O olhar satisfeito de Jack deslizou para o anel na mão de Tilly. — E ela mais ou menos disse sim.

Silêncio. Tilly sentia a garganta seca. Ela esperou que Max gargalhasse estrondosamente e rebatesse com algum comentário sarcástico.

Em vez disso, depois de digerir a informação, ele perguntou:

— Ela é a garota certa?

— Sim, ela é. — Jack apertou a mão de Tilly, com segurança.

— Foi o que pensei — disse Max. — Deixa eu falar com ela.

Ainda tremendo, Tilly pegou o telefone.

— Oi, Max.

— Isso é uma brincadeira?

— Não. Está mais para uma manhã estranha.

— Eu que o diga. Então, é sério entre você e o Jack?

Ela viu Jack mexer a cabeça para cima e para baixo.

— Sim.

— Cristo, não consigo acompanhar tudo isso. O mundo está ficando maluco. Você ainda está trabalhando para mim?

— Sim! — Claro que não naquele exato momento.

— Onde você está? — perguntou Max.

— Hum, na joalheria Montgomery's.

— Então você ainda não falou com os eletricistas?

Tilly fez uma careta. Ops.

— Desculpe, Max.

— Max? — Jack se intrometeu. — Eu amo a Tilly. Espero que ela me ame também, embora ela não tenha dito nada ainda. Hoje é um dia especial para nós dois. Então, basicamente, que se danem os eletricistas.

— Certo, diga a Tilly que vou falar com eles. — Depois de uma pausa, Max disse: — Então, finalmente aconteceu, hein?

Jack apertou a mão de Tilly e a olhou de um jeito que a derreteu por dentro. Ele concordou com a cabeça e sorriu.

— Finalmente aconteceu.

— Bom, já era hora. E, acredite em mim, deve mesmo ser amor se você acabou de pedi-la em casamento. — Max parecia estar impressionado e se divertindo ao mesmo tempo. — Porque essa garota está fedendo a alho.

São Francisco
GRÁFICA E EDITORA
IMPRESSÃO E ACABAMENTO
Rodovia Anhanguera, km 305 + 20m - CEP 14097.140
Fone: (16) 2101-4151 - Ribeirão Preto - SP
IMPRESSO EM SISTEMA CTP